一乗谷
府中
越前
金ヶ崎
丹後
宮津
若狭
小浜
小谷
長浜
横山
近江
朽木
琵琶湖
佐和山
福智山
丹波
八上
籾井
亀山
山城
京
堅田
坂本
安土
観音寺
山科
逢坂
勢多
日野
勝龍寺
伏見
山崎
淀
槇島
摂津
高槻
越水
伊丹(有岡)
花隈
滝山
尼崎
石山
河内
上野
伊賀
多聞山
堺
若江
郡山
信貴山
和泉
高屋
高田
伊勢
高野山
大和
紀伊

真保裕一
Shinpo Yuichi

覇王の番人《はおうのばんにん》

上

講談社

目次

下巻目次

装幀／多田和博
写真／アスフォート＋フィールドワーク

覇王の番人（上）

序

これはこれは……。足元のお悪い中、山深き末寺《まつじ》によようお越しくださいました。ささ、お上がりください、お武家様。雨はやんだと見えますが、だいぶお濡れになったことでございましょう。どうぞ、お気兼ねなさらず。

なにぶん人里離れておりますゆえ、ろくな持てなしもできませんが、ちょうど麓《ふもと》の村の衆にもらった葛湯《くずゆ》がございます。軒《のき》に控えておられる従者の方々も、どうぞお呼びくだされ。

ほっほっほっ……。

あなた様のような身形《みなり》のお若い方が、おつきの者なく一人でこのような山奥に見えられるはずがありましょうか。お手元の太刀《たち》に目をやれば、名刀にふさわしき凝《こ》った拵《こしら》えでありながら、まださほど手に馴染《なじ》んだようには見えません。となれば、いずれ名のある武門の若君様か、と推し量ったまでにございます。

今、足をすすぐ湯を持ってこさせましょう。……おや、やはりおつきの方がおいででしたか。まあ、なんと五人様も。

いえいえ、騒がしいどころか、まこと嬉しゅうございます。枯れ木に花と申しますが、かほどのお客人をお迎えできて、貧しき僧坊が多くの信者に守られた大伽藍《がらん》にも思えるようでございます。

ささ。どうぞ、奥へ。

時に——。

うちの小坊主が麓で聞きつけましたところ、お武家様はあろうことか、この拙僧をお探しであるとか。俗世と縁を切った年寄の顔を、なにゆえ見たいとお思いになられたのか、夕《ゆうべ》から首をかしげておりました。

ほお……。これは懐かしいお名をうかがいました。太閤《たいこう》様の世にはまだ時折人の噂に上っていたようですが、徳川様の世に移られてからは、とんと耳にしなくなったお名でございますな。

明智十兵衛光秀《あけちじゆうべえみつひで》殿。

またの名を、惟任日向守《これとうひゆうがのかみ》。

天下人であられた織田信長様を本能寺にてお討ち取りになられたお方。織田家中でも先の太閤様と並び、名将の誉《ほま》れ高きお一人でしたのに、主君に背《そむ》かれるとは、よほどの由《よし》あってだろう、と言われたものでした。

もちろん、世に聞こえしお名は存じあげております。しかしながら、先にも申しましたとおり、俗世とは縁を切った身にございます。天下を争うお武家様にお目通りのかなう名僧とはほど遠く、御《み》仏《ほとけ》の加護の下《もと》どうにか長らえてきた者にすぎません。

いえいえ。拙僧、この山門に参る前は、都から遠き山で汗水流す木こりの小倅《こせがれ》でした。信長様も明智殿も、町衆からその名を聞いたまでのこと。

——はい。確かに、そのような話を耳に挟み、麓の村の衆とたわむれに俗談し合ったことはございます。惻隠《そくいん》の情のなせるものと申しましょうか、志半ばに散ってしまわれた名将には必ず、実は生き長らえていたとの風説が、まことしやかに語られるものです。

源　義経《みなもとのよしつね》公しかり、平　将門《たいらのまさかど》公しかり。

お武家様が目をお見張りになって、真贋《しんがん》のほどを尋ねて回られるようなものではございません。

——はい、拙僧が耳にしたのも、そのような他愛なき芥《あくた》の話にすぎません。

ええ……、お話しさせていただきますとも。よろしいでしょうか。

山崎《やまざき》の地で先の太閤様の軍勢にしてやられた明智軍は、総崩れとなって退却を余儀なくされたのでした。陣から退かれた光秀殿は、夜陰に乗じて居城の坂本《さかもと》へ向かわれたところ、小来栖《おぐるす》の山中にて、落ち武者狩りに出た土民に囲まれ、命を落としてしまわれた。そう世には伝わっております。

が、光秀殿のように武門の誉れ高き名将が、いくら敗走の末に取り乱されていようと、たかが土民に仕留められるなど、あまりにお粗末すぎる仕儀に思えてなりません。

さらには、光秀殿に同道なさっていた重臣、溝尾《みぞお》庄兵衛《しょうべえ》殿が、主君の御首を竹藪《たけやぶ》に置いて逃げてしまわれた、というのも実に解《げ》せない話でございます。であるからこそ、他愛なき逸話が生まれたのでありましょう。

はい、そうなのです。

実は、小来栖の山中にて討ち取られたのは影武者、荒木《あらき》山城守《やましろのかみ》行信《ゆきのぶ》という者にすぎず、光秀殿は家臣らの手によって命を助けられていた、というのでございます。そうして生まれ故郷に近い美濃《みの》は仲洞《なかぼら》という地に逃げ落ち、荒深《あらぶか》小五郎《こごろう》と名を変えて身を隠したそうなのです。

しかしながら、やはり光秀殿の御武運は、もはや尽《つ》き果てておられたのでしょう。

慶長《けいちょう》五年。関ヶ原で東西両軍が睨《にら》み合っていると聞き及び、光秀殿は同じ源氏の長たる徳川様にお味方するため、一族郎党ともに御出陣なされました。ところが、折からの雨で増水した川を渡ろうとしたところ、深みにはまり、馬もろとも流されてしまったのでした。

まことかどうかは、拙僧にはわかりかねます。

ただ——。

生き長らえたとはいえ、あまりに無慈悲で哀しき末路。作り話であるなら、もう少し華やかな結末が語られても良いように思えてなりません。ですから、かえって真実味があると申せましょうか。

……いえいえ、真実、光秀殿が逃げ落ちていたと言いたいのではございません。

美濃はもとより土岐《とき》明智氏と縁深き地。光秀殿の家臣が落ち延び、明智家を守ろうとなされたのかもしれません。それが衆人を介するうち、惻隠の情と相まって、そのような風説に変わっていったのではないでしょうか。

はい、拙僧は信じておりませんとも、明智光秀殿が生きておられたなどとは。

そうでございましょう、お武家様。

もし真実、光秀殿が生きておられたのなら、関ヶ原で徳川様にお味方するより先、もっとなさるべきことがあったはずにございます。

家臣や領民への仁愛に篤《あつ》いと語り草になられたほどのお方が、御縁者や近臣の切なき最期をただ黙って見過ごされたのでは悲しすぎます。密やかに生き長らえ、次なる御出陣の機運をただ待つのでは、名将の世評に恥ずべき振る舞いか、と。

……はい。確かにお武家様の仰《おお》せられるとおり、人とはまた弱き者であります。心身ともに傷を負っておれば、動きたくとも躰が動かず臍《ほぞ》を嚙むしかない、との成り行きもありましょう。

しかしながら、三万余もの兵を率いてこられた武将が、一時の傷に負けて十八年もの歳月を無為に費やせるとは、やはり思えないのでございます。

無論、一介の釈子《しゃくし》にすぎず、お侍様の心根を十全に解しておるわけではございません。ただ、名将ならずとも、人であるならば、かくあるべき、と信じたいのでございます。

……いいえ。先にも申しましたように、拙僧は明智殿というお武家様と相まみえた縁はございません。何かのお見込み違いでございましょう。

小平太《こへいた》……と仰せになりましたか。

いいえ、出家する前の名は、安兵衛《やすべえ》、と申します。父母ならびに兄弟すべて、今となっては過去帳に名を連ねておりますゆえ、拙僧の馴染んだ往年の名を知る者は、無念ながら一人としておりません。また、そういう身であるからこそ、このような末寺で縁者の成仏と世の太平を祈り続けておるのでございます。

ささ、葛湯の支度がやっと調いました。どうぞ。

……さようですか。お武家様は小平太という者をお探しで。しかしながら、いかようにしてこの拙僧を、小平太殿とお取り違えになられたのでしょうか。

——はい。どうせ今宵《こよい》は一人で経典《きょうてん》などをひもとき、気の趣くままに過ごそうか、と思っておったところにございます。

長いお話になろうとかまいません。浮き世の四方山話《よもやまばなし》に飢えてもおります。偽《いつわ》りなくお武家様の話を聞きとうございます。

では、どうぞ、足をお崩しになっておくつろぎを。

このように年老いた和尚《おしょう》でよろしければ、終《しま》いまでおつきあいをさせていただきます。

第一章　信念の人

一

天文十七年――

妻戸《つまど》を一息に開け放つと、白く凍えた朝の寒気が出迎えた。

稲葉山《いなばやま》から凛として吹き下ろす風が、肌を刺す。が、悪い気はしなかった。これでこそ師走《しわす》の朝まだき。床《とこ》で温《ぬく》みきった身がたちまちにして引きしまる。

庭木を挟んだ御殿では、急ぎ足で行きかう小姓《こしょう》の気配が早くもあった。ここ数日、深鍋で炊《た》かれた湯のごとく、城のそこかしこが少しばかり浮き足立っていた。

姫の嫁ぎ先が決まりかけている。が、家臣までが落ち着きを散らしてどうするのか。

明智十兵衛光秀は、そぞろ立つ気配に目を閉じると、冷えた朝の気を胸深くに吸った。

刀の鞘《さや》を抜き、回廊の端に置いた。素足のまま冷えた庭へ降り立った。

五行《ごぎょう》それぞれの構えから、我が身を取り巻く薄靄《うすもや》を斬りつけた。揺れる思いは断ち切ったはず。それでも、まだ引きずられるものが胸底にある。

邪念を払った。一心に太刀を振った。

わずかな素振りで、早くも足さばきが乱れた。息も荒れた。そんな己《おのれ》が心底、腹立たしかった。

「――も少し力を抜いたらどうじゃ」

背中へとひた走る気配に気づかなかった。声で後ろから斬りつけられた。

脇構えに刀を引き、振り返った。

「おいおい、わしを斬る気かのう」

声は笑っていた。この寒さに綿衣《わたぎぬ》も羽織らず、はだけた胸元に手を差し入れた姿勢もくだけては見えた。が、光秀に据えた目は露ほども笑ってはいなかった。

「これは、大殿――」

光秀は慌てて刀を下げ、夜露をためた庭草にひざまずいた。

「太刀の乱れは心の乱れよ。わぬしにしては、ずいぶんと鋒《きっさき》が荒れておったぞ」

蝮《まむし》の目が、今度こそ確かに、笑った。

斎藤山城入道道三《さいとうやましろにゅうどうどうさん》は胸元を指先でかきむしるや、ゆるりと妻戸の奥から進み出た。回廊を越えて家臣の様子を見に来るなど、滅多になかった。ましてや、まだ空も微睡《まどろ》むこの朝明けである。

「もう四日になるな」

光秀は胸を突かれて頭を下げた。確かに今日で四日。内なる怒りを静めなければ、近習《きんじゅう》としての勤めを果たせなかった。

「わかっておる。怒りの先は、このわしだろうて」

まだ蝮の目は和《なご》んでいた。それでも、認めるわけにはいかなかった。

「のう、十兵衛。人の世とはままならぬものよなぁ」

道三は踏み石にその分厚い足を下ろすと、光秀が置いた鞘をつかみ取った。重みを見極めるように握り直し、ついと高く突き上げてみせた。

霞《かすみ》上段の構えである。

道三は若かりしころから、槍《やり》の名手として知られた。鞘を槍に見立て、裂帛《れっぱく》の気合いとともに振り下ろした。すかさず身を翻《ひるがえ》し、見えない敵の喉笛を抉《えぐ》る。

つかのま靄が切り裂かれて、庭に道三の姿のみが浮かび上がった。とても齢《よわい》五十五になる者の身ごなしではない。さらに頭上で鞘を旋回させたのち、変蝶《へんちょう》の構えを取った。またも反転するなり、光秀の鼻先めがけて鞘の鐺《こじり》が迫った。

とっさに右足を引き、鎬《しのぎ》で受けた。斬り裂かれた風が、さわり、と光秀の頬をさすり上げた。

「どうした。わしの動きに見惚《みと》れておったか。ちと構えが遅れたぞ」

道三は引き寄せた鞘を掌《てのひら》でたたき、呵々《かか》と笑い飛ばした。槍ならもちろん、四尺五寸の杖《じょう》でも喉を貫かれていた。

光秀は、そっと歯の根に力を込めた。見抜かれていた。

戯《たわむ》れに鞘を振ったのではない。わしの穂先に乱れがあるものか。そう道三は自らの身ごなしで、おのが心中を表してみせたのだ。

人は蝮と呼んで、この男を恐れる。不興《ふきよう》を買って、無惨にも首を刎《は》ねられた者は幾十人もいた。が、光秀は不思議とこの主君を恐ろしいと感じたことがなかった。

その恐ろしさの源は、眼力にこそある。人を、そしてその力のほどや忠義振りを、道三ほどつぶさに見ている者はいなかった。人は人によって支えられている。心持ちひとつで家臣を斬る暗君《あんくん》が、他国からも恐れられるわけがなかった。

「いくつになった」

道三はにじみ出た額の汗を袖口でぬぐうと、縁先に腰をかけた。

「二十歳になります」

「そろそろ良い歳だの」

「まだ青二才にすぎません」

「言うな。わぬしが青二才なら、わしの近習は赤子ばかりよ」

肩を揺すって笑ったが、目の奥に暗い光がこもって見えた。

「今日まで幾千人もの男が、わしのために身をなげうってくれた。幸せ者よの。さればこそ、わしも命懸けでこの美濃を守ってきた。無論、わしの本意に背こうとする者は用捨《ようしゃ》なく斬って捨てた。しかしながら、心を寄せる家臣を使い捨てにした覚えは、一度としてない」

「大殿のおそばに仕えてきたこの光秀、たれより承知しております」

「わしは、おなごを具足扱いする気も、さらさらない。ましてや帰蝶《きちょう》は初めての娘。こんな坊主崩れの男でも、可愛くてならん」

光秀は黙って頭を下げた。身を伝う汗が冷えていった。

「わぬしも知っておろう。あの男の天分を計るため、幾人もの忍びを尾張《おわり》の城下に放ったことは」

耳に挟んでいたが、頷《うなず》かずにいた。

道三はまた胸元をかき、他人事《ひとごと》のように笑ってみせた。

「よくもまあ悪い話ばかり、ごそごそ集めてきたものよ。鵜呑《うの》みにするなら、聞きしに勝る大うつけだわい、あの小倅は」

その手の話を拾うのなら、わざわざ忍びを放つまでもなかった。城下の楽市《らくいち》に集う商人なら、尾張にまで商いの手を広げる者が幾らでもいた。

織田三郎信長――。すでに元服をすませながらも、小袖の片肌をいつもはだけ、暇さえあれば馬を駆り、どこの者とも知れない連中を集めて野山を走り回っている。町衆は陰で彼を、うつけ殿、と呼んだ。いずれ織田家は弟の勘十郎信勝《かんじゅうろうのぶかつ》に家督《かとく》を譲るはめになろう、とささやかれる始末だと聞く。

「わしは腹をくくったぞ。こたびの申し出を、受ける。帰蝶は織田家に嫁《とつ》ぐ。あの子も聞き入れてくれた」

「なぜ——織田に人質を差し出さねばならないのでしょうか」

声に震えは出なかったと思う。

「輿入《こしい》れだ。人質として、くれてやるつもりはない」

つもりはなくとも、そう他国に伝わる。美濃の成り上がり者は、尾張の虎《とら》が怖くて、娘を人質として差し出しおった、と。

尾張の織田とは、木曾《きそ》川という国境《くにざかい》を挟んで多くの戦《いくさ》を重ねてきた。が、ここまで常に織田の軍勢を跳ね返している。姫を差し出す理屈がどこにあろうか。

織田信秀《のぶひで》は東の今川《いまがわ》を恐れているのだ。今は美濃と事を構えずにいたほうが得策。そう考えたあげく、息子信長との縁組みを申し出てきたにすぎない。

「まだ不服そうな顔だな」

「いいえ。尾張との同盟がなれば、我らも北の朝倉《あさくら》に兵を回せまする」

道三は老いたのかもしれない。人は歳をとると、攻めより守りに重きを置く。攻めには、覇気と周到な企てが要る。

蝮も近ごろ、とみに目が優しくなった。今も息子を見るかのように目を細めている。

「帰蝶は二つ返事で聞き入れてくれた。本物のうつけなら、我が手で信長を殺し、美濃に帰ってくる、と言いおったわい。そうなれば、尾張までが労せず手に入るというものよ」

いかにも帰蝶らしい覚悟のほどを語る物言いであった。

道三がふいに頬の笑みを消した。

「十兵衛――。わぬしの心は見えておる。が、あやつも美濃一国を預かる者の娘ぞ。たれより美濃の民を案じてやる務めがある」

充分に承知していた。そもそも兄妹のように育った仲なのだ。帰蝶の母は、光秀の叔母《おば》に当たる。それゆえに――。

帰蝶は光秀様に嫁ぎとうございます。父もきっと許してくださるはず……。

兄代わりとして慕う男に、ただ戯れの弾みから口にしたにすぎなかったろう。

「わぬしは明智の惣領《そうりよう》よの。そろそろ光安《みつやす》殿に返してやらねばならん」

「いえ、まだ大殿から多くを――」

「そのような目で見澄まされたのでは、あやつのせっかくの踏ん切りが揺れてしまおう。そうであろうが、十兵衛」

とっさに目をそらした。蝮が懇願していた。たかが近習の若衆一人に。

娘のため。そして、美濃一国のため。おまえがこの城にいては、こたびの縁組みが壊れかねない。ここは去ってはくれまいか、と。

「明智の惣領らしく、胸を張って城へ戻り、早々に嫁を取れ。良いな」

今となっては、名ばかりの惣領と言えた。父は光秀が十一の時に亡くなった。長く患っていたため、明智城は叔父《おじ》の光安が治めていた。老いた祖父の願いもあって、叔父は光秀を養子とした。そうすることで、光秀を明智の惣領であると、一門に請け合ったのである。

が、明智城を離れて八年。母はすでに生まれ育った若狭《わかさ》へ帰されていた。のこのこ惣領顔して城へ戻れるものではない。

道三の目に、ふと柔和な光が射した。

「力ある者が人心を制し、国を治められる。争乱の世なればこそ、今のわしという男がある。ところが、だ。今の座にあるから、娘を手放さねばならん、ときた。よう見てみい、十兵衛。無様《ぶざま》なこの道三の形《なり》を」

京の公家《くげ》は娘を帝《みかど》に嫁がせ、おのが一族の栄華を図ってきた。今では名のある武将と縁《えにし》の糸を繕《つくろ》い、かろうじて家を守る者もいた。その先の武将とて同じで、手強《てごわ》き敵との同盟を結ぶため、娘はもとより、時に母まで人質として差し出し、領地を守ろうと血眼《ちまなこ》であった。

「のう、十兵衛。わぬしなら、わかっていよう。くれぐれもおなごを粗末にするでないぞ。その者らの献身があるから、我ら男は領民を守り、家臣を束ねられる。命懸けで戦える——いや、戦わねばならんのよ」

「肝に銘じます」

男たちが死を覚悟で敵へ挑んでいくように、もののふの娘にも命懸けの戦を強いられる時がある。帰蝶は今、出陣の意を固めたのだ。

道三は乱れた襟元を正したあと、頰に再び笑みを取り戻した。

「おなごは良いぞう。このように寒い朝など、格別だ。ぬくくて、やっこくて、なぁ」

光秀が面差《おもざ》しを直すと、道三は早くも腰を上げ、胸元をかきつつ回廊へ歩きだしていた。

その日のうちに、取次《とりつぎ》から正式に暇《いとま》が申しつけられた。光秀は城での任を解かれた。叔父に文《ふみ》をしたため、こたびの沙汰《さた》について明らかにしておいた。が、すぐに稲葉山を発ったのでは、送った文と同じころに帰り着いてしまう。かといって城に残ったのでは、どこで帰蝶とまみえるかわからなかった。

一目でも……。さもしき未練が手足を縛りかけた。が、荷をまとめて小姓方に託すと、光秀は早々に城下を出た。

風の吹き渡る長良川の堤《つつみ》で足を止めた。振り返ると、稲葉山城の櫓《やぐら》が見通せた。どれほどこの山を登り下りしたか。

道三は娘を城には上らせなかった。勝ち気な帰蝶にせがまれ、幾度も供をさせられた。従者が通りかかるといけないので、最も楽な〝馬の背〟の道は使えなかった。帰蝶は果敢に、男どもでも汗を滴《したた》らせる崖《がけ》を登った。

足を滑らせそうになった帰蝶を抱きとめた時の肌触りが、ふいに甦《よみがえ》った。光秀は掌を握り、胸を炙《あぶ》る思いに耐えた。

年が明ければ、帰蝶もこうして稲葉山を振り仰ぐ時が来る。

いや、あの娘のことだ。あらゆる思いを果断に払い落とし、懐かしい山を振り向きもせず、尾張へ旅立っていくように思われた。そのほうが、いかにも帰蝶らしい。

――お達者で。

山に向かって呟《つぶや》き、踵《きびす》を返した。吹き下ろす風に背を押してもらい、城から離れた。

足の赴くまま、神護山崇福寺《じんごさんそうふくじ》に立ち寄った。稲葉山と鷺山《さぎやま》城の間にあり、かつての美濃の守護が建立した臨済宗の寺である。

光秀が境内《けいだい》を歩み行くと、ちょうど快川紹喜《かいせんじょうき》和尚《おしょう》が本堂からのそりと、枯れ枝を思わせる痩せた身をのぞかせた。

「どうした。また来たのか、物好きだのう、おまえは」

光秀の旅支度を認めておきながら、それには一切触れもせずに言った。このぶっきらぼうな優しさが、今なればこそ心地良かった。

「また教えを請《こ》いに参りました」

「嘘を言え。おまえに教えることなど、もうないわい」

快川和尚は臨済宗大本山である妙心寺《みょうしんじ》の四十三世を務めたのち、この寺に招かれていた。美濃出身。光秀と同じ土岐氏の出でもある。

「道三も嘆いておったわい。小憎《こにく》い近習が一人いて、たまらん、とな」

はからずも道三の名を出され、光秀はそっと息を細らせた。波立つ心を面《おもて》に出すまい、と己を戒《いまし》める。幸いにも、快川和尚は目を細めながら先に歩きだしていた。

「珍しいこともあるのう。あの不敵者の蝮が、さんざ迷っておった」

「大殿が……」

「今のおまえと瓜《うり》二つの面輪《おもわ》で、わしが丹誠込めた庭をじっと見ておったわい。迷いを悟られたくないと願う者ほど、心に鎧《よろい》をまとったあげく、いたずらに気負ってしまうもの。蝮も人の子よ。のう、十兵衛」

いきなり斬り込まれた。

この和尚の前では、道三とて童《わらべ》のようなものなのだ。ましてや光秀では、赤子も同然。

和尚はほくほくと乾いた笑い声を放ち、歳を感じさせない軽やかさで自慢の庭へ歩んだ。

「そうそう。その翌日に、帰蝶も同じ顔をして現れたものよ」

足が止まった。風が頰に吹きつけてきた。

帰蝶までが、この寺に……。

「迷って道理。迷わぬ者など、悟りを騙《かた》る偽坊主か、己を見限った愚か者ぐらいよ。大いに迷え。試練は心の砥石《といし》となる。いやいや、坊主らしいことを言って相済まぬなあ」

和尚は前歯の欠けた口を大きく開けると、またひとしきり、ほくほくと笑った。

その口をにわかに閉じるなり、光秀を振り返った。

「わしはなあ、信長という男の評判を聞くたび、恐ろしゅうて肌が粟立《あわだ》ってくる。なぜかわかるか」

うつけの評判を聞いて笑うならまだしも、恐ろしさを覚えるとは解せなかった。

「良いかの。町衆にまで知れ渡っておるとなれば、城内でも知らぬ者はまずおらん。その評判は、嫌でも信長自身にも聞こえていよう。宿老《しゅくろう》ならずとも、良くわきまえよ、と口酸《す》っぱく教え込もうとするはず。が、それでも信長という男、頑《がん》として身構えを変えようとはせぬ、と見える。ゆえに、良くない評判ばかりが流れておるわけだ」

それでも振る舞いを改めないからこその、大うつけに思えるのだが……。

「おまえは明智の惣領であったの」

「名ばかりですが」

「ならば、より察せられよう。おまえが明智の城へ戻り、そのような大うつけでいられるか」

考えるまでもなく、無理であった。城へ帰れば、否応なく惣領としての器を量られる。

「どうじゃ。いくら、うつけと言われようと、信長は頑として生き方を変えぬのじゃぞ。恐ろしいほどの覚悟を秘めた男だとは思わぬかの」

庭石に目がとまった。惣領であれば、宿老らから口やかましく指南されて当然。それを撥《は》ねつければ、周囲の目はより険しさを増す。孤立は見えていた。無言の咎《とが》めに耐えていくのは、容易なことではない。

「しかしながらなぜ、あえて頑《かたく》なに生き方を変えようとしないのでしょうか」

訝《いぶか》しみを口にすると、たちまち和尚が首を左右に振った。

「人に尋ねず、我《われ》の胸に問うてみんか。考えてこそ、人ぞ」

光秀は声で頰を張られた気がして、やおら目を閉じ、胸に尋ねた。

口喧《くちやかま》しい老将らを蔑《ないがし》ろにすれば、家臣の多くは離れていく。そうなったなら、どう見積もっても城内はひとつにまとまらなくなる。

「なるほど……」

「見えたか」

「はい。信長はまだ十五歳。我《が》を張れば張るほど、孤立しましょう。となれば、真に頼りとなる者しか、そばには残りません。弟のほうが評判も良いと来ては、なおさら」

自分とて同じ身の上であった。明智城へ帰れば、叔父光安にも息子がいた。

弥平次秀満《やへいじひでみつ》――。かつてはこの光秀を実の兄と慕ってくれた。が、本人はともかく、その家臣らが光秀をどう見るかは、また別である。

快川和尚は自慢の庭石にその小さな尻をのせ、首の後ろを掌でたたきつけた。

「どうじゃ、どうじゃ。ほれ、恐ろしい男ではないか。十五にして、やつはおとなの値踏みをしておるのだぞ。そうするしかない場に、あえて我が身を置いて、じゃ。――まだあるぞ。道三が言っておった。信長は、家臣が離れていったところで、兵を銭《ぜに》で雇えば良い、と言い放っておるそうじゃ」

「まさか……どこの者ともわからぬ輩《やから》と野原を駆け回っている、というのは――」

「銭で雇った者らと、かもしれんの」

「では、野山で自ら兵を鍛えている……」

「とすれば、まさに末恐ろしい男じゃ。まだまだ多くを密かに企てておるのかもしれん」

光秀は快川和尚に一歩近づいた。

「それを帰蝶にもお話しになられたのですね」

「賢い娘じゃ。おまえと同じで、自ら答えを出しおったわい」

もちろん、快川和尚の導きがあってのことである。

道三も帰蝶も、そして光秀も、迷った末にこの寺を訪れた。そうやって、織田三郎信長という若虎の器に目を見開かされた。

光秀は面を伏せて唇を噛《か》んだ。もしかしたらその時、道三や帰蝶は、信長という十五歳の男に、末恐ろしさのほかに、計り知れない逞《たくま》しさを見たのではなかったか。

それゆえに、帰蝶は覚悟を決められた、とするならば――。

「十兵衛。世の理《ことわり》をもっと学べ。苦しい時こそ、多くを学び取れる。おまえなら、道三に負けない名将になれるはず。わしはそう信じておる。ただし――」

「はい」

「ただし、人を巧《うま》く使うばかりが名将ではないぞ。まことの将とは孤独なものよ。尻尾《しっぽ》を振る犬ばかり集めては、怠《なま》け心が養われるにすぎん。独りを噛みしめてこそ、初めて己と人が見つめられる」

それを織田信長という男も悟っている。己の明日を見据えつつ、まずは尻尾を振るばかりの犬を取り除こうと図った。

まだ見ぬ男へ心が惹《ひ》かれた。帰蝶もきっと同じ思いを覚えたのだ。

ざわわと肌が粟立《あわだ》っていく。忘れていた血の滾《たぎ》りに胸底が煽《あお》られ、光秀は背筋を伸ばして和尚へ向き直った。

「もっと和尚から多くの教えを学びたくてなりません。が、今朝、近習の任を解かれました」

和尚が頷き、白い無精髭をたくわえた顎《あご》を、すりすりと盛んに撫《な》で上げた。

「やっと独り立ちか。ちと遅すぎるかの」

「いいえ、遅くはないと信じます。ようやく、その時が訪れたのでしょう」

数珠《じゅず》を握る手が、光秀の眼前に突き出された。

「ならば、行け。もう迷うでない。己の足で地を踏み固め、一途《いちず》に野を分けて歩き、心の芯《しん》を磨け。尾張の若虎と――競ってみい」

「望むところ」

光秀は言って、稲葉山を仰ぎ見た。

山からの風が急に変わったように感じられた。

二

永禄四年――

岩走《いわばし》る川の水面《みなも》に照りつける陽射しはすでに夏めいていた。

岸辺の苔《こけ》生《む》す岩を蹴り、小平太は川面《かわも》へ身を投じた。水はまだ春の冷たさで囲んできた。弾ける泡の先に、揺らめく川底が見通せる。肉付きのいい鮒《ふな》が群れ集《つど》っていた。

水の流れをかき分けて、小平太は一匹の魚となった。村の誰にも泳ぎで負けたことはない。

身をくねらせて逃げる鮒の行く手をさえぎってやる。たっぷりと睨《にら》みを利《き》かせ、握りしめた銛《もり》を突き出した。銀の鱗《うろこ》が鼻先で躍《おど》り上がった。

「見たか、弥助《やすけ》」

小平太は川面へ浮かぶと、獲物を高々とかかげてみせた。

先に飛び込んでいた弥助と吾平《ごへい》が揃って悔しそうな顔を向けてきた。

「今度は負けるか」

「いつも同じこと、言ってらあ」

岩場へ上がった仙太郎《せんたろう》が水を飛ばす勢いで大笑いした。その横で、たまも手をたたいている。

やっと妹にも笑顔が戻りつつある。谷間の隠し田を沙汰人《さたにん》に見つかってから、昔のように腹を空《す》かせる日が多くなった。ひもじさは嫌でも顔を曇らせる。

獲物を手に河原へ上がった。魚を皆で等分にした。通草《あけび》や薇《ぜんまい》も必ず分け合っている。何があろうと抜け駆けはしない。我らは兄弟も同じ、そう誓い合った仲だった。

収穫を喜び合って、村へ急いだ。たまと二人、夕べの水汲みを手伝う決まりになっていた。鎮守《ちんじゅ》の森を越えて獣道《けものみち》を走り下ると、犬の背のように狭い田畑が見えてくる。

「あにさん。また山が燃えとる」

たまが手を引き、小平太を見上げた。

川向こうの里山に、糸を引いて立ち昇る黒い煙があった。つい二月《ふたつき》ほど前、鎮守の裏手が燃えた。吾平の家まで火が迫り、村をあげての騒ぎになっていた。

「心配すな。炭焼きの煙だろうて」

「おとう」

我先《われさき》にと駆けだした弥助が、獲物をかざして声を放った。仙太郎と吾平があとを追った。畑の中で振り返る人影がある。二人、三人……。小平太もおとうの姿を目で探した。

どどど……。

そこに時ならぬ地響きが起こった。

獣道が揺れて、脇を埋める梢《こずえ》までが、かさかさと震えた。地鳴りではなかった。馬の蹄《ひづめ》の音だ。それも、一頭や二頭ではない。小平太はたまの手をぎゅっと握り、その身を引き寄せた。

「侍だで、逃げろ」

誰の叫びかはわからなかった。おとうが鍬《くわ》を抱え、畝《うね》を走っていた。その奥から、畑を切り裂いて湧くがごとく、鬣《たてがみ》を振り乱した馬が三頭現れた。

まるで狂い馬のようだった。背にしがみつく侍も鬼の形相《ぎょうそう》で、血染めの刀を振り回していた。追われているのだ。馬の尻を刀の棟《むね》で、死にもの狂いにたたきつけている。たちまち追っ手の幟《のぼり》が、波となって打ち寄せた。二頭、三頭……。五頭、六頭。侍の叫び声が畑を囲む。落ち武者狩りだ。

「おとう」

弥助が泣き顔になって畑へ走った。

よせ。その声が出ず、小平太はたまを抱き寄せる手に力を込めた。

追っ手の後ろから、数多《あまた》の矢が風を切って飛び迫る。逃げ行くおとうの頭上を、流れ矢が襲った。

耳元で悲鳴がほとばしる。たまが身を震わせていた。見るな。妹の顔を胸元へ押しつけ、そのまま藪《やぶ》に身を倒した。

「弥助、伏せろ。吾平、動くな」

ありったけの声を放った。皆に届いたかどうかわからなかった。恐ろしくて目を瞑《つぶ》っていた。流れ矢が次々と地に突き立つ音が、群雨《むらさめ》となって身を取り巻いていく。

地響きの中、哮《たけ》り声と叫びが交わった。逃げてくれ、おとう、おかあ……。祈りながら恐るおそる顔を上げた。

その目の前に、吾平がもんどり打って倒れてきた。受け止めると、手がぬるりとすべった。鉄錆《てっさび》に似た生臭さが鼻を打つ。――血だ。

「吾平……」

肩を揺さぶり、呼びかけた。がくがくと揺れる首の真ん中を、横から一本の太い矢が貫いていた。吾平の目は虚空《こくう》を睨み、口から赤い血があふれ出た。

息を吸えずに咳き込んだ。胸苦しさに涙がこぼれた。たまが身を起こそうともがいている。動くな、伏せてろ。とっさに頭を押さえつけて、畑に目を走らせる。

背に矢を突き立てた村人が倒れ伏していた。二人、三人……。おとうを探すより先、ふらふらと歩みゆく弥助の後ろ姿が見えた。あいつのおとうが倒されたのか。

「戻れ、弥助」

たまらず藪からまろび出た。追っ手の馬めがけて、悪あがきに刀を振り乱す侍がいた。下手に近づけば、馬に蹴られるか、撫《な》で斬《ぎ》りにされる。

弥助、今は身を隠せ。祈りながら走った。身をかがめつつ、弥助の帯へと手を伸ばす。馬が一頭、ぶるると鼻息荒く左から走り寄せた。

「どけい、小童《こわつぱ》」

野太い怒り声が頭上を走りすぎた。とっさに首をすくめた。頭上を一陣の風が吹き抜けた。と、目の前で弥助の身が斜めにかしいだ。

その肩先に、首がなかった。遅れて、真っ赤な雨が横殴りに降りつけた。声も出せずに転がり、ただひたすら身を縮めた。おとう、おかあ……。恐ろしさに心が千々に引き裂かれて、躰はまったく動かなかった。

　地に身を埋める虫となって丸まっていた。どれほど額《ひたい》を土に押し当てていたか。地響きが消え、野焼きのような臭いが身を取り巻いていた。爆《は》ぜる炎の熱気が、すぐそばにある。

「仕留めたのは五人」

「まだ近くにいるぞ。逃がすでない」

　男どもの声に続き、馬のいななきが響《どよ》み渡った。また地鳴りのような音が起こり、やがて、それも小さくなって、消えた。

　谷間を風が吹き下ろしていった。しばらくは顔を上げられなかった。どうにか手足が動いたのは、たまの身が案じられたからだった。

　震える足を手でたたきつけて、身を起こした。畑の中の家々が紅蓮《ぐれん》の炎を吹き上げていた。夢であってくれ。頬を張ったが、悪夢は消えなかった。

　転がるように藪へ駆け戻った。たまの泣き声が耳を打った。少なくとも命はある。走り寄って抱き起こした。

　たまは泣きじゃくるばかりで、目も開けられずにいた。今はそのほうがいい。

　小平太の集落にも年寄が来て、尾張との戦《いくさ》があるから、と若い衆を連れて行った。こんな山間にまで侍が押し寄せるとなれば、美濃軍は総崩れとなったのかもしれない。

「おとう。おかあ……」

　震え声で呼びかけた。返事はどこからもなかった。

「仙太郎。どこだ」

　見回すと、畝の中ほどに座り込む仙太郎の背があった。

たまの手を引き、歩み寄った。いくら名を呼んでも、その背は動かなかった。恐ろしくて仕方なかったが、涙をこらえながら仙太郎の肩に手をかけた。力なく後ろへ倒れてきた。

真一文字に斬られた腹から、赤い臓腑《ぞうふ》がはみ出ていた。

たまが泣き声を切らせ、その場に崩れ落ちた。家々の燃える音が、狭い谷間を埋めていた。おとう、おかあ……。うわごとのような喘《あえ》ぎが喉《のど》から洩れた。

たまを抱き起こして、泣いた。泣き続けていると、暗い空も噎《むせ》び泣き、大粒の涙が次々と落ちて、小平太の背と大地を打ち据《す》えた。

麓の集落にも尾張の侍は押し寄せていた。たまを連れて助けを求めに行ったが、屍《しかばね》にしか会えなかった。

侍の次に現れたのは、野盗だった。村が襲われたと聞きつけた食い詰めどもが、鍬を手に集まってきた。やつらは屍から衣《ころも》をはぐや、崩れ落ちた小屋からまだ使えそうな物を一切合切奪っていった。

小平太が助けを求めても、相手にする者はなく、中には売り飛ばせば銭になると目を光らせる男までいた。危うく捕まりそうになった。逃げきれたのは、やつらが分け前を目当てに殴り合いを始めたからだった。

人は一皮むけば、鬼に変わる。

その夜から、たまと二人で山に身を隠した。谷川で魚を仕留め、木の実や蕨《わらび》を採れば、飢えをしのぐことはできた。

「いいか、たま。兄じゃに任せろ。おれがそのうち、野盗なんざぶちのめしてやる。そしたら、二人で畑に戻って、小屋を建て直そう。それまでの辛抱だぞ」

たまは頷いてくれた。が、あの日から一切の言葉を口にしなくなった。目の輝きも失せた。食も細った。幽鬼も尻込みしそうな、青ざめた顔に変わった。

森の奥で大きなうろを持つ樫《かし》の木を見つけた。中に枯れ草を敷いて、住みかとした。たまは日に日に弱り、出歩くことすらできなくなった。小平太は夜も森を駆けて食べ物を探し回った。

二人で暮らすようになって二十日目。川向こうの森で、一匹の猿と出くわした。

よく見ると、人だった。年のころは、小平太より少し下。伸びた髪が蛇《へび》のように乱れてうねり、泥だらけの獣にしか見えなかったが、確かにそれは人だった。

「ここはおれの山だ。出て行け」

猿が黄色い牙《きば》をむき、わめき立てた。

「一人か」

「うるさい、さっさと出て行け。殺されたいのか」

「おれは妹と二人だ。おとうとおかあは、尾張の侍にやられた。おまえもか」

猿の目から、わずかに構えの気配が薄れた。

「食い物に困ってるのか」

「弟が……二人いる」

「魚を干したものなら、少しある」

くれる気なのか。猿の目が驚きに見開かれた。

きっと、こいつも同じだ。野盗に追われて、山へ逃げ落ちた。里の者らを信じられず、ここで暮らすほかはなくなった。

「二人で追い詰めれば、鳥よりもっと大きな獲物が捕れる」

「山分けだぞ。こっちは三人。それでもいいいな」

絶対に譲れないぞ。兄としての意気が、全身から漲《みなぎ》っていた。

「来い」

小平太は頷き返し、先に走りだした。

猿にも名はあった。安兵衛《やすべえ》、と語った。弟は伊助《いすけ》と杉丸《すぎまる》。二人は朽ち果てた社《やしろ》の床下で力なく横たわっていた。滋養が足りておらず、足がたまの腕より細かった。

周囲の木々に、木の皮を剝《は》いだところがあった。餌《えさ》に困った鹿《しか》や兎《うさぎ》のように、彼らがかじりついた跡だと知れた。

幼い二人に干した鮒《ふな》をやった。奪い取るようにしてかぶりつき、ばりばりと頭ごと噛み砕いていった。二人がこれでは、安兵衛もろくなものを食べてはいまい。

とっておきの山に連れて行った。木の実に通草《あけび》、茸《きのこ》までが採れる。それらを餌にする鳥や小さな獣も集まってくる。

「おまえ、やるな」

「色の鮮やかな茸は食うな。死ぬほど腹が痛くなる」

「知ってる。おれも二度、死にかけた」

「おまえも、やるな」

安兵衛と目を見交わし、笑い合った。

新たな連れが加わったことで、たまの顔にいくらか生気が戻った。まだ五歳にもならない杉丸を、たまは弟のように可愛がった。川で躰を洗い、食べ物を口に運んでやっていた。時折、笑顔すら見せるようになった。

小平太は新たな身内のためにも、山を駆けた。兎や狸《たぬき》は、そうそう捕まえられない。安兵衛と挟《はさ》み撃ちにしても、獣は決まって仕掛けた罠《わな》をすり抜けてしまう。

二人で策を練った。魚を餌として置き、じっと枝の上にひそんで獣を待った。明け方になって、一羽の小兎が現れた。二人して銛を構えると、兎は餌など見向きもせずに茂みの奥へ消え去った。

「まだやる気か」

安兵衛が呆れ半分の声で言った。

「兎はうまいぞ」

「でも、どうやる」

「逃げ道をなくせばいい」

一方を倒木で、もう一方に土を盛り上げて壁を作った。その中に餌を置いた。

またも明け方に、一羽の兎がのこのこと現れた。

小平太は兎が魚に近づくのを待ち、一気に飛んだ。背後に降り立つと、兎が身の丈を楽に上回る高さへと跳んだ。が、倒木と盛り土は越えられなかった。

狙いをつけて銛を投じた。一本目は外した。二本目が兎の腰を貫いた。

「見たか」

仕留めた兎を持ち帰った。たまは両手をたたいて喜び、安兵衛は笑いつつも深々と頭を下げてみせた。

もうすぐ冬が来る。もっと兎を捕まえ、毛皮を集めておきたい。大きな刺し子を作っておけば、皆でくるまり、寒さをしのげる。

兎の皮をはぎにかかると、たまが後ろからしがみついてきた。

「あにさん……」

小平太は胸を突かれて、たまを振り返った。安兵衛らも手を止め、目を丸くしていた。

「いい声してるやないか。もったいつけずに、もっと聞かせてくれ。なあ」

安兵衛が微笑《ほほえ》みかけた。伊助と杉丸も頷《うなず》いた。

たまは三人に見つめられ、照れくさそうに小平太の背に顔を埋めた。

「夕陽のように、赤くなってら」

伊助がからかい、笑顔が弾けた。

五人で暮らすようになってから、今日ほど笑い合えた日はなかった。この笑顔を守ってみせる。小平太は、おのが胸に誓った。弟を見つめる安兵衛も、きっと同じ思いでいる。

翌日から、冬支度を始めた。伊助も魚の干物《ひもの》造りを手伝うようになった。たまと杉丸も木の実拾いに出かけていった。

その日は、また兎を一羽、仕留められた。川へ出た安兵衛を迎えに行き、社《やしろ》跡へ急いだ。

裏手の茂みを出たところで、いきなり正面をふさがれた。薄汚れた男が立っていた。

この山を根城とする猟師か、と思った。が、男は弓や斧《おの》を持ってもいなければ、草鞋《わらじ》すら履いていなかった。ただ手には太い木の枝を握りしめていた。

破れた袴に脛当《すねあ》てが見えた。軍場《いくさば》から逃げてきた侍かもしれない。

「食いものをよこせ……」

黄色い目と歯をむいた男が手を突き出してきた。右手に握った太い枝を大袈裟《おおげさ》に振りかざした。

「よこせ、小童」

男が安兵衛ににじり寄った。せっかくの獲物を奪われまいとして、安兵衛が魚を脇に抱えて逃げにかかった。が、食い詰めにしては男の動きに鋭さがあり、踏み込むとともに太い枝が振り下ろされた。

跳べ。跳んで逃げろ。叫んだ時には、遅かった。風を切る音とともに、太い枝が安兵衛の背を襲った。肉をたたく鈍い音と、呻《うめ》き声が耳を打った。

「逃がすか……」

男が安兵衛にのしかかり、魚を奪い取った。小平太は兎を捨て、背に担いだ銛をつかみ直した。

魚を手にした男が振り向き、またも太い枝を振り回した。鼻先に食らった。景色がゆがんで流れた。口に湧き出た血を吐き、地を転がり逃げた。

その隙に、安兵衛が男の後ろで身を起こした。苦しげに喘《あえ》ぎつつも、魚を取り戻そうと手を伸ばしている。今は逃げろ。叫んだつもりだったが、向き直るのに手間取り、声が遅れた。男の太い枝が、安兵衛の頭上めがけて振り下ろされた。

真っ赤な血潮が散った。このままではやられる。銛を握り直して、再び跳ねた。

男の脇腹へと銛を突いた。切っ先が肉にめり込む手応えがあった。こいつを倒さねば、二人ともやられる。兎にとどめを刺すように、銛の先をねじり上げた。

男が咳き込むように血を吐いた。それを全身に浴びても、さらに押した。男が身を引きつらせて腰から崩れ落ちた。

安堵の息をつく間もなく銛を抜き、蠢《うごめ》く男の喉元を突いた。そのひと刺しで、やっと男の目から生気が失せた。

「安兵衛、おれが見えるか」

動こうとしない安兵衛を抱き起こした。枝からもげかかった柿の実のように首が揺れ、口と鼻から血が流れ出た。

「死ぬな。おれの手を握り返せ」

まだ温かい手を強くたたいた。が、安兵衛の目は小平太を見返すことはなかった。

握った拳を大地にたたきつけた。伊助と杉丸に、どう伝えたらいいのか……。おまえらの兄さんは一人で遠い所へ旅立った。そんな戯《ざ》れ言《ごと》で、二人を欺《あざむ》けるものか。

木の根元に銛で穴を掘り、安兵衛をそっと埋めた。おとうとおかあも、こうして森の中で眠っている。獣より劣る男は、そのまま地に転がしておいた。腐り果て、鳥や獣に食われるがいい。

安兵衛が命に代えても守ろうとした魚を拾い、社跡へ戻った。陽はもう西の森に落ちていた。

茂みを割って出て、社の裏へ近づいた。足が止まった。枯れ葉に埋もれるようにして、黒い人影が横たわっていた。

「杉丸……」

わけがわからず、駆けだした。なぜ杉丸が倒れている。

抱き上げようと肩に手をかけた。杉丸の細い手足が、冬の地べたのように冷たかった。

何が起こったのか。のしかかるような暗い空を仰いだ。悪い夢なら覚めてほしい。

たまは――。

怯《おび》えが走り、目を覆った。杉丸を放り出していた。すまないと胸で詫びつつ、社へ走った。縁の下をのぞくまでもなかった。朽ちた賽銭箱《さいせんばこ》の横で、たまと伊助が折り重なるように倒れていた。

「たま――」

叫びが喉を裂いてあふれた。たまの額がぱっくりと割れ、どす黒い血が顔を覆っていた。

「たま、目を開けろ。開けてくれよ、おい、たま」

激しく揺さぶった。たまは動かず、口から一筋の血が滴《したた》り落ちた。

まさか賽銭箱に隠した木の実を守ろうとして……。

温もりの消えたたまの身をひしと抱いた。おとうにおかあ、そして今、たままでを失った……。身を真っ二つに千切られたかのような胸の痛みに喘ぎ、小平太は躰を折った。

背後で茂みを分ける音が響いた。

——誰かいる。

小平太の叫びを聞きつけ、何者かが近づいてきた。獣なら、人を忌み嫌ってさけたがる。人に近づけば、こうしておとうやたまのように命を奪われるのだ。

人だ。おそらくは、たまを無惨に殴り殺したやつら……。

小平太はとっさに地を蹴った。兎を追い込むように気配と足音を消し、杉丸の前に捨て置いた銛をつかみに戻った。

社の裏に隠れると、薄闇をまとう茂みをのぞいた。

人影が二つ……。落ち武者か、食い詰めの野盗どもだ。やつらがたまを——伊助に杉丸、安兵衛をも——奪っていった。あいつらこそ地獄へ堕ち、八つ裂きにされるべきなのだ。

息を詰めて手の銛を握りしめた。人の姿をした鬼どもが大声で何かしゃべっていた。

「今のは山犬か……」

「まだ生きてやがったのかもな」

「しぶてえ餓鬼だ」

人を人と思う心を持たない鬼が、せせら笑いとともに近寄ってきた。

たま……。兄じゃを見ていろ。おれが鬼退治をしてくれる。

そうなのだ、と小平太は悟った。おばあが昔、教えてくれた。この世には、人を食らう鬼がいる。鬼を成敗しなくては、人は安らかに暮らしてはいけない。

銛を握り直して、鬼との間合いを計った。必ず仕留めてみせる。

人の皮をかぶった二匹の鬼めがけ、小平太は藪を裂いて飛びかかっていった。

三

永禄九年——

御殿への回廊が祭り舞台のようにかまびすしい。行き交う近習の足さばきが乱れに乱れていた。

番屋に馬を預けると、明智十兵衛光秀は眼差しを上げ、常御殿《つねのごてん》を振り仰いだ。平素は多くが室町作法《むろまちさほう》にかぶれて、見よかし顔を作りたがるくせに、いざ事が起こるとそろって取り乱してしまう。

かつての稲葉山城が懐かしい。火急の事態に迫られようと、これほどに騒ぎを煽《あお》り立てる者はいなかった。が、この越前朝倉家《えちぜんあさくら》では、熱い鍋を蹴飛ばし合うがごとき騒動となる。

まさに家臣の振る舞いは、主君そのまま。まざまざと心根を映し出す鏡であった。

光秀は苦笑いを隠して歩きだした。ここはひとつ風情《ふぜい》ある歌でも詠《よ》むか、と空を埋める鰯雲《いわしぐも》を眺め渡した。

雲を甍《いらか》に見立てて、悠久《ゆうきゅう》たる唐《から》の都を吟《ぎん》じるも良し。つれづれと思案しつつ、武者だまりを抜けて控えの館《やかた》に上がった。

「遅いぞ、光秀。何しておった。御屋形《おやかた》様がお待ちかねぞ」

早速の塩辛声が出迎える。鞍谷刑部少輔《くらたにぎょうぶのしょう》が眉をつり上げたいつもの形相で待ち受けていた。

内室の父という地歩《ちほ》のみが、この男の誇りであり、城内で生きゆくよすがでもある。

一喝《いっかつ》されようと、顔を変えもしない光秀に気づき、鞍谷は唇まで曲げて睨む様を見せた。こういう輩《やから》には、礼さえ失せずにいればいい。下手にへつらえば、一層つけ上がる。

「お呼びの知らせをいただくとともに、我ら一目散に馬を走らせて参りました。この先は、刑部少輔様のお目に叶《かな》う、より脚早き馬を探しまする」

頭は下げず、悠揚《ゆうよう》たる笑みを返して告げた。

「光秀、わかっておるのか。義秋《よしあき》様ご一行が、わざわざこの一乗谷《いちじょうだに》までお見えになるのだぞ」

「もちろん、うかがっております」

「ならば、どうして落ち着いていられよう」

光秀は室町作法に則《のっと》り、進言を控えて躊躇《ちゅうちょ》する振りをした。無論、わざとである。

これ見よがしの渋面《じゅうめん》を作る男に、由緒ある作法を守るまでもなかった。が、即座に言葉を返したのでは、いかほど理に適《かな》っていようと、頭ごなしの口答えと受け取られる。

「いいから、申せ。気兼ねせずとも良い。ほれ」

「畏《おそ》れながら……。ここでそれがしが説くまでもなく、義秋様は亡き将軍義輝《よしてる》様の弟君にございます。幕府再興を願われ、将軍職を切望しておいでなのです。朝倉家を頼ってこられたのも、雄々しき後ろ盾《だて》になってほしい、とお考えになってのこと。その御身を領地にてお引き受けなさるとは、当然ながら義秋様を奉じて京へ上らんとする意志あるものと、たれもが思うでありましょう」

義秋の使者が一乗谷へ来てから今日まで、幾度口にしたかわからなかった。

鞍谷とてうつけではない。わかってはいる。が、肝心の主君が、その覚悟を塵ほどにも持ち合わせていなかった。

「御屋形様に今一度、お覚悟のほどを尋ねるほかはないもの、と」

「わかっておるわい。おまえからお話しせよ。良いな」

心中密かに毒づき、立ち上がった。こういう見え透いた手順を踏まねば、一事が万事この朝倉家では進まなかった。

まったく……。

美濃を追われて早十年になる。朝倉家に禄《ろく》を得て、二年がすぎた。やっと一門縁者を呼び寄せられた。流れ者に等しい男を拾ってくれた恩義が、この朝倉家にはある。が、日に日に稲葉山が懐かしく思い起こされてくる。

これも四十になろうとする歳のせいか。

光秀は鞍谷のあとに続いて回廊へ出た。金箔《きんぱく》をあしらった屏風絵《びょうぶえ》に透かし彫りの欄間《らんま》と、飾りばかりが目につく常御殿の広間に通された。

朝倉左衛門督《さえもんのかみ》義景《よしかげ》は越前五代目の国主であった。隣国の加賀《かが》は一向宗と国人《こくじん》によって守護が追われ、今や一揆《いっき》持ちの国に成り果てた。将軍さえ謀殺される争乱の世に、五代の長きにわたって国を治められたのは、家内の結束に弛《ゆる》みがなかったからである。

が、お家を支えてきた重臣は次々と没し、今では鞍谷ごときが項《うなじ》をそらし、城内を闊歩《かっぽ》している。

嘆かわしくて声も出ない。

いつものように待たされた。やがて、さすがの義景も寵愛する阿君丸《くまぎみまる》をともなわず、小姓と取次のみを引き連れて現れた。それでも事態を呑み込めていないのか、悠然と法衣の袖をなびかせて座り、あくびを噛み殺すような顔で光秀らを見下ろした。

「義秋様がお出でになられるのなら、相応の出迎えをせねばならんな。のう刑部」

光秀は軽い目眩《めまい》を覚え、主君の間延びした顔を見返した。早く将軍に上り詰めたくてならない男が、尻をたたきに来るのだ。それを、この伊達《だて》者はわかっていないのか。

「畏《おそ》れながら申し上げます」

光秀は取次に向かって頭を下げ、荒《すさ》みそうになる声を鎮めて言った。

「義秋様は将軍不在の世を嘆き、一刻も早く京に上らるることを望んでおいでです。御屋形様を頼られたのも、その力ありと見込まれてのこと」

「光秀。そちは昔、公方《くぼう》様の足軽衆を務めておったそうだの」

土岐源氏の流れを汲む明智の一門には、源氏の長たる将軍に仕える奉公衆が少なからずいた。将軍さえ武家を束ねておれば、争乱の世とはならなかったはず。その無念が光秀にもあり、わずかでも力になれれば、と室町通りの将軍家を訪ねた。

この目にした足利将軍家は、傀儡《くぐつ》にすぎなかった。

義輝自身は塚原卜伝《つかはらぼくでん》から新当流の免許を授かる、武人の誉れ高い将軍であった。が、和泉《いずみ》と河内《かわち》の代官にすぎなかった三好長慶《ながよし》が、管領《かんれい》細川晴元《はるもと》を退けて畿内《きない》を牛耳ったために、将軍家は独力で居館すら保てずにいた。多くの奉公衆も三好の前に頭を垂れるばかりで、姑息《こそく》に禄を得ようとする気運が蔓延《まんえん》していた。

「そちはなぜ将軍家を離れたのじゃ。申してみい」

「今にして思えば、ただ三好にしてやられたのかもしれません。多くの奉公衆は禄を抑えられ、新たな仕官先を探しておりました。御屋形様に拾っていただけたのですから、この光秀は果報者にございました」

「もう少し長く京におれば。——そう悔やんでおるのであろうな」

「いいえ。それがしなどは、まさしくただの足軽。ろくな働きもできなかったはずにございます」

三好長慶が病の末に亡くなると、家老の松永久秀《まつながひさひで》が力を得て、将軍と敵対した。あげく久秀は、逆らう様を見せた義輝の御所に、夜討をかけた。

十三代将軍義輝、享年三十――。

たとえ光秀が幕臣に残っていようと、何もできなかったろう。が、暇をもらってまもなく謀殺されたと聞き、驚きより悔恨の情に襲われた。

「そもそも義秋様は、上杉輝虎《てるとら》を頼みとするため、越後に近いこの越前まで来たらしいではないか。違うか、光秀」

機を見て、鞍谷も横から口を挟んできた。

「そのようにございます。しかれども、上杉殿はすでに二度も上洛して義輝様に拝謁し、関東管領職の任を仰せつかってもおります」

将軍を目指す義秋が、まず頼りとする相応の訳があった。

「考えてもみよ。御屋形様は、義秋様を救い出すため、手を尽くされてもおられるのだぞ」

物は言いようだ、と感心した。

確かに義景も、興福寺に幽閉された覚慶《かくけい》――今の義秋――を救い出して将軍に就《つ》けようと画策はした。が、おのが一人で京へ攻め上る気はさらさらなく、越後の上杉を担ぎ出そうと考えていた。松永と三好の軍勢は手強《てごわ》い。

その頼みの上杉が、武田との睨み合いで動けないとなれば、手を引いたほうがいい。義景はとうに腹を決め込んでいるのだ。

もとよりこの男は、歌人や絵師を京からよく招いていた。それと変わらぬ誇らしさを味わいたくて、元将軍の弟に手を差し伸べるか、と思いついたにすぎなかった。

その心根を恥じる家臣がいたなら、まだ救われた。が、胸を撫で下ろす者ばかりときては、どうにも二の句が継げなかった。

「義秋様をお迎えになるとは、いずれ将軍職に就かれるよう尽力する腹積もりが我らにはある。そう義秋様はもちろん、他国に広く喧伝《けんでん》するも同じでありましょう」

光秀がなおも説くと、義景はあっさりと頷いてみせた。

「ゆえに、持てなしはすると言っておろうが。わしとて義秋様のお気持ちは察せられる。さぞや無念の思いでおられような」

義景は自慢の口髭《くちひげ》をさすり上げてみせた。

「――しかしながら、生憎《あいにく》と冬が迫っておる。義秋様が頼みとする越後もこの越前も、雪に身を沈める時節となる。兵を出そうにも無理なのでは仕方あるまい」

この男は、うつけではない。

知恵を確かに有している。小賢《こざか》しさという、ちんまりとした知恵を。

光秀は一人の男を思い浮かべた。

織田上総介《かずさのすけ》信長――。うつけ殿と呼ばれた若虎は、評判著しい弟を屠《ほふ》り、尾張一国を平定した。のみならず、駿河、三河《みかわ》、遠江《とおとうみ》の三国を治める今川義元《よしもと》を田楽狭間《でんがくはざま》で破るという希《まれ》に見る大勝利までを収めていた。今や信長を「うつけ」と呼ぶ者はいない。どころか、天下を狙う有力大名の一人として名を轟《とどろ》かせていた。

小賢しいばかりの知恵などは、愚者の才にしかすぎなかった。

「光秀。そちなら、うまく取りなしてくれよう。のう、刑部」

浅知恵の主君に話を振られて、追従《ついしょう》しか能のない家老が見え透いた笑みとともに頷いた。

「この刑部、しかと光秀に取り仕切らせましょう」

「頼むぞ、刑部」

見事……。光秀は膝頭を手で打ちたくなった。猿芝居の片棒を担がせるべく、わざわざ呼びつけたわけか。

納得と悲嘆の念が喉元を落ちていった。その重みに負けて、光秀は面を伏せた。

言い知れない疲れが身を取り巻き、寒々と心が冷えていった。


馬を取りに番屋へ戻った。見上げると、鰯雲は北風と厚い筋雲に押しやられ、気忙《きぜわ》しい冬の気配が谷に降りてきていた。

「ひとつ、よろしいでしょうか」

戸口に控えていた弥平次《やへいじ》が手綱をつかみ、ゆえありげな目で進み出た。

「繰り言なら聞きたくないぞ」

「兄上はお身内に敵を作ろうとなさる気ですか。今のお顔は、まさしく敵中に残されでもしたような険しさに見えます。ささ、もそっと目と口元をお和《なご》ませください。でないと、周りの者に訝《いぶか》しがられましょう」

涼やかに微笑む弥平次の顔を見返した。

「構うでない。もう充分に煙たがられておる。もとより好かれることなど望んではおらぬ」

つれなく返して、手綱を取った。

弥平次の頬がさらにほころんだ。

「新参ながら口やかましく、ずけずけ吼《ほ》えまくってこられましたからな。近ごろは、こちらまで肩身が狭うてなりません。それがしは弟ですので詮方《せんかた》なしとしても、兄上を慕って美濃から集まってくれた庄兵衛《しょうべえ》らは、さぞや心細く思っておるでしょうなあ」

諫言《かんげん》を堂々と放ち、横目で光秀の顔をうかがってくる。

三宅《みやけ》弥平次秀満《ひでみつ》――。

叔父の光安は、兄の子である光秀を養子としたうえで、嫡男弥平次には一門の名である三宅姓を与えた。すべては光秀を惣領と知らしめるためであった。父が父なら子も子で、弥平次はいまだ三宅を名乗っていた。もう良いと言っても、光秀を「兄」と呼ぶ。

「義秋様ご一行を迎えに参る。大事なお役目ぞ。心してかかれ」

この九月に義秋が金《かね》ヶ崎《さき》城に来た時も、光秀は取次一行の一人として出向いた。新参の光秀は末席を汚したにすぎない。が、朝倉家にとって面倒な成り行きになると、新参にこそ厄介事が背負わされる。

「それがしが申すまでもないでしょうが……」

自身も鞍《くら》に乗った弥平次が馬を近づけた。まだ言い足りないことがあるらしい。

「何なりと言え。腹にためすぎて機嫌を損ねられても困る」

「はい。――難事であればこそ、兄上に多くの目が集まります。ここで働いてこそ、名を上げられるというもの。それを、それがしは喜んでおります」

この男、こういう時は実に良い笑顔を作る。義兄の荒みかけた心根を察しての言葉であった。

「弥平次。こたびはわしとともに義秋様の前に出でよ」

「いえいえ。それがしはまだ大役を務められる身ではありません」

「いいから、今日ぐらいは聞け。義秋様は将軍になられて当然のお方ぞ。周りには名のある武将も近づこう。ここで名を覚えられれば、おまえの行く末にも必ずや役立つ」

義弟は齢《よわい》三十。この気骨あるいとこを、このまま供《とも》として良いのか。光秀には迷いがあった。

弥平次がにわかに頬の笑みを消した。

「それがしが仕える殿は、兄上一人と心得ております。そのようなことは、二度と口にせぬように願います。ささ、参りましょう」

言うが早いか、弥平次は笑顔に戻って馬の腹を蹴った。

どこまでも義理堅く頑固な男であった。


義秋一行を迎え入れる宿は、城に近い安養寺《あんようじ》と決まった。旧幕臣衆三十余名をしたがえての来着となる。

あとの手筈《てはず》を弥平次に託すと、光秀は配下をともない、街道筋まで迎えに出た。朝倉家の重臣につきしたがって露払いを務めるためである。

秋に染まった山路へ身を隠すようにして、輿《こし》と人馬の群れがひっそりと進んできた。

見た目にも、三十余という供回りはあまりに少なすぎた。この侘《わ》びしき陣列が、今の義秋の力を表していた。人を頼らねば、京へ上ることはできない。それでも世は回っている。悔しさと儚《はかな》さを背負った一団が、つづまやかに近づいてくる。

馬群の先頭では、小具足を身につけた逞しき男が北風を一人でさえぎろうとするような勇ましさで、盛んに目を配っていた。直臣《じきしん》筆頭の細川兵部大輔《ひょうぶのたいふ》藤孝《ふじたか》である。

出迎えた一行を前に、藤孝は鷹揚《おうよう》に頷いた。

「大儀である。公方様おん自ら足を運ばれた訳は、それがしが語るまでもないであろう。朝倉館まで先立ちをお頼みいたす」

藤孝は朗とした揺るぎない声で申しつけた。その間、朝倉家の誰とも目を合わそうとしなかった。たとえ越前の国主とて、将軍の前では相伴衆《しょうばんしゅう》の一人。となれば、その家臣は雑兵《ぞうひょう》も同じ。細川藤孝という男が格別に居丈高《いたけだか》なのではない。

光秀は露払いとして一行の前に立ち、馬を歩ませた。近在の領民へ呼びかけをさせたので、公方様を出迎える人垣ができ、それなりの格好はついていた。

空を覆う筋雲にまた目が吸い寄せられた。冬が間近に迫っている。尻をたたきに来るにしては、少しばかり遅すぎた。越前に積もる雪のほどを、幕臣らは知らない。

一人勝手に案じていると、背に一頭の馬が近づいた。

振り返ると、細川藤孝が角張った顎《あご》を野太い首に押しつけ、光秀を眺め回していた。熟視に近い見定め方に、光秀は一礼して馬を下げた。

「そなた……金ヶ崎にもお越しでしたな」

「お見知りおきいただき、光栄の至り」

「もしや、かつて足軽衆にいたという――」

しかと頷き、名乗りを上げた。

実を言えば、京の武家御所でも幾度か顔を合わせていた。が、金ヶ崎城へ赴いた時と同じく、光秀は末席に連なる小者《こもの》であり、言葉を交わしてはいなかった。

「ほう。土岐の明智殿でしたか」

藤孝は芝居じみた大仰さで目を見張ってみせた。

「一門の者が長くお世話になっておりながら何もできず、申し訳なく存じます」

「よしてくだされ。頭など下げてもらったのでは困る」

不機嫌そうに言い放った藤孝自身が深くうなだれていた。

「それがしもあの夜は宅に戻り、妻《さい》を抱いておった。義輝様が賊と火に囲まれておるとも知らずに、な。恥ずかしい限り……」

光秀はただ驚きに瞳をめぐらせた。これほど飾《かざ》りない物言いをする男だとは知らなかった。

細川藤孝の名は、広く武家御所に知れ渡っていた。文武の誉れ高く、将軍から最も頼みとされる者である、と——。

「明智殿。かたじけない」

ふいに藤孝が深く顎を引いて光秀を見た。

訳がわからずに、つと目を向けた。

「公方様を思うてくださるそなたの気持ち、まこと有り難い」

「いえ……それがしは足軽衆の一人にすぎませんでした」

「何を言われる。そなたのような志を持つ方が、この越前にもいてくれるとは、まこと心強い。頼みますぞ」

熱い眼差しを、正面きってそそがれた。

正直、参った、と思った。

藤孝ら奉公衆のように、将軍への忠心が篤《あつ》いとは、とても言えなかった。朝倉家で禄を得る者の務めとして、命じられるまま迎えにきたまでなのだ。しかも、彼らが望む挙兵は行いがたいという主君の本心をも、遠回しに、かつ穏便に伝えねばならなかった。

これは困った。口の中で呟《つぶや》き、御簾《みす》によって覆われた輿を振り返った。

将軍を担ぎ上げて京へと上る。その志には心底頭が下がる。が、彼らはわずか三十余名。伊吹山《いぶきやま》を匙《さじ》ですくい移すに等しい難事としか思えなかった。

横に並ぶ藤孝に目を移した。

胸を張る男の目には一点の曇りもなく、信じる行く末をただ見据えて、動かなかった。


義景の胸中を慮《おもんぱか》ったかのごとく、翌朝から一乗谷に小雪がちらついた。

「おお、見よ。皆の者、見よ。雪じゃ雪じゃ。これでは兵を出すなど無理というもの。義秋様もわかってくださろうて」

兵を出せないほどの降りではなかった。が、格好の理屈を見つけた義景は天を仰いで喜び勇んだ。雪を見た幼子に負けじとはしゃぐ主君を前に、光秀はうちしおれた。この雪あってこそ、越前は冬場の長い平穏にひたっていられる。いたずらに戦を仕掛けられることもなく、来たるべき春に向けて英気を養い、兵を鍛えられた。

が、義景という男の眼差しの先に、おのが国の来たるべき春が見定められているとは思えなかった。京の治世が乱れ、他国で無益な戦がくり返されようと、この越前さえ安泰ならばすべて良し。雪に囲まれた中でこその、極めて内向きな思念でしかない。

しかしながらそれは、身内を養っていくため、傀儡に等しい将軍を見限り、この越前へと走った光秀の身の振り方と似ていなくもなかった。

「清らかなる雪をお睨みとは、危うげでございますね」

屋敷に戻り、白々と庭を埋めていく様を見ていると、縁先から煕子《ひろこ》が呼びかけてきた。

「越前の雪には、そろそろ飽きた。そなたも同じであろう」

「熙子は、雪を見ると安堵いたします」

思いのほかに芯のある声に聞こえた。

「雪の間は、少なくとも戦がございません。殿を案じて待つこともなく、安らぎます」

おなごでなくとも、誰しもが安らぎを望む。争乱の絶えない世であるからこそ、人々の願いはひとつと言えた。

熙子が唐衣《からぎぬ》の襟《えり》に手をかけて、ふと頬を引きしめた。

「殿も長い冬をすごしておられるのでは、と気がかりでなりません」

ふいを突かれて、妻から目をそらした。胸の内をとうに見抜かれていた。

光秀は懐に手を差し入れて雪を見上げた。今になっても苦い思いが喉元にこみ上げてくる。

弘治《こうじ》二年に、道三が嫡男義龍《よしたつ》と相対せざるを得なくなった時、光秀ら明智家は縁ある道三方に与《くみ》した。が、加勢を送る間もなく、道三は義龍軍に討たれてしまった。その勢いのまま、明智城までが囲まれた。四千を超える軍勢を前に、光秀は覚悟を固めた。

最後の出陣に備えていると、叔父の光安に呼ばれて、諭《さと》された。無駄に死ぬな。おまえなら、必ずや明智家を再興できよう。もう一人の叔父光久にも懇願された。一門のため、若い弥平次と次右衛門《じえもん》を頼む、と。二人のいとこはまだ二十歳と十七歳であった。

叔父二人の説き伏せに、光秀は涙ながらに首肯《しゅこう》した。妻子とわずかな家臣を率い、明智城から逃げ落ちた。城が火に包まれていく様を、今も忘れることはできない。

美濃を追われてからは、仕官の道を探し歩く十年を過ごした。死と隣り合わせの軍場《いくさば》を幾度となく駆け抜けた。この越前では、ろくな兵も与えられず、鉄砲ひとつで一揆勢を迎え撃った。その働きを認められて、ようやく寄子《よりこ》百人を預かる身分となった。

が、すでに齢三十九――。

「殿にも春が来られますよう、熙子は祈っております」

「良いのか。雪が解ければ、また戦になるかもしれぬぞ」

「案ずるのも、武将の妻の務め。そう心得ております」

本心であり、また本心ではない、とも言えた。男とて戦を恐れる心はある。が、男として生まれたからには、武功を上げ、名を残してこそ本懐。ささやかな野心の火種も胸には埋もれている。この越前にいる限り、平穏ではあっても、本懐とは遠い場にしか立てそうになかった。

小雪のちらつく中、光秀は思い立って馬を出した。

白雪に包まれた安養寺を、一人訪ねた。挙兵のうながしに足を運びながらも、雪のために身動きできない一行は、さぞや苛立《いらだ》ちをつのらせていよう。

が、寺を回ってみると、案に反して幕臣らの顔には、天に逆らっても致し方なしとの諦めが漂って見えた。

覇気《はき》を失っているのではない。彼らは疲れているのだ。将軍を殺され、またも京の地を追われ、越前まで逃げ落ちてきた。雪を見てつかのまの安らぎにひたったところで罪はなかった。

宿坊を歩いて回ると、細川藤孝の姿が見えなかった。義秋の居館である西院へ詰めていると聞いた。光秀は雪の舞い込む回廊を抜けた。

西院の中門に向かいかけて、胸騒ぎに足が止まった。

何かが――いる。

ひしと気配が迫り、後ろ髪が逆立っていった。目を右手の庭へと走らせる。

雪化粧の中庭を、仄暗《ほのぐら》い影が蠢《うごめ》いた。定かではなかったが、そう光秀には見えた。

刀の柄《つか》に手をかけ、身構えた。京を支配する三好勢は、かつて阿波《あわ》へ追われて十一代将軍から退いた足利義澄《よしずみ》の孫、義栄《よしひで》を将軍の座に就けようと企てていた。当然ながら、義輝の弟である義秋は、邪魔者でしかなかった。

雪をしかと睨み据えた。まだ気配は消えていなかった。――いる。

枯山水《かれさんすい》をかたどる岩の上で、舞い落ちる雪がわずかに乱れた。光秀は見逃さなかった。

「者ども、出合え」

警固《けいご》の兵を呼びつけるや、柄に手をかけたまま走った。雪の降り具合が乱れたのには訳がある。岩陰に何者かがひそみ、その動きによって辺りの気が乱れたのだ。

「何やつ。出でよ」

光秀は床《ゆか》を蹴って欄干《らんかん》を飛び越えた。刀を抜き、雪に降り立った。

つい、と岩陰から法衣を羽織った一人の雲水《うんすい》が現れた。手にした網代笠《あじろがさ》を払いながら、悠揚と光秀を振り返った。

風に飛ばされた網代笠を拾いに岩陰へ回った、との芝居に思えた。舞い落ちる雪を見るまでもなく、最前から風など吹いていなかった。

「その者、待てぃ。動くでない」

光秀は足を止めず、走り寄った。

雲水が白い庭にかがんだ。と、その身が蹴られた鞠《まり》のように弾んだ。横の庭石を足がかりにして、後ろの築地塀《ついじべい》へと猿より秀でた身ごなしで跳ねたのである。

雪を散らして塀の前へと走り寄せた。雲水が右手一本を顔前にかざし、祈るような姿になった。

「ご免」

軽く頭を下げるや、今度は塀の上を駆け抜けた。積もった雪を乱しもしない。見事、と声を上げたくなった。ただの雲水ではない。よほど鍛えられた者——。

「外だ。追え、逃がすな。追えぃ」

ばらばらと庭に、ようやく警固の兵が駆けつけた。が、すでに雲水の姿は消えていた。

何を企み、この寺へ忍び込んだか。前将軍の弟君が宿る寺と知ってのこととすれば、逃がしてはならなかった。再び雪を蹴った光秀の背に、聞き覚えのある声がかかった。

「お待ちくだされ、光秀殿」

西院の中門前に、細川藤孝が身構えるような面持ちで控えていた。

「お方々も刀をお収めくだされ。あの雲水は、我らが呼び寄せし者にございます」

大門を目指していた兵が、次々と足を止めた。

光秀は刀を下ろし、捨て去った鞘《さや》へ歩んだ。先に回廊を出た藤孝がひざまずき、拾い上げた鞘の雪を払って差し向けた。

「お騒がせして相済まぬ」

「まこと御配下の者と仰せですな」

「せめて、そなたには打ち明けておくべきでした」

光秀は警固の者に、下がってよい、と手を振った。一礼した番兵らが、持ち場へと走って消えた。

「雲水とは仮の姿。忍びの者と見ました——」

光秀は受け取った鞘に刀を収め、藤孝の耳元へと顔を寄せた。かつて道三も、斥候《せっこう》や調略に忍びを放っていた。

「たとえ雪に囲まれようと、なすべきことはある。義秋様に応える手筈を調えたまで」

挙兵をうながす密書を、諸国へ送るためであろう。名と世を捨て修行の身にある雲水なら、関所も咎《とが》められずに素通りできた。が、援助を請う書状なら、すでに名の知れた大名に送っていたはずなのだ。それでも手応えを得られずにいたから、朝倉の尻をたたきに来た。ここでまた忍びを使ったところで、どれほどの調略が進むか……。

藤孝の声が雪より重い湿りを帯びた。

「我ら、世上を知らぬ道化に見えますかな」

はい、とは言えずに、ただ首を振り返した。

「義秋様は長く僧坊にて過ごされてきた。幕府の凋落《ちょうらく》ぶりを知らず、将軍の力を過分なまでに信じておられる」

奉公衆の耳を気にしたらしく、藤孝はそれとなく目で光秀を堂の外へ誘った。

「頼みの上杉は武田と睨み合って動けない。ならば、関東の北条《ほうじょう》を動かし、武田の目をそらせば良い、と仰せられる。無論、とうに誘ってはおる。が、将軍でもない者にそそのかされ、勝ち目のない戦に打って出るお人好しはいない。尾張の織田にも頼みにいったが――」

言葉をにごす藤孝の横顔に目を凝らした。

信長の名を聞かされ、胸の中で疼《うず》くものがある。

「あの男――虎ではなく、猛々しい大狸かもしれん。上洛に手を貸しても良いが、その前に美濃との和睦《わぼく》を取りなしてくれ、と言ってきおった」

すでに信長軍は東美濃へ攻め入り、ほぼ領地としていた。自ら攻め入っておきながら和睦の仲立ちを頼むとは、確かに笑止な話であった。

「大狸とは良くぞ言われましたな。公方様のためにと美濃が和睦に応じようものなら、上洛の兵と見せかけて、即刻攻め入ろうという魂胆に違いありますまい。全くもって厚かましすぎる願い事」

「まこと食えない者ばかり。――あ、いや、朝倉殿も同じだと言いたいわけではござらぬでな」

慌てたように言ってみせながらも、藤孝の目には光秀の面輪を探ろうとする気配があった。

光秀は雪雲を見上げてから、藤孝にあらためて向き直った。

「ひとつ、よろしいでしょうか、藤孝殿。――この越前にいつまでおられようと、竹藪に矢を射るようなものに終わるでしょう」

「これはまた、何と……」

「戯れ言を申す気は、それがし、毛頭ありません。藤孝殿なら、すでにお見通しのはず。まこと恥ずかしながら、うちの国主殿に、自ら兵を起こそうとの気骨など、雀《すずめ》の雛《ひな》の涙ほどもございませぬ」

口にした光秀より、藤孝のほうが周りを気にするそぶりを見せた。

「さらにたとえるなら、さしずめ井の中の蛙《かわず》――いいや、雪の中の小鼠《こねずみ》も同じ」

「光秀殿、口を慎みなされ……」

「いいえ、今日こそ言わせていただきます。公方様を命懸けで支える御辺《ごへん》らを謀《たばか》るような真似は、どうあってもできませせぬで」

「光秀殿――。もそっと、僧坊から離れましょう」

藤孝は回廊の端まで光秀を導くと、やおら腰に手を添え、深々と頭を下げた。

「お心遣い、痛み入ります」

新参の使い走りにすぎない者に、幕臣筆頭の男が屈託なく頭を下げていた。

「いいえ、どうか頭などお下げにならぬように。それがしのほうこそ縮こまるしかありません。御辺のようなお方を前にしておると、二枚舌など使う気にはなれぬのです。もののふの端くれとして、恥ずかしくない振る舞いをせねば、と心が叫び、泣きじゃくる童に負けじと暴れており申した」

口にしてみると、雪より白い心持ちになれた。己の矜持《きょうじ》にあるがまま正直に生きる。主君を選べる身ではなかったため、今日まで己を偽《いつわ》ってきた。

今やっと、捨て置いた己を取り戻せた。ついぞ晴れ晴れとして口元までが微笑んでくる。

「よくぞ、言うてくれ申した。この一乗谷まで足を伸ばしたのは、無駄ではなかったようですぞ。そなたという人と会えたのですからな」

藤孝が手を取らんばかりになって言った。

その気取りない姿に、光秀は胸を打たれた。この男は真に幕府再興を願っている。その思いがあるから、沽券《こけん》などは気にせず、信じるがままを貫き通せる。

かつてはうつけ殿と呼ばれた男も、おのが信念を貫いた末に、今では京へも名を轟かせる武将に成り上がっていた。

己に足りないものを、今また教えられた。

信念――。それが明智十兵衛光秀という男にはあるのか。

「この先も我らに手をお貸しくだされ」

助勢を請われても、新参で末席の家臣が主君の意に反してできることは限られていた。そこに、たとえ信念が裏打ちされていようとも。

「さあ。ぜひ皆に顔つなぎをさせてくだされ。かつて足軽衆であったと知れば、皆も我らの同朋《どうぼう》と思うはず。さあ――」

信念に揺るぎない男は、光秀の迷いを見ずに身を翻し、先に立って回廊を歩みだした。

四

山の頂を隠して低くたれ込める燻《いぶ》し空から、また粉雪が落ちてきた。白く染まりゆく大地を喜ぶかのように、白毛に覆われた兎が悠々と荒れ野を飛び跳ねていく。

小平太は弓につがえた矢を放った。石の鏃《やじり》は三日かけて研《と》ぎすまし、幾度も試し射ちをしていた。羽の具合も入念に調えてある。的を外すはずがなかった。

矢は狙いどおりに兎の喉笛を貫き、新雪に血の赤い花が咲き乱れた。仕留めて当然。胸に喜びはない。

ねぐらに帰って皮をはぎ、火を熾《おこ》した。手足は細く裂いて干し肉とする。これで六日は飢えなくてすむ。焼き上がった肉に食らいついた。兎を食うたび、苦い悔恨が胸をかきむしる。たまにもこの肉を腹一杯食わせてやりたかった。

腹がふくれると、眠気が襲う。獣の肉をたらふく食らったあとは、必ず夢にたまやおとう、おかあが現れる。人は満ち足りた気分に浸ると、甘えが出る生き物だった。

弓と矢をつかむや、凍《い》てつく山へ駆け出した。甘えを吹き消すには、獣と向き合うのが一番だった。逃げるばかりの兎には、もう飽きていた。

食うか食われるかの戦いに挑みたい。小物を追って仕留めるのでは、食い詰めの野盗と変わらなかった。

ただ食うために獣を殺す。守るべき者もないのに、意地汚くも生にしがみついている。小平太が山深くに住むことを知る者など、この世に一人とていない。名もなき虫けらと同じ。ならば、生にしがみつく値打ちがどこにあるのか。

それでも腹を満たすため、みだりに殺生をくり返している。おまえに獣の命を奪っていい訳がどこにある。ただ死ぬのが恐ろしいから、弱き獣を片端から手にかけていた。

迷いを払うために、走った。三日前に猪《いのしし》を見かけた、二つこぶの山まで一気に駆けた。

息が跳ねたが、苦しくはない。この世の苦しみなど、たかが知れている。それなのに、死は恐ろしく思えた。生きていても値打ちなどないのに、死にたくないと叫ぶ声がある。

——出てこい、猪。このおれを倒してみろ。

雪を睨みつけて、吼《ほ》えた。声になっていたかは、わからなかった。たまを失ってから、言葉など要らなくなった。一人で何をしゃべってみたところで、どこからも返事はこなかった。

しんしんと山が雪をまとっていく。獣の気配をかぎ取ろうとした。雪に吸い込まれたのか、物音ひとつ聞こえなかった。研ぎすまされた静けさは死を思わせる。息絶えた山に一人いるかのようだ。

あの世とは案外このようなものか。もしそうであるなら、いくらか死も怖くなくなる。

ふいに足音が聞こえた。

生き物の気配を悟り、五感が震えた。

やはり足音だった。しずしずと雪を踏み分け、何物かが来る。

猪か。熊《くま》か——。

幹の上へよじ登った。耳をそばだて、足音の行方《ゆくえ》を探った。南だ。あるかなきかの獣道も今は雪に埋まっている。その果ての尾根から、のそりと獣の気配が迫ってくる。

かじかむ指に息を吹きかけ、待った。わずかな温みと沸き立つ血の熱を得て、弓に矢をつがえた。

やがて枯れ木の間に黒い影が揺らめいた。大きさからして熊だ。敵に不足はない。獣道までおおよそ十間《けん》。すぐさま心を決めて、矢を射た。

ありえないことが、目の前で起きた。

黒熊が雪を迸《とばし》らせて身を翻し、矢を撥《は》ねのけてみせたのだ。しかも、息つく暇もなく、小平太めがけて飛び迫るものがある。

肝をつぶして、動けなかった。身をひねることもできず、右の袂《たもと》にそれが突き刺さった。気がつけば、幹に串刺しにされていた。

「小僧。兎を射るにしては殺気がすぎるぞ」

野太く放たれた声が、舞い落ちる雪を散らした。

熊ではなかった。まさか人が獣道から現れるとは思わなかった。

梢を分けるようにして、悠揚と黒ずくめの男が姿を見せた。墨染めの法衣をまとい、黒い小さな兜《と》巾《きん》を額の上に載せていた。肩まで伸びた髪に顎を覆う髭。六尺を超える身の丈。それで熊と見違えたのだ。

「声を出さぬとは、さては山猿に育てられた子か。にしては弓の使いが、ちと上手《うま》すぎるがな」

箱笈《はこおい》を背負い、右手に金剛棒、左手には黒玉の数珠《じゅず》が握られている。

食い詰めの野盗にも、落ち武者にも見えなかった。まだ年端《としは》もいかないころ、村に似た身形《みなり》の男がやって来た。おとうが言っていた。あれは山で心身を鍛え、霊力を高めようとする山伏だ、と。

「小僧。聞こえておるか」

熊もどきの山伏が地に響く声を放った。

小平太は袂を貫く鉄の細い棒をつかみ、幹から引き抜いた。手にした鉄串に目が吸い寄せられる。これを自在に扱えれば、猪だろうと熊だろうと倒せるかもしれない。

覚悟を決めて雪の上に降り立った。

「ほう、音もなく降りたか。まさに山猿の身ごなしじゃな」

肩を揺すった山伏が、時ならぬ笑い声を上げた。空が揺れて、雪が辺りに散り乱れる。

小平太は凍てつく大地にひざまずいた。右手に握った鉄串を見てから、頭を下げた。

「お願いだ。こいつを扱う技を教えてくれ」

「山猿にしては、言《こと》の葉《は》を知っておったか」

「頼む。おれに技を仕込んでくれ」

山伏が金剛棒を引き寄せるや、一歩足を踏み出した。ぶん、と風を切る音が迫った。

繰り出された金剛棒をよけて、小平太は横へ跳んだ。石を握りしめて身構える。この山伏は食い詰めの野盗と変わりなかったのか。

見極める間もなく、今度は左からまたも金剛棒が襲った。かろうじて首をすくめてやり過ごすと、小平太は手にした石を力の限り投げつけた。

山伏が金剛棒を軽く引き寄せ、あっさりと石を弾《はじ》いた。払い落としたのではない。弾かれた石は、そのまま小平太の眼前に迫った。

とっさに左手の鉄串で受けた。そこそこ硬く作られていた。きん、と甲高い音を立てて石を跳ね返せた。次の石をつかむや、小平太は振りかざした。

が、目の前に山伏の姿がなかった。

消えた――。

狸に化かされたのか。でなければ、目を離した隙に宙へ飛んだか。空を仰いだ刹那《せつな》、白い塊が落ちてきた。雪。が、その向こうに黒い影がある。また鉄串なら、今度こそ身を刺し貫かれる。

えい、と飛んだ。死にもの狂いで大地を蹴った。飛びながら手で目を守りつつ、山伏を探した。

――いた。遥《はる》か枝の上だ。

あやつは山伏ではない。きっと天狗《てんぐ》だ。

山で無益な殺生をくり返す小童を、山の守り神たる天狗が懲《こ》らしめに来たのだ。下手《へた》をすれば、食われてしまう。逃げにかかった時、天狗が真っ赤な口を大開きにして笑った。

「見事じゃ、小僧」

呆然と見やる小平太の鼻先に、上空から天狗が舞い降りてきた。

慌ててあとずさったが、眼前に金剛棒の先を突きつけられた。天狗の目と尖《とが》った棒端《ぼうばな》に睨まれ、小平太は罠に誘われた小兎のように身をすくめた。

「ぬしはこの山でいくつ冬を過ごした」

「……忘れた」

「その殺気。獣のほかに、人も殺《あや》めておるな。どうじゃ。まことを申せよ」

思い出したくもなかった。あんな落ち武者どもに生きる値打ちがあるものか。人を殺めてなどはいない。やつらは人の皮をかぶった鬼なのだ。

「ぬしの腕なら、猪ぐらいは仕留められよう。何ゆえ棒手裏剣《ぼうしゅりけん》の手ほどきを受けたいと申すか」

棒手裏剣――。この手に握った鉄串のことらしい。

「おれが仕留めたいのは、猪じゃない。もっとでかい獲物だ」

「仕留めて、食らう気か」

「食うためじゃない」

「ならば、腕を磨いて、どうしたい」

「頼む、天狗様。おれに棒手裏剣の技を教えてくれ。このとおりだ」

やっと躰が動いた。白い地にひれ伏し、天狗の足下に向けて深々と頭を垂れた。

「小僧。なぜ泣いておる」

天狗に問われて、気がついた。訳がわからなかった。我知らず、涙が止めどなくあふれていた。

一人でいくつもの冬を乗り切った。が、もはやこれまでだった。そうなのだ、と小平太は知った。死に場所を求めていたのだ。それゆえに、もっと大きな獣と戦いたかった。この先はもう一人きりで生きてはいけない。胸に開いた穴から、寂しい哀《かな》しい、と嘆く風がびょうびょうと吹きつけてくる。

「頼む。天狗様」

山の神の使いである天狗なら、生きる道を指し示してくれるかもしれなかった。

五

いずこから迷い込んだか、小虫が燭台の周りを盛んに舞っていた。

永禄十年の年が明けても、光秀は足繁く安養寺へ通い詰めた。主君朝倉義景は義秋を招いての宴席を設けはしても、雪を言い訳に挙兵のうながしをかわし続け、今やその本意は筒抜けとなっていた。せめて藤孝ら奉公衆には、たとえつかのまでも安息の時をすごしてもらいたかった。

「ほう。斎藤道三殿の近習を務めておられましたか」

差し向かいで酒を飲むと、藤孝は思いのほか饒舌《じょうぜつ》になった。下戸《げこ》の光秀も問われるままに、この十年の流転を打ち明けた。藤孝も幽閉された義秋を救い出してからの顚末《てんまつ》を子細に語ってくれた。誰かに聞いてもらいたい。その思いが光秀と同様、藤孝の胸にも狂おしいほどにあるのが、ひしと受け止められた。

「公方様を奉じてくれる者があれば、たとえ地獄の淵であろうと、のぞきに行く腹は固めておる」

杯を一息に飲み干し、藤孝は細く声を絞った。悔しさの中にも、覚悟のほどが感じられた。

「将軍になるべき人という名《めい》はあっても、武力という実《じつ》が我らにはない。知恵を絞り、身を粉にして駆け回ろうと、人の助けがなければ、飯さえ食えぬ身よ」

「御辺《ごへん》らの志にこそ、まことの値打ちがあると思えまする」

光秀のありきたりな慰めを嫌うかのように、大きく首が振られた。藤孝は遠くを見据える目になると、恥じ入るかのように肩をすぼめた。

「そなたなら知っておるかもしれんが、それがしはどうも——先の将軍の落とし種らしい」

光秀は飲めない酒を口に運んだ。その話は武家御所でも事繁くささやかれていた。

十二代将軍義晴《よしはる》は、清原宣賢《きよはらのぶかた》の娘智慶院《ちけいいん》を側室としていた。が、後奈良《ごなら》天皇の薦《すす》めによって近衛尚通《このえひさみち》の娘を正室として娶《めと》ることに決まった。そのため、すでに懐妊していた智慶院は、藤孝の父三淵晴員《みつぶちはるかず》に下げ渡された、というのである。

その証に、藤孝は六歳になると、義晴の命を受けて、将軍を支える管領職の一門である細川元常《もとつね》の養子となった。さらに、義晴の子義藤《よしふじ》——のちの義輝——が将軍になると、万吉《まんきち》の幼名を捨てて藤孝と名乗りを変えた。義藤の諱《いみな》をもらってのことである。

「そうは伝えられても、それがしにはひとつとして高ぶるものはなかった。物心ついた時に義輝様は将軍であり、仕える身からすれば、あまりに遠きお方。兄だ弟だと認め合うことなどなく、日々に追われてきた」

血の繋がりは、絆《きずな》までを請け合うものではない。人は相手に触れ、心根を語り合い、初めて情《じょう》を覚えていく。

「今も、弟だから義秋様を将軍の座に就けたいと思うておるのではない。それしか道が思いつかぬから……」

幕府の再興ではないのだ。光秀は悟った。その先にあるものを、藤孝は切に望んでいる。

「笑わないでほしい――」

厳めしい男が幼子のような夢見がちの顔になった。

「どうして笑いましょうか」

「いや、恥ずかしくもそれがし、詩歌に入れあげておる」

意外な答えに思えたが、無論、笑いはしなかった。銚子を引き寄せて、藤孝の杯に酒をそそいだ。

「男たるもの、武辺《ぶへん》一本槍では堅苦しく偏《かたよ》りがちの者になりかねません。それがしも、かつて大殿にそう教えを受けました」

「では、そなたも少しは……」

「浅学にすぎませんが」

かつて義輝が京を追われ、近江《おうみ》の朽木谷《くつきだに》に逃れた時の逸話を、光秀も聞いたことがある。ともに都落ちをした藤孝は、夜に書物を読むため、近くの寺から油を盗んだという。明かりの油に困るほど、将軍家の懐具合は逼迫《ひっぱく》していた。

「花鳥風月を愛《め》で、歌を詠《よ》むと、心が真に和む。この世には読み切れぬほど、趣に富む書物がある。しかれども、殺伐《さつばつ》とした時世では、文事に耽《ふけ》るなど叶《かな》うはずもない」

頰を上気させて目を伏せる藤孝を、光秀はまじまじと見返した。この争乱の世に、心ゆくまで書物を読み、学文《がくもん》に邁進《まいしん》したい、と願っている。

光秀も道三に諭されて、幼少から兵学を修め、剣術の鍛錬を積んだ。多少は詩歌にも触れた。家臣を率いる武将の素養として必須と思えたからである。

が、藤孝は武将の端くれとしてではなく、ひとかどの通人《つうじん》として極めたいと考えていた。光秀は知った。この男の水際立った落ち着きぶりは、文事に通じた心のゆとりから来ているのだ、と。

「戦のない世になってほしい。心から願ってみても、それがしに天下を束ねるほどの才覚も武力もなし。となれば、武家の統領である将軍を支えるのが、血染めの世を静めるには、もっとも道理に思えてならぬ。決して平たい道ではないとしても……」

「ならば一層、この越前にいても無益というものでしょうな」

光秀は持論をくり返し、火桶《ひおけ》で紅く身を焦がす白炭《しろずみ》を見つめた。

藤孝の頰がにわかに弛《ゆる》んだ。

「大きな声では言えぬが、もとより朝倉殿に望みは抱いておらぬ。ただ義秋様が責《せ》つかれるので、こちらに来たまでよ。金ヶ崎よりこの一乗谷のほうが、身を案じずに策が練れるのは疑いない」

冬場は雪に守られ、しかも谷間にあるため、敵に襲われる恐れは薄い。将軍を目指すとなれば、どうあっても敵は多くなる。藤孝という男は一手も二手も先を読んでいた。

「望みどおりに上杉殿が兵を起こしてくださるとは思えませぬが……」

別の懸念を口にすると、藤孝は面輪に差しかけた翳《かげ》りを払うように身を揺らし、光秀を見据えた。

「では、何か妙策がおありかな」

試されているのかもしれない。藤孝は懐をのぞき見るような目の色を隠さなかった。

光秀は杯を置き、冷えた夜気を深々と吸った。

「それがしは——織田上総介信長殿を頼るべきか、と」

口にした途端、藤孝の目に落胆の曇りが映り込んだ。

「そういう顔をなさると思っておりました。確かに美濃との和睦など、尾張にとってあまりに虫の良すぎる話。上洛の本意なし、と御辺らが思われても致し方ありませぬ。が、信長は近いうちに必ずや美濃を手中に収める、と見ます」

「ほう。何ゆえに」

「信長は清洲《きよす》から小牧《こまき》へと居城を移す覇気と知略を有しておるからです」

藤孝が傍らの灯火《ともしび》へ目をそらし、しばし考えるようにしてから口を開いた。

「一乗谷は守ることしか考えていない城。しかしながら、信長は美濃攻略のため、あえて攻めに出る武勇を持っていた。そう言いたいのであろうか」

「それもひとつ」

光秀は膳を脇にどけて、わずかに膝を進めた。

「この朝倉家では、居城を移すなど、嘆かわしいかな、あり得ぬ事にございます。なぜなら、重臣すべてが即刻、声を揃えて異を唱えましょう。というのも、徒《かち》の者らは戦の知らせが入るまで、たれもが田畑に出ております」

「それは信長とて同じはず……」

「いやいや、大いに違っておるのです。信長は——兵の多くを銭で雇っております」

おお、と藤孝が乗り出しかかった身を引いた。話は聞いていたらしい。自身も清洲に赴き、尾張の評判は集めていたはずなのだ。

「信長という男、若かりしころから、破落戸《ならずもの》に銭を与えて、おのが兵としてきました。銭によって集められた兵は忠義心に乏しく、とても甲斐《かい》武田のつわものとは比ぶべくもない烏合《うごう》の衆と見られてきました。が、たとえ屈強とは言えずとも、信長の兵には武田より恐ろしき強みが、ひとつあります」

藤孝は先の言葉を待つように、杯を置いて腕組みに変えた。

「それは……」

「我が朝倉家は、また格別なのでしょう。が、家臣の納得を得られずば、どれほど知略に満ちた主君も、意のままに兵を操れません」

「銭で雇った兵なら、軍評定《いくさひょうじょう》でその意を問わずとも、敵の動きを見て迅速に打って出られる、か……」

「そのとおり。武田の騎馬武者が風のごとき速さで駆けようとも、すべては軍評定のあとの話。しかしながら、信長は銭で雇った兵をおのが手足のごとく使えるのです。思い出してもみてください、田楽狭間の戦ぶりを。信長は、十倍を越える敵兵の裏をかいて鬼神のごとく突き進み、その喉笛へと一気に迫り、今川義元を討ち果たしました」

尾張へ攻め上がった今川軍は四万。片や織田軍は三千、と聞いた。今川軍が油断したにすぎない。そういう世評がもっぱらであった。

が、いくら油断しようと、真正面からぶつかったのでは、負けるはずのない数の差なのだ。織田軍は敵が腰を抜かすほどの速さで迫り来て、喉笛深く食らいついたのである。

「銭で雇った兵は、土地に縛られはしません。よって、居城を変えることはさほど難しくもない。しかも、小牧ならば美濃との国境に近く、兵を出すのが楽なうえ、軍場《いくさば》へ運ぶ兵糧も少なくすむ。さらには、銭で雇った兵といえども、武功ひとつで取り立てられるとなれば、勇んで働くようになり、やがては織田家への忠心も培《つちか》われていくのは必定《ひつじょう》。まこと理にかなった策と申せましょう。これにはただ唸《うな》るばかりにございます」

うむ、と藤孝も相槌《あいづち》を返して、顎の下を盛んに撫で上げた。

「古いしきたりに縛られて異を唱える老臣など、置き去りにすれば良い、か……」

「いいえ。そもそも信長は、うつけと呼ばれた男。宿老らはとうに信長を見限り、離れておったでしょう。見方を変えるなら、実は信長に見限られていた、とも言えましょうが」

「では、そのためにしきたりを自ら破り、うつけでいた、と申すのか」

「しきたりに縛られずにいたため、うつけと見えたにすぎないもの、と――」

多くが快川和尚の受け売りである。が、朝倉家ではどれほど正論を口にしようと、相手にもされなかった。光秀は頷き、あふれるままを口にした。

「さらに言えば、多くの兵を雇おうとすれば、銭の値打ちこそ肝要となってきましょう。ゆえに信長は楽市を認め、尾張に多くの商人が集まっているとの評判しきり。その賑わい振りは、御辺自らがその目で確かめられたはずか、と」

美濃や尾張の話は、光秀のもとに参じた家臣から逐一《ちくいち》耳にしていた。道三が城下の加納市《かのういち》を手厚く守ったように、信長も楽市を認めて多くの商人を集めている。

近江の六角《ろっかく》氏も、古くから城下の石寺新市《いしでらしんいち》を矢銭《やせん》免除とした。国の栄えを真に願う大名の考えは、同じ策に行き着くのだ。

「恐ろしいお人だ……」

「はい。信長はうつけと言われようが己を貫き、なるべくして名を馳《は》せたと申せましょう」

「信長ではない。そなたのことを称したまで」

光秀は虚を突かれて目をまたたかせた。

「まこと卓抜な見極めぶりよ。信長など所詮成り上がりと評する者はいても、ここまで筋道立ててその才覚を論じてみせたのは、そなたが初めて。道三殿も、もう少しそなたを近習としておれば、嫡男に謀反《むほん》を起こされずにすんだであろうに」

「――それは御辺の買いかぶりというもの」

藤孝がやおら裾を払い、すっくと立ち上がった。

「義秋様に今の話をお聞かせくだされ」

「いえ、それは藤孝殿から……」

辞退を申し出ると、きっぱり首を振られた。

「断じてできませぬぞ。そなたの手柄を横取りするようなものになってしまう。男として、人として恥でしかありませぬ。さあさ、どうか共に――」

正面から見据えられた。

幕府再興のためにではなく――天下の平穏のために――力を貸してはくれまいか。そう藤孝は手を差し出していた。

この越前にいて、できることは知れていた。義秋という前将軍の弟君を担ぐことで、もし戦世《いくさよ》を治められるとすれば、それこそ男子一生の仕事と言える。

「さあ、光秀殿」

血気に逸《はや》る男が手を差し向けていた。

己に何ができるか。それを見極めたいとの思いが、胸底に太い水脈となり流れていた。高ぶりが血を沸き立たせていった。

光秀は膝に手を置き、藤孝を見上げた。

「それがしで良ければ、お供仕《つかまつ》りましょう」

第二章　出会いの時

一

雪解けの時が来ても、朝倉義景は挙兵に応じなかった。

もとよりその気はない。が、元将軍の弟君から直《じか》に請われたとあっては、拒むにも相応の謂《いわ》れが要る。そこで義景は、隣の加賀に言い訳をなすりつけた。

加賀は国主不在で、一揆持ちの国に成り果てていた。朝倉の家臣にも一向宗にかぶれた者がおり、その討伐が先、との理屈をつけた。

まさに屁《へ》理屈。しかも、討伐軍を集めて加賀との国境《くにざかい》へ送る念の入れようであった。

「おおかた鞍谷刑部の入れ知恵でしょうな」

光秀は安養寺へ走り、藤孝へ知らせを届けた。

「主が腰抜けなら、家臣もまた同じ。これほど見え透いた策を弄し、いずれは将軍になろうという方を謀《たばか》るとは、嘆かわしいにもほどがある」

「まっこと朝倉殿は、そなたが見込んだとおりのお方でしたな」

西院の回廊で知らせを受けた藤孝は、冷笑を刻んで柱を平手でひとつ、たたきつけた。

義景の心底は透けて見えている。京の争乱は四方へ飛び火し、いつ越前に火の粉が降りかかるか不安は尽きない。が、元将軍の弟を囲っていれば、迂闊に攻め込もうという者はいないはず。そう読んでいるのだ。義秋を、我が身を守る護符《ごふ》と見なしたにすぎなかった。

「公方様のお考えは、まだ変わりませぬか」

「わしも上申いたしてはおるが……。ああ見えて、頑固なお方よ」

今頼るべきは、織田上総介信長ではないか。光秀は藤孝に強く請われ、義秋に拝謁して偽《いつわ》らざるところを述べた。

が、還俗《げんぞく》した僧というより、血脈を誇る公家のように澄まし顔を気取る義秋は、ふて腐れた子猫に負けじと横を向き、光秀に目をくれもしなかった。どこの馬の骨ともわからぬ輩、と光秀を軽んじたのではない。

上洛より先に美濃との和睦を頼みたい。そう言を返した信長の賢《さか》しらさを、まだ根に持っているのだ。藤孝がいくら説を連ねようと、信長は信用がおけぬ、と言い立てた。

義秋は一介の僧徒から、多くの従者に御輿《みこし》を担がれる身となり、すぐにも将軍の座に就けるものと、夢多き児女のように信じきっていた。武家を束ねる惣領たる者の誘いにも、信長は上洛への見返りを示せと言いつのってきた。誇りを傷つけられた。そう思い詰め、頑なになっていた。

「さて、どうしたものか」

藤孝でなくとも天を仰ぎたくなる。

「それも人の器にございます。真に将軍を目指すのであれば、義秋様御自らがしかと目を見開き、侍としての覚悟を持っていただきたいもの」

「はっきりと言われるな」

「はい。それに、雪が溶けたからといって焦《あせ》って動こうものなら、泥濘《ぬかるみ》に足を取られて転ぶこともありとありますまずは足場を固める。義秋自らが志という地歩を踏み固めてくれねばならなかった。

「我ら、銭も武力もないとなれば、あとは知恵を絞るのみ。動けぬ身ゆえに、策を巡らす時はたっぷりとありますりましょう」

言ってみたが、光秀にも当てはなかった。

――考えてこそ、人ぞ、十兵衛。

が、壁に突き当たった時、必ず耳に甦《よみがえ》る声がある。

稲葉山を去る光秀に快川和尚が語りかけてくれた言葉を、自ら口に出しておのが胸に告げた。立ち止まって嘆く閑《ひま》があるなら、知恵を巡らせてこそ人。

奉公衆は、たった三十余名。あるのは将軍の弟という、今ではやや廃《すた》れかけた御旗のみ。

面白いではないか、と一人で笑った。これほどの難事がどこにあろうか。

「不思議なお人じゃ、光秀殿とは。良くぞ笑っておられるものよ」

「いやいや。敵の囲みを破り、義秋様を救うという無謀を果たされた藤孝殿には敵《かな》いませぬて」

「我ら、信長に劣らぬ〝大うつけ〟かもしれん」

二人して顔を見合わせ、大いに笑った。笑うことで、少なくとも気後れを押しのけられる。

その日はひとまず藤孝と別れて、安養寺をあとにした。

弥平次と麓の屋敷に馬を走らせた。夕映えを浴びた冠木《かぶき》門に差しかかると、葛籠《つづら》を背負った商人姿の男が柱の陰に立っていた。光秀を認めるなり、やにわに男がひざまずいて頭を下げた。

その早《はや》らかで研ぎ澄まされた身ごなしは、どう見ても商人のものではあり得なかった。先般、安養寺で見かけた雲水の姿を思い起こし、光秀はそっと柄《つか》に手を運んだ。

「そこで何をしておる」

弥平次が先に馬を止め、一喝《いっかつ》した。声を聞きつけた門番が槍を手にして駆け寄せた。

商人姿の男は膝立ちのままあとずさり、陽に焼けた顔をついと上げた。

どこか見覚えのある面構えであった。槍に囲まれかけた男が襟ぐりに手をかけ、己の胸元を開いてみせた。懐に書状らしき紙片が挟まれていた。

「それがしは猪子兵介《いのこひょうすけ》の家臣、間垣善五郎《まがきぜんごろう》と申す者。ここに殿よりの書状を携《たずさ》えて参りました」

光秀は懐かしい名と顔をたぐり寄せた。

猪子兵介——。かつては道三の近臣として、名を知られた侍大将の一人であった。道三が義龍《よしたつ》に討たれたのち、兵介ら近臣は美濃から逃げ落ちたと聞いた。この善五郎とも稲葉山で顔を合わせていたのかもしれない。が、すでにお互い国を離れて十一年という歳月がすぎていた。

弥平次が馬を下げて、訝しむ目を寄越した。光秀は頷き、書状を受け取らせた。

折り入って尋ねたき儀あり。善五郎を猪子兵介の名代《みょうだい》と見ていただきたし。そう記されていた。

まずは屋敷に通して、弥平次を同席させた。善五郎は敷台に葛籠を下ろすと、恭《うやうや》しく両手をついた。

「お久しゅうございます」

「猪子殿は息災でござるか」

「はい。今は尾張にて——織田信長様に仕えております」

深い意を込めるかのような間をあけてから、善五郎という使いは信長の名を口にした。

「それは良い仕官の道を見つけられた」

「すべては帰蝶様のお口添えがあったからこそ。光秀殿にも、もっと早くお目にかかるべきであった、と殿も申しておりました」

懐かしい名に、つい心が温み、弛みかけた。

が、善五郎はかつての蝮を彷彿とさせる鋭い眼光を隠さずに続けた。

「ご内密に願いたいのですが、実を申しますと、信長様は近江浅井氏《おうみあざい》との縁組を密かに進めておられます。そう申せば、光秀殿なら先をお見通しかと……」

「ほう……。浅井との縁組みとは心強い。当主長政《ながまさ》殿は、義理に篤いお方として名を知られておりますからな」

「御屋形《おやかた》様はお市《いち》の方様を嫁がされるおつもりです」

横で弥平次が本意を見据えるがごとく畳へと目を落としている。

信長は四年前、娘の五徳《ごとく》を松平元康《まつだいらもとやす》の嫡男信康《のぶやす》と婚約させた。さらに、養女を武田信玄《しんげん》の息子勝頼《かつより》にも嫁がせている。

そもそも信長自身が美濃から帰蝶を迎え、正室としていた。その例にならって、東の三河と甲斐の抑えにかかったのである。

そこに次なる一手として、北近江の浅井に、美貌の妹として名高いお市を嫁がせる。すでに居城は美濃との国境に近い小牧へ移した。この婚儀さえ調えば、浅井の手を借りることで美濃を東と西から挟み打ちにできる。

いよいよ信長は、美濃攻めの総仕上げにかかるつもりなのだ。

「時に――光秀殿なら稲葉良通《よしみち》殿をよくご存じか、と……」

善五郎がさらに声を低め、目に密《ひそ》やかな力を込めて言った。

稲葉良通は、今なお美濃の重臣として名高き武将である。

明智と稲葉の縁は深い。近江の豪族が西美濃を襲い、良通が父と兄を失った時、手助けに駆けつけたのが東美濃の明智一族であった。また、光秀が叔父の養子に入った折には、良通に後見人となってもらってもいた。

「我ら尾張にあっても、光秀殿のお噂は気にかけて参りました。明智家の惣領である光秀殿が、この越前では寄子百人ごときの頭とはあまりの冷遇。我が殿のみならず、帰蝶様も胸をお痛めになっておいでです」

立て板に水の滑らかさであった。光秀は手際の良さにしたたかな企《たくら》みを感じ取り、にんまりと笑い返した。場違いな笑みを真っ向から当てられて、善五郎が目をしばたたかせた。

「早い話……良通殿を調略にてお味方へと導けば、尾張で手厚く迎えよう、と申されるわけか」

「――さすがは光秀殿。感服仕ります」

たちまち善五郎が平伏した。すべては美濃攻略のため。信長は、猪子兵介のように、かつて美濃にあった者を集め、その結びつきを活かしたうえで、斎藤家の重臣に揺さぶりをかける気なのだ。

もし良通が寝返りでもすれば、美濃勢の結束は根底から覆る。その足がかりのために目をつけたのが、越前で燻《くすぶ》る明智の惣領であった。

ふむ、と密かに唸って、光秀は頤《おとがい》をひたひたと掌で打ちつけた。

なるほど、調略とはこういうものか。やはり信長という男、うつけどころか、恐るべき深謀遠慮の持ち主である。

まさに快川和尚の見立ては正鵠《せいこく》を射ていた。その和尚も、道三亡きあとの美濃を見限り、武田の招きを受け入れて甲斐の恵林寺《えりんじ》へ移ったと聞く。もはや美濃は風前の灯火《ともしび》にある。

ただ黙して眼差しを送る弥平次に、光秀はやはり目で応じてから、言葉を選んだ。

「美濃から逃げ落ち、十余年。生憎、良通殿との縁は切れたも同然。この光秀がのこのこ出て行ったところで、役に立てるかどうか。それでもよろしければ、せめて文のひとつぐらいは、したためさせていただきましょう」

善五郎は正直にも頭を下げなかった。どうか文のほかにも、とさらなる力添えを望む目をそそぎ返した。

「よろしいかな。そなたもご承知のとおり、この越前には足利義秋様が逗留《とうりゅう》しておいでになる。もし信長殿が義秋様を奉じられる覚悟をお固めになれば、まさしく鬼に金棒となりましょう。四海の武門に号令を発する、由緒正しき真っ当な道理を得られるのです。美濃の攻略などはまさにその手始めの一歩で、浅井殿との婚儀が調えば、斎藤方はもはや囲まれたも同じ。それがしがそう縷々《るる》説き伝えてみます。誇り高き武人の良通殿なら、とくとお考えになってくださるでしょう」

まだ善五郎は本意を読みかねたような目を向けていた。

「それがしも、また猪子殿も身内を亡くし、国を追われた身。そなたも同じであろう、間垣殿」

「……はい」

「良通殿も、道理に適わぬ虚しき戦のため、お父上や兄上を亡くされておる。そういう我らなればこそ、この先なすべき道を、しかと見据えられるというもの。そうは思わぬかな」

善五郎は暮色を受けて沈む玄関の間の片隅をじっと見据えた。

ここぞ、と光秀は声に力を込めた。

「武士たる者、一国を守るために命を散らすか。すべての武家をまとめて、万民に安寧をもたらすために生きるか。そのどちらを選ぶのがまことの男であるか。そう問われたなら、たれもがひとつの答えに行き着くはずであり、良通殿もきっと同じでしょうな」

「まこと、そのとおり……」

声を洩らした善五郎のみでなく、弥平次までが我が意も同じとばかりに頷いていた。

「間垣殿、そなたとて自ずとなすべき道は見えておったはず。ゆえに、わざわざ商人へと身をやつしてまで、この越前に駆けつけたのであろう」

「いいえ——。正直なところ、今初めて目に見えました」

言うなり善五郎は平伏するや、逸《はや》り立つように顔を上げた。身構えから厳《いか》めしさが消え、素《す》をさらしでもするような潔さが垣間見えた。

「この善五郎。恥を申せば、身内を守るために泣く泣く尾張を頼ったようなものにございました。我が殿とて、おそらく同じであったでしょう。しかしながら今、光秀殿のお言葉を聞き、ぬかるんでいた心がやっと固まり申した。このお役目を仰せつかっておらなんだら、この善五郎、生煮《なまに》えの粥《かゆ》のように、ただだらだらと人に命じられるまま生きていたかもしれませぬ」

「善五郎殿のみならず、我らもまったく同じ」

弥平次が真顔で横から言った。

光秀は恐縮する善五郎の前に膝を寄せた。

「そのとおり。この越前で寂しく朽ち果てるのかと思い、我ら寒々とした心を抱えておったところ。そなたが参ったからこそ——」

「いいえ」

善五郎はあとずさって首を横に振った。

「光秀殿には、しかと目指す道が見えておられたのです。ただ手立てが見つからず、この越前にて立ち止まっておられたまで。それがしどもとは違います。この善五郎、今のお言葉、深く胸に刻みました。すべてお任せください。必ずや稲葉殿に、光秀殿の真意を違《たが》わず、そのままにお伝えいたします」

「それと、ぜひ信長様の本音をお聞きしてみたい。公方様を担ぎ、天下に号令を発するお心づもりがあるかなきか、を」

「御意《ぎょい》にございます」

まるで一の腹心になったかのような目で、善五郎は手をついて深々と頭を下げた。


光秀は早速、稲葉良通への文をしたためて善五郎に託した。

調略に手を貸しはしたが、信長から直ちに色よい返事が来るとは考えていなかった。さらなる手立てを編み立てねば、義秋の上洛は叶わないと思えた。

翌朝、すぐに安養寺へ走って細川藤孝に昨夜の一件を耳打ちした。藤孝は雪の礫《つぶて》を浴びたような顔へと変わり、光秀の腕をつかむや、仏堂へと引き立てた。

「何を言われる、光秀殿。そなたはこの越前を捨て、尾張の織田へ走ると申すか」

我らを見捨てるつもりか。そう問われていた。

「はい」

「今さら、そのようなことを――」

「お待ちください、藤孝殿。おそらく信長殿は、そう易々と上洛に応じようとはしないでしょう。まずは美濃の攻略。そして伊勢《いせ》の平定を目指すものと考えます」

「なればこそ、なぜ。地歩の固めにしか心をとどめぬ男の元へ走って何になる」

気負うあまり、堂内に居並ぶ不動明王像のごとき目をしかけた藤孝をなだめるため、光秀はそっと微笑みを返した。

「信長殿が縁組みを調える近江は、尾張から京への道の途上にあります」

「ほう……」

すでに東の三河と甲斐とは縁戚にある。あとは美濃さえ手に落ちれば、京は目の前となる。

「信長殿にとって、美濃攻略は京への地固めと同じ意を持つのです。それがしが尾張へ出向くのは、信長殿に決意をうながすのが狙《ねら》い」

「待て待て……。もし信長に端《はな》からその気がないとなれば、そなた、辛い身となるぞ」

藤孝がのそのそと歩き回り、真意を糺《ただ》す眼差しを向けてきた。

承知のうえであった。信長が上洛を見合わせると決めれば、光秀は、この越前と同じく織田家中でも孤立しよう。

「そのために、ひとつ、お願いがございます」

光秀は居住まいを正し、あらためて藤孝に頭を下げた。

「それがしを密かに、再び幕臣の一人に迎えてはくださらぬか」

「そなたなら、すでに我らの儕《ともがら》も同じ。たやすいことよ。しかれども……」

声が戸惑いに揺れていた。光秀は掌に湧いた汗を袂《たもと》に押しつけ、面輪を上げた。

「このまま、それがしが越前を捨てて織田へ走ったとなれば、朝倉家はさらなる家臣を奪われるかと気を揉み、織田方に恨みを抱くやもしれません。悪くすれば、信長殿の美濃攻略に口を挟み、斎藤方に手を貸す邪魔立てに出ましょう」

「たとえそなたが幕臣になったとて、それは同じこと。そもそも我ら奉公衆を懐柔させるという難事を、そなたに押しつけたのですぞ。黙って他家へ送り出すなど、朝倉が応じるとは思えぬがな」

藤孝の懸念を笑い飛ばして、光秀は告げた。

「わけもないこと。それがしの悪口を大いに触れ回ってくだされ」

「また、奇なことを……」

「光秀めが朝倉家を誹《そし》ったあげく、義秋様に取り入ろうとしておる、とでも言ってくだされ。謀《はかりごと》を胸に秘めた者と見なされれば、すぐにでも暇を与えられるに決まっております」

藤孝が、また光秀の前をうろうろと歩きだした。

「そなたが信長殿の懐に飛び入り、それがしは義秋様の目を開かせる。我らがともに務めを果たしてこそ、京への道が開ける——か」

「いかにも」

信長という男なら、必ずや行く末を見越している。尾張を平定し、美濃を手中に収めたなら、京は間近となる。その志を秘めていたから、一度は将軍に拝謁し、その座の力をおのが目で確かめたのだ。

上杉のいる越後より、尾張のほうが、どう見ても京への道は近い。信長という男の器量もまた図抜けている。

「光秀殿、この越前に仕えておれば、そなた方お身内も安泰でござろうに。公方様のため、あえて苦難を受け入れようとしてくださるのか」

すでに弥平次と次右衛門には本意を打ち明けた。二人ともに、この越前での燻る日々には飽き果てていた。働き甲斐のある地を望んでこそ男。二つ返事で首肯してくれた。

一人ではないから、光秀は言えた。

「波風は覚悟の上。今は舟を漕ぎ出す時と信じまする」

藤孝も一人ではなかった。支えるべき公方がいて、志を同じくする奉公衆の面々が控えている。

「よし。早速そなたの悪口を皆で散々言いふらさせてもらいましょうぞ。さあ、覚悟なされよ」

「望むところにございます」

二

しんと息を詰めた森のどこにも、獣の気配は感じなかった。黄泉《よみ》の国との境をへだてるかのように、山が木々を鎧《よろ》い、そっと身構えていた。

小平太は己の気を断ち、手を当てた欅《けやき》の幹とひとつになった。心を研ぎ澄ませば、枝先へと運ばれてゆく水脈を感じ取れる。遥か上空の枝でこすれ合う葉のさざめきまでが、耳ではなく、頭の芯《しん》に伝わってくる。

人は二本の足で立ち、火や道具を使うようになってから、獣が本来持つ、生き物の根源たる力を失った。が、人も一皮むけば獣にすぎない。大地と結び、無辺《むへん》に心を解き放てば、あらゆる生き物が持つ逞《たくま》しい力を取り戻せる。

天狗の教えは真実だった。兎が人の気配を察するより早く、小平太は己の毛穴がわずかに開くのを感じ取れるようになった。

目を瞑《つむ》りつつ、心の水面から細波《さざなみ》を押しやって、森の気配を探った。この静けさはただごとではない。

――いる。

山のぬしがこの近くに来ているのだ。

今年は根雪が深く、春が遅かった。ねぐらから起き出しても、山に実りは薄く、やつは今日も狂ったように腹を空かせていることだろう。

天狗から授かった手裏剣と千鳥鉄《ちどりがね》が、小平太にはある。最初は扱いに手こずり、己の身を傷つけたが、今や手裏剣は宙を飛ぶ鋒《きっさき》となり、千鳥鉄の分銅《ふんどう》は自在に操れる鏃《やじり》となった。山のぬしの、岩をも砕くひと打ちと良い勝負ができる。

天狗の教えは熾烈《しれつ》を極めた。小平太が木のうろで寝ている時でさえ襲ってきた。一度は太ももに手裏剣を受け、三日三晩、熱を出して苦しんだ。天狗のくれた霊薬がなければ、足が根元から腐り果てていたろう。

頭上や木陰はおろか、時に池の水面や落ち葉の下からも、天狗はふいに挑みかかってきた。後ろにも目を持て。敵は一方からのみ襲い来るとは限らぬぞ。決まり文句とともに用捨《ようしゃ》ない攻めがくり出された。

我ながら良く生き延びられた、と思う。天狗なりに手心を加えたのだろうが、幾度となく音《ね》を上げかけた。天狗ではなく、鬼の化身だったか、と疑った。

生きるために人の命を奪い、獣を手当たり次第に食らいもした。死ねば地獄へ堕ちる、と覚悟はあった。このまま長らえたところで、喜びにひたれる見込みもない。

祈りなどは天に届かず、人には芥《あくた》にまみれたあげく死を迎える定めが待つ。この世に産み落とされた時から、黄泉路《よみじ》への旅立ちが決められている。ならばなぜ生まれ、苦しまねばならないのか。

すべては前世のせいだ。いつだったか村の爺《じい》が言っていた。平穏な来世を迎えるには、この世の地獄を耐えるしかない。嘘に決まっていた。父も母もたまも、弥助も吾平も仙太郎も、安兵衛に伊助や杉丸まで。自分の周りにばかり、前世で悪事を重ねた非道者が集っていたとは、あまりに話ができすぎている。

天狗は鼻先で笑い飛ばした。

「運命に逆らえない弱き者ほど、訳知り顔で前世を語りたがる。居竦《いすく》んで祈るしかない虫けらほど、今の己を見限って来世を信じたがるのだ」

「嘆き、悲しみ、人を恨む暇があるなら、己を磨け。磨いて磨いて磨きぬけば、どれほどいびつな石ころでも、必ずや光り輝く玉となろう」

地獄と変わらぬこの世で玉となって何になるのか。小平太の問いに、天狗はまたも破顔《はがん》した。

「光れば、どれほど暗い夜道だろうと、先が見えてくるものぞ。光ってから、今と同じ問いを己にぶつけよ。石ころ風情が世の理《ことわり》への訝しみを抱くなど笑止千万」

天狗の言葉は、雲間から射す光のように小平太の胸を貫いた。己を磨いた先に、もっと別の光が待ち受けている。そう信じて、過酷な鍛錬に挑んだ。山を駆け、川に潜《もぐ》り、空めがけて跳んだ。悲鳴を上げたくなる身の痛みに耐え、おのが心と技を磨いた。己の肉づきが音を立てて変わりゆくのを知った。

舞い落ちる木の葉を八枚に刻むまでは、どうにかできた。力任せに刀を振るえば、風が起きて端葉《はしたば》は乱れ飛ぶ。はらはらと舞い落ちる葉の動きを読み、稲妻の鋭さで刀を操らねばならなかった。天狗の二十四枚にはとうてい及ばない。

手裏剣は微妙なひねりを与えることで気流を裂き、狙う先を変えることができた。鎖の先の分銅は、敵を襲うのみでなく、上空の枝にからませ、猿のように身を弾ませる縄の代わりともなった。

手の皮はむけ、肉刺《まめ》の上に肉刺が重なり、手の厚みが二倍になった。手刀ひとつで八寸の幹がふたつに折れた。枝から枝へ渡り、獣を追い詰めることもできた。それでも天狗には敵わなかった。

森の奥で大地が身を震わせた。

かすかな足音。五十間《けん》ほど先か。きっと、やつだ。

すかさず枝の上へと飛んだ。地を駆けたのでは枯れ藪《やぶ》が行く手を阻み、遠回りとなる。鼯鼠《むささび》のように枝から枝へ飛び移った。彼らのように風を切る肉の膜は張れなかったが、枝のしなりを上手く使えば、負けじと飛べた。

「雨風や花に木々、天の恵みと心を通わせ、肉の奥に眠る獣の力を目覚めさせよ」

天狗の教えのひとつだった。

「弓を見よ。竹の持つしなりで、飛ぶ力を驚くほどに得られる。猿や猫の身ごなしを見よ。手足を柔らかく使えば、身の丈を遥か越える空からも滑らかに降り立てる」

風の中に肉の腐った臭いをかぎ取れた。ぬしが――いる。

風下へ向かって幹を蹴った。鳥の鳴き声を真似て音を隠し、枯れ藪の中へ降り立った。

ぬしの唸り声が轟いた。やつも気づいた。周りの枝葉が殺気を受けて身震いする。

悟られたとあらば、もはや隠れても仕方なかった。懐の棒手裏剣をつかみ、湿った大地を蹴った。藪をかき分けて殺気の中へとひた走る。

来たか、小童。天を脅《おど》しつけるほどの、ぬしの啀《いが》みが出迎えた。今日こそ仕留めてやる。やつは小平太の臭いを覚えていたと見える。殺気の波がひしと強さを増した。

九日前に、やつの爪を受けた時の痛みが、肩先で甦った。まだ充分とは言えないが、傷はかなり癒えた。

おまえに恨みはなかった。ただ我が物顔で山を荒らして驕《おご》る振る舞いが目に余る。山はおまえのものではない。草木を愛《め》でれば相応の実りがもたらされるのに、木の皮まで食い散らすのでは、あこぎな野盗と変わらなかった。己のみ良かれとして恥じない不遜《ふそん》さは、食い詰めた侍と同じだった。山を住みかとする、生きとし生ける者のために、死んでもらう。

小平太は殺気と藪を裂いて、ぬしの眼前へと飛び出した。

待っていたぞ。ぬしが鋭い牙をむき、唾汁《つばきじる》を迸らせて立ち上がった。身の丈は二間近い。弾《はず》み上がった魁偉《かいい》が空を隠し、森の一部に宵闇が縁取られた。

手裏剣をみだりに放ったところで、剛毛と分厚い腹の脂が受け止めてしまう。首の付け根の脈と眼玉が狙いどころだった。

いきり立つぬしを引きつけつつ、狙いを絞って手裏剣を投げた。が、敵も然《さ》る者。おのが弱点を知り尽くし、首と腕を振るや手裏剣を払い落とした。そのまま小平太めがけて小山のような身を投げ出した。

大地が揺らぎ、生臭い息づかいが迫る。小平太は左へ飛んだ。ぬしの右手が伸び、刀より鋭い爪が頬をかすめた。それをかいくぐって続けざまに手裏剣を投じる。

目の下と首の付け根に突き刺さった。が、二本ともに針のように手強い毛に遮られて、あっさり地へ落ちた。

森を切り裂く叫びに続いて、またも爪が襲った。後ろへ転がったが、木立が邪魔した。思うほどは離れられなかった。一か八か。千鳥鉄をかざして、迫る爪を受け止めた。

もろくも弾かれ、額の薄皮を爪が薙《な》ぎ剥《は》いでいった。痛みに目が眩んだ。が、ぬしもよほど力を込めたひと打ちだったらしく、やつの躰が右へ流れた。

小平太は木立に手をかけ、左へ回った。横合いから千鳥鉄を振りかざして分銅を放った。うまくぬしの首にからみついた。

力で熊に敵うわけがない。ぬしは形振《なりふ》りかまわず、払いにかかった。わずかな迷いをぬしの動きに見て、残りの手裏剣を投げつけた。うち一本が右目に突き立った。悲鳴と怒りの唸りが混じり合い、辺りの梢を揺らした。これでどうにか勝負になる。

再びぬしの前に躍り出た。さあ、おれはここぞ。千鳥鉄を振り回し、仕掛けた罠へと誘った。

怒り狂ったぬしが、血潮を滴らせて立ち上がる。

さあ、来い。おまえを倒すために、いくつもの仕掛けを施してある。落とし穴に竹槍の壁。さあ、こっちぞ。

勝てると早合点したとたん、目の前が暗くなった。額の傷から流れ落ちる血をぬぐわずにいた。油断があった。

ちょうど幹へ飛ぼうとした時だった。つかもうとした先の枝が見えず、肩先から地に落ちた。そこに、ぬしが肉叢《ししむら》を投げ出してきた。

とっさに身を丸めた。一気に身をそらせて木の陰へと逃げた。が、ぬしの体当たりを受け、壁となるはずの巨木が二つに折れた。糞力にもほどがある。

迫る幹をよけることしかできなかった。逃げた先に、分厚い掌の横殴りが待っていた。

殺される――。死を悟った。千鳥鉄で受けたが、腕の肉をそぎ落とされた。骨を砕く痛みが脳天まで走り抜ける。腹を裂かれずにすんだぶん、まだ運が良かった。が、左手はもう使えない。まろび逃げて、ぬしの動きを目で追った。

猿のような身軽さで立ち直るや、また向かって来た。化け物か。これでは罠まで誘《おび》き寄せることもできない。万策尽きた……。

ぬしに恨みはないとの甘い思い上がりが、危うさを呼んだ。どちらも地獄ならば、さして死など怖くはない。そう悟ったような思いこそが、驕りなのだ。

小平太は肩口から流れる血を押さえて目を見開いた。生への執念こそが支《ささ》えとなる。こんな山奥で朽ち果てるなら、生まれた意味などどこにあるのか。

見えた。なぜ、それが目に飛び込んできたのか。小平太は大地に落とした千鳥鉄をつかみ、鎖の先の分銅を放った。

ちょうど右手に、ぬしが真っ二つにたたき折った大木が斜めに倒れたまま動きを止めていた。隣の幹がわずかな支えとなっていたのだ。

小平太めがけて、死の闇と化したぬしの身が迫った。分銅を大木の枝にかけて力任せに引いた。頼む、動いてくれ。

祈りが通じた。ひと抱えもある大木は、かろうじて支えられていたにすぎなかった。わずかな力で傾けられた。あとは自らの重みで倒れてくれる。

力を振り絞って鎖を引き寄せた。揺り戻しの力を借りて身を引き、地を転がり逃げた。小平太を追って向きを変えたぬしの頭上に、わさわさと葉を揺らす大木が落ちてきた。

断末魔の叫びが噴き上がる。わずかに遅れて山が大きく揺れた。

小平太は左手をかばい、とっさに身を起こした。どうにか立ち上がれた。見ると、倒れた古木がぬしの背に横たわっていた。それでも生をたぐるべく這い出ようともがき、身をくねらせている。

ぬしの目が小平太をとらえた。やるな、小童。かすかな笑みを漂わせたように見えた。

息荒く歩み寄って、腰の小刀を鞘から抜いた。

今苦しみから解き放ってやる。成仏せよ。

刀を振りかざし、力の限りぬしの喉を突いた。血が四方に飛んで、小平太の顔を洗った。

ようやくおまえを倒せた。この死を無駄にはしない。おまえの肉を食らい、もっともっと強い男になってみせる。

血染めの刀を突き上げると、小平太は一人、天に向かって雄叫びを上げた。

三

あっけないほどに策は当たった。

藤孝らが鞍谷刑部にささやきをくり返したところ、お追従《ついしょう》しか取り柄のない男は、光秀の行状怪し、と主君に注進したのである。

「見損なったぞ、光秀」

一言のもとに断じられて、即刻、俸禄の召し上げを命じられた。

「慚愧《ざんき》に耐えぬとはこのこと。悔しいかな、あらぬ懸念を抱かれたのでは、この朝倉家にとどまるわけには参りませぬ。今日までの恩義、この光秀決して忘れは致しません」

意のままに応じて引き下がると、義景も鞍谷も闇夜に鼻をつままれたような顔になった。光秀が泣きついてくるものと考えていたらしい。

下手に邪推を掻き立てても困るため、やむなきとの立ち回りに徹したうえで、朝倉館を辞去した。これで退路は断たれた。あとは突き進むのみ。

「雪解けの季節がようやく殿に来られたのか。それとも嵐の前触れにございましょうか」

熙子は泰然としたもので、子らを前に笑顔を忘れず、さらりと言ってのけた。

「雪解けのあとは、多少なりともぬかるむものぞ」

「ならば、我らは湯を沸かし、お帰りを待つことにいたします。殿は存分にぬかるみの中をお進みください」

「倫子《ともこ》も、父上様の足をお洗いします」

九つになった長女までが勢い込んで母の横に進み出て言った。熙子と侍女が顔を見合わせ、くすくすと笑いを洩らした。笑われたと知って、倫子がむくれ顔になり、その場に座り込んでみせた。

光秀は縁先から戻り、拗《す》ねる倫子を抱き上げた。娘の重みが今は無性に逞《たくま》しく感じられた。

「頼むぞ、倫子。父をいたわっておくれ」

「お任せください」

ひとかどの答え方に、また熙子と侍女がそっと笑みを浮かべ合った。

朝倉から預けられた寄子《よりこ》らは手放すしかなかった。嬉しいことに、同道したい、と言い出す者が多かった。

「良いか。殿とて皆と離れたくて越前を去るのではない。御屋形様の言いつけにしたがうまでだ。皆もし志を疑われたなら、殿のように己を貫き通せ。志こそ、もののふの拠り所ぞ」

弥平次が徒《かち》の者を集め、成り行きの子細を説いて別れを告げた。

預けられた者らとはいえ、幾度も加賀の一揆勢と戦い、ともに命を預け合ってきた同朋《どうぼう》である。できるものなら尾張へ連れて行きたい。彼らを今日まで鍛えてきた弥平次が、誰より思っているに違いなかった。

慌ただしく支度を調えて、越前をあとにした。

善五郎の手筈もあり、光秀一行はそれぞれの妻子を近江領内の寺社にひとまず預け置いた。その後、尾張へ入ると、猪子兵介が国境にまで足を運び、待ち受けてくれていた。

「懐かしいのう、十兵衛。少し髪が薄くなったか」

「兵介殿には負け申す」

光秀は丸頭巾で隠した兵介の頭に目をやり、笑みを返した。道三の下にいたころから、髷を結えないほどの頼りなさであった。

「明日は我が身ぞ。おまえも十年後には、こうなるであろう」

兵介は頭巾を取るなり、禿げ上がった頭を撫でて笑った。

「こたびのお取り次ぎ、痛み入ります」

「なに、さほどの骨折りではない。すべては帰蝶様がお取り計らいくださったこと」

四十男の胸に若やかな痛みが走り抜けた。

「姫様は息災でありましょうか」

当然と言える問いであるのに、兵介の頬からは笑みが消えていた。

「息災ではある。あるが、帰蝶様も苦しいお立場なのだ。御屋形様との間にお子がなく……しかも美濃は同盟国どころか、目下の敵」

あの帰蝶も今や三十五歳となっていた。美濃にもはや身内はなく、里に帰るわけにもいかない。信長は側室に次々と子を産ませていると聞く。正室とは名ばかりなのだ。

兵介の後ろに控えた善五郎が、眉根を寄せて厳めしげな顔になった。

「せめて我らが御屋形様に尽くし、美濃衆の力を見せつけて、姫様を勇気づけるぐらいしか……」

「わかるな、十兵衛。我らは尾張の者に負けるわけにはいかんのだぞ」

そのためにも光秀が呼ばれたのだ、と知れた。

頼むぞ、と男気と精気に満ちた頷きのあと、兵介は無骨な眉を引き絞って告げた。

「おまえの便りは、必ずや稲葉殿の心を揺らしたはずよ。あとは木下殿《きのした》の手の者がぬかりなく図るであろうて」

初めて聞く名に、光秀は目で兵介に尋ね返した。

「まだ若いが、織田家随一の切れ者かもしれん。美濃攻略のため、木曾《きそ》川沿いの国衆を一人一人説き伏せて味方につけるという離れ業で、名を轟かせておる」

善五郎も感じ入るかのように首を振り、あとを引き取って続けた。

「しかも、その中の大沢次郎左衛門という者などは、御屋形様が首を刎《は》ねよと命じたにもかかわらず、木下殿が頑として応じず、ついには配下としてしまわれたほどにございます」

主君の命に逆らってまで国人を誘うとは、その者がよほどの兵《つわもの》なのか。

光秀の心を読んだらしく、善五郎が目を輝かせるようにして進み出た。

「御屋形様は手始めとして、大沢次郎左衛門のおる鵜沼《うぬま》城を囲ませました。無論、次郎左衛門の首を刎ねるなど赤子の手をひねるようなもの。しかれども、その次郎左衛門を木下殿が守り抜いたことで、ほかの国衆らとの戦が楽になり申したのです」

それで合点がいった。砦《とりで》を明け渡して寝返れば、手厚く遇される。そう知れ渡れば、地侍らも考え直して無駄な血を流さずにすむ。そういう読みから、木下という男は次郎左衛門を守ったのだ。

案外、首を刎ねろという信長の言いつけそのものが、近在の国衆に伝え聞かせるための芝居であった、とも考えられる。

とすれば、かなりの知恵者である。

「木下殿とは、代々織田家に仕える方なのか」

試みに訊くと、二人の首が即座に振られた。

「御屋形様の草履《ぞうり》取りから奉行に取り立てられたお方よ」

兵介の返事を聞き、光秀は下腹に力を込めた。

思ったとおりだ。信長は兵を銭で雇うという奇策を講じるほどの男である。目立った働きさえすれば、どこの馬の骨でも重用する。血気ある家臣ほど目の色を変えて尽くそうとする。縁戚という家柄が幅をきかす朝倉家とは大違いであった。

小牧城下へ入ると、その賑わい振りにまず目を見張らされた。今も幾つもの武家屋敷が普請《ふしん》中で、商人と荷車の列が引きも切らない。道行く者の足取りは軽く、弾むように駆けてゆく者が多かった。人の勢いはそのまま国の力を表す。道三が治めていたころの井《い》ノ口《くち》に勝るほどの活気に、光秀は胸を高ぶらせた。

兵介の屋敷は白木の香りに包まれていた。普請して間もなく、庭も離れもひとかどの広さがあった。これを見せられては、いやがうえに一門の士気も上がろうというものである。

翌日、兵介に導かれて小牧山《こまきやま》の下に築かれた織田屋敷へ参殿した。

この日のために献上品を選び、持参していた。樽酒に塩引きの鮭。信長に口添えをしてくれた帰蝶にも、硯《すずり》や香炉《こうろ》を取りそろえた。

謁見の間へ通されると、侍大将としてならした兵介が畏《かしこ》まるあまり、肩をすぼめる様に気づいた。それほどの厳めしさを、信長という男は持つのだとわかる。

光秀も額を畳に押しつけて、御屋形様となる男を待った。

やがて、柱を蹴飛ばすかのような足音が近づいた。取次の者にしては騒がしすぎた。ちらと目を上げた先に、派手な狩衣《かりぎぬ》をまとった細面の男が現れた。

金糸をふんだんに織り込み、腰に提げた瓢《ふくべ》にも赤漆《あかうるし》で花の文様が描かれていた。眉と口髭が薄く、見ようによっては公家に似た柔な面差しで、それを嫌うがために、せめて衣装で重々しさを醸したいと考えたのか。あえて荒々しさを放つような足さばきにも、気負いに近いものが感じられた。

　男はずかずかと御座所《ござしょ》へ進み出ると、脇息《きょうそく》を押しやって、片方だけ立てた膝の上に右肘を載せるようにして前のめりに座った。

「さっさと顔を上げよ。おまえが帰蝶のいとこと申す者か」

　癇《かん》に障るほどの高い声音であった。織田上総介信長は息つく間もなく、まくし立てた。

「ほう。あまり似てはおらぬな。どちらかと言えば、おぬしのほうがおなごにふさわしき顔立ちかもしれん。帰蝶はもっと虎のごとき凄みがあるからのう」

　初会でいきなり、おなごの顔と評し、肩を揺すって高笑いする。

　光秀はあえて面をさらすために胸を張り、相手の胸中を量《はか》った。

　侮辱しようとの思惑があるのではなく、思いついたままを口にしたまでか。その証に、なおも無遠慮に顔を眺め回してくる。あるいは何事も初手が肝心と、彼我《ひが》の位の差を見せつけるべき、と企てたのか。

　光秀は室町作法に則り、畏れ多くて声が出ないとの仕草を見せ、再び頭を下げた。

「じれったいのう、室町かぶれの者は。よく覚えておけ。わしは物々しさを装ったあげく、時をおろそかにする輩が何より許せぬのじゃ。口上ひとつに長々と時を費やすような作法を有り難がるから、幕府は自らの身を縛り、廃《すた》れていったのよ。そうであろうが」

「ご明察、畏れ入ります」

　光秀はひとまずまた頭を下げて同意を示したのち、信長に目を戻して告げた。

「明智十兵衛光秀にございます。こたびはお目どおり叶いまして恐悦至極――」

まだ口上の途中であったが、信長は髭の端をもてあそびながら光秀をさえぎった。

「世慣れた世辞などいらぬわい。すべて兵介から聞いておる。おまえが公方の直臣であるとの証を見せてみい」

まさしく単刀直入。幾度も取次を介さねば、主君に話が通らない朝倉家とは大違いで、気が楽になる。光秀は藤孝から預かってきた書状を懐から取り出し、進もうとした。が、気を利かせた兵介が横から受け取り、遅れて入室した取次へと手渡した。

「また紙切れか」

苛立ちと諦めが入り交じったような声に聞こえた。

どれほど書状を送られようと、腹の足しになるわけもなし。紙切れひとつで話がまとまるなら、これほどの人質が国の間を行き交うはずもなかった。そういう世の仕組みを、公方とその取り巻きはまだわかっていないらしい。幕府が廃れるのは道理よ。

信長の秘めた声が、光秀にはしかと聞こえた。

まっとうな見立てではある。が、それを易々と認めたのでは、一族を連れて尾張まで来た甲斐が失われる。

「この光秀、かつて道三殿のもとで軍学を修め、美濃の内懐で汗を流してきた身にございます。稲葉殿のほかにもまだ美濃の国衆に多少は名を知られておりますゆえ、必ずや橋渡しの務めを果たす所存に――」

またも信長にさえぎられた。

「さればこそ、紙切れではあまりに頼りないと言っておろうが」

「お言葉ながら、書状での調略のみに頼るつもりはございません。この光秀、自ら美濃へ忍び、稲葉山への道を開いて見せまする」

「おまえは、うつけか」

信長はなおも髭をもてあそびながら口元で笑った。兵介が隣で首をすくめるように平伏した。

尾張の国主とはいえ、信長は光秀より六つ歳下の三十四である。同じく三十四歳の藤孝は、幕臣筆頭の地位にあっても偉ぶることなく、歳上の光秀を遇してくれた。それが長幼の序をわきまえた者の振る舞いであろう。

が、信長はかつて己がそう呼ばれたからか、軽々しく公方の直臣を「うつけ」と言ってはばからなかった。

「良いか。おぬしが自ら美濃へ忍ぶつもりと言うのなら、なぜこの尾張へ来る前にそうしなかった。大きな手土産をぶら下げてくれれば、わしらの接し方も変わってくるというものであろう。違うか。答えてみせい」

光秀は迷って言葉を控えた。美濃攻略を急ぐ信長なら、道三の近習であった男を軽んじるわけはない。必ずや取り立てるに決まっていた。そういう思い込みは確かにあった。

信長は、公方の直臣と名乗る男の前で右足の足袋を脱ぐや、指の間にたまった塵を払いにかかった。礼儀を鼻先で笑い飛ばすような挙措に、光秀は呆気に取られて、もう少しで笑いだすところであった。

「おぬしは顔馴染みの稲葉を説き伏せるべく、書面をしたためたのであろう。兵介からも色よい返事がありそうだとは聞いておる。しかれども、その功能のほどを自ら見定めようとしたか。本気でこの信長を京へ上らせたいのなら、おぬしらも命を懸けてこの信長に力を貸さんでどうする。公方のもとでは、たとえ大名といえども家臣にすぎない。そういう思い上がりがあるから、幕府は力ある者らから見限られていったのではないか。どうだ」

　足袋を履き直しながらの言葉でも、信長の声には力があった。理屈という揺るぎない足場に支えられていた。

　が、光秀は臆さずに言い返した。

「まこと道理と感服いたしました。しかしながら、道理とは何もひとつではないように思えまする」

　新参者に真っ向から言葉を返され、信長の目元が赤く染まりかけた。が、ここで言を控えたのでは、ただの小心者と思われる。

「それがしは兵介殿に頼まれたからこそ、稲葉良通殿を説くべく文をしたためたまでにございます。すべてを託したからには、厚かましくも自ら美濃へ足を運ぶような真似はできませぬ。それでは、稲葉殿ら美濃衆を導くべく汗を流しておられる兵介殿の顔に、いやしくも泥を塗ることになりましょう」

　一息に告げて頭を下げると、ふん、と鼻を鳴らす音が響き渡った。

「道理より、ただの屁理屈に聞こえはせぬかな。のう、兵介よ」

　名指しされた兵介は、答えに窮して口を幾度も開け閉めした。

「……蝮に鍛えられた十兵衛にございます。道理であろうと屁理屈であろうと、自在に操って当然と申せましょう。昔から、とてもこの兵介では敵いませなんだ」

　とっさにしては、巧い返し方であった。

　光秀が目で礼を告げると、御座所から見下ろす信長の頬にも笑みが戻った。

「助けられたのう、十兵衛。あとで兵介にたっぷり礼を言っておくがいい」

「ははっ」

「美濃の調略がも少し進むまで、伊勢平定のために兵を出す。出立は明日ぞ。わしは公方への取次のためのみに、無用な禄をおぬしに与えるつもりはない。とくと働いてみせよ。良いな」

隣に控える兵介のほうが畏まっていた。光秀は腹に力を込め、深く頭を垂れた。

「力の限り働かせていただきまする」


屋敷の手配をつける間もなく、直ちに出陣の支度に取りかかった。兵介と善五郎の助けがなければ、満足に馬も揃えられずにいた。

支度の慌ただしさに追われたため、帰蝶との再会は叶わなかった。正室のいとこが公方の書状を携えて来たからといって、悠長に出迎えて再会の場を与えてなどやるものか。そういう信長の意図さえ疑いたくなるほど、急の下命であった。

光秀一党二十五名は猪子兵介の麾下《きか》に置かれた。

北伊勢征伐の総大将は、滝川一益《たきがわかずます》という織田家指折りの武将であった。

出自は近江甲賀郡だという。織田家で仕えた日は浅くとも、他国にまで聞こえた柴田権六《ごんろく》勝家や佐《さ》久間右衛門尉《くまうえもんのじょう》信盛らと肩を並べるほどの近臣となったからには、数多くの武功を上げてきたと思われる。

「良いか、十兵衛。たとえ尾張の生まれでなくとも、手柄さえ積めば、この織田家では重用される。その良き手本が滝川一益殿だ。文字どおり我らの鑑《かがみ》じゃぞ」

すでに四年を尾張ですごした兵介は、武辺者らしく着々と戦功を積み、地盤を固めつつある。

「おまえなら、わしを軽く越えていけるはず。明智の力を見せてやれ」

兄のような励ましとともに、背を景気づけにたたかれた。

滝川一益は、見た目には物静かな知将を思わせた。が、その戦術は野伏《のぶ》せりまがいの狡猾さを見せた。木曾川を越えて北伊勢へ進むとともに、手当たり次第に田畑を焼いて敵方の収穫をなくせ、との下知がまず出された。

「北伊勢八郡は国司である北畠《きたばたけ》の目が届かぬことを良しとして、土着の輩が我が物顔で領地を割拠しておる。御屋形様の呼びかけに応じぬばかりか、密かに楯突く謀議を進める始末。あらゆる田畑を焼いて焼いて、焼き尽くせ」

たわわに穂孕《ほばら》む稲の緑を前に、織田家の旗指物《はたさしもの》を翻した二千の兵が進んでいった。

兵介とともに徒の手配を終えると、弥平次がしたり顔で馬を寄せてきた。

「収穫の秋は目の前。当然の策とは申せ、わかりやすい手立てですな」

切って捨てるような口ぶりには、いきなり狼藉《ろうぜき》まがいの策に出ることへの危ぶみが感じられた。

「地侍相手に目の色を変えすぎ、と言いたいのか」

「無論、たかが土着の徒と嘗《な》めてかかったのでは痛手を被りましょう。しかれども、も少し早い季節に兵を出しておけば、いたずらに収穫を減らさずとも、一郡ずつ落としていく手もあったように思えてなりませぬ」

光秀は群雲《むらくも》広がる秋の空を見上げて言った。

「弥平次。もっと広く物事を見よ」

「それがしの見方は狭すぎますか」

心外だとばかりに頬を角張らせた弥平次に、光秀は笑みと頷きを返した。

「信長殿は本気で上洛を目指す気になった。ゆえに、北伊勢を一気に落とす腹を固めたのだ。北伊勢さえ手に入れれば、南からも美濃を攻められる」

「確かに……」

弥平次が低く呻くように言って馬を下げ、美濃へと連なる北の空へ目を転じた。

「北近江は縁組みを終えた浅井殿の領地。ところが、南近江は京の三好勢に通じる六角承禎《ろっかくじょうてい》が治めておる。もし六角が北伊勢の国衆と組みでもすれば、京への道はどうあっても遠のくというもの」

「それで、一気の力攻めに出た、と……」

「良いか、弥平次。目先の敵のみを見ておれば良いというものではない。一年先、二年先——いいや、五年先を見据えてかからねば、もっと長い時をあたら費やしてしまうかもしれんのだ」

この季節の出兵により、信長の本心は露《あらわ》となった。その意も込めつつ、織田家へ来たばかりの光秀にも出陣を命じたのだ。

おまえに先を読む力があるなら、おれの覚悟のほどがわかろう。つべこべ言わずに、京への道を開くのに手を貸せ。そういう信長の、強い気概が秘められているのである。

「口先でいくら覚悟を語ろうと、誓約となるかどうかは、また別。言葉よりも振る舞いで本音を語るべき。そう信長殿は我らに伝えたかったのであろう。弥平次、とくと働けよ。そうすることこそが、今度は我らの信長殿への返事となる」

「皆にもしかと伝えます」

言うなり弥平次は馬を返した。

光秀は陣中の滝川一益に呼び出されて、斥候《せっこう》を命じられた。おまえの腕を見せてもらうぞ、と言われたのだと思い、兵らに農夫の身形《みなり》をさせて敵陣深くへと送り込んだ。地侍が放った伝令を捕獲することにも成功し、光秀自ら滝川一益の陣へと知らせを上げた。

「畏れながら申し上げます。土着の国人らは南五里の楠《くすのき》、高岡の両城に使者を送って加勢を求め、また願証寺《がんしょうじ》を追われた一向宗門徒と結託する動きを見せております。ここは門徒衆との結びつきを断ち、すみやかに楠城へ攻めるが必定《ひつじょう》かと思われます」

「ならば、光秀。言うより自ら手本を見せよ。そなたらは越前でも加賀の一向宗を相手にしておったと聞いた。兵介、おまえも手を貸してやれ」

いくら新参とはいえ、幕府奉公衆の身である光秀に、すぐさま先陣を切れとの命が下されるとは考えてもいなかった。家格にとらわれない信長の考え方は、重臣にまで徹底していた。

伊勢長島の地を一気に焼き払わせ、名もなき末寺にまで兵を走らせて住持を拘束した。時をかけたのでは、知らせが桑名《くわな》より南へと伝わり、地侍どもが結束しかねなかった。

さらに風上から火を放って兵を押し進めた。怒濤《どとう》の攻めこそが決め手となる。

やがて、焼き払った地を目指して、信長自らが供回りと一千の兵を引き連れ、出張ってきた。ここで一気に勝負をつける腹づもりなのである。そう悟って恐れを抱いた国人が、戦いもせずに、こぞって降伏を申し出てきた。

たちまち、さしたる苦もなく桑名までが織田領と化した。自らの役どころをわきまえた兵の動かし方であった。信長という男、やはり只者ではない。

光秀は陣中でひとしきり感嘆した。いいや——惚れそうになった、と言い換えても良い。

四十になった男が六歳も若い男の持つ器量に感じ入った。かつての道三も同じ思いを抱いたから、うつけと呼ばれる男に帰蝶を嫁がせると決めたのだ。

弥平次と次右衛門もしきりに信長の才覚を褒めそやした。人を惹きつけてこそ大将たる器。恐れられつつも、崇められ、かつ慕われる。信長という男は、うつけと呼ばれようが己を貫き、家臣におのが才覚を認めさせ、尾張一国の主から今大きく羽ばたこうとしていた。

ところが――。

九月の声を聞くや、信長はにわかに北伊勢から半数の兵を引かせた。縁組みをしたはずの甲斐の武田が攻めてくるとの知らせが入ったためである。

が、信長は小牧へ戻り着くと、そのまま三千の兵を率いて美濃へ攻め入った。

光秀は滝川一益軍の下、北伊勢に残っていた。その一報を聞き、耳を疑ったほどである。

美濃へ進んだ信長軍は、稲葉山城と尾根続きの瑞竜寺山《ずいりょうじやま》へ押し寄せた。斎藤軍を蹴散らし、城下に火をつけるや、城を丸裸にして、斎藤龍興《たつおき》を追いやったのである。

「さては、美濃衆への調略が進んでおったな」

兵介が知らせを聞くなり、当然の顔で光秀に頷いてみせた。

「では、武田が攻めてくるとの知らせは……美濃を欺くため」

「桑名まで出てきたのも、まずは北伊勢平定を目指すものと、美濃の斎藤方へ見せかけるためであろうな」

兵介の読みは的を射ていた。稲葉良通、氏家卜全《うじいえぼくぜん》、安藤守就《もりなり》の西美濃三人衆が、揃って織田方へ寝返ったのである。

三人は人質を尾張へ送ると伝えてきた。が、その間に内応が知れたのでは、せっかくの調略が無に帰しかねない。そう考えた信長は、人質を取るより前に北伊勢から戻るや、すかさず稲葉山城を襲う手に出たのである。

「織田家には、名うての軍師がおられるのでしょうか」

弥平次の問いかけは当然であったが、光秀はすでにその答えを知っていた。

兵介が坊主頭をさすりつつ、首を振った。

「すべて御屋形様が決断なさっておいでよ」

一人で決め、押し通せたからこそ、銭で兵を雇い、居城を小牧へ移せたのだ。そして今、たちどころに兵を動かし、鮮やかなまでに斎藤方の裏をかいてみせた。またも織田軍ならではの強みが生かされた。

腹を据えたならば一気に突き進む。その裏には、敵どころか味方までも欺く知略の後ろ盾がある。凄まじい男よ……。

信長という男の猛々しさを目の当たりにして、光秀は自ら越前へ知らせを届けたくなった。藤孝が聞けば、まさしく小躍りするに違いない。

上洛への確かな手応えをつかみ、光秀は高ぶりに任せて一人叫びたかった。

四

見覚えのある旗が誇らかに乱舞していた。

兆しは空を染めゆく黒い煙だった。また侍どもが殺し合いを始め、村々を焼き払っていると知れた。小平太は山の中腹に伸びた大樹に登った。

侍どもが焼いていたのは、緑に揺れる一面の田圃《たんぼ》だった。稲穂がふくらみ、あと少しで実りが手にできるというのに、やつらは片端から火をつけ、踏みにじっていた。

手を泥まみれにして田畑を開いたわけでもないのに、やつらは重い年貢を課して、せっかくの実りを横取りしていく。戦だと言っては人をかき集める。あげくは田畑までを焼き払う。一粒の米に村人の汗と涙がどれほど込められているか。やつらは何ひとつ知らない。

米は村人の血に等しい。侍は生き血をすする悪鬼と同じなのだ。

胸を炙る怒りに突き動かされて、小平太は山を駆け下りた。足は自然と人里へ向かった。父や母と同じく田畑を守る者の嘆きを目に焼きつけ、心根の火種としておきたかった。

獣道を伝って村へ下ると、峠の先に侍の群れを見つけた。

こんな山にまで、やつらは兵を出している。村人からまた実りを奪うつもりなのだ。睨みつけているうち、やつらの背ではためく幟《のぼり》の文様に目が吸い寄せられた。

見覚えのある銭の印――。

一気に峠を回り込んだ。気は少しも急いていなかった。どうやってやつらに近づくか。山のぬしと戦う前よりも落ち着いていた。

峠道から再び茂みへ飛び入った。一匹の獣となって藪の中を進む。近づくうちに、侍の数がはっきりとした。軽く三十人はいた。その中の――馬にまたがる男の背で、銭の文様を染め抜いた幟がはためいている。

父と母を殺した鬼どもが背負っていたのと同じ幟だった。

蛇のように音もなく地を這い、侍どもに近づいた。

村はひっそりと静まり、すべての板戸が閉ざされていた。鳥さえもが息をひそめ、侍どもの濁った声のみが響いている。村人が寺の住持を匿《かくま》ってはいないか、家をあらためているのだった。

侍がなぜ坊主を探すのか。気にしても始まらなかった。侍どもの動きをじっと見据えた。獣を仕留めるには、その習性を見極めておくに限る。

「殿――」

口髭を生やした侍の一人が叫び、派手な辻総《つじぶさ》で飾られた馬へと走った。

その男の周りには、馬に乗った侍が群れていた。やつがこの連中の大将——ぬし、なのだとわかる。幟を背負っているのは、ぬしの右手を固める侍だった。

父と母を手にかけた鬼どもが、目の前に、いた。

やつらのぬしは髭の男から知らせを聞くと、大仰に頷いて右手を村の先へと振った。槍を持った侍どもが、ばらばらと走りだした。

上背はありそうだが、ぬしにしては痩せて見えた。歳は四十くらい。力比べなら、やつよりもっと手強そうな者が辺りを走り回っている。一見ひ弱そうな男こそ、顎先で兵を使いたがり、惨《むご》たらしい人殺しを気色《きしょく》も変えずに言いつけられるのだ。

ぬしがまた何かを命じたらしい。一人の侍が馬から下りて、水桶が用意された。この道筋でしばし休みを取るつもりと見える。

ならば、今こそ——。

腹をくくると、藪に身をひそめた。うまい具合に、やつらは茂みを背にして群がっていた。それも当然。敵が山奥から近づくはずはない、との決めつけがある。

いったん茂みへ分け入り、支度を調えた。手裏剣は五本しかない。飛び道具の代わりとなるものを見つけておきたかった。

支度に手間取ったが、やつらは呑気に笑っていた。恐れるものなど何もない、と驕《おご》るかのようだ。

茂みを押し分けて、ぬしの後ろのほうへと忍び寄った。ちちち……と鳥の鳴き真似を口すさび、足音を隠しつつ藪を回り込む。殺した村人の数でも自慢しているのか。やつらはまだ笑い合っていた。小平太は手の手裏剣を握りしめた。

沸き立つ怒りをなだめてから、一度深く息を吸った。

怒りに任せたのでは、事をし損じる。いたずらに逆上すれば、身と心が縛られ、しくじりを招く。天狗の教えのひとつだった。鬼が顔色ひとつ変えずに人を斬るのも、落ち着かずば力を出せないと知っているからなのだ。

しかと目を見開いた。必ず仕留めてみせる。土に返った父と母に誓った。

入念に狙いをつけて、手裏剣を投じた。気配は消したつもりだった。が、やはりそこは侍の大将だった。葉を切り裂く、わずかな音を聞き分けたらしい。とっさに身をそらすや、手裏剣をかわしてみせた。が、それとて見込みのうちだった。

かわされた手裏剣が、呑気に水をすする馬の尻に突き立った。いななきと侍の怒り声が湧いた。

「敵だ」

侍どもが刀を抜いて目を血走らせた。

「後ろぞ」

風を裂く手裏剣に気づいたのか。ぬしをかばう者がいた。盾になり、茂みを睨みつける。

手筈を調えておいた蔦《つた》を切り、小平太は藪を走り抜けた。吊しておいた倒木が、蔦の支えを斬られて落ちる。そのまま振り子となって、茂みへ迫りかけた侍を襲う。

一人をなぎ倒せた。転がり逃げた者が三人。その間に、やつらの横へ回り込めた。

「おとりだ」

一人が気づいた。それより早く、手裏剣を投じた。

仕留めた――。手応えはあったが、迫る手裏剣を見切るかのように、ぬしがまた首をそらした。ぬか喜びなどはせず、続けざまに二本を放つ。天狗だろうと、よけ切れるはずはない。

が、ぬしは腰の刀を引き上げるや、鍔《つば》で手裏剣を弾き飛ばした。

捻りを加えたのに、動きを読まれた……。が、狼狽《うろた》えてはならない。ぬしなら当然。とっさに思いをあらためて、左へ飛んだ。やたらと叫ぶ馬の背を蹴って向きを変え、千鳥鉄《ちどりがね》を振りかざした。

目くらましの動きなどなかったかのように顔色ひとつ変えず、ぬしが睨みつけてきた。横ざまに分銅を食らわせた。と思う間もなく、目の前からぬしの姿がかき消えた。

ここにも一人、天狗がいた。

驚く小平太の左横に、いつしかぬしが立っていた。わっと叫んで転がり逃げた。千鳥鉄を振り回して分銅を投じる。

軽く刀を返され、鞘の先でからめ捕られた。一気に引かれた。細身に似合わぬ怪力だった。力負けしたというより、ふいを突かれたせいで何もできなかった。手から呆気《あっけ》なく千鳥鉄が飛んだ。あれを奪われたのでは何もできない。ついと伸ばした手に痛みが走った。したたかに鞘の先で打ち据えられた。またも回り込まれていた。身のこなしが天狗を思わせる。

「何やつ」

声を聞いた時には、脇腹を突かれて息ができなくなった。

五

馬の尻に突き立った棒手裏剣を見て、光秀は忍びの襲来と受け取った。が、敵は小猿並みの身の丈で、襲いくる分銅の速さもぬるかった。

その動きを見切って鞘先で分銅をからめ捕ると、光秀は一息に引き寄せた。敵は小猿並みの身に見合った力しかなく、容易《たやす》く手元に千切木《ちぎりき》が転がってきた。慌ててつかもうと伸ばしてきた手を打ち据えてから、敵の左へと飛んだ。

「何やつ」

脇腹を突いた鞘先で、ひたと首の後ろを押さえつけた。小猿が低く呻いて、地に倒れ伏した。

やっと立ち直った弥平次らが向き直り、小猿を取り囲むや、驚きの声を上げた。

「子どもか……」

「この童《わっぱ》めが、何やつの命を受けて襲ってきた」

いきり立つ次右衛門が、土にまみれた小猿の鼻先に鋒《きっさき》をかざして迫った。

歳のころは十三か、四か。汚れきった髪を後ろでひとつにまとめ、飢えた野良犬のように痩せ細っていた。目には獣の光が宿って見え、猿に育てられたと聞けば、すぐにも頷ける形《なり》であった。

「こんな年端もいかぬ餓鬼を使いおって。卑怯な」

おとりの倒木を肩先に受けた藤田伝五《でんご》が、腹立たしげに子どもの腹を蹴り上げようとした。激しやすい質《たち》の伝五を弥平次が手と身で制しつつ、前に迫った。

「主の名を吐け。童《わらべ》といえども用捨はせぬぞ」

次右衛門がさらに刃先を鼻先に寄せると、野良犬のような子の身がぶるんと震えた。

「おれに主などは、ない」

「嘘を申すな」

光秀は自ら進み出て、落ちていた手裏剣を拾い上げた。憐れなほどに揺れる瞳を見据えて言った。

「これを何やつに仕込まれたか、正直に申してみよ」

「天狗の教えだ」

「これは愉快じゃ。天狗に育てられたとな」

伝五が鼻先で笑い飛ばして、子を見下ろした。睨み返したところを見ると、本気で天狗と信じる者に技を仕込まれたらしい。

「小僧。天狗の偽《いつわ》らざる名を聞いたか」

「天狗は天狗だ」

「なぜ天狗は殿を襲えと言ったのじゃ」

弥平次のさらなる問いに、天狗の教え子はぷいと横を向いた。

「天狗に言われたわけじゃねえや」

「ほう。おまえは頼まれもせずに人を襲うか。天狗ではなく、野良犬に育てられたらしいな」

「おとうにおかあ、弥助に仙太郎もおまえらに殺された」

血を吐くような叫びがあふれ出た。年端もいかない小僧に凄まれ、戦《いくさ》装束《しょうぞく》に身を固めた侍どもが動きを止めた。

野良犬の目をした小僧は、なぜか光秀の後ろのただ一点を睨みつけていた。先ほどから、同じ見当へと目を送っていたように見える。

光秀は先をたどりつつ振り返った。織田家の幟を背負った溝尾《みぞお》庄兵衛《しょうべえ》が身構えていた。

小僧の目はいきり立つ庄兵衛をとらえてはおらず、見つめられた庄兵衛自身が律義者らしい真顔になって、さらに後ろを振り返った。とすれば、見つめる先は、その背ではためく織田家の幟か。

弥平次も気づいたらしい。庄兵衛に歩み寄るや、胴丸の背に差し込んであった幟をつかみ、抜き取った。

「小僧。この幟を見て襲ってきたか」

「侍なんか、皆死んじまえばいい」

「驚かせてくれる小僧だ……」

弥平次の呟きは、その場にいた者すべての内心を表していたろう。

ただ、光秀は驚きよりも、この野良犬のような小僧の逞《たくま》しさと度胸の良さに、心の隅をくすぐられていた。

「小僧。我らを信長様とその馬廻《うままわり》衆と取り違えたか」

武士ならそろそろ元服を迎える歳のころである。この小僧は、身内を殺された仕返しに、織田家の幟を見つけて果敢に襲ってきた。それも、たった一人で——。恐れを知らぬ若さとはいえ、並みの肝《きも》の据わりようではなかった。

光秀が感心のあまりに笑みを刻んでいると、小僧の目がくわと見開かれた。

「取り違えた、だと……」

「我ら明智の旗印は——桔梗《ききょう》紋よ」

次右衛門が懐から紋を染め抜いた手拭《てのごい》を取り出してみせた。

水色桔梗紋。東美濃の地を任されていたころから変わらぬ明智の旗印である。

小僧は驚きに目をむき、水色に染め抜かれた手拭を睨みつけた。

「弥平次。銭を持て」

光秀が申しつけると、弥平次が目で問い返してきた。村人への説得のため、少しばかりの銭を持ってきていた。皆の目も光秀へと集まった。

「思い出さぬか、弥平次。我らも一族を殺され、城を奪われた身よ。越前に仕官の道を見つけてもなお、この子と似たような目で世を恨んでおったではないか」

義龍方の兵に囲まれ、炎に包まれていく明智城の様は今も忘れられずに胸を炙る。あの炎とともに、多くの身内が命を散らしていった。流浪の末に越前から尾張へと仕官先は移ろった。昔のような居城を持てる身分とはほど遠い場に立たされていた。

皆一様に押し黙り、友を見る目を小僧にそそいだ。

弥平次が徒《かち》に預けてあった袋を取り寄せて、光秀へと差し出した。それを受け取り、成り行きに心が追いついていないらしい小僧の前に歩んだ。

「良いか。恨みは心と身を縛り、いたずらに死を招く。おぬし一人が生き残ったのなら、そこに訳があると思え。死に急ぐのでは、身内の死を汚すのみぞ。わかるな」

わかったようには見えなかった。まだ飢えた野良犬のごとき目を光秀に向けていた。

袋から取り出した京銭《きんせん》を五枚、小僧の前に置いた。

「無駄に命を散らすな。しかと生きよ」

人の情けを知らずに来たからか、屈辱という心情に人一倍震えやすくなっていたらしい。口惜しさ、憤怒、恥辱、恨み……。ひたすら後ろ向きな情念のみに縛られて、地を這うように生きてきたに違いない。

光秀は今また戦世を知らされた。この子と似た境涯の若者が、そこかしこに犇《ひし》めいている。

野良犬めいた目から輝きが消え、涙で潤《うる》み始めた。と思う間もなく、小僧が一気に地を転がった。

罠から逃れる獣そのものの動きで、足元に落ちた千鳥鉄をつかむや、猿の素早さで茂みへ飛んだ。

「待て、小僧」

次右衛門が刀を手に足を踏み出した。

「追わずともよい」

自然、光秀の口から言葉が洩れた。

身内の命を奪った侍に詰め寄りながら、銭を与えられたことを屈辱に感じられる者なら、きっとこの先も逞しく生きていける。いや、是非とも生きていってほしい。

不敵なまでに逞しく生きてみよ。

走り去る小さな背中に向けて呟いた。まさしく獣の走りぶりで、小僧は茂みの中へと消え失せた。

ただ……。気がかりは残った。

あの子に棒手裏剣を教え込んだ者がいる。暗く燃え立つ思いに突き動かされて、技を教えたのならまだいい。が、恨みの先を信長と知ったうえであれば、この地にまで敵の忍びが徘徊《はいかい》していることとなる。

「弥平次。これを持ち帰って調べさせよ」

小僧から奪い取った棒手裏剣を弥平次に手渡した。

疑いなく、忍びの者の手による拵《こしら》えであった。

六

獣が雨の夜に吼《ほ》えていた。小平太は一匹の獣に墜《お》ち、悔し涙にくれた。堪《こら》えようにも、あとから嗚《お》咽《えつ》が喉を突き上げる。

父と母を殺された日の夜も雨だった。幼い妹が一緒にいたため、少しでも腹を満たすほうが先で、ろくすっぽ泣いている暇はなかった。が、今はあの時の分も涙があふれてくる。

山のぬしを倒したくらいで喜び勇んだ己が小物に思えた。侍大将とは、天狗を脅かすほどの使い手だった。

やつらは手にした刀一本におのが命を託し、戦に明け暮れる日々を生きている。目くらましなど真の技でなく、敵の挙動を先読みする眼力と、獣を越えた身ごなしを体得できた者でなければ、やつらの大将にはなれっこない。弱き者は身を斬り刻まれて、あの世へ墜ちる定めが待つ。

哀しいかな、小平太が狙った侍は、父と母を手にかけたやつらの大将ですらなく、もっと下っ端だったらしい。そんなやつに銭まで差し出される始末だった。

首を刎ねられずにすんだのは、あの侍が説法好きなお人好しだったからにすぎない。父や母を無惨に殺したやつらであったなら、今ごろは親子四人そろって三途の川で不憫な姿をさらし、涙に暮れていただろう。

所詮、天狗の教えは小僧相手の戯《たわむ》れのようなものだったのか。いいように遊ばれ、笑われ、憐《あわ》れまれていた。

嗚咽にまぎれて、ぎりぎりと奥歯が軋《きし》みを立てた。握りしめた拳からも、きしきしと骨の泣く音が聞こえた。悔しくてならず、ただ吼えるしかない。

雨が身を打ち据えていった。この惨めさから逃れるには、おのが命を絶つのが最も手っ取り早い。が、あの侍が言ったように、無駄に命を散らしたのでは、父や母の死までも無にしてしまう。ならば、生きるしかなかった。

この悔しさを乗り越える道はひとつ。強くなるのだ。父と母を殺した侍を倒せるような男に。

滴る雨をものともせずに、しかと目を見開いた。道は見えた。そのために何をしたらいいか。

山の獣を捕らえて、生肉のまま食らった。生のほうが、そのまま血と肉になる気がした。天狗の教えを今一度思い出し、山を走った。そして、時を待った。

二十八日目の夜に、その時は訪れた。

獣ではない気配を感じ取るや、泥を全身に塗りたくった。雨に降られてしまえば役に立たなくなるが、少しでもおのが姿を消しておきたい。相手は天狗なのだ。

うろの中でじっと息を詰めた。天狗の足音に違いなかった。いくら山へ入った修行僧でも、枯れ葉を踏みしだく音も立てず、道なき道を走れるはずもない。

ねぐらとしていた山から三つの谷を越えた場で待ち受けたのは、狙いのうちだった。天狗はこの峠を自在に行き来し、国境を駆け巡っている。が、きっとどこかに同朋がいて、互いの技を磨き合っている……。

どこまで天狗に近づけるか。

今日がだめなら、また次を待つ覚悟だった。天狗の住まいを突きとめ、門弟の一人に加えてもらえれば、必ずや侍と互角に戦える技が身につけられる。

箱笈を背負った天狗が足早に獣道を駆けていった。後ろ姿を追ったのでは、天狗に悟られる。かろうじて気配が感じられるほどに間をたっぷりとあけ、足跡と匂いをたどっていった。

半日しか追えなかった。気落ちする間もなく、七日後に天狗は山に舞い戻ってきた。今度はどこまで追えるか。思いがけずに、雨が幸いした。いくら天狗でも、足跡を消して歩くまでの気遣いを、こんな山中でするはずもなく、二つの山を越えた先まで追いかけられた。

せせらぎを渡った先で、一度見失いかけた。たまたま目を落とした先の川面に、周りの木々とは違った枯れ葉が流れゆくのに気づいた。天狗は川をさかのぼっている、と目安がつけられた。

川を半里ほど上った先で、岩肌を流れ落ちる滝が行く手を阻んだ。迫り寄せる断崖を見上げたが、人や獣がよじ登っていったような跡はなかった。

追われていると悟り、足跡を絶つために川へ入ったのか。

引き返しつつ、濡れ落ち葉一枚をも見逃さずに両岸を探った。が、草の踏みしだかれた跡は見つからなかった。頭上の枝へと一気に飛んだか。木の上にまで目を配ってみた。

これまでか……。万にひとつの見込みに頼って、滝に舞い戻った。

もし天狗が岸へ上がらなかったとすれば、この流れに逆らい、滝を昇ったことになる。あり得ないように思えたが、相手は天狗だ。

滝壺の端から飛泉《ひせん》に近づき、流れに身をひたした。この奥の岩肌に手掛かりでもあれば……。

見つけた。手掛かりどころか、滝の後ろには岩肌との間に五尺ほどの隙間があった。人の手によって刻まれたとおぼしき段が見える。

ここだ。

滝の流れを背に受け止めつつ、岩肌を登った。二間《けん》も上がると、左手に岩が張り出し、滝の下からでは決して見えない、階《きざはし》が彫り込まれていた。

胸を高鳴らせて崖上へと登った。川に沿って一本の細い道が伸びていた。開けた空にひとすじの煙がたなびいている。何者かが、あの下で火を熾《おこ》している証だった。

とうとう見つけた。肌の粟立ちを抑えて川から上がり、息を詰めながら歩を進めた。腰高の茂みを分けると、小屋の連なりが見え始めた。

集落があるというのに、辺りは静けさに満ちている。声ひとつ聞こえなかった。が、ぴんと張り詰めた気配が伝わってくる。

やがて屋根の向こうに、物見櫓《やぐら》が見えた。風に乗って、鍬の刃を石で叩くような音が聞こえる。

葉陰をかき分けると、野原に居並ぶ男どもが、刀や千鳥鉄を振り回しているのが見えた。その身ごなしが、天狗を思わせるほどに速い。

あの天狗は小平太相手に手を弛めてくれたのだ、と今はわかる。宙へ飛んだと見えた男が、相手の背へと回って刀を突き出す。と思うや、当の相手はすでに横へ飛び、わずかな足がかりを得てまた別の方角へ飛び、放たれた分銅が大地に穴を穿《うが》っていた。無論、穴を掘るのが狙いではなく、すでに男が飛びすさっていたのである。

まさに天狗の里だ。小平太は見惚れた。男らの身ごなしを目で追うのさえ難しい。人は身を鍛え抜くことで、獣を越えた動きを会得《えとく》できる。ここは神業《かみわざ》を磨く者らの里なのだ。

おれも門弟にしてもらいたい……。

どうすべきか迷いを覚えた時、横の茂みで何かが動いた。

気づいた時には遅かった。森のぬしが発するような、冷たい殺気に囲まれていた。

かなりの使い手だった。懐に手を入れたが、すでに棒手裏剣は侍相手に使いきっていた。小刀が一本と千鳥鉄だけ。相手は見えずとも、殺気のみがひたひたと迫ってくる。

どこだ。上空で影が動いた。鳥か。と眼差しをわずかに上へ送った隙を突かれて、左の足先にからみつくものがあった。蔦が地を這い伸びて、わしづかみにされたのかと思った。

鞣革《なめしがわ》の鞭《むち》だった。切って捨てようと小刀を振った。が、一気に引かれた。山のぬしを思わせる怪力だった。茂みの中を引きずられた。

ようやく鞭を断ち切れたが、もう躰は茂みの外へ転がり出ていた。やっと構えを取ったが、目の前に二人三人と、黒衣をまとった男が天空から舞い降りた。と、鼻先で何かがきらめき、手の小刀が宙へ飛ばされた。動きを読まれ、先に棒手裏剣を放たれていた。

「動くな、小僧」

地の底から響くような低く怒気のこもった声だった。

身を起こそうとしたが、できなかった。驚きを通り越し、ある種の感銘さえ覚えたくなった。身にまとった毛皮の左脇をいつしか棒手裏剣で貫かれ、大地に釘付けにされていたからだった。小刀を飛ばされたうえに、衣の脇まで貫かれていた。それなのに、気づくことすらできなかった。

今も三人の男は両手に棒手裏剣を構え、黒頭巾の奥から小平太を目で貫いていた。

「なぜ獣相手で我慢ができんのだ」

聞き慣れた声に頰をたたかれ、左手の茂みを見つめた。

そこに、技を教え込んでくれた天狗が立っていた。

「おれは……」

胸の奥へこもりそうになる声を押し出し、小平太は言った。

天狗の手にも四本の棒手裏剣が、扇を開くように握られていた。

「おまえの暗い志にほだされたわしが馬鹿だったのかもしれん。人並みに不憫をかけるなど、やはり我らには無縁のものであったか」

「おれは……」

言葉が喉にからみついて、うまく声が出なかった。

「忍びの里を見た者は生かしておけぬぞ」

天狗が目をそらして、棒手裏剣を振り上げた。小平太は衣と地を縫いつけた手裏剣を引き抜くなり、ひれ伏した。

「おれはもっと強くなりたい。おれをもっともっと強くしてくれ」

天狗の瞳が揺れた。男どもの眼差しが射貫くほどの凄味を帯びて、肌に刺さった。

「おれは……侍どもより強くなりたい」

「父や母の敵を討つためか」

虚しい末路しか待っておらぬぞ、と言われていた。小平太は湿った土に爪を立てた。埋もれた石を訳もなくつかみ取り、骨も砕けよとばかりに握りしめて言った。

「恨みは心を縛るのかもしれない。でも、おれは強くなりたい。おれが強く生きなくては、殺されたおとうやおかぁは浮かばれない。何のためにこのおれを生み、育ててくれたか……。おれが死んだら、なぜおとうとおかあが苦しんできたかわからなくなる。でも、今のように弱いおれじゃ、この世を生き抜けない。おれは強くなりたい」

自分でもよくわからずに叫んでいた。

「強く生きるために、わしを追ったのか」

「天狗様の技を身につけたい。侍に負けぬ強さを手に入れれば、こんなおれだって生きていける。そうだろ、天狗様」

頷いてはくれなかった。黒ずくめの男どもも、この世の地獄を睨む阿修羅《あしゅら》像のごとき構えをまだ解かなかった。

「忍びには鉄の掟がある。ぬしの一存で勝手はできん。ここへ来た者の二人に一人が骸《むくろ》となって里を出る。その意味がわかるな」

小平太はしかと頷いて石を捨てるや、血の滲む手をついて頭を下げた。

「おれをここに置いてくれ。頼みます」

天狗が構えを解き、茜《あかね》を張り詰めた雲居《くもい》を見上げた。黒ずくめの男どもが先を危ぶむような目を寄せた。ここは頭を下げるしかなかった。ひたすら額を地にこすりつけた。死を選ぶのなら、いつでもできる。が、意地でも生にしがみついてみせる。

「小僧……死ぬよりつらい生き方に足を踏み入れることになるぞ」

「おれはおとうにおかあ、妹をこの手で土に埋め、血の涙を流してきた。一人で生きたところで、喜びなどあるはずがない。それでも、死ぬわけにはいかないんだ」

「ならば、わしについて来い。案内《あない》しよう」

「承知」

小平太は大地をたたきつけて立ち上がった。

先を歩く天狗の背に、思い切り抱きつきたかった。

第三章　天下布武への道

一

回廊を近づく爽《さや》かな衣擦《きぬず》れが胸をかすかに逆撫でた。

光秀は深く頭を垂れ、じっと足さばきを聞き分けた。若かりしころは闊達さに満ち、足音には絶えず弾むような響きがあった。今は身にまとうものが多すぎるためか、疲れを引きずるような重さが感じられる。

従者という見張りを引き連れて、帰蝶《きちよう》がしずしずと上段の間に進み出た。光秀はつい目をそらしそうになり、密かに我を叱咤《しつた》して目元を和ませた。

まだ三十五だというのに、早くも帰蝶の面差しには、紛うことなき老いが滲み出ていた。

「お懐かしゅうございます。十兵衛殿」

声にも張りは失せ、老婆のしわぶきにさえ聞こえた。胸がしめつけられて、光秀も声がかすれた。

「この光秀、御屋形《おやかた》様のお許しを得て、新しき岐阜《ぎふ》の町を見て参りました」

「それは何より……」

刷毛《はけ》で重ね塗るような頼りなさで、ほんのわずかに声が弾んだ。

稲葉山城のある井ノ口は、信長によって岐阜と名を改められた。唐国《からくに》でその昔、栄華を誇った周王朝の発祥の地を、岐山《きざん》という。禅僧からその話を伝え聞いた信長は、岐阜と命名したのである。

「さぞや美濃も変わったことでしょう」

「先の戦で多くの屋敷が焼失し、至る所で新たな普請が始まっておりました。その賑わいたるや、かつての井ノ口をしのぐほどと申せましょう。が、稲葉山の雄姿と、その背に控える飛騨の山々の悠揚たる連なりは、少しも変わってはおりません」

「帰蝶もこの目にしとうございます」

「御屋形様はいずれこの小牧から岐阜へ移られるおつもりと聞きました。城下の普請が調い次第、我らに大号令をかけ、やがては京への道を目指すに違いありません」

帰蝶は細くなった顎を引き、一応は頷く様を見せた。が、その大号令の中に、たとえ正室であろうと自身が入っているはずはない、と信じきっている。

稲葉山を落とし、斎藤龍興を追いやったとは言え、美濃の領内にはまだ織田家への叛意《はんい》を密かに燻《くすぶ》らせる者がいた。そこへ、かつての姫が舞い戻ったのでは、新たな火種となる。そういう口実を、すでに下臣らが口にしていた。

あくまで口実である。帰蝶に子はなかった。追いやったばかりの国主斎藤の縁戚であり、子を産めない正室になど、もはや用もなし。かといって、送り返す先もない。このままどこかへ蟄居《ちっきょ》させておくに限る。

「兵介から聞きました。四人のお子がある、とか」

「すべておなごばかりですが」

尋ねる帰蝶が痛々しく思えて、短く答えるほかはなかった。

我が身の置かれた場を、帰蝶自身が胸に応えるほど悟っていた。その諦めの心が、かすかな老いとなって身を包んでいる。

「猪子殿ともども織田家に骨を埋め、御屋形様を支えていく覚悟にございます。しかしながら、帰蝶様と同じく美濃者であるとの誇りは、片時も忘れずにおる所存。どうぞ我ら織田家中の美濃者を叱咤し、お支えください。帰蝶様ここにある限り、我ら怯《ひる》むことなく働けます」

こんな言い方でしか帰蝶を励ませなかった。

「十兵衛殿もさぞや辛苦を重ねられたのでしょう。帰蝶が知るそなたより、今は遥かに逞しく見えまする」

「いいえ、我ら美濃者は、亡き道三殿から労劬《ろうく》を糧《かて》に大きく羽ばたいてこそもののふ、と教え込まれて参りました。それがしなどはまだまだ……」

「兵介と同じことを言うのですね」

「はい。亡き殿の教えは今なお我らの身中に脈々と流れております。無論、御屋形様からも多くを学んでいきたいと思うております。どうか帰蝶様も、もし思い及びのことあらば、この光秀にいつ何なりとご教示くださいませ」

「信長様をしかとお支えくだされ。頼みますぞ」

「有り難きお言葉」

あらたまって頭を下げた。その場の成り行きから、従者が早くも腰を上げかけた。

「時に――」

光秀は名残惜しく、さして考えもせずに話を継いだ。さて、何を話すべきか。

ひとつ思いついて頬を弛めた。

「――それがしは今も時折、神護山崇福寺におられた快川紹喜《かいせんじようき》和尚を懐かしく思うことがございます。あの和尚のように、心広き名僧がおられましたなら、無理を押し通してでもお話を聞きに参りたいものと常々考えております。帰蝶様ならお心当たりがあるやと思い、今日お目にかかりましたなら是非ともお尋ねしたく思っておりました」

腰を落ち着け直した帰蝶の面差しは、相も変わらずに冴えなかった。やはり、周りに一人として話し相手がないのだ。

「残念なことに、快川和尚は甲斐の恵林寺に招かれ、美濃を離れられてしまいました。美濃に残った国衆をまとめるためにも、我らの心の支えとなる導師をお招きできれば最良、と考えております。もし願いが叶いました折には、帰蝶様からも是非お声をかけてくださるようお願いいたします」

周りを固める従者へ聞かせるための言葉でもある。この光秀が美濃から僧侶を連れてきたとしても、それは国衆をまとめるためであるから、たとえ帰蝶が話に出向こうと邪魔立てはするな。そういう手立てを打っておかない限り、ますます帰蝶の孤立は深まるように思えた。

「それは楽しみにしておりますぞ」

帰蝶の目に仄《ほの》かな望みの光が射した。


従者らに睨みを利かせてから御殿を出ると、兵介が善五郎をともなって馬上にあった。目で仕儀《しぎ》を尋ねる二人に、光秀も同じく目で頷き返した。

二人が教えてくれたとおり、あれでは籠《かご》の中の鳥も同じで、行く末が思いやられた。案ずる先は同じと見えて、二人の顔様《かおざま》も沈んだままである。後ろに控える弥平次も伏し目がちになっていた。

兵介が場の重みを嫌うように顔を上げた。

「聞いたか、十兵衛。禁裏《きんり》からわざわざ勅使《ちょくし》が来られるようだぞ」

光秀が頷き返すと、馬にまたがった弥平次も目を向けてきた。

美濃を手中に収めるとともに、信長は朝廷への働きかけを図るようになった。

信長の父信秀は、禁裏の修繕に莫大な寄進を送るなど、朝廷への心遣いを忘れなかった。同じ望みがあると見え、信長のもとにも朝廷からの使者は度々訪れていた。尾張での御料所回復を命じるためである。

争乱の世となり、多くの御料所から実入りの絶えた朝廷は、諸国に勅使と綸旨《りんじ》を送り続けた。が、隣国との戦に明け暮れる大名は、その命を果たさず、蔑《ないがし》ろにした。信長とて同じであった。

それを今になって信長は、自ら受け入れる様を見せるように変わったのである。

「兄上はもう見ましたか。天下布武《てんかふぶ》と彫られた御屋形様の金印を」

弥平次が話の先を見越すように、横合いから告げた。

「いいや、見てはいない。が、信長様のご決意はもう充分、我らもわかっておるではないか」

天下布武――。

布、とは平らにする、広く行き渡らせる、という意である。武によって天下を平らげる、と言い換えてもいい。

「心してかからねばならぬぞ、弥平次」

「はっ。これからが、我らにとって名を上げるべき時」

「そうではない。おまえにはわからんのか」

言葉に棘《とげ》が出ないよう心がけて言ったが、兵介と善五郎が眼差しを寄せてきた。

「良いか、弥平次。帰蝶様のお姿は明日の我が身かもしれんぞ。いいや、もっと尊い荷であろうと、用なくば捨てられることもあり得よう」

「その先を今は口にするな。言えば心まで寒くなる」

「十兵衛。そなた、御屋形様の志を疑うておるのか」

兵介が声音を尖らせて、横で善五郎が眉根を寄せた。

光秀は口を噤《つぐ》むことで返事とした。天下を鎮めるには、将軍を担ぎ上げて諸国の大名に号令をかけるのが早道。その考えは、今も変わってはいない。

北近江の浅井長政と結び、伊勢の平定を目指す。さらには朝廷への歩み寄りも、すべては上洛への布石と言える。無論、道はまだ険しい。信長も、金印に刻みつけた〝天下布武〟が、一朝一夕になせると考えてはいないであろう。

が、捨て置かれたような帰蝶とまみえたあととあって、信長の心中が案じられた。

信長という男にとって、帰蝶は美濃との同盟を保持するための道具でしかなかった。そして今、上洛への御旗となる男が、細川藤孝らの奉公衆に守られて、越前にいる。天下布武の印を彫らせた信長は、将軍さえも道具のひとつと見なすのではないか……。

武に秀でれば、自ずと野心も根を広げてゆく。また、野心ある者でなければ、将軍の御輿《みこし》を担ぐわけもなかった。

御殿前の番所を抜けた。城下へ向かうとすぐ右手に、築地垣《ついじがき》の囲いを持つ小さな堂塔が建っていた。瓦を支える柱はまだ白さを保ち、古くからある寺社ではないとわかる。とすれば、信長の代となって建立されたものになるが、菩提寺《ぼだいじ》を移したにしては小さすぎ、かねてから気になっていた。

「祈禱《きとう》所だと聞いたがのう」

光秀の目の先に気づいたらしく、兵介が横に馬を並べた。

「まさか、兄上は――」

「御屋形様は尾張熱田《あつた》神社と並び、津島天王《つしまてんのう》神社を手厚く遇されておる」

古いしきたりを悉《ことごと》く嫌ってきた信長が、神仏を崇《あが》めているとは知らなかった。光秀はあらためて堂塔の屋根を飾る鴟尾《しび》を見上げた。

兵介の後ろから善五郎が進み出た。

「我らも聞いて驚きました。しかしながら、御屋形様がお生まれになったのは、津島に近い勝幡《しょばた》城であり、木曾川きっての港町津島は古くから多くの商人が集まる地にございました。御屋形様は津島神社の天王坊で学ばれた誼《よしみ》から、今なお津島商人を重用し、その信心を集める天王社を格別守っておいでだと言います」

兵を銭で雇うという叡知《えいち》も、なじみの津島商人が身近におり、その手を借りることができたから生まれた策であったのだ。さらに言えば、鉄砲なくして今や戦にならず、その買いつけのためにも、手広く京まで足を伸ばす商人の存在はなくてはならない。

美濃を支配下に置くや、城下の加納市《かのういち》に認められた楽市を残したのも、商人を使い慣らす狙いからなのである。

多くの商人の信奉する神社を保護《ほうご》する。至極もっともな手立てであった。

「おお。ちょうど堯照上人《ぎょうしょうしょうにん》がお見えだ」

兵介の声に目を転じると、堂塔へ続く中門前に、達磨《だるま》のような体つきの僧侶が小僧をしたがえて歩みくるところであった。

光秀は弥平次に目をやり、手早く馬を下りた。

「初めてお目にかかります。明智十兵衛光秀と申しまする」

名乗りを上げて一礼すると、歩みを止めた堯照が胸の前で静かに手を合わせた。

「お名はうかがい申しております。信長様は貴殿の仕官をまさに吉兆《きっちょう》とお慶びになっておいでにございます。その初めの徴《しるし》が、美濃衆の寝返りを得て稲葉山城を落とせたこと。伊勢もまもなく平定されましょう。その両方に光秀殿が尽力されたとあっては、まさに貴殿こそが織田家に新たな光をもたらしたと申せましょう」

声は干涸らびたように嗄《しやが》れ、何とも聞きにくかった。堯照はわずかに光秀を認めたあと、目をそらして虚空を見据えた。

吉兆との言葉を口にしておきながら、身振りと目の動きで本音を告げられたように感じられた。

「まだまだ貴殿の後ろには、多くの吉兆が見えまする。さらなる御武運、お祈りいたしましょうぞ」

堯照は口早に述べて短く顎を引くと、供を引き連れて堂塔へ、肩を揺らしつつ歩み去った。

光秀が越前から来た理由を、堯照はまぎれもなく知り抜いていた。あらかじめ信長から意見を求められていたとも考えられる。

とすれば、この僧こそが、信長の知恵袋なのか。

その日の夕刻——。

一人の雲水が、仮屋とした屋敷の門をたたいた。細川藤孝からの親書を携えた忍びである。

足利義秋はいまだ上杉輝虎に固執し、武田信玄の後方を脅かすため、北条と今川への調略に余念がないという。

光秀は信長が朝廷を担ぎ出すべく動きにかかったことを記した文を預けた。その折に、ふと思い出して、雲水に一本の棒手裏剣を手渡した。

「これはまた物騒なものをお持ちで」

「年端もいかぬ小僧に投げつけられた」

野良犬を思わせる子に襲われた顚末を語り、後ろに何者がいるか知りたい旨を打ち明けた。

「伊勢の西には近江と伊賀が控えておる。もし信長様の上洛を阻もうとする者が動いていたとあらば、この先不安が走る」

「どこまで探れるか、断言はできませぬが」

「藤孝殿の耳にも入れておいてほしい。頼むぞ」

あるいは藤孝ならば、という思いもあった。

奈良一乗院に幽閉された覚慶――義秋――を救い出したあと、藤孝ら奉公衆は甲賀郡の地侍を束ねる、和田惟政《わだこれまさ》の館に身を隠していた。甲賀は忍びの里、と言われる。藤孝らが使う忍びは、和田惟政の便《よすが》から得た忍びに違いなかった。

おそらくは、義秋を救い出す際にも、甲賀忍びの手を借りたのであろう。幽閉された興福寺に医者をもぐり込ませ、義秋と通じつつ隙を見て救い出した。そう藤孝は語っていた。忍びをもぐり込ませておかねば、そう易々となし遂げられるものではなかった。

雲水はその夜のうちに闇へと消えた。

翌朝。御殿へと参じる折に、光秀は一人道すがら、堯照上人の堂塔へ立ち寄った。

「ご免」

横に控える庫裏《くり》を訪れると、堯照は堂塔での祈禱に入ったと小僧に教えられた。

「では、ここでお待ちいたします」

「いいえ。明智光秀様がお見えになるので、祈禱所にお連れせよ、と言われておりました」

世の理を見切るかのように平然と告げてみせた小僧に、光秀は目を見張った。今朝の来訪は弥平次にさえ告げていなかった。

訳知り顔の小僧に導かれて、堂塔へ足を運んだ。蔀戸《しとみど》を押しやると、中には神棚が祀られているのでも、仏像が鎮座しているわけでもなかった。白木の板壁が八角に囲み、そのただ中に座する堯照上人の丸い背があった。

「やはりお見えになりましたな」

振り返りもせずに、嗄《しわが》れ声が迎え出た。小僧が一礼して堂塔の桟唐戸をそっと閉めた。なぜか閉じ込められた、との思いを抱いた。

光秀は堯照の背へと歩みながら、この堂塔とよく似た伽藍があると記す書物を思い出した。奈良法隆寺東院《とういん》に夢殿《ゆめどの》と呼ばれる八角円堂がある。

推古天皇の摂政を務めた厩戸豊聡耳皇子《うまやどのとよとみみのおうじ》は、内政の思案に耽るための場として夢殿を建立した。聖徳太子と呼ばれた大摂政に自らを擬《なぞら》えるつもりで建てたのか、と思えてくる。

「畏れ入ります。なぜそれがしが訪ねてくると見抜かれたのでありましょうか」

「千里眼よ――」

堯照の嗄れ声に、艶やかな潤いが帯びた。

「昨日、貴殿のもとに、一人の間者《かんじや》が訪れたのではありませぬかな」

「どうしてそれを……」

「ゆえに、千里眼――と言いたいところであるが、さように摩訶不思議な法力など拙僧にはござらぬ。ただ、夜の祈禱からの帰り道に怪しげな雲水を見かけましてな。あのような者が現れたのは、貴殿が織田家に来てからというもっぱらの噂。貴殿が公方様の近臣であるのは、すでに周知であり、となれば、信長様のご意向を早く確かめられたし、との便りを届けに来たとなりましょうか。であれば、まずは昨日知り合った怪しげな坊主に探りを入れようとなさるはず。そう考えたにすぎませぬ」

身じろぎもしない丸い背に、目が吸い寄せられた。言われてみれば、至極当然の推察ではある。が、夜の祈禱の帰り道に見かけた、などというのは方便に思えた。

この光秀の周りには、帰蝶と同じく、見張りの者が配されているのだ。無論、信長の命であり、ここにいる堯照がその采配にかかわってもいる。そうでなければ、雲水の来訪を知れるはずもない。が、その事実を光秀本人に打ち明けてみせたのでは、信長による見張りを語ることとなる。いずれ見抜かれるならば、今のうちに伝えておいたほうが、脅しとしての意味がある。そういう狙いにも感じられた。

恐ろしい知恵袋がいたものだ……。光秀は粟立つ二の腕をそっとさすり、堯照の横合いへ回った。

「そこまでお見通しなら、話は早いと言えましょう。伊勢の平定さえなれば、道はおのずと見えてくる。そう考えて良いものでしょうか」

瞑目を続ける堯照は、腹の前で結んだ禅定印《ぜんじょういん》を解き、指の形を説法印《せっぽういん》へと変えた。

「道を開けば、たれもが歩みを進められる、というものではありませぬぞ」

「道より大切なものがありましょうか」

「まずは、臨《のぞみ》。たとえ道が前に広がっていようと、臨むに値する眺めの良さがなくては話にならぬでしょうな」

ひとまず首肯はできた。道を調えたところで、敵が辺りを固めていたのでは、先が思いやられる。

「そして、備《そなえ》。たとえ短い旅であろうと、支えるものなくば引き返すことになりましょう」

それも道理であった。今は伊勢の平定に向けて、多くの兵糧を回している。岐阜城下の普請にも費用はかさむ。

「最後に何より、機《き》こそ肝要。熟す前の実を摘み取ったのでは渋みを味わうはめになります」

そこが最も気になるところなのだ。

信長にしてみれば、義秋という御輿を担ぐことで上洛の名目は手に入る。懸念はその後にある。甘い果実をどれほど求めているのか――。

光秀は白木の壁から堯照の生白い横顔へと目を戻した。

「天下布武とはまこと至言に思えます。天下に武を布《し》く。それこそ我らもののふの本懐」

「が、天下布武のためには、多くの貴い命が散りゆく定め……」

「しかしながら、こうして名のある武辺者が互いの国境を挟んでいくら血を流し合っていても、ことは同じ――」

「そうですかな、光秀殿」

不動の構えを崩さずにいた肩が、揺れた。印《いん》を解いた手を床板につき、ゆっくりと光秀を顧みた。

「細い枝を断ち切っても、刃にほころびは出ませぬ。が、いたずらに幹を断とうとすれば、刀のほうが折れてしまう。人を斬るにも同じ理屈がつきまといますぞ。ゆえに、機こそ肝要」

また謎めいた言い方に、光秀は返事に詰まった。

「わかりませぬかな。機とは、人心《じんしん》という波の潮時のこと。戦乱の世にたれか立つ者がいてほしい。そういう人の心の流れをつかんだ者が、多くの民に支えられ、天下布武の道を先駆けられると見ます」

人心という波の潮時……。

信長は古きしきたりを破ることで、多くの家臣の目を開かせ、心を奮わせてきた。が、美濃ではまだ民の心を掌握できたとは言えない。京へ上れば、そこにはまたその地の民がいる。

「お忘れめさるな。天下を治めたいと念じておるのは、もののふのみではありませぬぞ」

「侍のほかにも……」

「そのとおり。あるいは、そちらのほうが下手な武辺者より手強き者かもしれませぬな。光秀殿ならおわかりかと思っておりましたが……」

言葉の端に軽い見くびりが感じられた。悔しいかな、答えが見えてこなかった。

「光秀殿は越前から参られたのではなかったですかな」

ふくみ笑いとともに告げられ、目の前に答えが落ちてきた。

「加賀は一揆持ちの国に――」

「そう。刀を手にして戦おうというのは、もののふのほかにもある、と心得ておくべきでしょうな」

胃の奥へと重い固まりが転がっていった。堯照ののっぺりとした横顔を、光秀は見つめた。

加賀では一向宗門徒が地侍と結び、国主を倒した。伊勢長島でも門徒衆が戦いを挑んできている。

「国が荒れているから、民は自らの命をなげうってまで身内の無事を手に入れたいと願う。その思いに乗じて、力を得ようとする輩がのさばる」

「これは驚きました。同胞とも言える僧侶らを怪しむべし、と仰せですか」

「世が乱れれば、生臭坊主も湧いて出るというもの。哀しいかな、坊主の中には頭を丸めて仏門をたたきさえすれば、食うに困らぬと教え込まれた者が、掃いて捨てるほどにおるのです。なに、この拙僧も同じような出自ですがの」

口元に笑みも見せず、おのが昔を断罪するような、斬って捨てる言い方であった。

「湧いて出るのは生臭坊主のみとは限りませぬぞ。鉄砲という恐ろしき武具を貢ぎ物に、力あるものふに取り入ろうとする者が、海を越えて押し寄せておりますからな」

言わずと知れた伴天連《ばてれん》のことだ。

遥かエウロパの宗派を広めるため、多くの大名に近づき、南蛮寺院を建てようと蠢《うごめ》いている。乱れた世を鋭く見つめ、人心を集めようと図る者が跋扈《ばっこ》する。

「覚えておきなされ、光秀殿。人心を集められずば、すべてが難事となりましょうぞ。信長様はややもすると力ずくで人の心を引き寄せようとなさる。貴殿のようなよそから参ったお方なら、やや離れた場から信長様を見定められましょう。織田家にとっての吉兆とは、そのような意味もあると、おふくみおきくだされ。お願いいたしますぞ」

光秀は叱咤を受けたように、自ずと背筋が伸びた。この一言を告げるため、信長の命で屋敷を見張らせていた事実までを打ち明けたのだ。

信長は、その類い希な才覚と決意の強靱《きょうじん》さゆえに多くの家臣を束ね、尾張と美濃の二国を治めるに至った。この勢いのまま京へ上り、天下に号令を発するつもりでいる。が、ただ勢いに乗じたのでは、人心との行き違いが生じかねない。

光秀は織田家から禄を得ながらも、足利義秋という将軍の血筋を引く者の家臣でもある。信長としても、義秋を京への旗印として使う思惑ある限り、光秀を邪険には扱えなかった。

信長と将軍の間に立ち、人心を引きつけるために力を尽くす。それこそ貴殿の務めぞ、おわかりですかな。また瞑目に戻った堯照の身が、密やかに訴えていた。

光秀は深く一礼した。堯照は動じず、言葉も発しなかった。もう用は終わった。それほどに冷たい気が、その背からは感じられた。

堂塔を出ると、光秀は暑くもないのに汗まみれになっていた。どこか薄ら寒さを覚え、襟元を合わせてから、歩きだした。

二

木末隠《こぬれがく》る森へ分け入ると、ふつりと獣の気配が失せた。ただ、しきりと鳥の鳴き声が風に乗って耳に届く。言わずと知れた〝闇組〟の合図だった。

上枝《ほつえ》へ飛んだ小平太は、鳴き声を真似た合図の中に際立ったくり返しの音色がないか聞き分けた。それぞれの組には半日の支度が与えられた。小平太ら〝影組〟の六人衆は、独自の合図を練ることに時を費やした。隠れ里で修行を積む者らは、独自の言葉を操る。渡来人の言葉に手を加え、新たに練り上げたものだと聞く。

たとえ闇夜であろうと、独自の言葉を操ることで、すみやかに敵味方の別がつく。敵を前にしようとも、真意を悟られずに思いを伝えられる。考えたものだ、と小平太はいたく感心した。

それゆえ、忍びに裏切りは許されない。

もし敵に身内の言葉が伝わろうものなら、忍びの結束は脆《もろ》くも瓦解する。裏切りは死をもって贖《あがな》わねばならない。至極もっともな話だった。

小平太は懐に隠し入れた蒿雀《あおじ》を一羽、空に放った。己の気配を絶つためと、敵の合図に混乱をもたらすのが狙いだ。

一声鳴いて蒿雀が空へと羽ばたいた。鳴き声に引きずられて、かすかに森の奥で気配が動いた。やはり〝闇組〟の者が近づいている。

早々に決めてみせる。小平太はもう一羽の蒿雀を解き放ち、枝から飛んだ。その一羽はあらかじめ羽を薄く毟《むし》ってある。羽ばたきをくり返しつつ、病葉《わくらば》を敷き詰めた地へと落ちた。と同時に、気配のあった一角へ、折り取った枝を投げつける。

ふいの殺気に、よほど相手は焦ったと見える。草垣が割れて棒手裏剣が飛んできた。

愚かなやつめが。

小平太は草垣の上へと飛んだ。罠らしき蔦《つた》が巡らしてあった。が、子供騙《だま》しもいいところだった。

風下から近づく新たな気配があった。そろそろ敵の組も、こちらの動きに気づいたころだ。小平太は指笛を吹き、東から攻めると味方に伝えた。

すると――承知の合図ではなく、用心せよ、との鳴き真似が届いた。なるほど、艮《うしとら》の方角で枯れ葉を踏みしだく音が聞こえる。さらに回り込むと、唐突に目くらましの枯れ葉が舞い上がった。

見ると、まさに教えどおりの馬鹿正直さで、枯れ葉の奥から次々と棒手裏剣が押し寄せた。先端を鈍らせた稽古用のものだが、目に受ければ役立たずの使い走りとして生きるしかなくなる。

矢継ぎ早の棒手裏剣でも、楽に見切れた。敵はもう枯れ葉の奥から動いている。教えに忠実なやつなら、さらに目くらましをかけるはずで、案の定、右手に石が転がった。さすれば、左かと目をやりかけたが、石の動きが投げたにしては遅すぎた。

小平太は枝から飛びつつ、手裏剣を投げた。朽ち葉の下を逃げるとは、片腹痛い。加減せずに三本を命中させた。これで、一人。

気配に振り返ると、枝から蝙蝠《こうもり》のようにぶら下がる男がいた。惣八《そうはち》だった。

逆さになったまま口元を弛めてみせた。最初に気配を発したやつなら、もう仕留めてある、と惣八の光る目が語っていた。ならば、二人。

遅れて合図の指笛が鳴った。遠巻きにする味方からの知らせだった。

小平太が悟って目をやった時には、すでに惣八は横の幹へと張りつき、気配をかぎ取っていた。さすが、つむじ風の惣八と呼ばれる男だ。

乾《いぬい》の方角。と惣八の指が動いた。小平太は西から、惣八がさらに北へ飛んだ。もはや気配を絶っても意味はない。数は六対四。正面からぶつかっても負ける気はしなかった。

それでも惣八は用心深かった。味方に合図を送り、いったん取り巻きを崩した。無論、そう見せかけるための動きをせよ、とのふくみがある。

追い詰められた敵は、今ごろ新たな罠を仕掛けにかかっているだろう。さあ、どう動くか。逃げるが先と思い直すか、罠と読んで策を練るか。

木叢《こむら》にひそんで、じっと待った。〝闇組〟の残る四人は動かずにいた。森に砦《とりで》を築くという悪あがきもあり得る。ならば力攻めにかかるしかない。

小平太は風上へ飛び、藪に火を放った。炎を越えて逃げるか、さもなければ土中へ身を隠して耐えるか。

無様にも〝闇組〟は四方へ分れる手に出た。六対四とあって、逃げたうちの二人は少なくとも、一対一の戦いに持ち込める。そう踏んでの策だ。

小平太は一人風上で待ち受けた。逃がさず、追い詰めず、時を稼いでいれば、いずれ味方が駆けつける。そうすべきだったかもしれない。が、最も遅く隠れ里へ入った者としては、己の力を知らしめておきたかった。

気配が迫った。身を隠さずに堂々と迎え出た。敵は逃げるのに必死だった。慌てず棒手裏剣をかわすと、小平太は罠の蔦を切った。横から倒木に襲われた敵は、大木を蹴るや向きを変えた。こちらの読みどおりの動きにすぎない。

小平太は空へ飛んで棒手裏剣を見舞った。それで終わりだった。脇腹を打ち据えられた男が身をよじり、藪を砕いて地へ落ちた。

「見事ぞ、小平太」

声に驚いて振り仰ぐと、天狗のような身軽さで、弦蔵《げんぞう》が虚空から降り立った。

里でも弦蔵は修験者《しゅげんじゃ》の形《なり》を変えずにいた。どこに身を隠していたのか、小平太は気づくことができなかった。

「直ちにおまえと惣八は大部屋を出よ」

「有り難き幸せ」

気がつくと、いつしか上枝に惣八がぶら下がっていた。弦蔵の声を聞き、早くも駆けつけたのだ。

隠れ里へ入った者は、滝壺に近い小屋で寝泊まりするのが決まりだった。日々の修行に疲れ果てていようが、寝ずの見張りが三日に一度は課せられる。

そもそも忍びに休息の時などは訪れない。すべて修行のうち。わかっていたが、寝ずの番を務めたあとは怪我を負いやすく、この半年で二人が屍《しかばね》となって隠れ里を出て行った。

とりあえずは、寝ずの番から解き放たれる。が、次には新たな役目が待っていた。

大部屋を出て三日後、早くも小平太は惣八とともに弦蔵の屋敷に呼び出された。

「四之助《しのすけ》の姿が消えた」

惣八と目を見交わし合った。四之助は三月も前に大部屋を出て、今も小平太らの稽古に手を貸してくれていた。見習うべき同朋の一人だった。

「逃げたのですか」

尋ね返さずとも答えは明らかだった。それでも訊かずにはいられなかった。

「あやつは花芽《はなめ》に惚れておったらしいのう。知っておったか」

弦蔵に見据えられた。近くにいながら、まったく気づかなかった。

花芽は幻術の修行を積むくのいちで、野草を煎じて作る秘薬の使い手だった。傷を癒すために、多くの者が花芽から薬草をもらい、大部屋では花弁天と呼ばれる存在でもあった。

「まさか二人して……」

惣八が悔しさを込めたような物言いで弦蔵を見返した。

「花芽も火炎の磨きで傷を負ってからというもの、心が揺れておったのは確か。おそらく四之助も似た思いに駆られていたのであろうな」

このまま命を削る修行に明け暮れて何になるのか。たとえ上忍になれたところで、侍の手足となって軍場《いくさば》を駆けるしかない。殺し合いの果てに輝ける明日が待つわけでもなし。誰もが襲われる煩悶だった。

甲賀や伊賀のように家を守るために代々技を受け継ぐ者らと、ここに集う者は違った。生きるために仕方なく、忍びの道へ足を踏み入れた。日陰者が身を寄せ合う里でもあった。

「花芽も四之助も、忍びとして生きるには、ちと心根が優しすぎたのかもしれん。よく見極めたつもりでも、年に幾人かは情《じょう》を捨てられぬ者が出てしまう。哀しいが、な」

小平太は狐につままれたような気になり、息を止めた。弦蔵の目に、光るものがあったからだ。

「花芽も四之助も手塩にかけて育ててきた。どうせなら我が手で葬ってやりたいが、格好の獲物を見逃す手はない」

涙を浮かべながらも、弦蔵の目は笑っていた。その冷たい光にからめ捕られ、小平太は手足の先が凍りついていくように感じられた。惣八も押し黙っていた。

弥勒《みろく》のように優美な笑みを浮かべたまま、弦蔵が深く息を吸った。

「直ちに花芽と四之助を追って――斬れ」

人を斬る――。忍びの里に住まうからには、いつしか手を染めねばならない仕事だった。抜け忍を見逃したのでは、多くの秘術が外へ流れてしまう。花芽と四之助も、必ずや命を狙われると承知していたはずだ。それでも二人は隠れ里を抜けると心を決めた。

小平太は無言のまま山へ走った。惣八も多くを語らずにいた。口に出したところで、定めを覆せはしない。しかも、小平太らの後ろには、名うての忍びが追ってきているはずだった。若い二人ではしくじりも考えられる。

忍びとして生きていける者かどうか、を試されていた。命を託すに足る男であるのかどうか、を。

滝壺へ向かう道に、男と女の足跡が残されていた。目くらましを狙ったのか。そう見せかけて、滝壺へ逃げる策もあった。犬に匂いをかがせたが、花芽が薬草でも振りまいたらしく、尻尾を振って転がりだした。

斥候に出た惣八が、獣道に音もなく舞い戻った。

「茂みを覆う枯れ葉がやけに落ち着きすぎている」

惣八と頷き合い、西の滝へ走った。

相手が四之助一人であれば追うのは厄介だったが、やつは花芽という捨てられない荷を抱えている。半日もあれば、追いつける、と踏んだ。

陽が沈みゆくと、山懐《やまふところ》に宵闇が釣瓶《つるべ》落としに押し寄せた。自然、足が鈍った。

と、胸に隠した蒿雀が身をよじらせた。気づいた時には、小平太の息も乱れていた。幻術を操る花芽が相手なので、頭巾下の鼻先には毒消しの薬草を挟んであった。が、敵はかなり強い秘薬を撒き散らしたと見える。二人が近くに――いる。

知らせの指笛を吹き、小平太は闇を重ねた夜空へ飛んだ。風に当たって毒気を洗い流した。まだ少し頭が重い。細く息を継ぎつつ、懐から気つけ薬を取り出して鼻先に当てた。

ふと、気配に気づいた。左手を行く惣八ではなかった。

寄る辺ない星明かりの中、花芽が浮かんでいた。それも、一糸まとわぬ姿だった。

ほんのりと赤味あるたわわな胸が、つんと星々を指して突き立っていた。淡い恥毛のほかは闇を吸い込むような白い肌が浮き立って見える。

来た――。

妖《あや》しを醸す美しさに目を奪われ、小平太は慌《あわ》てて舌を嚙んだ。痛みで気を引きしめ直す。裸体はおとり。その陰で必ずや四之助が迫っている。

さらに枝を蹴って、高みへ飛んだ。が、まだ足に秘薬の重みが残っている。思うように身が弾まなかった。焦りがさらに重石となって胸を埋めた時、左のふくらはぎを楚痛《そつう》が襲った。

棒手裏剣に肉を削がれていた。

痛みに耐えて大樹の幹をつかみ、辛うじて滑り落ちるのを免れた。陰へと回り込み、目の端で四之助を探す。が、見えなかった。やつの動きの早さもあるが、秘薬のせいで眼力が鈍っていた。

すでに後ろを取られた恐れもある。が、今は足の肉を刀でえぐるのが先。疑いなく、やつは手裏剣に毒を塗りつけている。

幹を逆さに辿って地へ降りた。えぐった足を強く縛りつけてやる。まだ闇の虚空に花芽の裸体が浮かんで見えた。白肌めがけて手裏剣を投じ、四之助の出方を見た。

やつは狙いを読んでいた。花芽が手裏剣を払いにかかる。が、三本目は落とせずに、右の二の腕で受けた。鮮血が花芽の身に赤い星をちりばめる。それでも、四之助は庇《かば》いに出てこなかった。その代わりに、小平太めがけて風を切り裂く音が迫った。慌てて地をまろび逃げる。惣八より幾らか動きの遅い小平太を先に仕留める気で仕掛けてきた。

追われていると悟れば、あるいは考え直すのではないか。甘い見通しを抱いていた己を恥じた。情けや迷いは戦いの邪魔になる。当たり前のことを、身をもって学び取れた。

やつは二人なら逃げ切れると愚かにも信じている。それが恋というものなのか。小平太にはわからなかった。が、迫り寄せる憎しみが、血を沸き立たせていった。昨日までの友を平然と殺しにかかれる二人は、鬼に身を売ったも同然。人は生きるため、鬼になるしかない時が訪れる。それもこれも、鬼にならねば生きていけないこの世が狂っているせいだった。

が、鬼なら殺せる。殺して当然。そう思える我が身すら、狂った鬼に変わりなかった。

闇を這う地獄の獣と化して、殺気を嗅ぎ取った。四之助を追うより、花芽が先だ。裸体をさらすという手は奇策にすぎず、武器や秘薬の隠し所が限られてくる。

片足で大地を蹴り、忍び刀で辺りの枝を次々と斬った。落ちるそばから蹴り飛ばし、その合間から手裏剣を投じていく。くのいちとは言え、花芽の動きは早くなかった。またも闇から投じられた四之助の手裏剣を危うくかわして、狙いをつけた。

花芽が黒々とした大樹にすがり、髪へ手を差し入れた。と、火花が弾け、目映《まばゆ》さに目がくらんだ。目を閉じてしまえば、四之助の手裏剣をかわせない。光を見つめたのでは、目映さのあまり闇夜で動けなくなる。

仕方なく枝を蹴って、さらに夜空へ飛んだ。四之助が待ち受けているに決まっていた。飛ぶと見せかけて、分銅の鎖を枝に巻きつけるや、力を頼りに向きを変えた。

左から手裏剣。続けざまに三本。

が、四之助の居所はつかめた。地に突き立つ手裏剣を抜き、時を稼ぐために狙いをつけず投じた。闇を照らす火花は、すでに収まっていた。痛みに耐えて花芽へと飛んだ。四之助の現れる方角は見当がついている。

そこに合図の指笛が聞こえた。惣八だった。自分一人ではない。さらに血が燃えたぎる。

小平太は近づく惣八を信じて背を四之助にさらし、花芽の前に立ちはだかった。白い躰が躍り、茂みへと駆け去っていく。逃しはしない。素直に追ったのでは、秘薬を振り撒かれる。右へ回り込んだ。後ろで影と影が走り出た。頼むぞ、惣八。

花芽が独楽《こま》のように身を捻《ひね》り、髪と血を乱して手を振るのが見えた。火花の奥から、くのいち得意の鉄針が迫る。横へ飛んでかわし、逃げる花芽に手裏剣を投げ返した。白い背の真ん中に突き刺さり、血しぶきの赤い虹を描いて下草へと転がった。

「花芽」

叫びが耳を打った。小平太は木陰へ走り、影の動きを追った。

一人なら逃げきれるものを、黒衣の四之助が姿を現し、倒れ伏す花芽へと身を投げた。それは、自らの死を呼ぶ振る舞いだった。すかさず脇腹と背に、惣八の投じた手裏剣が突き立った。

なおも四之助は飛ぼうとした。落ちるような飛び方だったが、地に降り立つや、痛みに耐えて花芽のもとへ歩んだ。

その後ろに惣八の影が降り立った。気づいていながら、四之助は振り向きもしなかった。いまわの際まで愛する者を見つめていたい。その一念に縛られている。

惣八の刀が細星《さざれぼし》の明かりを跳ね返して、きらめいた。漆黒を赤く染めるほどの血が飛び、声もなく四之助が倒れ伏した。

花芽は足をもがれた虫のように、まだ蠢いていた。震える手を秘所へ動かしている。そこに最後の秘薬を隠してあるらしい。

惣八が闇の底を滑るように近づき、左肩から斬りつけた。それでも花芽は悪あがきに身をくねらせた。小平太と惣八を道連れにする気だ。まだ四之助の死を悟れずにいて、愛する者を逃がすために懸命なのだ。

惣八が冥《くら》い眼差しを寄せた。確と頷き返し、花芽の白い背中の横へ飛んだ。

許せ、とは思わなかった。成仏せよ、とも念じなかった。

そもそも浄土があるとは信じていない。恨むなら、己の心の弱さを恨め。おれたちはまだこの地獄のような世で生きていく。

心根に迷いはなかった。小平太は忍び刀を振りかざし、昨日まで友だった者の心の臓を貫き、息の根を止めた。

三

「兄上。越前より急ぎの使者が駆けつけました」

逆茂木《さかもぎ》で囲った陣中に、旗を揺らすほどに取り乱した次右衛門の声が響き渡った。

藤孝から届いた書状に目を通すなり、光秀はしばし天を仰いだ。松永久秀を京から追いやった三好三人衆に担がれた足利義栄《よしひで》が、正親町《おおぎまち》天皇に認められて、ついに第十四代将軍に就いたというのである。

年が明けてもなお織田軍は、北伊勢の平定に手間取っていた。その隙に、またしても名ばかりの将軍が祭り上げられ、天下と民を顧みない政《まつりごと》が横行していく。

光秀が知らせを上げるまでもなく、京からも噂は伝わり、陣中深く流れ渡った。

信長は直ちに軍評定を開いた。

籠城の構えを取る神戸具盛《かんべとももり》に使者を送り、信長の三男三七郎《さんしちろう》を養子とすれば手厚く遇する、との誘いをかけると決まった。

その席に、新参である光秀は加われなかった。が、信長の思惑は十二分に受け取れた。

神戸の後ろには、砦と領地を守る多くの国衆がいた。力攻めで破るのは、織田軍にとってさしたる難事ではない。が、味方に犠牲は出るし、時も無用に費やす。和睦へと策を変えたのは、京へ上るための余力を残しておくためなのだ。

神戸具盛は和睦を呑み、その配下にあった国衆も倣《なら》った。さらに信長は軍を押し進めて、長野具藤《ともふじ》の籠もる安濃《あのう》城を囲んだ。

ここでも信長は長野の家臣に使者を送って主君を追い出させると、弟の信良《のぶよし》を新たな当主として送り込んだ。

北伊勢の平定に目星をつけて岐阜へ駆け戻ると、その日のうちに光秀は稲葉山の麓に普請された御殿に呼び出された。

いつものように足音を蹴立てて御座所へ現れるなり、信長は取次を介さずに光秀と相対した。それで用向きの見当はついた。

「その悟りくさった坊主のような澄まし顔を見れば、呼び出した意をわざわざ伝えずとも良いらしいのう」

「はい。すでに北伊勢平定の仕儀、越前の公方様へと知らせを上げております」

信長は顎髭をつまみながら光秀を見下ろして、睨みを利かせた。

「それだけではないであろう。勿体つけずに、すべて申せ」

事実、力攻めから和睦へ転じた裏には、信長の決意が秘められている、とも書状には書き添えていた。が、ここで鼻高々に信長の思惑を語ってみせたのでは、厚かましい口出しとなる。

「京への道は調いつつある。そのことはお伝えいたしました」

「しかしながら、だ。伊勢のあちこちには、まだ南近江の六角と結ぼうとする輩が目について余る」

六角承禎《じょうてい》は南近江の守護大名である。が、近頃では家内の騒動から重臣が相次いで離れていき、領地を守るために京の三好勢と通じて、その力を借りるほかはなくなっていた。

北近江の浅井と結び、北伊勢の平定をほぼ終えた今、次なる敵は琵琶湖の南岸を領する六角承禎となる。

道は開けども、まだ臨みが開けたとは言えなかった。

光秀は膝に手を置き直して、信長を見返した。

「足利義秋様のもとには和田惟政殿をはじめ、南近江の甲賀を根城とする奉公衆がお出でになります。つまり、六角の内懐に通じる手立てを持つとも言えましょう」

「遠回しな言い方はよせ。つまり、どうだと言う」

信長はいつもの気短さで、片膝を立てるなり、身を乗り出した。

「三好を頼みの綱とする六角は、十四代将軍に就いたばかりの義栄殿を守る側に立つほかはなし。さすれば、力攻めに出るしか京への道は開きようがない、と見るべきでしょう。ならば、今より甲賀を通じて六角の家臣に近づくのが最善の策か、と――」

「十兵衛、おぬし一人の考えか」

「藤孝殿をはじめ、義秋様をお守りする奉公衆すべての知恵にございます」

自らを売り込むような真似はできない。藤孝らが甲賀の忍びを使っていると知り、そこから思いついた策でもあった。

「まこと僭越《せんえつ》とは思いましたが、すでに越前へ伝え、見通しを図っていただいております。いかがいたすべきか、この十兵衛に下知をお与えくだされば幸いにございます」

深く頭を下げて返事を待った。

が、信長はなかなか言葉を返さなかった。そこで目を向けたのでは、主君の尻をたたくようなものになる。

「十兵衛」

やっと声がかかった。光秀は面輪を上げて深く息を吸った。

信長が刃の輝きを見極めるような目を据えていた。

「おぬし、道三のもとで何を学んできおった」

「多くを学びました。軍学、鉄砲、詩歌、茶の湯……」

「そうではない。おぬしの背に蝮が取りついておるように、わしには見えたぞ」

言われて光秀は背筋が伸びた。

「先の先を読み、たれにも打ち明けず、まず己が動く。まさに蝮のやり方そのものよ」

「それがしには、もったいないお言葉にございます」

「もっとも――おぬしには、ちと才の走りが見えすぎるがな」

「失礼のほど、お詫び申し上げまする」

やはりもう少し謙《へりくだ》って告げるべきであったか。出る杭は打たれる。いくら公方の後ろ盾があろうと、新参には新参らしき歩み方がある。

信長は朝倉家が義秋をどのように持てなしたか、事細かに訊きだしていき、その子細を右筆《ゆうひつ》にしたためさせた。

「所詮、田舎侍の持てなしよの」

一言のもとに斬って捨てるや、光秀を見据えて言った。

「十兵衛。直ちに越前へ使いを送れ。義秋様を担がせてもらおうぞ。ただし、六角の家臣と相通じればの話だ。良いな」

「御意にございます。必ずや良き知らせをお届けいたします」

光秀はすぐさま藤孝へ親書を書き送った。さらに旅支度を調えると、弥平次ら側近のみをともない、自ら温見《ぬくみ》峠を越えて越前へ急いだ。

藤孝は麓の集落まで迎えに来るほどの喜びようであった。

「これで天下が動きますぞ、光秀殿」

自ら同道を願い出たという和田惟政も、血気に逸る目で見つめてきた。

「お噂は越前にも届いておりますぞ。伊勢平定で名を上げられたそうで、何よりにございますな」

先に越前で顔を合わせていたが、その眼差しには遥かに親昵《しんじつ》の情がこもって見えた。二人ともに明日への望みが身にあふれている。

「それより公方様のご決意は……」

「案じなさるな。いくら信長殿に懸念を抱いておられようと、三好に担がれた義栄殿が将軍に就いたと聞き及んでは、居ても立ってもいられぬというものよ」

苦笑いを抑えるように言ってみせた惟政の横で、藤孝が目を見張ってあとを継いだ。

「所詮、動けぬ上杉や朝倉を頼みにしても始まりはせぬ。ようやく悟られたご様子よ。あとは、我らが、たとえ捨て石となっても、道を開くまで」

新たな将軍が据えられようと、京を握る三好勢の傀儡《くぐつ》であるのは明らかなのだ。天下を鎮めるために号令を発するなど、とても望めはしない。混乱した世が長引けば、無益な戦と悪政はますます国土にはびこり、多くの民が命を踏みつけにされていく。

ささやかな持てなしの席で、光秀は岐阜城下の賑わいを二人に語った。

「いたずらに矢銭《やせん》を課したのでは、ただ民を苦しめるのみ。信長様は町とそこに住まう民を守ってこそ国が富む、と承知しておられる」

愚かな国主であれば、富をすべて手中にしたがる。が、それは国を痩せさせ、人心を離れさせる愚策でしかない。

「参った。またも、光秀殿のお見立てどおりでしたな」

惟政は上機嫌に濁り酒を飲み干し、赤ら顔をさすり上げた。

藤孝が憤りの響きを感じさせる声音で応じた。

「三好の一党は京に居座り、ただ己らの欲を満たす策しか講じようとはせぬ。あやつらに国の行く末を見通す力などはない。もののふの魂など持たぬ、破落戸《ならずもの》でしかない」

その見方に首肯はできたが、京を追われた藤孝らには積年の恨みもあるのだと感じられた。

無論、似た思いは光秀にもあった。明智城で領内の治政に尽くしていたころの満ち足りた日々を取り戻したい。弥平次や次右衛門、身内の家臣らのためにも。

栄華の地とも言える京で生まれ育った藤孝には、なおさらその思いが強いであろう。

「回り回って、それがしは美濃へ戻れたも同じ。それも義秋様と御辺らのおかげですぞ」

あらためて礼を述べると、藤孝が酔いを感じさせる目で返した。

「わしは義秋様をお守りするのではなく、自ら刀を持って戦う覚悟ぞ。光秀殿もそのおつもりで」

酔っていなければ、語れぬ思いはあった。こういう時ほど、酒を飲めない身が恨めしい。が、たとえ酒を飲めずとも、夢に酔うことはできた。

この身を託せる夢を持てることに、心から礼を言いたかった。

「上洛となれば、それがしも先陣を果たす覚悟」

「我も同じ」

「兄上には負けませぬ」

横に控えて見守っていた次右衛門が向き直り、弥平次が続いた。

「これは頼もしきお言葉。我らの誓いの杯といたしましょうぞ」

藤孝が進み出て、光秀らの杯に酒をついでいった。

苦手な酒精が胃の奥へと落ちて、身を炙りつけた。明日への熱き思いが、手足の先まで染み通っていった。

四月――。

義秋は京より公家を招いて、義昭と名を変えた。秋という字が、枯れ行く先を思わせるためである。

同じころ、甲賀の里へ戻っていた惟政が岐阜に現れた。

「馴染みの者に話は通した。たれもが信長様の器量に感じ入っておったわい」

直ちに惟政と二人、信長のもとに知らせを届けた。

半刻ほど待たされたあとで御殿へ通され、信長自らが惟政の前に姿を見せた。

「聞かせてもらおう。しかと六角の懐へ入り込めたわけであろうな」

「はい。重臣の一人、永原重康《ながはらしげやす》という者の身内とは、親の代からの同志とも言える仲にございます。重康も三好の横行ぶりには懸念を抱き、主君承禎を諫めようとしておったとのことです。が、聞き入れられず困り果てている、と申しておりました」

そこで惟政は面を上げ、信長の気色《きしょく》を探るような目をしてみせた。

「あとは信長様のお考えひとつと思われまする。重康めにいかほどの志をお与えになられるか。多くの国人も密かに目を凝らしておるに違いありません」

光秀は横で聞いていて、肝を冷やした。惟政は甲賀の名代として信長のもとへ来ているとの自負がある。我らの行く末を安堵してくれるなら、こぞって信長様の手足となって働きましょうぞ。そう言外に申し出ていた。

ふいに信長の刺すような目が、光秀へと振り向けられた。

「十兵衛よ。甲賀の地侍とは、それほど使えるものか」

惟政を前に、信長は言葉を飾らぬどころか、懸念の口ぶりを隠さずに告げた。惟政の顳顬《こめかみ》が草を分けゆく蛇のごとく大きくうねった。

「そもそも義昭様を幽閉先の興福寺一乗院から救い出せたのも、甲賀衆の力があったればこそにございます。将軍を謀殺しておきながら、その弟を逃がしたのでは、まさしく画竜点睛《がりょうてんせい》を欠くがごとき失計と言えましょう。が、松永らは決して油断していたのではありませぬ」

藤孝は多くを語らなかったが、そこに甲賀の忍びが動いていたのはもはや疑いなかった。

「北条には風魔《ふうま》党と呼ばれる透波《すっぱ》侍がおります。武田にも三《み》つ者《もの》という目付《めつけ》の一団があると聞きました。甲賀衆なら、さらに上を行く働きをすると信じまする」

「そちが請け合うと申すか」

「今の戦に鉄砲が欠かせぬように、計略に欠かせぬものが、忍びの技にございます。修験僧を使者として走らせるのは、世情にうとい公家でも近ごろは手がけておるところです。上洛を目指すとなれば、尾張美濃はもとより、広く四海に目を光らせねばなりません。いくら大軍を擁していようと、敵の動きを見る眼力がなければ、どこかの大大名のように不意打ちを食らうはめとなりましょう」

今川勢があと少し織田軍の動きを読む力を有していたなら、事の次第は大きく変わっていたはずなのである。

「甲賀衆は、我らの眼となる、か……」

「それだけではございません。遠く離れた敵陣へと、思うがままに伸びる手足、ともなってくれるはずにございます。そう——手裏剣という飛び道具のように。違いますかな、惟政殿」

「どうぞ我らにお任せくだされ」

信長は固めた拳で自らの顎の先をふたつ、みっつと打ちつけてから、にっと口元をつり上げた。

「威勢のいい話を聞かせてもらった。が、もし力が伴わざれば、所領安堵の約定も無に帰すと思え。良いな」

「御意にございます」

惟政は自信に満ちた声で応じて深々と頭を下げた。

その翌日、近江甲賀より正式に所領安堵を願う使者が相次いで岐阜に到着した。惟政が信長に謁見するのを待っての動きであった。

それからほどなくして、光秀はまた織田御殿に上れとの呼び出しを受けた。

謁見の間に通されると、柴田勝家をはじめとする織田家の名だたる家臣が列席していた。佐久間信盛、蜂屋頼隆《はちやよりたか》、丹羽長秀《にわながひで》、木下藤吉郎秀吉……。右筆を務める松井友閑《ゆうかん》に、西美濃三人衆の一人である稲葉良通《よしみち》までが待ち受けるという由々《ゆゆ》しさである。

居並ぶ重臣を前に、光秀は血の騒ぎを抑えつつ、あえて悠揚と信長の前へ進んだ。

「ほれ、見よ。わしの言ったとおりであろうが」

してやったとばかりの言いように、光秀は懸念を覚えて信長を見返した。

「まこと御屋形様の仰せのとおり」

下座に控えた柴田勝家が、まるで笑いをこらえるような言い方で応じた。

「この男、足利義昭という公方様を透かして、天下を見据えておる気でいる。ゆえに、おぬしら織田家中の兵《つわもの》どもを前にしようと、気後れなど微塵も見せぬのよ。——良通。昔から、そうであったのか」

「仰せのとおりにございます。道三殿の近習を務めておったころより、口やかましく、かつ性根が据わっており申した。のう、十兵衛」

良通の呼びかけに言葉を返せず、光秀は居並ぶ男らの顔を見回した。確かに畏まる様を見せてはいなかったが、それはすでに信長の嫌うところと承知していたからでもある。

「おお。ようやっと畏まる様を見せたようですぞ」

勝家が破顔して言うと、男たちの頬にも笑みが浮かんだ。信長も足を崩して高らかに笑い声を放った。

その中でただ一人、睨みつけるような眼差しを送る者がいた。木下藤吉郎秀吉であった。

新参者が取り立てられる場など見ていたいものか。そう告げるかのような顔を隠そうともしていない。

いいや、秀吉一人のみではなかった。顔では笑いながらも、光秀にそそがれる目には、器を量ろうとする気配があった。いくら正室のいとこであろうと、新参何する者ぞ。己こそが織田家を支えているとの自負が、誰の目にもあふれて見えた。

信長が手に握った扇でおのが膝頭をたたきつけて、口元の笑みを消した。

「十兵衛。今こそ機は熟したぞ。義昭様をお迎えする。直ちに越前の細川らに話を通せ」

「御意にございます」

重臣らの眼差しを受け止めて光秀は静かに頭を下げた。

直ちに惟政と連れ立って、再び越前へ走った。険しい峠道も苦ではなかった。いよいよ天下が動く。その下支えを、自分らが今果たしている。

「おめでとうございます」

算段をつけて越前から岐阜の屋敷に戻ると、熙子が指をついて出迎えた。

「喜ぶのは早すぎるぞ。京へ上るとなれば、当分は戻れなくなる。戦も待っておる。その覚悟を今からしておけ」

「それでも侍の妻としては嬉しゅうございます。これほど血気に燃える殿のお姿を見るのは初めてのように思えます」

ふいを討たれて向き直り、そよと微笑む妻を見返した。

「そうか。それほど思い詰めた顔をしておったか、このわしは」

「はい。娘を抱いても、もっと遠くを見る目をなさっておいででした。それもこれも、わたくしがお世継ぎを産めないためかと悩んでおりましたが、近ごろの殿を見て、そうではなかったのだとようやく安堵いたしております」

なぜか熙子の頰が赤く染まったように見えた。

「良い兆しになれば、と思っております」

「何のことであるか」

「こたびこそ……お世継ぎではないか、と」

菩薩《ぼさつ》を思わせるような安らぐ笑みをたたえて、熙子が下腹に両手を添えた。

「おお、そうか。そうであるか。これぞ、まさしく吉兆じゃぞ」

たとえまた娘であろうとかまわなかった。天下が動き、新たな命が生を享《う》ける。

難事に挑む雄々しき由が、またひとつ増えた。これを喜ばずして、どうするか。

七月十三日――。足利義昭は、細川藤孝ら奉公衆に守られて越前一乗谷を発った。

近江との国境までは朝倉家の兵も同道した。今は挙兵できずとも、なお義昭には忠誠心を変わらず抱いている、との朝倉側の姑息な計らいである。

義昭一行は近江で小谷《おだに》城に立ち寄り、信長の妹婿である浅井長政から持てなしを受けた。

その間に光秀は一足早く近江へと入り、義昭一行を出迎えた。

義昭はつい先だってまで信長を危ぶんでいたことなど、すっかり忘れたかのような機嫌の良さを見せた。織田の武力に頼れば、明日にでも将軍の座に就《つ》ける、と決め込んでいるのだ。光秀が拝謁に参じても、尊大な頷きをくり返すばかりで、声をかけようとすらしなかった。

「そなたの働きぶりは、それがしからも公方様にしかと伝えてある」

広間から下がると、藤孝が気遣いを見せて言った。

「少し浮かれすぎなのは、我らも気にしておる。が、それほど亡き兄上の代わりを務めねばと、これまで気を張っておられたのであろう」

言われて光秀も考えをあらためた。将軍義輝の謀殺から早三年。あてどない流浪の身から、ようやく上洛への足がかりを得られたのだ。浮き足立つな、と言うほうが無理な話だ。

まもなく織田家中からも、村井貞勝《さだかつ》をはじめとする千余人もの迎えの一団が来着した。

その陣容を見て、義昭は輿から大きく身を乗り出した。数少ない奉公衆に守られてきた義昭にとって、たった千余人でも、雲霞《うんか》のごとき兵馬の群れに見えたろう。

しかも、美濃へ入ると、信長までが大軍を率いて出迎えた。仮住まいとする立政寺《りゅうしょうじ》には、宴席と貢《みつ》ぎ物《もの》までが調えられていた。芦毛《あしげ》の馬に武具、伽羅《きゃら》に縮緬《ちりめん》の反物《たんもの》、はては当面の銭……。

さらに信長は、義昭の面前で床にひれ伏してもみせた。

その徹底した出迎え方に、光秀は感服し、かつ不安をも抱いた。あまりの歓待ぶりは、裏に秘めた真意を悟られまいとの過剰な装いにも感じられた。

所詮は上洛への御輿。意のまま操るに限る。過分な持てなしを見せれば、余計な口出しは遠慮するほかなくなろう。信長なら、そこまで考えていたとしても不思議はなかった。

「実を申すと、それがし、少々案じておった」

立政寺に入ると、藤孝がそれとなく身を寄せ、ささやいてきた。

「もし信長殿の出迎えに何がしかの粗相でもあろうものなら、また公方様がいらぬ不安を抱くのではないか、とな。しかしながら、杞憂であった。まこと信長殿は男にござるな」

藤孝は世評でしか信長という男を知らなかった。これは折を見て光秀の口から、信長という男のやり様を告げておいたほうがいい。

早速、藤孝ら奉公衆を交えて軍評定の席が設けられた。

織田家では、信長の意を伝えるのみの軍評定しか開かれない。が、義昭の供回りを蔑ろにするわけにはいかなかった。

上洛への道筋に当たる南近江は、三好と通じる六角承禎の領する国である。義昭は将軍となるべき己の力を知らしめたいと考えたらしく、六角の説得に当たるべしと言い出した。上洛に手を貸すならば、京の所司代《しょしだい》に任命すると伝えれば、必ず応じるはず、と踏んだのである。

光秀が見ても、戦世の実情からかけ離れた甘い読みに思えた。が、信長は義昭の論に逆う様を見せなかった。浅井長政とともに自ら近江の佐和山《さわやま》城へ入り、観音寺《かんのんじ》城の六角方を睨みつつ、使者を送っての説得を試みた。

結果は端《はな》から見えていた。六角方の思惑は、重臣の一人、永原重康からすでに聞いている。案の定、無下に使者を追い返してきた。

となれば、あとは力攻めにかかるまでである。

義昭は自らの力を見せるどころか、信長の武力に頼るしか道はないと教えられたようなものとなった。無論、そこにこそ信長の狙いがあり、義昭の愚策にも異議を唱えなかったのである。

「義昭様はそのまま立政寺に、ごゆるりとおとどまりください。この信長が京への道を開いて進ぜましょう」

おまえは指をくわえて、ただ待っていれば良いのだ。この先は出しゃばるでないぞ。その意を言外にちらつかせるや、信長は直ちに出陣の支度に取りかかった。

九月七日。信長は大軍を率いて岐阜を発った。

光秀も微力ながらその一翼を担った。義昭の奉公衆からも、細川藤孝、和田惟政がわずかな供回りとともに加わった。三河の徳川家康からも加勢の一軍が駆けつけた。その総数、四万。近江に入れば、浅井からもまだ兵が来る。

藤孝と惟政は、一刻を経てもまだ城下から発ちきれずに居残る人馬の群れを見て、揃って肝を潰すような唸り声を上げた。

「これほどの武力を持つのか、信長殿は……」

藤孝の驚きは正直な思いであったろう。永禄二年、信長は京へ上って将軍義輝に拝謁し、藤孝とも顔を合わせていた。その時はまだ尾張を平定したばかりで、兵の数も知れていた。それから九年。今や尾張と美濃と北伊勢を治め、三河と北近江と結ぶ名だたる大名となっていた。

織田軍は近江高宮《たかみや》に陣を張り、まずは敵方の形勢を探った。

六角軍は承禎父子が観音寺城に籠もり、箕作山《みつくりやま》と和田山の城に兵を配していた。従属する国衆もそれぞれの支城を固めていたが、こちらは構えも兵の手も乏しく、わざわざ相手にするまでもなかった。

光秀は柴田勝家のもと、和田山城を囲むために出陣した。

十二日申《さる》の刻――。佐久間信盛、丹羽長秀、木下秀吉らが先陣を切って箕作山へ攻め上がった。

光秀軍も和田山城を望む丘に陣を張り、明朝の城攻めに備えた。

が、その夜のうちに箕作城陥落の一報が陣中に届いた。

「和田山より兵が逃げております」

物見を務めていた次右衛門からの知らせを受け、光秀は柴田勝家の陣に走った。

「まことか。直ちに追え。しかれども、夜陰ゆえに深追いはするでない」

攻め入る前から逃げられたのでは、手柄を挙げることすらできなかった。が、闇夜に慣れない地で敵に囲まれでもすれば、いたずらに兵を失う。

光秀は猪子兵介とともに、城から敗走にかかった六角軍を追った。織田軍の四万という数に恐れをなし、逃げる手立てをもとより調えていたと見える。

ここは城を取り巻くべしと見て、道筋から攻め寄せた。逃げ遅れた兵は多かったようで、光秀らの軍勢を見るや、城壁から傘を掲げて刃向かう意のないことを示し、ぞろぞろと降《くだ》ってきた。

「城内を隈無《くまな》くあらためよ。逆らう者あらば、斬って捨てい。弥平次は残党を集め、刀と鎧《よろい》を奪え」

東の空が明けゆくころには、和田山城の押さえを滞りなく終えた。

観音寺城からも、一夜にして六角親子は逃げ出していた。それほどに、箕作城の攻めが激しく、敵に恐れを抱かせたのである。

苦もなく六角勢を追いやると、支城の国衆はあっけなく人質を差し出してきた。

和田惟政の使う忍びからは、六角親子が伊賀へ逃げ落ちたとの知らせが届けられた。

本陣の信長は足下の土を踏みにじってから、独りごちた。

「あやつの首は取れなかったか……」

「これより惟政殿と直ちに京へ人を走らせ、噂を広めまする。織田信長様が五万の兵を率いて上洛する、と」

光秀は頭を下げたまま静かに意を述べた。人心という波の潮時を見るための策である。

「信長軍はいたずらに民を襲うことはない。そう伝えおけば、京の町衆も安らぎましょう」

あらかじめ兵には厳しい触れを出しておくべき。そのふくみを込めて、さらに信長に告げた。

戦を終えて勝利に酔う者は、時に羽目を外して暴れたがる。戦勝の証《あかし》として強奪を許す将もいた。が、新たに奪い取った南近江の町々で、織田軍が傍若無人な振る舞いに出たとなれば、その噂は野火のごとく京へと伝わる。

「わかっておるわい」

信長は横を向いて素っ気なく答えた。信長自身、京へ駆け上ることしか、今は眼中にないのである。が、直ちに織田家きっての官人《つかさびと》とも言える村井貞勝が呼び出されて、綱紀《こうき》の徹底が申し渡された。

義昭を安土の桑実寺《くわのみでら》に迎え入れると、信長は琵琶湖を渡った。

「お伝えいたします。京は騒ぎになっております」

忍びからの知らせが届くや、光秀は再び信長のもとへ報じた。

「恐れをなした三好一党が退散に乗じて狼藉を働いておるためにございます。今は一刻も早く信長様御自らが京へ上り、禁裏をお守りして民を安堵させるのが肝要かと思われまする」

「わかっておる。おまえはわしの小姑《こじゅうと》か」

口調は冷ややかだったが、口元には笑みが貼りついていた。

「小牧に置いてきた堯 照《ぎょうしょう》のふくれっ面を、つい思い出したわい」

どうやら信長を恐れずに意を告げられるのは、あの達磨のような形《なり》の法師しか、織田家にはいないらしい。

信長は義昭の渡海を待たず、すぐさま京へと陣を押し上げた。陸路を進んだ先鋒《せんぽう》と結び合って、山《やま》科《しな》の地から京へ入った。

光秀は藤孝や惟政と義昭一行にしたがったため、信長の入京を見てはいない。織田の大軍に恐れをなした三好勢は、そもそもの本拠である阿波《あわ》へと退散を始めていた。

義昭を守りつつ、光秀らは遅れて清水寺《きよみずでら》へ急いだ。五条へ続く道から参道の坂までを信長軍の兵がびっしりと埋め、遠巻きにする民が連なるという賑々しい出迎えぶりであった。義昭の乗った輿が差しかかると、兵は皆背筋を伸ばして槍や刀を掲げた。

光秀は胸が熱くなり、輿を振り返った。義昭は御簾《みす》を上げて火照った頰をさらし、京を囲む山々に目を据えていた。

隣の藤孝を見ると、目に光るものがあった。が、光秀の眼差しに気づくや、馬上でことさら背筋を伸ばすようにしてから言った。

「ようやく一歩を踏み出したまで。わかってはおるが、込み上げるものを抑えられん」

「当然のこと。手始めの一歩でも、確かな歩みよ。のう光秀殿」

後ろから惟政が馬を寄せ、切なる声音で応じた。時ならぬ歓声が、見守る民から沸き起こった。新たな時代のうねりを誰もが感じ取っているのだ。

坂を上がり、清水寺の仁王門が見えてきた。今、京に次なる将軍が腰を据えようとしている。

光秀は坂の上で振り返り、町の広がりを見渡した。この足元の先に、天下布武という険しき、だがもののふの端くれとして歩むべき道が続いている、そう確かに思えるのであった。

四

漆黒の煮凝《にこご》りのように闇が身を固め、熱気を帯びていた。

小平太は藪にひそみ、揺れる篝火《かがりび》を遠目に見た。これほど大がかりな戦を目にするのは初めてだった。

京に三万を超える軍勢が押し入り、この国境にまで近づいていた。山の頂を囲むように配された櫓《やぐら》では、寝ずの見張り番が殺気を放ち、麓の闇にも斥候らしき兵が駆け回っている。

頂に据えられた城を遠く望みさえすれば、追い詰められた者の怯えと迷いの気配が伝わってくる。敵の三万という数は大袈裟ではないらしい。それほどの大軍を率いる武将とは、何者なのか。

「惣八、小平太。里を出るぞ。わしについて来られような」

ほぼ半年ぶりに、弦蔵からの命が下された。

何のために隠れ里を出るのか、弦蔵は一切語らなかった。京の周囲で戦が続き、その合間を縫って果たさねばならぬ命がある、と教えられた。

戦となれば、多くの忍びが昼夜の別なく徘徊する。迂闊《うかつ》に動けば、敵方の忍びと思われて不意打ちを食らいかねない。

何人《なんぴと》にも悟られず、自在に動けてこそ、忍びと言えた。見劣りない忍びとなれたかを見極める、総仕上げの鍛錬ではないのか。惣八と二人で、そうささやき合った。

が、柿渋《かきしぶ》色の忍び装束に身を包んだ弦蔵の姿を初めて見た。となれば、弦蔵にとっても身を危ぶむほどの仕事と思えた。さらには、ともに隠れ里を出ると、見覚えのない男らが待ち受けていた。総勢八人。すべてが忍び装束に身を包んでいた。先に隠れ里から巣立っていった者らだった。

「今宵の出立は鍛錬などではない。足手まといになろうものなら、情け用捨なく生け贄《いにえ》とする」

弦蔵の冷ややかな目と口ぶりに、小平太は心の臓がきりりと縮み上がった。

「ぬしらなら決してしくじりは犯さぬ。そうわしは信じておるぞ」

しかと頷き返した。それが四日前のことだった。

黄葉《もみた》う山を回り込んで、西へ走った。三人が先頭に立ち、弦蔵を挟んで二人ずつ左右を固め、残る一人と小平太らが殿《しんがり》を受け持つ。忍びらしき気配あらば、すかさず合図を送り合って鉢合わせをさけ、ひたすら西を目指した。

四半刻も走れば息も荒れる。が、隠れ里を出た男らは汗をかいたようにすら見えなかった。一人呼吸を乱したのでは恥となる。懸命に息をこらえて闇夜を走った。

陽が昇ると、社や木陰で眠った。無論、鼾《いびき》をかく者などいない。干飯《ほしいい》で空腹をごまかしつつ、走りに走った。おそらくは山城《やましろ》の国を抜け、摂津《せっつ》に入ったはずだ。

一度だけ、待て、の合図が聞こえた。が、続け、の知らせがすぐに届いた。再び走り始めてまもなく、血の臭いに気づいた。先頭の三人が何者かと出くわしたあげく、始末せざるを得なかったのだと見当はついた。

そうやって二日を走りに走って辿り着いた山間に身をひそめ、すでに一昼夜がすぎた。

闇夜を這い回る斥候の殺気は、まだ続いていた。弦蔵が睨んだとおり、あの城から逃れようという者がいるのは、もはや疑いなかった。

「少なくとも一両日中に、あやつらは動くであろう。敵も忍びを雇っておれば厄介だが、今のところその臭いは漂ってはおらぬ。しかしながら、決して油断はするでない。五感をそばだて、闇を見通せ。近づく者あらば、直ちに斬れ」

夜の深さを手探りするうち、犬の遠吠えが響き渡った。城に籠もるやつらは、犬まで用いて辺りを探らせていた。間もなくあやつらが動く前触れに思えた。

やがて、時ならぬ雉《きじ》の長鳴きが山肌を駆け上がってきた。合図の鳴き真似だった。

城の西裾《すそ》に、蛍のような火が這い回って見えた。篝火にしては小さすぎる。手燭《てしょく》の明かりだ。

いよいよ城から密かに何者かが麓へと下って来ようとしている。

手燭らしき明かりはさらに増えた。さしずめ数十人ほどか。目を凝らしたが、城までが遠いために、逃げ出す者らの姿は見通せなかった。

弦蔵はこの時を待っていたのだ。が、やつらを守ろうというのでは、ない。斥候の動きを遠巻きにせよ、と言われていた。やつらの逃げゆく先を探ろうとの狙いがうかがえる。

では、襲うつもりなのか。

が、そういった指図は受けていなかった。いくら弦蔵が手練《てだ》れを集めたとしても、攻めるには頼りない数でもあった。

蛍火の群れは、まもなく麓の林に紛れて消えた。

城にはまだ多くの将兵が居残っていた。このまま敵の大軍を迎え撃つらしい。ただ、密かに逃がしておきたい者が、城中にはあった。

大方、読みは外れていないだろう。が、なぜ摂津まで足を伸ばして、弦蔵自らその様を見張らねばならなかったのか。読めないことが多すぎた。

半刻ほどして、再び指笛が甲高く鳴り渡った。首を捻るほかはなかった。引け、との合図が早くも出されたのだ。

あとは再び来た時と同じ陣形を保って帰路についた。やはり弦蔵から詳しい話は出なかった。

また二日をかけて隠れ里へ帰り着くと、小平太は惣八に耳打ちした。

「おまえは何か気づいたか」

惣八も話したくてならなかったようで、稽古場の森深くへ小平太を誘った。

「おれの持ち場からは、輿《こし》が見えたぞ」

輿……。聞き慣れない名に、小平太は惣八の訳知り顔を見返した。

「お偉い方らの乗る御輿に違いなかった。山道の下に、大勢の武者も待ち受けていた」

「侍なら、なぜ馬に乗らない」

「たまたま公家や坊主が城に来ていたのかもな。敵の軍勢が迫っていると知り、慌てて夜中に逃げ出した……」

「待てよ。すると弦蔵様も、いずれ三万の兵があの城を囲むと、あらかじめ承知していたことになるぞ。――なあ、惣八」

待て、と言うように手をかざしてから、小平太は闇に目を凝らし、浮かんだ問いをぶつけた。

「あの城から逃げ出す偉い人を守るために、おれらは森にひそんでいたと思うか」

惣八の目が頼りなく地へと落ちていった。

確かに怪しい者がないかを、小平太らは見張っていた。が、密かに守りを固めていたのなら、輿に乗った偉い人を追って動くのが当然だった。

ところが、手燭の明かりが山から下りたところで、合図を出されて城の見張りを終えたのである。

「やつらを守るためでもなければ、やつらの逃げゆく先をたどるわけでもなかった。なぜだ」

ひとつの答えが胸に浮かび、惣八へ目を戻した。

その人を守る側――すなわち城に籠もる側から託された仕事ではなかったのだ。が、逃げるのを追ってもいない。となれば、あの時すでに弦蔵は目的を果たしていたのではなかったか。

夜陰に乗じて逃げ出す者を襲ったのであれば、夜空を揺するほどの騒ぎとなって当然。が、その気配は、露ほども感じられなかった。

決して騒ぎを引き起こさず、人知れずに狙いを成し遂げる術を、弦蔵ならば持っている。

ふと瞼の裏に、自らの手で葬り去った花芽の裸体が浮かび上がった。この隠れ里にならば、しばらくののちに息の根を断つ秘薬を操るくのいちが、いくらでもいた。

惣八が鼻先をこすり上げて、暗い森を睨み据えた。

「闇に忍んで待ち受け、毒を塗った吹き矢を――」

ほかには考えられない。弦蔵の狙いは、待ち受けていた輿に乗る者の命だったのではないか。

「さては、またぞろ京で何か騒ぎが起きているのかもしれぬな」

天子様のおられる日の本一の町――それが京の都だと聞かされていた。

侍どもを束ねるべき将軍という者もいるというが、争乱がくり返されたあげく、今では有名無実となり、狼藉《ろうぜき》者が好き勝手に居座っているらしい。またも京の地で侍どもの醜い殺し合いが始まり、その片棒を担がされたと見るべきなのだろう。

「どうした小平太、なぜ笑う」

言われて初めて、口元に貼りつく笑みに気づいた。笑っているつもりはなかった。

「己自身を笑ったのかもしれない」

「なぜだ」

「生きるために忍びとなり、憎んでいた侍の手足となって汗を流す道が待っている。おまえはどうしてこの里へ来た」

八つ当たりの問いをぶつけると、惣八の頬にも笑みが宿った。

「おまえと似たようなものだ。食い詰めの連中《れんじゅう》と盗みをくり返していて、弦蔵様に拾われたまでよ」

「ほら、おまえも笑っているぞ」

頬の笑みを指さすと、惣八は目をむかんばかりの驚き顔になった。

「……おかしなこともある。おれは今、おれを捨てた親と、人殺しとしてしか生きる道のない己を恨めしく思ったはずなのに、なぜか口元が勝手に笑いやがった」

「思い出すよ。村にいた作蔵という爺さんを。年貢を奪われ、息子を戦に取られ、あげくは娘を侍にさらわれて、狂ったように笑いだした爺さんを、今もよく覚えている」

「おれらも狂ったのかな」

夜の闇に溶け込みそうな暗い笑みとともに、惣八が言った。

「いいや、違う。作蔵爺さんは狂っちゃいなかった。生きるためには笑うしかなかった。何もできず、息子と娘を手放すしかなかった己を笑い嘲《あざけ》ることでしか、心を支えられずにいたんだ。おれらも同じだ」

「そうかな」

「ああ、違いない」

惣八の暗い眼差しを受け止めて、小平太は断固たる頷きを返した。

「おれらは狂っちゃいない。狂ってるとすれば、殺し合いしか能のない侍がのさばるばかりの、この世のほうに決まってらあ」

五

永楽銭を染め抜いた幟が、群れをなして翩翻《へんぽん》とはためいていた。

まさに破竹の勢いであった。京に入った信長軍は、その日のうちに柴田勝家を筆頭とする先鋒を、三好三人衆の一人、岩成友通《いわなりともみち》の籠もる勝龍寺《しょうりゅうじ》城に攻め入らせた。

そもそも勝龍寺城は、和泉《いずみ》半国の守護を務めていた細川家の居城で、養子に入った藤孝が一度は受け継いだ城でもある。話を聞きつけた藤孝は、直ちに信長の許しを得ると、少ない供回りを連れて勝龍寺城へ急いだ。

光秀は義昭に同道して信長とともに摂津へ向かい、三好長逸《ながゆき》の居座る芥川城攻めに加わった。また も信長は山の麓から火を放つという策に出た。

二十九日に勝龍寺城が落ちると、夜になって芥川城からも兵が続々と逃げ始めた。それを知るや、三好に通じていた摂津の小城主らは、たちまち人質を差し出してきた。

信長は三好の軍勢を追い払うと、義昭を芥川城に迎えた。光秀も供回りの一人として、藤孝や惟政《これまさ》らと城へ入った。

畿内の平定には、早くもおおよその見通しがついた。が、気がかりがひとつ残っていた。

三好に担がれて将軍となった足利義栄《よしひで》の行方である。

京の周囲から三好の残党を追いやっても、まだ十四代将軍の義栄は三好勢の手中にあった。このままでは、朝廷に働きかけて、義栄を将軍から引きずり下ろすという面倒な手筈を経ねばならないのだ。

義昭は多くを語らなかったが、明らかに義栄の首を欲していた。義栄さえ亡き者になれば、自分が即将軍の座に就ける。

無論、織田軍も義栄を追ってはいた。が、将軍を自らの手で葬ろうものなら、逆臣《ぎゃくしん》となる。松永久秀のような汚名が浴びせられる。

ところが――その日の夕刻、思いがけない知らせがもたらされた。

三好に匿われて逃げ落ちたはずの足利義栄が、芥川城からほど近い普門寺《ふもんじ》で病死した、というのである。

「真実であろうな」

藤孝は一報を聞きつけるや、供回りに叫んだ。和田惟政が放った忍びからも、同じ知らせが届けられた。

「おお……。天も義昭様にお味方したぞ」

藤孝は直ちに義昭のもとへ知らせに走った。

その喜びようを横目にしながら、光秀は惟政の顔をうかがった。目の上の瘤《こぶ》とも言える義栄が命を落とすという高運が、そう降って湧いたように訪れるものか。

惟政は、光秀の眼差しに気づいてすぐさま面輪を引きしめた。

「あるいは、ともに逃げたのでは信長様の執拗な攻めにあうと案じた三好が……」

光秀は首を振り、思うままを語った。

「それがしが三好ならば、何を置いてもまず将軍をお守り致すでありましょうな。将軍さえ我が手にあれば、面目、名目ともに立つというもの。であれば、たとえ京の地を奪われようと、信長様を逆臣と見なせるのですから」

「いいや、面目より実を取ったのであろう。命なければ、面目を気にしても始まらぬでな」

冷ややかに言い捨てた惟政は、片頰に笑みを浮かべてみせた。それ以上は問うな。そう目で告げられた気がした。

胸に湧く黒雲が確かな形をともなっていった。光秀は郭《くるわ》を抜けて義昭のいる本丸へ出向き、藤孝の戻りを待った。

空が暮れ初《そ》むるころになって、ようやく謁見の間から藤孝が出てきた。待ち受ける光秀を認めるなり、ついと眼差しをそらして早足になった。

「この機を逃さず、直ちに朝廷へ働きかけよ、とのお達しであった。将軍不在を長引かせれば、またぞろ三好や松永がのこのこと京を脅かそうと企てるかもしれん。信長様にも直ちに話を通す。光秀殿もご一緒してくださろうな」

「公方様は、さぞやお喜びであったでしょうな」

光秀がふくみを込めて語りかけると、藤孝がふいに足を止めた。

何を言うのだ、と咎《とが》める目を向けられた。

「三好に唆《そそのか》され、義昭様とは相対する場に立っておられたが、そもそも義栄様とはいとこの間柄。義昭様も突然の死を悼《いた》んでおられた」

当然ではないか。大きな声で言えはしないが、わしとて義栄様とは縁戚ぞ。そう問い詰めることで、答えに代えるつもりなのだ。

その開き直るような素振りを前に、初めて藤孝という男の鋼《はがね》にも劣らない意志の強さを目の当たりにした。

覇者となるため、兄弟や父子が醜い争いをくり返す。それが争乱の世の定めであり、肉親による血で血を洗う戦の例は枚挙に暇がなかった。現に信長は弟信勝を手にかけ、武田信玄は実の父を追放し、息子を自らの手で葬ってもいた。

ましてや義昭と義栄は、いとこであるといっても、ろくに顔を合わせたことすらないのだ。肉親の情が人並みに通じるような世ではなかった。

「不憫《ふびん》ここに極まれり。ついぞ京へ上ることなく、義栄様は三好の手の中で短い生涯を終えられたのですな」

光秀が嘆いてみせると、藤孝も瞑目《めいもく》した。

「義昭様なら、ご遺志を継がれて将軍職を見事に務められるであろう」

藤孝とて百も承知で綺麗事《きれいごと》を口にしていた。

光秀は頷けた。義昭が入京するとともに、将軍義栄が都合良く没するなど、あり得なかった。忍びによる毒殺……。そうとしか思えない。

あるいは信長からも求められていたのかもしれない。いくら義昭を担いで入洛したところで、義栄に逃げられたのでは、将軍という名目と口実を得られなかった。もし三好が将軍の威光を振りかざして畿内の国衆と手を結びでもすれば、戦乱は長引き、天下布武への道はなお険しさを増す。

そうかといって、将軍を殺害すれば、松永久秀の二の舞となり、人心をつかめずに京を追われかねない。が、病死ならば、万事滞りなく新たな将軍を据えられる。

忍びによる毒殺が容易《たやす》く叶うものかどうか、光秀にはわからなかった。ただ、夥《おびただ》しい織田の軍勢に恐れをなした三好軍が敗走し、混乱の極みにあったことは察せられる。その機に乗じれば、義栄へ近づくことは、忍びならできるように思えた。

「さあ。信長様のもとへ参りましょう」

藤孝に誘《いざな》われるまま、朝廷への働きかけについて信長に下知を仰いだ。

信長もいたく上機嫌であった。その顔を見るうちに、小牧城下で相対した堯照上人の言葉が胸に去来した。

――人心という波の潮時をつかむ。

今、信長と義昭は京へ上り詰め、長引く争乱に疲れ切った民の心を引き寄せつつある。毒殺という表に見えない、横紙を裂くような策をもってして――。

少なくとも信長は、大軍による一気の攻め寄せにより、畿内に跋扈《ばっこ》する多くの武者の心を鷲づかみにした。その証しに、翌日から信長への拝謁を求めて、近在の国衆がこぞって芥川城の門前に列をなしたのである。

光秀は知らせを受けて、呆気に取られた。京を一度は支配しておきながら、三好勢との仲違いから大和へ逃げ落ちていた松永久秀の姿までが、そこにはあった。

「義輝様を手にかけておきながら、のこのこ頭を下げに来るとは笑止千万」

久秀の来訪を聞きつけた藤孝は、昨日までの気色が吹き飛ぶほどの顔で光秀のもとへ嘆きに来た。

さすがは久秀で、己の立場を良くわきまえていたと見える。信長が茶の湯を好むと聞きつけたらしく、名物として知られた「付藻茄子《つくもなす》」の茶入を手土産に持参したという。

あろうことか信長は、その名物と引き替えに久秀を許したうえで麾下《きか》に置く、と決めた。

この始末には、藤孝のみならず、義昭もが色をなして正面から信長に抗《あらが》う様を見せた。

藤孝と惟政が直談判に及んだと聞き、光秀は身を引きしめつつ成り行きを見守った。

ところが――。

二人ともに信長から諭され、致し方なしとの顔つきで戻ってきたのである。

「松永の首を刎ねるなど、いつでもできる。それより今は畿内を滞りなく治めるのが先。言われてみれば、一理も二理もある」

唇を噛んでみせた藤孝のあとを受け、惟政も太い腕を組んで厳《いかめ》し顔に変えた。

「まだそこかしこに三好の残党が蠢いておる。信長様は久秀を許したのではなく、さらにひと働きさせるつもりと言われた。大和を無事平定できれば、麾下に置くとのことだという。すべては公方様のため。一時の怒りに身を任せるより、先を見越すべき、と諭されたわい」

三好と仲を違えた久秀は大和の地へと落ちていた。その平定を担わせるのであり、人の使い方として確かに悪い手ではなかった。

が、織田家には名うての武将がいくらでもいた。光秀としては合点のいかない所もあったが、藤孝らが納得したからには異論を挟めるものではなかった。

まもなく義昭から、平定を終えた畿内を治める新たな守護が命ぜられた。無論、義昭の名によって下知は出されても、実際には信長による裁定と言えた。

「兄上。これは見事なまでに出し抜かれましたな」

詳しい沙汰を知るなり、弥平次が口惜しげな顔で言った。

「迂闊なことを言うでない」

光秀は人の耳を気にして、ひとまず諭した。が、気持ちはわからなくもなかった。

摂津の守護には三人が割り当てられた。国衆である伊丹忠親《いたみただちか》、池田勝正、そしてもう一人――和田惟政に高槻《たかつき》城が与えられた。

山城の勝龍寺城は、細川藤孝が治めると決まった。

「兄上もお二人に決して引けを取らない働きぶりであったと、それがしは信じております」

「言うな、弥平次」

もとより勝龍寺城は細川家の居城であり、藤孝は幕臣筆頭の身でもある。和田惟政も幽閉先の興福寺から義昭を救い出し、今日まで支えてきた。その二人を厚く遇するのは当然であった。

しかしながら、その裏には信長の抜け目なさが見え隠れしていた。

忍びによる義栄毒殺の褒美《ほうび》。そして、松永久秀を許したことを認めるための見返り。そのふたつの意が込められているのは、疑いなかった。

いくら義昭が不平をこぼそうと、腹心の藤孝と惟政が信長の側についてしまえば、やむなく納得するほかはなくなる。そう見込んで、二人に手厚い褒美を与えたのだ。

光秀は身をもって知った。これが信長という男の人を操る術《すべ》なのだ、と。

さあ、おまえも手を汚してでも働いてみせよ。年寄り連中のように取り繕いと故事を言いつのり、自ら動こうとしない阿漕《あこぎ》な者になるでないぞ。そういう輩は織田家にいらぬ。

鼻先に餌をぶら下げ、尻をたたくような手並みに見えながらも、そこには確かな理屈の後ろ盾があった。

その午後、光秀は信長から呼び出しを受けた。弥平次は褒美の知らせに違いないと喜んだ。が、下心を面輪に出したのでは、信長に見抜かれる。気を引きしめて謁見の間に歩んだ。

「十兵衛。今すぐ藤孝と京に入れ」

「御意にございます」

将軍宣下《せんげ》に向けて朝廷への働きかけを始めよ、とのことだとわかる。

「わしは、戦で手柄を立てた者なら、どんな溢《あぶれ》者《もの》でも取り立ててきた。人とは、働く場を与えてやれば、それなりの器になっていくものよ。何せ、うつけと呼ばれたこのわしがそうであったからな」

いつもの立て膝でけたたましく笑い飛ばしたあと、信長は人が変わったような鋭い目に変えた。

「しかしながら、権六をはじめ、腕自慢の無骨な輩ばかりというのも困ったものよのう。朝廷のような畏まった場に出せる者が、うちには一人としておらん。が、十兵衛なら、そこそこの礼儀を知っておるし、茶の湯や詩歌の覚えもいくらかはある」

「まだ浅学にすぎませぬが」

「阿呆が」

ぴしりと手の扇で膝頭を打ち据えて、信長は声高に放った。が、もはやこの主君の気の短さには慣れていた。それに、ここで謙遜しておかないのも、自慢がましく映る。

「阿呆と言われても、動じぬか」

「いえ、身に応えております」

「お追従《ついしょう》など、いらぬわい。良いか、十兵衛。浅学では困るぞ。腕っ節に長けた者なら、うちにはいくらでもおる。人と同じ道を歩むのでは能がないというもの。そうではないかの」

ここでも理屈の裏づけがともなっていた。おまえには、おまえなりの働き方があるはず。それを見せんで、どうする気だ、と。

「帰蝶はもとより、多くの美濃衆も随分とおまえを頼りにしておるのだぞ」

その者らのためにも、もっと織田家に尽くしてみよ。藤孝と惟政は公方に肩入れをしすぎる。が、おまえならば、帰蝶や美濃衆との縁から、織田家をまず考えようとするはず。さすれば、今より手厚く遇しようぞ。

顔前に餌をぶら下げられていた。

が、目の色を変えて飛びつくわけにはいかなかった。

信長は誘いをかけるとともに、光秀の器量を抜かりなく計ろうともしていた。餌に飛びつく者は、別の餌になびくあまり、いずれは背きかねない。信長ならば、そう考える。

「藤孝殿と力を合わせ、御屋形様より与えられたお勤めを力の限り果たしまする」

慎重な言い回しで答えに代えた。

信長は光秀の内心を見透かしたように口元で笑い、蹌々《そうそう》たる挙措で腰を上げた。

「存分に働けよな、十兵衛」

第四章　金ヶ崎の殿軍

一

永禄十一年十月十八日。足利義昭は禁裏へ参内し、第十五代征夷大将軍の宣下を受けた。光秀は藤孝に招かれ、幕臣衆の一人として式に参列した。禁裏の周りには京の民がつどい、祭りのような賑わいになった。信長という武に秀でた後ろ盾を持つ新たな将軍に、多くの切なる願いが込められていると知らされた。

喜びを隠せない義昭は満面の笑みで、上洛《じょうらく》の夢を叶えてくれた信長への礼を考えたと幕臣衆に語ってみせた。

「副将軍も良し。管領職も良し。信長殿の好きにしてもらうのじゃぞ」

命を帯びた藤孝と惟政が、信長のもとへと向かった。光秀も同道を願われたが、禁裏へ働きかけてくれた公家衆への礼がある、と言い訳をして辞した。

将軍の授ける褒美を拒む者などあるはずはない。そう義昭は頑是《がんぜ》なくも信じきっていた。藤孝と惟政も長年の労苦が報われたと喜ぶあまり、信長という男を明らかに低く見積もりすぎていた。

「三好に荷担した国衆を許し、その多くの領地を認め、さらには将軍や公家の旧領も取り戻させた。信長殿は実に欲のないお方だ」

惟政などは、そう信長を称するほどであった。

案の定、信長は義昭の勧めを素気《すげ》なくも断った。

すぐに藤孝が馬を飛ばして相談に来た。

「光秀殿からも、ぜひ信長殿に上申いたしてはくださらぬか」

弱りきって縋《すが》るような藤孝の目を、光秀は静かに微笑《ほほえ》み返してかわした。

「将軍のお勧めにも応じないというのに、どうしてそれがしのような者の言葉に頷かれるでありましょうか」

「しかれども、光秀殿、信長殿はすぐにも岐阜へ戻ると言っておられる。まだまだ幕府は信長殿のお力あってこそ回るというものですぞ。今、京を離れられては何が起こるかわかりませぬ。わかっておいでなのか」

「はい。――そのために信長様は岐阜へ戻られるのです」

何を言い出すのだ、と藤孝の見開かれた目が告げていた。

「藤孝殿とて薄々感じておられたはず。信長様は松永久秀を許し、伊丹や池田にも城と領地を安堵なされた。それもすべては、畿内に根を張る多くの国衆を安んじるため。禁裏に莫大な寄進をし、京の警固《けいご》に目を光らせたのも、尾張から来た新参大名への民の恐れを取りのぞくためにございます」

「ならばこそ、ここで岐阜へ帰るのでは――」

「副将軍に管領という職を差し出されてもなお、今国元へ帰るならば、織田信長という武将の誉れはますます高まるでしょう。何しろ京はずっと欲深き者らに牛耳られてきたのですからな」

そして信長が去り、京にまた争乱の種が芽吹きでもすれば、ますます信長の再上洛を願う民の声が増す。

信長は義昭を奉じての戦で、新たな領地を得てはいなかった。が、堺、大津、そして草津に代官を置き、そこを実際には織田領としているのである。

「よろしいですかな。信長様は副将軍や管領という今の世にはさして実のない職より、商人の集う町という真の実を取ったのです。その本意が藤孝殿ならおわかりのはずでしょうに」

「確かに堺は南蛮との交易に沸く町……」

「それだけではありませんぞ。今や鉄砲を産する要の地でもあるのです」

おお、と今さらのように唸りを発して、藤孝は喉元をさすり上げた。

「大津は琵琶の海きっての港町。草津は京への街道筋で最も大きな宿場町――」

気前よく畿内の地を国衆に分け与えた裏で、信長は民の心と銭に結びつく要所を押さえたのだ。

「やはり信長殿は、いずれ自ら天下布武の道を歩むつもりで……」

恐れていた言葉を、藤孝が初めて声にした。

「無論、一朝一夕に捗《はかど》るものではありますまい。今は足利将軍という正義の御旗を掲げておるから、力ある大名らも信長様を見守っているにすぎませぬ。もし将軍を蔑ろにして、一人で天下を語るようになれば、即周りは敵ばかりとなりましょう」

「お互い名と実を分け合って、助けてゆくほかはない、と言われるのですな。まるで……細い綱の上を渡っているような気になってきた」

藤孝は足を崩して膝に手を置くと、深々と息をついた。

「信長様が岐阜へ帰るというのは、様々ふくみがあってのことなのです。しかしながら、義昭様のお心を引きしめるには、悪くないものと思われます」

「いかにも。近ごろは少々浮かれすぎておられるでな」

「天下を担う将軍として、多くの民と武家のため、どれほど力をお尽くしになれるか。義昭様の心根が試される時となりましょうぞ」

十月二十六日。信長は大軍をともなって京を発ち、岐阜へ戻った。

将軍の座に就けてやったのだから、あとは己の才覚で国を治めてみよ。つまりは、できるものならやってみろ、と義昭を突き放したのである。

京の警固には、村井貞勝のほか、佐久間信盛、丹羽長秀、木下秀吉の諸将と五千の兵を残した。光秀も幕臣の一人として京へ残るよう、信長から言い渡された。

織田家の大軍が引き上げると、藤孝は六条の本国寺《ほんこくじ》に義昭を移した。仮住まいの細川邸では塀も低く、守るに充分な備えがあるとは言い難かった。

そもそも本国寺は幕府を開いた尊氏の叔父が建立した寺であり、将軍家に縁の深い品々も収められていた。

「たとえ難事があろうと、必ずや足利家先人の御霊《みたま》がお守りくださろうて」

藤孝は多くの奉公衆を前に語気鋭く語ってみせた。それほどまでに、信長の武力が消えた京の備えを恐れる者は多かった。

光秀は村井貞勝とともに、幕府の旧領を取り戻す務めに力を入れた。禄という後ろ盾がなければ人は動かず、兵も集められない。何より幕府の基を固めるのが先であった。

十一月十五日。新たな産声を上げた幕府の行く末と、京の平穏を祈願する連歌会が催された。

藤孝は、紹巴《じようは》、昌叱《しようしつ》という名高い連歌師を招き、光秀も名を連ねて六首を詠んだ。畿内のそこかしこではいまだ不穏な噂も流れており、風雅を嗜《たしな》むより、明日への切実な祈りを込めた会となった。

「あいや、光秀殿——」

連歌会を終えて本国寺に戻ると、光秀を呼び止める声があった。東門と堀の普請を任されていた木下秀吉が気忙しげな足取りで近づいてきた。

「これは木下殿。そなたのお力で、この本国寺もやっと城に負けぬ構えを持てそうにございますな」

幕臣の一人として礼を述べると、秀吉は小顔をさらに折りたたむようにして相好を崩した。

「いやいや……。公方様のため、総出で汗を流しましたからな。それがしも久方ぶりに力仕事をさせてもらいましたわい」

力ある武将ほど慎みを持ち合わせて、偉ぶるような口はたたかなかった。が、秀吉は自ら荷働きをしたかのように胸を張り、破顔してみせた。

この男の笑顔に自惚れや高慢さの匂いはまったく感じられない。この屈託ない笑顔で、随分とこの男は得をしている。

「いや、ひとまずこれで仮御所としての形はつきましたな」

組み上げられたばかりの高櫓《たかやぐら》を見回しつつ、秀吉はやおら頰の笑みを消した。

「しかしながら、この本国寺のみを固めればそれで良し、というものではありますまいて……。そこかしこに、不届き者がおると聞きますからな」

そのために、秀吉らの兵が残されたのではないか。光秀は強く目で問い返した。

あえて眼差しをよけるかのように、秀吉は手を腰の後ろに組んで歩んだ。

「いやいや……年の暮れは商人の稼ぎ時。よって、堺や大津では銭にまつわる物騒な争い事が多くなるとか。ゆえに御屋形様も、今からいたく案じられておるご様子であった。このぶんだと……」

「まさか木下殿は、堺や大津の警固に向かわれる、とでも——」

「いやいや、まだお達しは出ておりませんがな」

ことさら重々しく頷いたように見える秀吉の、思わしげな小顔を見つめ返して告げた。

「お待ちください。堺や大津は織田家の新たな所領。とは言え、その警固に京から兵を送り出すのでは、あえて不届き者を招くようなものになりかねませんぞ」

「ですよなあ、まったく……。いやいや、そのために御屋形様は、この本国寺の普請を急がせたのかもしれませんな」

他人事のように嘯《うそぶ》く秀吉を前に、合点がいった。信長はまた伊勢へ兵を送り込む気でいる。京とその周りに新たな兵を残しておく余力がないのだ。

となれば、確かに秀吉が言うように、本国寺のみを固めれば良いというものではなかった。長岡《ながおか》の勝龍寺城には藤孝が、高槻城には惟政がいる。京の西の守りはできていた。が、南の大和は松永久秀が平定に当たっていたが、まだとても盤石とは言えなかった。

「あ、いや……本国寺を預かる光秀殿には、差し出がましくも、お耳に入れておくべきかと考えました。お頼み申しますぞ」

秀吉は妙に真面目ぶった顔になると、ひょこりと頭を下げてみせた。

信長の使いとして来たのか。それとも、言葉どおり知らせておくべき、と気を回したのか。秀吉の飄《ひょう》々《ひょう》とした顔と素振りからは、読めなかった。

使者であったとすれば、これほど食えない相手はない。とりあえず話は通した。あとはそなたの才覚次第。とくとお手並みを見せていただこう。そう言いたげに秀吉の目は微笑んでいた。

なるほど。織田家の家臣らからも試されているらしい。

明智十兵衛光秀。伊勢ではそこそこの働きをしたと聞くが、一体どれほどの男であるか。それを秀吉も気にしているとすれば、ふくみの多い物言いにも納得はできた。

光秀は屋敷に戻るや、弥平次と次右衛門を呼び寄せた。

「京の四方に物見の兵を置け。特に南を厚くせよ。西は勝龍寺城と、さらに先の高槻城へと、いつ何時でも通じられる手立てを調えておけ。良いな」

こういう時こそ、忍びの一団が配下にあれば役に立つ……。織田家の重臣らのように充分な兵を擁していればまだしも、光秀の麾下《きか》は少なすぎた。

幸いにも不穏な動きは見られず、永禄十二年の年は明けた。

世間は正月気分にひたっていたが、光秀は心中穏やかではいられなかった。秀吉が語ったように、堺と大津の守りに京から兵が送られたのである。新将軍の座を脅《おびや》かそうとする者あらば、警固が手薄となるこの機を逃すはずはない、と思えた。

恐れていた知らせが入ったのは、一月四日の未明であった。

「宇治川ぞいに松明《たいまつ》の群れが蠢いております」

来た――。

本国寺に詰めていた光秀は、寝具をはねのけるや、枕元に調えておいた具足を引き寄せた。

やはり不届き者が京を脅かしに現れた。

まずは敵の陣容をつかむのが先。光秀は胴丸を腰に巻いて回廊へ進み、弥平次に叫んだ。

「藤孝殿には知らせたか」

「すでに馬を走らせました」

「こちらからも宇治川に斥候《せっこう》を出せ。半刻ごとに逐一知らせよ」

「承知」

時ならぬ半鐘《はんしょう》が本国寺の境内に響き渡った。

光秀は次右衛門と溝尾庄兵衛をともない、最も高い東門の櫓へ走った。

この仮御所内に兵は五百。禁裏へ回したうちから三百を呼び寄せる。最も近い勝龍寺城からは、藤孝が少なくとも五百は連れて来よう。いや、未明とあっては、先陣はせいぜい二百強といったところか。となれば、しばらくはたった千の手勢で迎え撃つしかない。

「すべての櫓に弓と鉄砲を集めよ」

篝火が増やされ、赤々と照らし出された境内に、男たちの走り回る姿がある。

「公方様をどこかに……」

次右衛門がまだ見えない敵に恐れをなしたかのように声を震わせた。

「それはならん。将軍が仮とはいえ御所から逃げたとあっては、京童《きょうわらべ》の笑いものとなろう。民に慕われてこそ、天下に号令ができるのだ。覚えておけ、次右衛門」

宇治川の流れる南の地を望んでも、まだ敵の松明は見えなかった。光秀は櫓を下り、義昭の寝所《しんじょ》へ走った。警固の者が怯えを顔に出してはならない。光秀はあえて微笑みをたたえ、義昭の面前に進み出た。

「騒がしいぞ。何事か、光秀」

「屠蘇《とそ》を飲みすぎて頭に血を上らせた輩が、騒ぎ出したようにございます。藤孝殿も勝龍寺城からこの本国寺へ急いでおります」

幽閉先の奈良一乗院から、甲賀、若狭、越前と逃げ回る三年半を過ごしてきた義昭は、早くも腰を浮かせて、面輪から血の気をなくした。

「どうかそのまま。この本国寺にて我らをお支えください。主君が腹を据えておられれば、その覚悟は自ずと配下にも伝わりまする」

将軍ともあろう者が動転したのでは、下々にも伝わってしまうのだ。光秀が目に力を込めて告げると、義昭の細首で喉仏が大きく上下した。

それを返事と受け取り、光秀は回廊へ向けて叫んだ。

「甲冑《かっちゅう》を持て。将軍御自ら迎え撃つお覚悟ぞ。皆の者、しかと心得よ」

「敵は少なくとも五千。まだまだ宇治川を越えて集まる模様」

「先鋒はすでに伏見《ふしみ》へ迫っております」

「三好の旗印あり。阿波へ逃れたはずの三好軍に相違ありません」

斥候からの知らせが続々と入った。この分では、夜明けには敵が門前へ押し寄せる。それまでに、いかほどの加勢が駆けつけてくれるか。

「次右衛門、庄兵衛。今から二百の兵を連れてこの寺を出よ」

「兄上。またそれがしは逃げるお役目ですか」

次右衛門が、かつて明智城からともに逃げ落ちた日の事を言い、眦《まなじり》をつり上げた。

「そうではない。義昭様にはあくまでここに残っていただく。いずれ勝龍寺城から加勢が来よう。藤孝殿と敵の背後を突くのだ」

この本国寺は南北に長く、守るに充分な広さがあった。敵は風上の家並みを焼き払い、そこから攻め入ろうとするに違いない。朝になると、琵琶湖からの東風がわずかに吹く。となれば、南の七条辺りから押し寄せるはず。

加勢の多くが南西の摂津《せっつ》方面から駆けつける。背後を突くには、絶好の方位となる。

「急げ。敵が迫る前に西へ出でよ。必ず加勢が駆けつける」

「承知」

言うとともに次右衛門と庄兵衛は走りだしていた。

次はどうやって数倍の敵兵を食い止めるかである。

斥候から戻った弥平次が回廊前に駆け寄せた。普段は憎らしいほどの落ち着きを見せる男が、今は頬を引きつらせている。また敵の軍勢が増えたらしい。

「いくつだ」

「おおよそ八千から一万」

すでに二百を外へ出したので、守る兵はたったの三百。三十倍の敵と知れば、味方の兵は取り乱しかねない。

「光秀殿、今から討って出ましょう。このままでは囲まれるだけですぞ。先鋒の兵を蹴散らせば、敵も陣形を整え直すはず。その間に援兵が来れば、勝機は見えてきます」

若狭から参じていた山県源内《やまがたげんない》が進み出て言った。かつての奉公衆の一人である。

「それも、ひとつの手。しかれども、外へ出て囲まれたのでは、数の差に潰されるでしょう」

「では、防戦に努めるしかないと……」

「もうひとつ、手があります」

光秀は眦を決しつつ集まってきた奉公衆を見回し、早口に告げた。

「何より敵の大将、あるいは名うての武者を倒し、勢いをそぐ。それこそが大軍に向かう際の常道と言えましょう」

かつて織田信長が今川義元を倒した時の戦い方も、それであった。

「しかしながら、籠城しつつ、いかにして敵の大将を倒すと言われるのか」

またも若狭衆の一人、宇野弥七《うのやしち》が身を揺すって問いを投げ返してきた。槍の名手として知られた彼は、討って出るしかないと考えているように見えた。

「幟《のぼり》を背負って、それがしが櫓に立ちまする」

「兄上……。敵の的になるおつもりですか」

息を呑み、声を裏返した弥平次に頷いてみせた。

「敵の精鋭を引きつけるには、それしかあるまい。幟を背負い、櫓から指揮を執れば、大将と思い込んで狙ってこよう。そこを逆に、鉄砲で狙い撃つ」

「命知らずにもほどがありますぞ……」

なおも声を詰まらせる弥平次に続き、山県源内があとを継いだ。

「もし光秀殿がお倒れになれば、義昭様は大いに惑い、味方も総崩れとなりましょうな」

無茶は百も承知である。が、少ない兵で立ち向かうには、囮《おとり》を使う策でも採らない限り、勝機は見えてきそうになかった。

「御懸念めさるな。それがしは大将にあらず。必ずや勝龍寺城から藤孝殿が駆けつけましょう。それまでの間、力を合わせて皆で守るまで」

「援兵三百、到着にございます」

五条に面した北門から若い兵が息巻き、走って来た。禁裏に回していた警固の兵が戻ったのである。これで、六百。少しは戦える数になった。その場の男たちの顔にも落ち着きが戻ってきた。

光秀は胴丸の受緒《うけお》を引きしめるや、櫓へ歩きだした。

「弥平次、ついて来い。わしの横で身を隠して、鉄砲に玉を込めよ」

「仰せのとおりに」

「我らも門を固めるぞ」

山県らも声を上げ、敵が迫るであろう南門へ走った。

弥平次を引き連れて櫓の梯子を登った。東の空が紫がかり、白々と日の出が迫ろうとしていた。

蠢く松明の群れは、もう桂川から列をなし迫っている。死を招く鬼火が引きも切らず、地獄の淵から湧き上がってくるようにも見えた。

足利将軍家の紋所である二引両《ふたつひきりよう》を染め抜いた幟を、櫓に立てた。弥平次が最後に明智の水色桔梗紋の旗をつけ足した。

「これくらいは義昭様もお許しになってくださるでしょう」

光秀は弥平次に笑みを返してから、明智の旗を引き抜いた。

「兄上……」

「我ら明智のみが戦うのではない。織田家の兵も残っておれば、山県殿ら若狭衆に、地元山城の国衆もおる」

「……そうでした。それがしが少し先走りすぎました」

「ただし、この寺から討って出る時あらば、この旗を背負い、明智の名に恥じぬ戦いをせよ」

無論、この光秀が敵の鉄砲や矢に倒れたあとのことだ。

「しかと心に刻みました」

「来るぞ」

光秀は間近に迫る鬼火の群れを見据えると、鉄砲を寄越せと弥平次に手を差し出した。

櫓の狭い武者走りにひざまずくと、弥平次が手早く玉薬を込めにかかった。

「自ら的になろうとは、兄上もお人が良すぎますな」

「何を言う。越前では二人して似たような戦をしたではないか」

「六年たっても、我らは損な役回りばかり」

「前にも言ったであろう。早くわしのもとから離れていけ、とな」

「それがしがいなくなったら、兄上の道理外れにつきあえる者がいなくなります」

弥平次と次右衛門。この逞しき二人なら、たとえ自分に何があろうと明智を雄々しく引き継いでくれる。そう信じる心があるから、存分に戦へと挑めた。

「皆の者、弓をつがえぃ。敵はもう目の前ぞ」

鉄砲を受け取り、足下で控える兵に向けて号令をかけた。

地鳴りのような鬨《とき》が応えた。声に怯えは感じられない。これなら互角の戦いに持ち込める。

東雲《しののめ》から薄陽が射し、揺れる鬼火が消えていった。と、思う間もなく、門前の家々にぱらぱらと火の手が上がった。

逃げ惑う民の悲鳴が耳に届いた。亡者の唸りを思わせる敵の低い雄叫《おたけ》びが波となって朝の寒気を揺るがした。

敵の旗印がしかと光秀の目にも見えた。やはり三好軍であった。阿波へ逃げ延びたはずが、いつの間にこれほどの大軍を密かに京まで送り込んできたのか。

「まだ射るな。もっと引き寄せよ。土塀も櫓も普請し直したばかりぞ。必ずや我らを守ってくれよう」

敵を引きつけてこそ、鉄砲で迎え撃つという策が利く。

立ち渡る煙の奥から、炎を映して光る刃が見えた。先鋒の槍足軽《やりあしがる》だろう。鉄砲衆は、本国寺を取り巻く屋根や木々に登ろうとしているはずである。

「今だ。火矢を放て。門前の屋根に敵を近づけるな」

土塀の下からでは狙いをつけにくい。弓と鉄砲で射かけた先に、足軽と騎馬が必ずや押し寄せる。さあ、来い。幟を背負った光秀を見れば、必ずや名うての敵将が駆けつけよう。

光秀は同じ沙汰をくり返して叫び、あえて敵の目を集めにかかった。狙いどおりに、まずは矢が飛んできた。が、まだ離れているため、さしたる勢いはない。鉄砲の台木《だいぎ》で楽になぎ払えた。

「次の矢を射よ」

光秀の放つ声が轟音にかき消された。いよいよ敵の鉄砲衆による撃ちかけが始まった。

南無三……。祈りが通じた。躰に痛みは走らなかった。見ると、煙に燻る先の土塀に、梯子をかけた敵の兵が鉄砲を構えにかかっていた。

まずはあやつらを――。

光秀は片膝をつき、欄干に銃身の先をあてがった。手で支えるより遥かに狙いをつけやすい。

火蓋を切って、引き金を絞った。轟音とともに玉薬が頰に跳ねた。火炎の先で、土塀から転げ落ちる人影が見える。

「次を寄越せ」

すかさず弥平次から代わりの鉄砲を受け取って、再び狙いをつけた。

二発目は外した。知らずと肩に力が入っていた。矢が迫る中、呼吸を乱すなというほうが無理な話だ。が、心を静められた者のみが敵を仕留められる。

三発目は外さなかった。敵の兵が鉄砲を飛ばして地へと滑り落ちた。二人の射手を続けざまに倒されて、土塀から敵の姿が消えた。

「来るぞ。石礫《いしつぶて》の支度はできておるな」

新たな槍足軽が炎の奥から声高に叫び、どっと押し寄せた。その後ろには、幾人もの騎馬武者が続いている。

焦らず息をひそめて狙いをつけた。引き金を絞る寸前、朝まだきの寒気を切り裂く音が迫った。左から鳴矢《なりや》が次々と襲ってきた。

敵がさらに北へ回り込んだらしい。つい手足が勝手に動き、欄干に身を寄せていた。指揮を執る者が死に怯えたのでは、味方の覚悟に揺らぎが生じる。

「左手に新たな一団ぞ。迎え撃てぃ」

光秀はここぞと叫んで己を鼓舞し、立ち上がった。そのまま速やかに鉄砲を構え、騎馬武者めがけて撃ち放した。

ろくに狙いはつけていない。自軍を励ますためであった。二発目で一人の武者を倒せた。が、一本の矢をよけきれず、骨を貫くほどの痛みが左肩に突き刺さった。

「兄上」

「騒ぐな。次を寄越せ」

ここで光秀が倒れたのでは、士気に関わる。幸いにも大袖《おおそで》が矢の勢いを鈍らせ、鏃《やじり》はそう深く刺さってはいなかった。奥歯を擦り合わせて痛みをこらえつつ、なおも引き金を絞った。

その刹那、南で門が軋《きし》み開く音が鳴りはためいた。

光秀は欄干をつかみ、南門へと顔を振った。内に開いた門扉の奥から、五頭の騎馬を先頭に五十人ばかりが敵めがけて走りだした。

「山県殿と宇野殿です」

血気に逸る若狭衆が討って出たのだ。おそらくは、光秀に向けられた敵の狙いを逸らそうというのであろう。

心意気に胸が震えた。が、たった五十人では敵に呑み込まれる。光秀は向きを変え、若狭衆に群がろうとする敵を狙い撃った。

襲いゆく騎馬武者がもんどり打って地に転がった。迎え撃とうとした山県源内が馬を止め、櫓の光秀を振り仰いだ。

目と目があった。語らずとも、意気が通じ合えた。死なばもろとも。ここが我らの働きどころ。

源内が手の槍を振りかざすや、敵のただ中へと挑んでいった。光秀も次の鉄砲を手にして狙いをつけた。続け様に、宇野弥七が斬り込んでいく。二人の槍が大きく一回りするごとに、赤い血潮が飛び散った。二人の身と馬が見る間に深紅へと染まる。

光秀も負けじと鉄砲を撃ち続けた。二人の勇士を死なせてはならない。が、玉薬を詰め、込矢《こみや》で固めるという手順がもどかしい。やっと火蓋を切って鉄砲を構える。

狙いをつけた先で、宇野弥七の身がのけぞり返った。左脇から三間はあろうかという長槍が襲ったのだ。

「宇野殿」

光秀と源内の叫びが混ざり合った。敵方の怒り声のほうが勢いを得ていた。たちまちにして、宇野弥七の騎馬が囲まれる。

すぐさま撃った。群がる兵の一人を倒せたにすぎなかった。馬が前がきをくり返し、弥七の躰が宙へと舞った。

そこへ源内が駆け寄せた。が、一斉に振り返った敵による槍衾《やりぶすま》が出迎えた。

光秀は叫ぼうにも声が出なかった。二人の勇猛果敢な戦士が串刺しにされていく。胴丸から草摺《くさずり》が千切れ飛んで、骸《むくろ》と化したふたつの身が動きを止めた。敵の鏃が新たな獲物を求めて、また一斉に向きを変えた。

「若狭衆は一旦、引けぃ。者どもは南門を守れ」

声を嗄《か》らしたが、二人の将を失った兵は総崩れとなっていた。敵の槍を跳ね返す余力は、もはや残っていなかった。また一人、二人……八人、十人と、槍穂《やりほ》の露となってあたら命を散らしていく。

再び門が開かれ、藤田伝五を先頭にした明智の兵が敵へと突き進んでいった。

「山県殿に続けい。明智の底力を見せるのじゃ」

「やるな、伝五」

このまま押されてはならじと、伝五が自らの才覚で討って出たのだ。

光秀はその踏ん切りと思いの強さに胸を打たれた。家臣に心奮わされ、光秀も鉄砲を撃ち続けた。

「あれを」

ひざまずいていた弥平次が、やおら立ち上がって込矢《こめや》で南の地を示した。

見ると、怒濤《どとう》のように切れ目なく続いて見えた敵の群れが、大きく乱れ始めていた。

西の桂川から味方の兵が押し寄せたのである。光秀は境内を振り返るや、力の限り叫んだ。

「喜べ、者ども。藤孝殿が駆けつけたぞ」

おお、と歓声がうねりをともない、沸き起こった。

さすがは藤孝。駆けつけた足でそのまま西へ回り込み、敵の横腹を突くという策に出たのだ。

横合いからふいを突かれて、敵の分厚い陣形が脆くも崩れていった。背後からも襲われている。そう錯誤したと見えて、敵の先鋒が東へと退いていった。

「今だ。藤孝殿を迎え入れよ」

南門が開けられ、警固のために兵が出て行った。伝五率いる明智勢は深追いせず、門の中へと戻ってきた。

光秀が櫓を駆け下りると、やや遅れて藤孝を先頭にした加勢の一団が門前に走り寄せた。まだ戦はこれからだというのに、そこかしこから勝《か》ち鬨《どき》の声がうねった。

よほど馬を急《せ》いたと見え、藤孝の首回りは汗まみれであった。

「光秀殿、遅れて相済まぬ。公方様はご無事か」

声を上擦らせた藤孝の胸中には、先の将軍義輝を守れなかった時の苦い思いが渦を巻いていたに違いなかった。

「敵は一兵たりとも入れてはおりませぬぞ」

光秀の返事を聞くなり、藤孝は忍緒《しのびお》を解いて兜を脱ぎ、ほうと深く息をついた。

「お互い、ようやくあの時の借りを返せますな」

「はい」

「槍を持てい。皆の命、この藤孝が預からせてもらおうぞ。公方様お一人をお守りするのではない。将軍を支えることは、すなわち天下万民を守るに違わず。我らは今、この国のすえを担っているのであるぞ。それを忘れるでない」

藤孝の叱咤《しった》に応えて、明けゆく雲居に男どもの誓いの声が響き渡った。

陣形を整え直した敵方が、時をかわさずに本国寺を囲んできた。

が、細川藤孝という扇の要を得た奉公衆は、獅子奮迅《ししふんじん》の働きぶりで、敵の数に頼るしかない攻めを撥ねのけた。

攻め手を探しあぐねる敵の隙を突き、高槻城から和田惟政が五百の兵とともに駆けつけた。なおも昼までに、池田勝正、伊丹忠親ら摂津からの援兵が桂川を経て京に入った。押し寄せる三好軍の後陣とぶつかったとの知らせを受け、藤孝は追い討ちの兵を送り出した。

敵方は混乱のあまりに退却を始めた。これでどうにか、将軍を守れた。光秀は庭に倒れ伏して休みたかったが、残党を討つために本国寺から出て戦った。

三好の軍勢をあらかた京から追い払えたのは、陽が西に傾いてからであった。山県源内、宇野弥七ら、犠牲になった者をその日のうちに境内で手厚く葬り、義昭自らが祈りを捧げた。

本国寺が襲われたとの一報は、すみやかに岐阜へも届けられた。信長は雪の中を出立し、八日には急ぎ京へ入った。

「そうか。よくぞ将軍を守ってくれた」

本国寺に入った信長は、いかにも満足げに頷いてみせた。これなら、しばらく伊勢平定に力を入れられる。京にとどまっていたところで、民の目を思えば、好き勝手な領地の召し上げはできなかった。が、伊勢なら切り取り次第、織田家のものにできる。

信長は門前の焼け落ちた家並みを見て回ると、光秀を振り返って呟いた。

「この本国寺では、ちと先が思いやられる。のう、十兵衛、新たな御所を建てねばならぬな」

光秀は悟った。将軍に住まいをあてがうことで、己の力をあらためて京の民に知らしめてくれよう。そういう意図が込められている。

義昭は一も二もなく信長の申し出に飛びついた。

「まさしく御父。その忠信《ちゅうしん》、有り難く思うぞ」

将軍らしく高みに立った言い方であったが、籠《かご》の鳥になる身を案じもせずに手放しで喜ぶ義昭と信長では、もはや相手にすらならなかった。

「先が思いやられますのう、兄上」

「黙っておれ、弥平次。おまえはいつも一言多すぎる」

弥平次をいくら諭したところで、同じ不安はぬぐえなかった。

二

紅葉の帳《とばり》をまとった山間に、耳を聾《ろう》する轟音が響き渡った。振り返ると、夕照《ゆうてり》よりまぶしい火柱が西の麓から立ち昇っていた。

小平太は若い衆に待ての合図を送った。木のしなりを使った飛越《ひえつ》の術を教え込んでいたさなかだった。あの方角からすると、髑髏《どくろ》山に置かれた火術小屋に違いなかった。

「太一は本屋敷に知らせよ。あとの者は皆、ついて来い」

言い終えるより早く、小平太は大地を蹴った。糸をたぐるように、後ろを若い衆が追って来る。

火の手はもう消えていた。ならば、犠牲は少なくすんだだろうか。小屋の前に走りつくと、黒炭となった亡骸《なきがら》を囲むようにして、火術組の男らがうなだれていた。その腕や頬には、赤い爛《ただ》れの跡が見える。

「手当を急げ。埋《うず》み火《び》がないか、もう一度見回れ。急げ」

小平太は若い衆に声をかけてから、火術組の組頭に走り寄った。

「手間をかけて相済まぬ」

口惜しげな声がかけられた。また一人、同朋《どうぼう》が命を落とした。おそらくは新たな短筒《たんづつ》や煙玉《けむりだま》を案出しようと、玉薬を練り合わせていたのだろう。秘薬に長《た》けたはずのくのいちでも、誤って傷口から毒を入れてしまう者はいる。

犠牲はつきもの、とわかってはいた。

「そういう顔をするな、小平太。手ぐらい合わせて成仏《じようぶつ》を祈れ」

いつのまにか横に惣八が立っていた。彼の言う冷ややかな眼差しで、また同朋の亡骸を見下ろしていたらしい。

隠れ里に来て二度の冬と夏がすぎていった。見送った者の数は、手足の指を合わせても足りなかった。うち三人は自らの手で葬ってもいた。

その数を多いとは思わなかった。里の外では多くの罪なき魂が無慈悲に踏みにじられ、もっと悲惨な末路を迎えている。

力ある者だけが生き残れる。今日散った同朋も、玉薬の配合をしくじらなければ、無駄に命を散らすことはなかった。

「どうせ死ぬなら、もっと何かの役に立ちたいとは思わないのか」

「それ以上は言うな。佐吉の仲間に聞かれたなら、闇討ちにあうぞ」

火術組は誰もが、危険な務めを担っているとの気負いを持ちすぎている。忍びのしくじりは嫌でも死を招くのだ。当然のことに思えてならない。

「なあ、惣八。おまえは花芽と四之助を葬ってから、身内への甘さが出てやしないか」

「戯《ざ》れ言《ごと》を言うな。おれはおまえ以上に、若い衆から恐れられている」

なるほど惣八は厳しい師範代と見なされていた。が、若い者に厳しく当たるのは、無駄に命を散らしてほしくないとの仏心から生まれているように見えた。

小平太は一切の情けを排して若い衆に技を教え込んだ。力なき者は死ぬしかない。口先で励ましたところで、慰めにはならなかった。手塩にかけたつもりでも、逃げ出す者あらば、自らの手で始末せねばならなくなる。

恐れていた事態が三日後に訪れた。弦蔵からの呼び出しを受けて、小平太は奥屋敷へ上がった。ここへ呼ばれる度に、同朋を葬る役目を担わされる。囲炉裏《いろり》の炎を見つめた弦蔵は、能面のように面差しを固めたまま、淡々と小平太に告げた。

「惣八配下の友造《ともぞう》が、下忍《げにん》に上げたばかりの作之新《さくのしん》と逃げた」

友造は、惣八が特に目をかけていた下忍見習いだった。

隠れ里にくのいちは少ない。たとえ数多くいたところで、男と女の契《ちぎ》りは掟によって禁じられていた。年若い見習いに男色を教え込む輩がいないわけではなかった。

惣八の友造への目のかけ方は、師弟を越えたものがある。そうささやかれているのを小平太は聞きつけていた。

「作之新は友造を手懐《てなず》けたらしい。なぜか、わかるか」

小平太は黙したまま頷き返した。見習いと逃げれば、まずは師範代が追ってくる。友造をあえて生け贄として惣八の前にさらしておき、その間に己一人で逃げ切る、との策を企てたに違いなかった。

「もし迷う素振りあらば、ともに斬れ。良いな」

「しかと承知いたしました」

一切の迷いなく、小平太は答えた。

つい先刻、惣八は一人で発ったという。そのあとを、やはり中忍《ちゅうにん》が追っており、小平太のために目印の布を、森の高木の天辺《てっぺん》に結びつけていた。方角は南。

山の撓《たわ》から湧きいずる黒雲を目指して、小平太は走った。どうか血迷うな、とは祈らなかった。惣八なら、作之新の姑息な策を見抜き、愚かにも唆《そその》かされた友造に怒りの炎をたぎらせている。やっと惣八も一人前の忍びとなる時が来たのだ。

半刻も追うと、雨が夜を引き連れて、地をしとどに濡らしていった。作之新は雲行きを読んで逃げ道を決めた。空までを味方につけようと必死だった。

南の峠に、雨を貫く殺気が走った。小平太は幹の上からその場へ飛んだ。

案じることはなかった。雨に濡れる草叢に、友造の首と身体が離ればなれに転がっていた。切り口を見ると、見事な一太刀で仕留められていた。惣八の刀のさばきに乱れは見えなかった。

さらに追おうとした時、獣の叫びが雨の森に轟いた。辺りの枝葉が震えるや、たまった雨露が一斉に落ちてきた。小平太はしおれ草を蹴って、声の方角へ走った。

今日まで無惨な亡骸をいくつも目にしてきた。慣れたつもりでも、つい目をそらしていた。

逆さに吊られた作之新が、森の中で吼《ほ》えていた。すでに両耳と鼻がなかった。左の腕と右の指すべてが切り落とされていた。もはや人の体《てい》をなしていない作之新の前に、一匹の鬼が立ち、血を滴らせる生け贄を見て閻魔《えんま》のごとくほくそ笑んでいた。

小平太は横から棒手裏剣を放った。作之新の胸に突き刺さり、やっと獣のうめきが消えた。

気配を悟った惣八が、慌ててこちらに背を向けた。全身を雨に打たれ、肩を震わせたまま、まだ辺りを徘徊する作之新の魂を探そうとするかのように見えた。

「惣八。手ぐらい合わせて成仏を祈ったらどうだ」

三日前に言われた諫《いさ》めの言葉を、そのまま惣八に投げ返した。

雨に流されてもなお血と脂の滴る刀が、ぴくりと動いた。

「死にたくなかったら、消えろ」

「無理だな。おまえが消えたなら、この手で始末せねばならぬ。それが弦蔵様の言いつけだ」

「小平太。おまえには人の心がないのか」

まだ惣八は振り向かなかった。雨に打たれていても、あふれ出るものを抑えられずにいるのがわかる。

「侍にだって人の心はあるんだろうな。愛《いと》しい我が子を抱き上げた手で、敵どころか、罪なき者の首さえ平然と刎《は》ねてのける。それが人というものだ。違うか、惣八」

「ならば、おれは今やっと人になったというわけか」

憤怒の声がたぎり、血まみれの刀が振り上げられた。赤い骸が真っ二つとなって、半身が頭陀袋《ずだぶくろ》のように転がった。

やっと振り向いた惣八の目に怒りはなかった。雨を跳ね返すような冷ややかさで小平太を見返していた。

その目は、水鏡に映した小平太自身の目と、よく似て見えた。


色を変えた木の葉が散りゆくころ、小平太は惣八と二人でまたも弦蔵の呼び出しを受けた。麓へ通じる滝壺へ来い、との命だった。

「いよいよらしいぞ」

惣八が鼻先を近づけつつ、目配せとともに告げた。

小平太は棚曇《たなぐも》る空の下を行く雁《かり》の列を見上げた。どうでも良かった。独り立ちの時が来ようと、所詮は侍の手足となって人殺しに明け暮れる定めが待つ。それでも、ただ生き抜くのみだった。同朋すべてが死に絶えようと、こんな世に己が生を享けた訳を見届けずにはいられない。

滝壺へ走ると、薄《うす》ら陽《び》が雲間からのぞき、岩場に葉陰を描きだした。まだ人の気配はなかった。

流れ落ちる滝の糸をあらためて見上げ、これしきの落差しかなかったのか、と小平太は気づいた。あのころはまだ餓鬼のうちで、身の丈を遥かに超える飛泉に見えたが、手水《ちょうず》に毛が生えたほどの流れしかない。伸びたのが背丈のみでないことを、今は祈るばかりだった。

ふと、吹き寄せる風の中に、うねりの気を感じた。とっさに足を引いて半身になった。そこへ一本の棒手裏剣が迫った。

「何やつ――」

風を切り裂く棒手裏剣をはたき落とし、小平太は後ろの大岩へ飛んだ。惣八が枝から跳ねて、茂みの中へ手裏剣を投げ返した。

鋼《はがね》をたたきつける音が続いた。敵は手裏剣を刀で跳ね返したと見える。

弦蔵様か。それとも、不気味な輩が隠れ里に近づいていると知り、小平太らが呼び出されたのか。

胸元に隠した煙玉に手をかけた時、藪が割れて凛とした声が迎え出た。

「少しは腕を上げたな、小平太」

目を見張った先に、一人の侍が姿を見せた。目にも鮮やかな水色の狩衣を羽織り、折り返した髷《まげ》の結びにも水色をあしらっていた。

夏でもないのに、熱を浴びたように目の前が眩《くら》みかけた。なぜここに、あの侍が――。

「どうした、小平太。隙だらけになったぞ」

侍のあとを守るかのように、修験者の形をした弦蔵が金剛杖を手に現れた。

すぐ横に降り立った惣八が、知った顔なのか、と目で尋ねてきた。

頷く前に、弦蔵が金剛杖を小平太らに振り向けるなり、川面を揺するほど高らかに告げた。

「ぬしらは今日より、ここにおられる明智十兵衛光秀様に仕えよ」

初めて名を聞かされた。三年前の秋、親の敵《かたき》と思い込んで襲った侍大将に違いなかった。

惣八が、待ち望んでいたとばかりにひざまずいた。が、小平太は侍の取り澄ましたような顔を見返した。

「不服か、小平太」

弦蔵が歩を進めると、横で惣八が忍び装束の袖を引いてきた。早く頭を下げろ、と目でうながしてくる。

「これも縁《えにし》というものよ」

明智光秀とかいう侍が、したり顔のまま懐へ手を差し入れ、錆びた棒手裏剣を取り出してみせた。

「覚えておるか。おまえが残していった手裏剣ぞ」

忘れるはずがなかった。敵と勘違いしたあげく、憐れみの銭まで施された。あれほどの恥辱を味わったことは、今日まで一度としてなかった。

「この鉤爪《かぎづめ》の跡を頼りに、甲賀衆を頼ってみた。すると、この隠れ里で育った忍びに行き当たった」

急にひしと迫った気配に振り返ると、いつのまにか滝の上に、柿渋色の装束に身を包んだ男が四人、見下ろすように立っていた。

そのうち一人の目元に、見覚えがあった。昨秋、里を出て摂津まで走った時、弦蔵の左を固めていた忍びの一人だった。左の眉から眦にかけて、星を流したような長い刀傷がある。

では、この明智という侍に頼まれ、弦蔵は摂津の城で何者かを毒殺した、というわけなのか。

「わしは、そなたら忍びの働きぶりに目を見張りつつも、束ねる機を持てずにきた。しかれども、ゆえあってさるお方より多くの忍びを受け継ぐことになり、その折に、小平太、おまえの消息も知ることとなった。まさに縁と言うほかはないであろう」

「光秀様は剣技に鉄砲術、さらには唐《から》の軍学、はては文事にまで長けておられる」

なるほど。なまじっか文事をかじったせいで、己を襲った餓鬼にまで仏心《ぶっしん》を抱き、情けをかけてやりたくなったと見える。

「正直なところ、わしはこれほど腕と英知に富む武将がおられるとは、恥ずかしくも知らなかった。ぬしらが仕えるには、まこと申し分のないお方ぞ」

「ははっ」

惣八が横で深々と首を垂れた。

明智光秀が悟ったような笑みを浮かべ、小平太を見据えた。

「顔に心が出ておるぞ、小平太」

急所を突かれたような気になり、足元をたゆたう曲水《めぐりみず》についい目をそらしていた。

「弦蔵がいかほど褒めそやそうと、信長様のもとで働く侍の一人に仕えたのでは、憎き親の敵の配下になったも同じ。それだけは耐えられれぬ、と思っているのであろう」

小平太は押し黙ったまま、光秀の底心を探る気構えで、そっと目を戻した。

弦蔵が岩を貫く勢いで金剛杖を地に突き立て、声を張った。

「小平太。忍びの主は一人のみぞ」

その言葉を受けるかのように、光秀が深い頷きを返した。

「信長様ではない。このわしに命を預けよ」

「ならば、おれが信長を殺してもいいわけなのか」

魔物にでも憑《つ》かれたかのように、言葉が自ずと喉からあふれていた。惣八が横で目をむき、光秀の笑みが鼻先から頬へと広がっていった。

「このわしにも信長様は殺せぬ。今や将軍と並ぶ武門の統領で、迂闊に近づくことさえできぬ。それほどのお方よ」

「あんたも侍だろ。殿様を殺してでも、天下を取りたいとは思わないのか」

言葉がすぎたのかもしれない。滝上にいた男らが次々と宙を飛び、小平太を囲むように降り立った。

光秀が忍びを手で制してから、巌《いわお》の上へと進み出た。

「我らもののふは、天下をこの手に握るため戦っておるのではない」

「教えてくれ。ならば、何のために民を殺す」

小平太は目をそらさずに訊いた。惣八までが腰を上げ、光秀という武将に眼差しをそそいだ。

「おまえがわからぬのは無理もない。不運に見舞われ、ほかに術なく、この隠れ里にたどり着いたのであろう。おまえらのように世を嘆き、侍を憎み、生まれ落ちたことさえ恨む者が、今の世には多すぎる。それもこれも、真に力あるもののふがおらず、欲に目を眩ませた貧しき心しか持たぬ亡者ばかりが跋扈しておるせいよ」

「あんたは清い心を持っているというのか」

「どうかな……考えたことはなかった」

「あんただって多くの民を殺したはずだ」

「いいや」

頑として言葉を跳ね返された。

「わしは鬼や亡者しか手にかけてはこなかった。真のもののふとは、人の心を食らう鬼を倒すために己の腕を磨くのよ。おまえだって、親の敵である鬼を倒そうとしたのではなかったかな」

粛然と語る光秀のしたり顔から目が離せなかった。

「我らもののふが命を懸けて戦うのは、いずれ天下を鎮めるという大願のため」

天下を——鎮める。

「そう。すべては天下万民のため。忍びも同じぞ。違うかな、小平太、惣八」

生きるために人を殺してきた。それがこの世を渡り行く道だ、と信じていた。

目の前に立つ侍は、世迷い事を恥ずかしげもなく語っていた。天下に住まうすべての民のために、己の命を捧げるつもりだ、と。血も涙もなく人を殺すのは、静かなる天下をなすがためである、と。

明智という侍はこの世の理《ことわり》を知らぬ、大うつけなのかもしれない。

笑い飛ばしたいのに、なぜか声が出てこなかった。どういうわけか、敵を倒したあとのように全身の肌が粟立っていた。ぞわぞわと総毛《そうけ》立《だ》つ思いがする。

「小平太、惣八。おぬしらの命、この光秀がしかと預からせてもらう。良いな」

明智光秀が厳《いか》めしげな顔で頷き、弦蔵までが目を細めていた。

なぜあの時、いやだ、と言えなかったのだろう。あとになっていくら考えても、小平太は己の気まぐれな心が皆目わからなかった。

三

稲葉山の木々は枯れ落ち、早くも冬支度を迎えていた。

久方ぶりの岐阜であった。光秀は少ない供回りとわずか二日で京から駆けつけると、その足で麓の織田屋敷に出向いた。

「案外と早かったな。やればできるではないか」

信長は言葉ほど感心したようには見えない涼しげな顔で、光秀を迎えた。

「藤孝が来ておる。その訳はわかっておろうな」

いつも信長は前置きもなく、本題に入る。

この九月に伊勢の平定は終えた。直後に信長は上洛し、将軍義昭への知らせを済ませた。それもこれも、すべては将軍のため。民や名のある大名らの目を慮《おもんぱか》っての上洛にすぎなかった。が、義昭は一言も、伊勢を攻めよ、との下知《げち》を与えてはいなかった。信長のこの慇懃《いんぎん》で無理を通すような知らせに、たちまち拗《す》ねた子猫のごとく機嫌を損ねた。

伊勢の国司北畠氏は、南朝の忠臣北畠親房《きたばたけちかふさ》の系譜を持つ。その領地に兵をくり出して攻めたあげく、自らの次男を養子として送り込んだのだ。将軍のためと称しながら、伊勢の名家を織田家が乗っ取ったも同然であった。

このままでは信長に将軍職の威光を脅かされる。今さら恐れるのでは遅すぎたが、義昭は初めて真正面から信長に迫った。二心《ふたごころ》なく将軍を支えていく気があるのか、と。忠節があるのなら、伊勢の幾ばくかを幕府の領地とせよ、と。

信長は即刻、京を発って岐阜へ戻った。それこそが信長の答えであった。

この唐突な出京に、京の民はもとより、正親町《おおぎまち》天皇までが訝《いぶか》しみの声を上げた。義昭はさすがに信長を怒らせたか、と考えたらしい。和田惟政を機嫌取りの使者として岐阜へ送った。が、信長は惟政に門前払いを食らわせ、追い返したのである。

「聞いているであろう。蟄居《ちっきょ》を命じておいた藤孝に頭を下げたあげく、次なる使者として送り込んでくるのだから、何が将軍なものか。先を見通す力など、毛ほどもない、希《まれ》に見る大たわけよ、あやつは」

まことそのとおり、とは流石に言えず、光秀は小さく首を垂れた。

京へ上れば有頂天となり、たった三歳しか上でない信長を「御父」と持て囃《はや》す。新たな武家御所が落成すれば、見合った高貴な女が欲しいとねだり出す。はては、娘を差し出した幕臣の上野清信ばかりを重用し始める始末。

あげくは、上野の陰口を信じて、藤孝を冷遇するようになった。居城を取り戻すのが狙いで将軍を支えたにすぎず、今や光秀とともに信長へすり寄るつもりであろう。そう面と向かって詰《なじ》られた、と藤孝からは聞き及んでいた。

ところが、岐阜へ送った惟政が追い返されたと知るや、掌を返して藤孝を呼び出すなり、取り成しを頼み込んだのである。

「惟政は所詮、田舎侍よ。伴天連の庇護を言い出すから、少しは見所もあるかと思っていたが、やつは義昭と同じく鼻を高くしていたかったから、目をかけたにすぎん。さらなる玉薬をエウロパから持ってこさせるのかと思えば、一向にその気配もない」

信長が伴天連の布教を認めたのは、彼らの持ち寄る玉薬が鉄砲に欠かせないものだからである。

石灰に籾殻《もみがら》や肉をまぜて腐らせた土を、数年寝かせて作ることはできたが、伴天連の手による塩硝《しょう》を用いれば、遥かに出来の良い玉薬が作れる。

「摂津の守護に就けてやったというのに、見損なったわい。あやつは、藤孝のように先を見る目は持っておらん。ゆえに、義昭の言葉を鵜呑みにして疑いもせず、わしに意見しようという阿呆な振る舞いができる。まあ、田舎侍には、それなりの働き場があるというもの。やつには嫌と言うほど骨を折ってもらうしかあるまいて」

松永久秀同様に、やがては惟政にも成しがたい下知が与えられるのであろう。

信長は臑《すね》をひとしきり掻きむしったあと、光秀に目を据えて声を低めた。

「やつらの束ねはできておるな」

「藤孝殿を通じて話をつけ、御屋形様のお望みどおり、それがしの麾下に収めましてございます」

「鍛えよ、光秀。天下布武には表街道のみを歩めば良いというものではない。裏の裏の荒れ道も、意のままに均《なら》していかねばならぬからな」

くぐもった笑い声とともに言った信長が、控える取次に顎を振った。右筆に認めさせたらしき書状が、光秀の面前に差し出された。

「これを藤孝に託せ。あとは任せたからな。しかと二人して評定《ひょうじょう》せよ。良いな」

信長は書状について何も告げなかった。見ればわかるとの意と受け止めて、光秀はざっと目を通した。

わかるどころの話ではなかった。天を仰ぎ、吐息をついた。額を抱え込み、深い嘆きが洩れた。

藤孝をもてなすために、下屋敷の大広間に宴の支度をしてあったが、弥平次に伝えて奥座敷にも席を調えさせた。とても人前でできる話ではなかった。

夕餉《ゆうげ》の席は、春に生まれた光秀の世継ぎの話で表向きは和やかなものとなった。が、光秀が目配せとともに奥座敷へ招くなり、藤孝は早くも渋面を作ってみせた。

「光秀殿なら話せるが……いや、ほとほと困り申した。それがしが口うるさく上申いたすのは、亡き義輝様のご遺志を継ぎ、目配りと節度ある政に精進《しょうじん》していただきたいからこそ。しかれども、あのお方には政の真味がわかっておいでかどうか……」

信長の武威に頼って就けた将軍の座なのだ。が、義昭には武将が将軍の僕《しもべ》となるのは当然との思いが根深くある。そのくせ、信長に京を離れられたのでは、また三好に襲われかねないとの恐れも抱いている。

まさに道理を知らない童と同じ。その幼心につけ入り、己の地位を得ようとする小賢しい輩も出てくる。

「嫌でも越前朝倉館《あさくらやかた》を思い出しますなあ」

光秀も長嘆を洩らし、燭台の揺れる火に目を留めた。愚将の下には、愚臣が集う。越前朝倉家を見るまでもなかった。このままでは、とても幕府は立ちゆかなくなる。

「これを、お読みくだされ……」

懐に入れておいた書状を、畳に置いて押しやった。

藤孝は目を通すや、嘆きの眼差しを振り向けた。

「これを義昭様に渡せ、と申すおつもりか」

一　諸国への仰せには、信長の書状を添え申すべき事。
二　これまでの下知は御棄破あり、そのうえ考えて相定められる事。
三　忠節の輩への恩賞、領中なきは、信長分領から申しつくべき事。
四　天下の儀、信長に任せ置かるる上は、上意を得るに及ばず、分別次第に成敗をなすべき事。
五　禁中の儀、毎度ご油断あるべからざる事。

「信長様のご意志にあります」

すべては信長に相談し、これまでの下知はなきものとする。天下のことは信長に任せたのだから、おまえは黙っていろ。誰を成敗しようと、信長の考え次第。でないと、禁中からどういう沙汰があるか、わからないぞ。よく覚えておけ。

おまえはただの飾りだ。邪魔立てするな。帝に評《はか》って将軍職から引きずり下ろしても良いのだぞ。そう告げるに等しい書状であった。

藤孝は書状を畳みもせず、払うように手から滑り落とした。

「光秀殿。そなた……やむなし、と考えておるのであろうな」

「それがしは、どうしても越前朝倉家を思い出してしまうのです。この四年にわたり、義昭様のために尽くしてきた藤孝殿の働きを認めもせず、煙たがるどころか疎《うと》まれるのでは、自らの愚かさを認めるのも同じに思えます」

「我々は道を誤ったのであろうか……」

「いいや。信長様とて、義昭様という由緒ある御旗を掲げておらねば、上洛できたかどうか定かではなかったでしょう。天下静謐《せいひつ》のためには、たれかが将軍を担ぎ上げ、京へ上って号令をかけねばならなかったのだ、と信じます」

藤孝は無念を刻むように硬く目を閉じ、拳を固めた。

「それがしが足利幕府の再興を焦りすぎたのかもしれん。亡き義輝様のご遺志を、諄々《じゅんじゅん》と説いておれば……」

「あるいは、御辺《ごへん》が義輝様の名を出されるたび、義昭様の胸には、なぜ我のみが仏門へ送られたのだという不服が甦《よみがえ》っていたのかもしれませんな」
言葉にすると、藤孝が目を見開き、すぐに眼差しが畳へと落ちていった。兄と弟。生まれ落ちた順の違いで、受け継ぐべきものに侵しがたいほど大きな差が生じる。そのことを義昭は、仏門にありながらも、ずっと根に持っていたのではなかったか。もしかしたら、血縁である藤孝を遠ざけようとした裏にも、似た思いが横たわっていたのかもしれない。
「光秀殿。これを義昭様に渡すからには、幕臣の身から離れるつもり、と伝えることにもなり申す
ぞ」
「それは藤孝殿も同じこと。いいや……信長様は我らの心を試そうというのでしょうな」
和田惟政は目端《めはし》の利かぬ田舎侍にすぎん。が、光秀と藤孝は教養もあり、戦もできる。行く末なき
幕府の家臣としておくにはもったいない。織田家で存分に働け。なれば、相応の扱いを約そうではな
いか。
「藤孝殿。この書状は、義昭様にのみ向けたものではないのです。託された我らに向けたものでもあ
るのですぞ」
そのために信長は、惟政を追い返して、藤孝を城下に引き留め、光秀を京から呼び寄せたのだ。光
秀、おまえなら藤孝を説き伏せられるはず。
信長の指図には、多くの思惑が隠され、その意を汲み取れた者のみが重用されていく。
「無論、義昭様がこの書状を受け入れて、お考えをあらためられれば、信長様とて幕府を蔑《ないがし》ろには
しないはずと見ます。武力を笠に着て将軍を追い払うなど、人心を見ない非道の所行《しょぎょう》となりましょ
う。そのような愚かな策を、信長様が採るとは思えませせぬ」
「ならば、まだ道が残されているというのか」

幕臣筆頭の藤孝が、軽々しく信長の下へ走るわけにはいかない。すれば、上野が触れ回っている悪評を裏づけるばかりか、藤孝の名は地に堕《お》ちよう。信長としても、直ちに織田家へ来いと迫っているのではない。今からその道もあると覚えておけ、という意なのだ。今はまず、道理を知らない童に等しい義昭を黙らせるほうが先。

「待ってくだされ、光秀殿。義昭様の口を噤《つぐ》ませたい訳が、もしや信長殿には……」

光秀はあえて答えを口にしなかった。

伊勢の平定を終えた信長は、次の征伐を早くも考えている。その思惑があるから書状の中で、上意を得るに及ばず、と示した――のである。

「まさか、越前に攻め入ろうと……」

光秀はここでも頷きを返さなかった。

義昭は越前を去る折、手を差し伸べてくれた朝倉家を見限ることはない、と請け合っていた。わざわざ上意を得るに及ばず、と書状に記したからには、義昭がまたも異論を唱えそうな先に攻め入るつもりがある、としか思えなかった。越前は美濃の北の隣国であり、古くから国境を挟んだ争いがくり返されてきた。

この書状の裏には、多くの思惑が秘されているのである。

「ずいぶんと重すぎる書きつけですな」

藤孝が書状を手に収め直し、独り言のように声を洩らした。

「すべては天下万民のため。それがしは、先に藤孝殿が語ってくれた言葉を、いつも嚙みしめております」

光秀の目を見据えた藤孝が、踏ん切るように顔を上げた。

「それがしと京へ同道してくださるな。頼みますぞ」

年があらたまると、光秀は藤孝と京へ戻り、武家御所へ参じた。信長からの返事を心待ちにしていた義昭であったが、書状に目を通すなり、水から上がった獣のごとく身を震わせた。

「藤孝、光秀。そちらは信長めの家来に堕ちたか」

罵詈雑言《ばりぞうごん》は覚悟のうえであった。光秀はあえて面を上げ、真正面から怒りを受け止めるや、一息に告げた。

「そうではありませぬ。それほどに義昭様が、信長殿を怒らせたもうたのです」

「信長殿は今日まで、将軍家を蔑ろにせず、上洛の儀はもとより、武家御所の新造にも財を投じながら、わずかな官位を天子様より賜るのみで、将軍家から恩賞ひとつ与えられてはおりません。どこから見ても、足利幕府再興の忠臣――」

藤孝が言い終えるより先、義昭が立ち上がって脇息《きょうそく》を蹴倒した。

「どこが忠臣か。これでは将軍を足蹴《あしげ》にする破落戸《ならずもの》ではないか」

「しかしながら、信長殿の武力なくして、京の平穏はございません」

「まだ言うか。将軍のために国々の武将が手を貸し力を尽くすは、日輪が東より出ずるのと変わらず、当然の理ではないか」

その理は武力と信望に長けた将軍がいてこそ話が通る。今や下克上の世であり、力ある者が京を治め、天下を語るにふさわしい身となる。

争乱に蹂躙《じゅうりん》され続けてきた畿内に住まいながらも、この男は興福寺という大寺に守られてきたため、現《うつつ》の世を知らずにきた。そういう我が身の幸福を、わかろうともしていない。

それでも将軍の座にある男には、礼を尽くして諭《さと》すほかはなかった。光秀は膝立ちで進み、手を突きつつも言葉を重ねた。

「どうかここは落ち着いてお考えくださいませ。将軍義昭様あっての織田信長殿でもあるのです。もしここで義昭様と袂を分かつことになれば、京はおろか、津々浦々の民は信長殿の志を疑い、咎めの眼差しを向けるでしょう。しかれどもまた、将軍が信長殿の忠心を踏みにじり、身勝手な振る舞いをなさるのでは、なお一層民は信長殿の武力を頼りとするに違いありません」

「どうかここは信長殿と心を寄せ、天下静謐のために力をおそそぎくださるよう、平にお願いいたしまする」

幕臣二人の切なる上申に心動かされて、素直に首肯できたのだとは見えなかった。義昭は己の無力を嘆き、捨て鉢な心から書状に袖判《そではん》を記したのだ。

「これで良いのだな、本当に」

光秀は藤孝と並び、ただ静かに頭を下げた。

「わしは信長の顔色をうかがうのではない。天下万民のため、信長という男を使ってやるまでよ。違うか、藤孝、光秀」

そうとでも思わなければ、この男はふくれきった体面を保ってはいけない。これでは先がますます思いやられる。

義昭が袖判したと知るや、信長は喜色満面になったと伝え聞いた。そして、諸国の名だたる大名に新たな書状を送りつけた。

――禁裏の修理、幕府の御用、さらに天下静謐のため参洛《さんらく》するので、各々《おのおの》も上洛し、お礼を申し上げよ。

信長自ら天皇と幕府のために京へ入るから皆も来い、と触れを出したのである。天皇と将軍の名を借りて、己の力を知らしめる意が込められていた。

信長は岐阜を発つ矢先になって、京での宿を名指ししてきた。所司代《しょしだい》の村井貞勝《さだかつ》から使いをもらった光秀は、しばし立ちすくんだ。光秀の京屋敷に泊まるというのである。

朝廷への働きかけも仕事のうちであるため、歓待の広間を持つ下屋敷を建ててあった。が、まさか信長が直々に宿所とするとは考えてもいなかった。

「これも兄上の働きぶりをお認めになってのこと。明智の力を寄せ合って、御屋形様に心ゆくまで安んじていただきましょうぞ」

弥平次は小躍りして喜び、禁裏へ収めているとの評判高い寝具や酒に肴を大急ぎで取り寄せにかかった。次右衛門は人足を呼び寄せ、庭の四方に櫓を組み上げる手配に走った。

もっとも落ち着いていたのは、熙子であった。信長を迎える侍大将の妻としてふさわしい打掛《うちかけ》を支《し》度《たく》させようとした弥平次を諭して言ったのである。

「御屋形様へ心づくしの持てなしをするのは当然のことです。しかしながら、我らまでが着飾ったのでは驕《おご》りにしか映らないでしょう。雅《みやび》やかな京に染まり、殿まで初心を忘れたかのように思われてはなりません。皆は平素の姿で御屋形様をお迎えしなさい。良いですね」

「よくぞ言ってくれた」

妻の言葉を聞き、光秀もすっと肩の荷が下りた。

それにしても……と、光秀は信長の思いきった振る舞いに感じ入った。今回の仕儀、よくぞ義昭に認めさせた。おれはおまえを信じているぞ。ゆえに、おまえの屋敷に泊まりたくなった。褒めなすのではなく、自らの振る舞いで胸中を伝え、さらに人の心を奮わせようとする。ただ家臣に厳しく臨むだけの主君ではなかった。世俗と人心に疎いどこかの将軍とは、あまりの違いであった。

信長の入京には、多くの幕臣と公家、それに町衆が出迎えた。天下を束ねる信長の威信を見せつけるため、村井貞勝が呼びかけたのである。

その足で信長は光秀の京屋敷に入った。明智光秀は信長が京で最も信頼する男。そう広く告げるにも等しく思えた。

「十兵衛。世話になるぞ。なに、湯漬けのひとつもあれば良い。かまうな。わしはただ、明智十兵衛光秀という男と膝突き合わせてみたくなったにすぎん」

出迎えに居並ぶ光秀の家臣に聞かせるための言葉に思えた。まずは下々の心をつかみ、光秀ごと織田家に組み入れようという狙いがある。

思惑は見えていたが、それでも天下を担う男からそこまで言われ、喜びを覚えない者はいない。言葉どおりに、信長はまず湯漬けを持ってこさせると、さらさらとかき込み、満足そうなおくびを吐いてみせた。

早々に夕餉を終えると、信長は人払いを命じたうえに、自らの近習までを控えの間に下げた。

光秀はわずかに息苦しさを覚え、居住まいを正した。信長と二人きりになるのは初めてであった。

信長は足を投げ出して脇息にもたれかかると、楊子で歯をせせりつつ、口元を綻《ほころ》ばせてみせた。

「禁裏の修繕を見届けたなら、愚か者の征伐に取りかかるぞ」

帝と将軍の名を借りての呼び出しに多くの大名が上洛し、また使者を送ってきていた。その者らに命じれば、討伐軍の兵は容易く集められる。

「朝倉には何年仕えておった」

「――三年八ヵ月にございます」

「おまえが見限った男。自らの手で首を刎ねるも、一興であろうな」

越前にいたからには、討伐の際には存分に働いてもらうぞ。そのために、わざわざここを宿所と定め、おまえを持ち上げてもやったのだ。嫌とは言わせぬぞ。

光秀は込み上げそうになる笑いを堪えて真顔を保った。信長は呆れるほどに人使いがうまい。

和田惟政を追い返せば、かならず義昭は藤孝を送ってくる。藤孝さえ取り込めば、義昭などは赤子も同然に扱える。すべて信長の読みどおりとなり、今また越前討伐に光秀を働かせるための手を、こうして抜かりなく打ってきている。

「名だたる武将の名と、その配下の数。支城の置かれた地とその縄張り。備えておると思われる兵糧の嵩《かさ》。あまねく権六に伝えておけ。良いな」

「御意にございます」

「それと、明日にも堺へ走れ」

「新たな鉄砲を手に入れまする」

光秀は話の先を読んで答えた。すでに堺は織田領となり、南蛮仕込みの技を持つ新たな鉄砲鍛冶《かじ》も育ちつつある。その意からも、伴天連との間を取り次いだ惟政の役目は終わったとも言えた。もはや織田家は惟政の橋渡しがなくとも、伴天連と渡り合っていける。

信長は、惟政から鉄砲と忍びにまつわる心得をかすめ取り、光秀にその代わりを務めよ、と言っていた。

好物の湯漬けを頬張った時を思わせるような、満ち足りた笑みを信長は浮かべた。その頬がにわかに引き締まったかと思うと、眼差しが窓外を埋める宵闇に移された。

「ひとつ聞いておきたかった」

「何なりと」

「帰蝶は尾張に嫁いできた時、すでに女であったぞ」

心の臓を鷲《わし》づかみにされた。息を吸うのも忘れて、信長の白く整った顔を見返した。

「やはり、おまえであったか」

火矢を思わせる眼差しがそそがれた。

「道三は知っておったのか」

「御屋形様の先をお見抜きになる眼力には、この光秀ほとほと感服仕っておりまする。こたびの諸国へのお達しも、来たるべく討伐を滞りなく進めるための妙手至極。しかしながら、今のお言葉は勘繰りに近い気の回しすぎか、と。そもそも帰蝶様は主君道三の愛娘であり、それがしのような名もなき近習がおいそれと近づける御方ではありませんでした」

「なあ十兵衛。人は嘘をつこうとすると、饒舌になるな」

光秀は言葉を返さず、ただ小さく首を振り続けた。お戯れはおよしください、との意を込めたつもりである。

「認めぬなら、それでも良い」

信長は見透かしたような半笑いとともに、顎髭《あごひげ》の先をもてあそんだ。

「兵介といい、良通といい、美濃衆はいまだ帰蝶を拠《よ》り所《どころ》としておる。このままでは、尾張衆との溝は広がったまま。手柄を競り合うあまりに、家中が割れでもしたのでは難儀この上ない。そうは思わぬか。のう、十兵衛」

「帰蝶様が美濃衆を焚きつけているとでも……」

信長は楊子を捨てると、次には耳の穴に小指を入れてかき回し始めた。

「ほれ、昔日《せきじつ》の威光を未だ信じるあまり、やたらと政道に口を挟みたがる将軍がおるではないか」

義昭と帰蝶。どちらも名ばかり。生き延びるためには、味方を引き寄せるしか手はない。が、それも度を超せば、家中に罅《ひび》を走らせかねない。

おまえならば、帰蝶にも美濃衆にも抑えが効く。このまま美濃衆が尾張衆と張り合う様を見せ続けるのなら、いずれ帰蝶にも義昭同様、勝手な振る舞いはよせ、と脅さねばならなくなる。それでいいのか、と信長は問うていた。

帰蝶と美濃衆を案じる気があるなら、おまえが織田家に入り、束ねていけばよいのだ。そうであろうが……。

まったく信長という男、行儀はなっていないが、呆れるほどに人使いがうまい。

「越前討伐の際には、わが明智一門、命懸けで働く所存にございます」

「見せてもらうぞ、十兵衛」

言い終えた信長が、やおら笑みを消し、すっくと立ち上がった。そのまま、天井の格《こ》を睨みつけた。

「鼠を忍ばせておるのか」

言われて光秀も腰を上げ、膝立ちのまま頭を下げた。

「万が一のことすらあってはならぬと、屋根裏にも人を配しております」

「惟政から引き継いだ忍びか」

「はっ」

「無駄に使うな。直ぐさま斥候《せっこう》に走らせよ」

当然ながらその先は、討伐に向かう越前となる。

「僭越とは存じましたが、すでに幾人かを……」

信長の目が見開かれた。

誇れるような手さばきではなかった。信長が明智屋敷に泊まると聞き、まず案じたのが一人の忍びの胸中であった。

無論、同朋の前で愚かな振る舞いはできるはずもない。主命に背けば、死を意味する。が、親の敵を目の前にして、静かなる心根を保てる者はいない。そこで、小平太と惣八に越前の様子を探らせにやっていた。

「どうりで藤吉郎がおまえを妬むはずよ。家中であやつが最もおまえを恐れておるわい」

織田家の家臣から、光秀何やつ、との眼差しを浴びているのは感じていた。

「畏《おそ》れ多いことにございます」

「もっと藤吉郎を妬ませてみい。さすれば、猿めも、ますます働きよるわ」

信長の高笑いが奥座敷に響き渡った。

四

あの信長が、明智の京屋敷に泊まったという。

越前から駆け戻るや、待ち受けていた三宅弥平次から聞かされて、小平太は唇を噛んだ。

その様を見て、弥平次は目を見据えてきたが、無駄な忠告を与えはしなかった。小平太自身も承知していた。光秀でさえ幾人もの近臣によって守られていた。天下を狙う武将ともなれば、もっと多くの兵が囲み、近づくことさえ難しかったろう。

が、間近で信長という男の顔を見ておきたかった。五万の兵を手足のように使い、用捨なく人の命を奪える武将とは、どれほどの男なのか。

「いよいよ戦ぞ。惣八、小平太。おまえらにとっては初陣《ういじん》。今から肝に銘じておけ」

言われるまでもなかった。信長の呼びかけに応じて、京には多くの将兵が雲集していた。

隠れ里を出る前に、あらゆる大名と名だたる武将の紋所と旗印は頭にたたき込んであった。徳川をはじめ、一色、北畠、松永、三木、池田……。教えを受けたばかりの旗印を数え、惣八と指を折り合ったものだった。

「若狭の武藤友益《ともます》を討伐するため、信長様御自ら兵を出す」

「越前ではないのですか」

惣八が勢い込んで訊くと、弥平次が一人悦に入ったような微笑を見せた。

「慌てるでない。殿に言わせると、武藤は口実らしい」

「では……」

小平太は惣八と目を見交わし合った。攻め入る先は――やはり越前なのだ。

信長の呼びかけにも、朝倉義景は上洛せず、使者も送ってきてはいなかった。噂によれば、将軍義昭を匿ったいきさつがあり、幕府を支える役所としては信長と並び立つはず、との自負を抱いているという。

「なるほど、若狭は越前のすぐ西の国」

惣八が手を打たんばかりに頷いた。

かつて義昭を匿った忠臣を咎《とが》なく攻めるのでは、仕掛けた信長に非が集まる。そこに都合良く、越前のすぐ隣に鼻息の荒い小物がいた。その討伐にかこつけて兵を出し、徒《かち》や兵糧を差し出せと朝倉に無理を押しつける。もし充分な数で応じなければ、将軍の命に背く気か、と言い立てたあげく攻め寄せる腹づもりなのだ。

「侍というのは、そこまで面目を気にせねばならぬのか……」

惣八が呆《あき》れ半分に呟いた。

「至極当然。おまえらも暴虐な主君に仕えたいとは思わぬだろ。人とは、正しい道を歩んでいると、いつも考えていたいものだ。民の支えなくば、我ら侍とて、ただの狼藉者になってしまう」

しかしながら、やっていることは、まさに狼藉者のそれと変わらなかった。所詮、したたかな者でなければ生き残っていけない世なのだ。多くの民は、侍の面目という煙玉に目を奪われ、辛苦のみを負わされていく。

直ちに戦支度が調えられた。忍びの衆は稲荷山《いなりやま》の麓の隠れ屋敷に籠もった。手裏剣、撒《ま》き菱《びし》、煙玉、苦無《くない》、錠前外し、秘薬……。忍具《にんぐ》をそろえて笈《おい》に詰めていく。

「大悟《だいご》、惣八、小平太。先鋒として出よ」

風花《かざはな》の大悟とともに、弥平次から先鋒を命じられた。大悟が眦の傷跡を指でなぞりながら頷いた。

商人や雲水に扮して、笈を担ぎ、軍場近くに出向いて、忍具をあらかじめ隠しておく。さらに、その地の動静をあまねくつかんでおくのが役目である。

「大悟は若狭と越前の国境に。惣八は敦賀《つるが》の内懐へ。小平太は近江から東へ回り込め。良いな」

弥平次の命を受けて、頭領の七郎兵衛《しちろうべえ》が若い三人に下知を与えた。

七郎兵衛は和田惟政の下、すでに五年半をすごしてきた上忍《じょうにん》だった。奈良一乗院から覚慶――義昭を救い出した忍びの中には、惟政の麾下で武将として屋敷を与えられた者までいると聞いた。

「夢のような話だな、小平太」

「早まるな、惣八。もともと甲賀侍が忍びの技を有していたにすぎんぞ。屋敷を与えられた者は、もともと侍だったらしい」

「いや。明智の殿なら、必ずや取り立ててくれる。その意があるから、和田殿に仕えていた忍びの立身《りっしん》についてもおれらに伝えたんだ」

「かもしれないな。おまえのような早悟者《はやざとりもの》を苦使するために、な」

「何とでも言え」

初陣を前にした気負いを二人で笑い飛ばしてから、それぞれ出立した。

若狭へ向かうとなれば、信長軍は琵琶湖の西を北上する道をいくはずだった。惣八が西岸をそのまま進み、大悟が朽木《くつき》を経て水坂《みさか》峠から若狭へ入る道を選んだ。小平太は遠回りになるが、琵琶湖を船で渡り、東から北上していった。

北近江は、信長の妹お市を娶《めと》った浅井長政の領地だった。

越前の一乗谷や敦賀ほどの賑わいはなくとも、畔《ほとり》の町には商人が行き交い、人々の顔には円《まど》やかさがあった。これも信長という天下人と結び、よそから攻め入られる不安が薄れたせいだろうか。

「うちのお殿様はいい嫁御を迎えられた。信長様のおかげで、南の六角に脅かされず、商いできますからな」

港の茶屋で席を隣り合わせた織物商人は、身内へ向けるような笑顔で応じた。

「もとより北の越前とは、親の代からの縁戚も同じですし。北近江はこれからますます栄えますぞ」

「越前とは縁戚にあるのですか」

「六角に攻められるたび、朝倉殿から兵の助けを借りておったそうですからな。今では家臣の方々まで縁者が多くなったとか……」

信長の妹が嫁ぎ、南の六角勢も追い払ってやっていた。当然、浅井は信長にしたがうはず。誰もがそう考える。しかしながら、家臣までが朝倉と縁戚になっていたとは初耳だった。

信長の正室は美濃から来た姫だと聞いた。その正室の里である美濃を、信長は攻め滅ぼした。縁戚を結ぼうとも、送られた女は人質としての値打ちしかない。そのことは信長自身がよく知っているはずに思える。

小平太は国境へ急ぎ、忍具を隠すと、越前へは入らずに急ぎ京へ駆け戻った。

ちょうど信長が、禁裏へ参内してから出陣した翌日だった。しかも信長軍には、公家衆までが参陣しているという。帝から討伐の勅命を得た軍だと広く喧伝《けんでん》するためである。

信長軍の総勢は三万。光秀もその軍勢に入っていた。

小平太は琵琶湖の西岸に近い田中《たなか》に着陣した光秀のもとへ出向いた。取次の弥平次に知らせを通すと、陣所の光秀から命を受けた七郎兵衛が夜半すぎに駆け戻った。

「ぬしはそのまま浅井を見張れ」

「では……」

「信長様がこたびの出陣について浅井に話を通したかどうか、殿が今確かめておられる。それを待ってからでは遅くなる。行け」

「承知」

小平太はその夜のうちに琵琶湖を回り込んだ。

戦とは実に面倒なものだ。兵を集め、敵地を探り、遠方の同盟軍と密に通じ合い、兵糧を運ばねばならない。いくら武力を誇ろうと、周到な手筈をもってしてこそ勝ちを手中にできる。よく働き、目端の利く家臣があってはじめて、戦上手の武将となれる。

力に頼った斬り合いが戦だと信じ込んでいた己を、小平太は今になって恥じた。強くなりさえすれば生き延びられる。そう考えていたが、まさしく童の小賢しさだった。どれほど腕の立つ武将も、愚かな殿の下に仕えたのでは、先行きと命までが脅かされる。

この一戦で、何より明智光秀という男の器をおのが目で確かめておきたい。命を託す値打ちのある武将なのかどうか。

北近江に入ると、東の山間から浅井の居城へ近づいた。

小谷城《おだに》は琵琶湖を見下ろす高台に築かれていた。城下の町を眺めた限りは平穏そのものだった。そろそろ若狭に入った織田軍が東へと向きを変え、越前へ向かうころになる。武藤はせいぜい二千の配下を持つ地侍にすぎない。越前は二万三千の兵を誇る。

片や、討伐に出た信長軍の兵力は、三万。

地の利は朝倉にあろうが、数では信長軍が勝っていた。当然ながら朝倉は、縁戚の多い浅井に加勢を求めるしか手はない。

浅井の有する兵は、八千強。もし浅井が朝倉に手を貸せば……。

小平太は掌ににじむ汗を袂でぬぐった。

信長軍は数にものを言わせて攻め入るだろう。朝倉軍が退こうものなら、信長は一気に一乗谷を目指すかもしれない。そこに、もし浅井が南から兵を押し上げるようなことになれば……。信長軍は退路を断たれかねない。少なくとも、後手《ごて》から兵糧を受ける道は閉ざされる。

葉陰に身を隠したせいか、わずかに息苦しさを覚えた。これは、とてつもない初陣になるかもしれない。

小平太は腹拵えをすべく、懐に入れた干飯《ほしいい》を口に放り、がりがりと齧りついた。

五

織田軍総勢三万の出陣に時を合わせるかのように、永禄《えいろく》から元亀《げんき》へと年号があらためられた。勅命を受けての出陣であると天下に知らしめるため、信長が公家を動かしたのであった。

若狭に入った織田軍は、武藤友益の籠もる佐分利《さぶり》郷へは向かわず、急遽《きゅうきょ》東へ進路を変えた。武藤討伐のため、勅命軍に兵糧をあてがえという信長の申し出に、まともな返事を寄越そうとしない朝倉家を仕置きするためである。

同道する諸大名も、これには慌てた。中でも徳川家康は自ら信長の本陣へ赴き、本意を尋ねた。

「越前朝倉殿は義昭様を長く匿ってこられた忠義心篤きお方。兵糧をあてがわずとの由のみで攻めるのでは、公方様も驚きめされるのではないでしょうか」

「何を言われるか。こたびの出陣は、天子様と公方様の御上意ぞ。その我らに逆らうとはすなわち、天子様と公方様に背くも同じ。武藤などという小物より、天下に刃向かう朝倉家こそを、今のうちに成敗するが世のためであろう」

見事な理屈のすり替えによって、同道する諸大名を黙らせるや、信長は全軍を越前の敦賀《つるが》郡へと押し進めた。

朝倉家にとっては、まさに寝耳に水の大軍襲来であったろう。

信長は敦賀郡内で最も攻めやすいと見た手筒山《てづつやま》城へ兵を寄せた。無論、光秀が忍びの知らせとともに伝えおいた兵の数を見ての決断である。

信長は陣を敷いても馬から下りようとせず、高らかに告げた。

「良いか、者ども。一日で落とせ。我らの力を朝倉に知らしめよ」

手筒山城は高台にある山城《やまじろ》であった。傾斜の緩い北の尾根から攻めると見せかけて、もっとも険しい東南側から攻め上げていった。

守る兵は三千弱。攻める信長軍は三万を超える。かつては三好勢に荷担していた松永久秀や池田勝正が先鋒を担わされた。

中でも池田軍は、本国寺が襲われた際に京へ駆けつけながらも、遠回りをしたために、ろくな戦いすらできずに終わっていた。ここで織田家への忠誠心を見せておかねば、先々が案じられる。

松永と池田の軍勢が坂をものともせずに襲いかかっていった。その後ろから美濃衆が突き上げていく。光秀は道なき尾根に鉄砲衆を送り出した。松永と池田の兵を横から助けるためである。長槍を持った徒では林の中を進みづらいが、鉄砲なら進めた。城壁の上から矢を射かけようとする敵めがけて、狙い撃たせた。

手筒山城は南の土塁を越えた松永軍の乱入によって総崩れとなっていった。

「仕切門《しきりもん》から敵が逃げております」

弥平次が勝ち戦に似合わぬ苦しげな顔で知らせを上げた。かつてはともに軍場を駆け巡った朝倉家の兵が逃げていくのだ。逃がしてやりたいという情けが湧いて見えた。

光秀は自ら馬を進めて命じた。

「逃がすな。引っ捕らえよ。逆らう者は斬って捨てぃ」

朝倉家の兵にふくむところはない。騙《だま》し討《う》ちのような戦であるとも承知していた。が、今は明智のため、そして天下布武のための戦いであると肝に銘じよ。その意を込めて、弥平次に告げた。

光秀は加賀との国境でくり返された一揆勢との虚しい戦を思い起こした。死ねば成仏できると信じる門徒らが、なぎ倒してもなお蝗《いなご》の群れのように押し寄せた。その裏で、地侍と組んだ僧侶どもが酒池肉林に浸《ひた》っていた。

目の前で多くの兵が斬られていく。こうやって罪なき下僕を葬らねば、今もぬくぬくと私欲に浸る婆《ば》娑《さ》羅《ら》もどきの主君を倒すことはできなかった。

夕刻前になって、手筒山城は落ちた。光秀は屍《しかばね》が累々《るいるい》と横たわる城内へ入り、兵糧倉を探し歩いた。ろくな備えもしていなかった。朝倉家はまさにふいを突かれたのである。

信長は兵を休めず、翌日には金ヶ崎城へ進み、大手門の前を囲ませた。時を無駄に費やせば、木《き》ノ芽《め》峠を越えて一乗谷から後詰《ごづ》めの兵が駆けつける。

その日のうちに、総掛かりで直《ひた》攻めに攻めていった。

金ヶ崎城は岬の突端の高台に築かれており、ほぼ三方を断崖と海に守られていた。朝倉方は大手門に鉄砲衆を集め、正面から迎え撃つ構えを取った。

が、信長軍の持ち寄る鉄砲は、堺から仕入れたばかりの新物《あらもの》であった。朝倉方の古い火縄銃とは、威力も玉の届き具合も違う。

光秀は鉄砲衆をまず押し上げて、敵の櫓を狙い撃たせた。朝倉軍の鉄砲はいくら撃っても、光秀の軍には届かなかった。その隙に、船で裏の崖へと回り込んだ兵が土塁をよじ登って進んだ。

敵の矢と玉を受けて、幾人もの命が散ってゆく。その屍を乗り越えて、また新たな兵が攻め寄せる。徒の命も、替え矢と同じく、備えの利く品と見なすしかないのが軍場であった。

大手門横の櫓が紅蓮《ぐれん》の炎を吹き上げた。鉄砲衆に続き、火矢を射かける策が見事に当たった。城内のそこかしこに炎が躍り上がる。

城を守る朝倉景恒《かげつね》から、海を渡って使者が送られてきた。

光秀は信長の本陣に呼び出された。

「十兵衛、昔の身内ぞ。おぬしが話を聞いてこい」

大手門前から鉄砲の響きが消えた。光秀は弥平次と次右衛門をしたがえて、ゆるりと進み出た。

使者は、かつて光秀が金ヶ崎に出向いた折、取次衆として同道した重臣であった。名は、山崎といったか。

「これは明智殿。どうりで手筒山も早々と落とされたはずですな」

おまえが城の内実から兵の数まで、すべて伝えたのであろう。山崎は憤りと咎め立ての目を隠さず、苦しげな声を押し出した。

「一乗谷からの後詰めはいまだ来ず、我らこのままでは討ち死にするしかない。もし信長殿が温情を示され、我らを見逃してくださるなら、開城もやむなし。ここは光秀殿に我らの命をお預けいたす」

「それがしは使者にすぎません。すべては信長様のお考えひとつ」

「何を仰せられる。かつては新参ながら、我らの御屋形様に堂々ご意見なされていた方のお言葉とは思えませぬな」

山崎は高ぶりに任せて口走ってから、その意に今さら気づいたような顔になると、取り乱しぎみに平伏《ひれふ》してみせた。

「光秀殿なら、必ずや我らのためにご尽力くださると信じておりまするぞ。頼みます、これこの通り」

地に額を押しつける山崎の姿を見ていられなかった。

光秀は早々に本陣へ戻り、信長の意を仰いだ。

「この金ヶ崎は敦賀の主城ゆえ、ここを押さえるならば、一乗谷へ迫るのも容易くなりましょう。下手に攻め寄せ、城を焼かれては事です」

「景恒の首を差し出せ、と言ってやれ」

信長は聞く耳も持たず、即座に断を下した。

光秀はさらに深く頭を下げた。

「景恒殿は国主義景殿の縁戚にございます。忠義に篤《あつ》き朝倉の家臣のこと、その首を差し出せとの命には、力をもって応えんとしましょう。その間に、一乗谷から後詰めの兵が駆けつけるのは必定か、と。我らの兵にも多くの犠牲が出ましょう。ここは景恒殿を許し、城を押さえるのが肝要と思います る」

「ならば光秀、おまえに先陣を託そう。かつての主君をことごとく討ち果たしてみせよ。できるな」

「力の限りに」

直ちに金ヶ崎城へと伝え、大手門前を固めていた兵を退けさせた。

やがて、おずおずと敗軍の群れが落ち延びていった。光秀は本陣の奥へと引き下がった。景恒や山崎が通りかかろうものなら、目で多くを難じてくるに違いなかった。

立ち退く朝倉方を後ろから突くべし、との策も本陣では取り沙汰された。それに異議を挿し挟んだのは、またも三河の徳川家康であった。

「我らは上意を得た軍ですぞ。騙し討ちのようなことをしたのでは、天子様と公方様のお顔に泥を塗りつけるも等しくなりましょう」

すでにこの越前討伐が騙し討ちに等しかった。恥の上塗りはよせ、と言うのである。

光秀は小牧にて堯照上人から与えられた言葉を思い出した。

——信長様はややもすると力ずくで人の心を引き寄せようとなさる。そなたのようによそから参った方なら、冷静に信長様を見つめられる。

この徳川家康も、織田家の外から手堅く冷《さめ》やかな意見を口にできる立場にあった。こういう人物が陣中にいてくれるのは、大いに心強い。

家康は本陣を去る際、光秀と目が合うや、踵を合わせて一礼してきた。やはり己の役回りを心得ているのである。本意は同じですぞ。そう光秀を見る目が訴えていた。

この布袋《ほてい》のような形《なり》をした小男は、まだ二十九という若さでありながら、先を見越す目を持っていた。光秀も深く首を垂れて礼を尽くした。

信長軍は早速、明け渡された金ヶ崎城に入った。光秀も織田家の将とともに城の中を確かめて歩いた。またも兵糧の数が少なかった。

「いかがなされました、兄上」

兵糧倉のとば口から次右衛門が訝しげな顔をのぞかせた。

朝倉軍は手持ちの武具を抱えて退去したのみで、米俵までは運び出していなかった。今思えば、手筒山に残されていた兵糧も少なすぎた。

「引壇《ひきだ》城からも兵が逃げていきました」

斥候に出た滝川彦右衛門《ひこえもん》から急の使者が駆けつけた。

「朝倉はついに敦賀を捨てておったぞ」

知らせを受けて、たちまち兵が沸き返った。

光秀は本丸横の高櫓下に、木下秀吉の幟を見つけた。

「あ、いや、これは光秀殿。血相を変えていかがなされた。戦の最中に落とし物でもされ申したかな」

秀吉は小顔を皺《しわ》くちゃにして飄々と笑いかけてきた。

「再度お尋ねします。こたびの出陣を、浅井殿にも話を通されたのですよな」

「そのはず、と聞いたが……」

「武藤を討つという初めの狙いしか伝えていないのではありませぬでしょうか」

「いやいや……それはしかと確かめてある。浅井殿にも使者を送ったはず」

「その返事は――」

矢継ぎ早の問いかけに、秀吉は口を噤むと、本丸の主殿をちらりと見上げた。

「この城内に気がかりでもおありですかな」

「兵糧が少なすぎるのです」

その一言で、秀吉には成り行きが読めたと見える。目を光秀に戻すと、唸るように言った。

「何を仰せられる。それはあり得ぬ……。浅井殿にはお市の方様が嫁いでおられるのだぞ」

「親子兄弟が血で血を洗うは、戦乱の世の定め。ましてや嫁を娶るは、人質を取ったも同じでしょう。手筒山が一日で落ち、朝倉方はこの金ヶ崎までもあっさりと明け渡してきた。引壇からも兵が逃げていったというではありませんか。ろくに戦いもせず、朝倉は兵を下げたようにも見えてきます」

「あいや……またまた、そのようなことを――」

秀吉は口元を忙しげに撫《な》で回し、まだ疑わしげな目を向けた。

「一乗谷を攻めに出るのは、小谷城の動きをとくと確かめてからでも……」

「それがしから殿に申せと言うおつもりか」

「無論、それがしからも」

一人よりは二人のほうが、まだいくらか心強い。

秀吉は腕を組み、まだ煮え切らぬ顔を変えなかった。あとは軍評定の際、どう切り出すかになる。

夕餉を前にして、本丸御殿の広間に重臣が集められた。陽はまだ西の汀《みぎわ》に大きく居座っていた。明日の早朝から兵を送り出すがために、夕刻の軍評定になったものと思えた。

光秀は秀吉と広間へ急いだ。その矢先、後ろから弥平次に呼び止められた。

「お待ちください。斥候が戻りました」

光秀は秀吉にあとを託し、ひとまず本丸を離れた。

兵糧倉の横手に、次右衛門と伝五が待ち受けていた。その奥から、商人姿の小平太が進み出るや、膝を折った。

「この目にて、しかと見届けました。浅井長政が小谷城内に兵を集めております。一乗谷を目指せば、ただならぬことになりましょう」

「我らへの後詰めではない、と言い切れるのか」

光秀が見据えると、小平太は臆するふうもなく見つめ返してきた。

「こちらへの後詰めならば、もっと悠長に支度《したく》を調えても良いはずです。城内へ急ぐ徒はもとより、城下までが殺気立っておりました」

「戦を前にすれば、徒どもが殺気立つのは当然ぞ……」

まだ伝五は信じられずにいた。言葉を濁しつつ、光秀に目を転じた。

「うまうまとこのまま一乗谷へ進めば後ろを突かれかねません。それこそ、あやつらの狙いか、と」

小平太が斬って捨てるように言い、さらに付け足した。

「――信長を討てば、天下が見えてきます」

「口を慎め、小平太」

弥平次の窘《たしな》めに、小平太はあらためて畏まる様を見せた。が、見返す眼光の鋭さには、己の先読みへの自負がちらついていた。

「すべての忍びを直ちに集めよ。一乗谷と小谷を探らせ、火急の事態に備えるのじゃ。良いな」

弥平次と伝五に差し当たっての策を託し、光秀は直ちに本丸御殿へ走った。

広間へ足を踏み入れるなり、多くの目に見据えられた。織田家の重臣をはじめ、同道する諸将らが、すべて光秀を待っていたのである。

「鼠からの知らせか」

上座に腰を据えた信長が、忌々しげに言って顎を振った。目元が赤く染まり、苛立ちが顔を埋めていた。

秀吉が一礼して立ち上がるや、光秀のもとに寄り、耳打ちしてきた。

「ご覧の通りよ。御屋形様はいたく機嫌を損のうておられる」

勝ち戦に沸くさなか、冷水を頭から浴びせかけられたのである。総大将ならずとも、命を懸けて戦った者なら誰しも、馬鹿を言うなと叫びたくなろう。

光秀は遅参を諸将に詫びるため深く頭を下げてから、一歩前に進んで言った。

「畏れながら申し上げます。小谷は殺気立つ兵が出陣の支度を進めておると知らせが入りました。我らへの後詰めと告げる使者が駆け寄せるやもしれません。が、それは策略にございます。一乗谷を目指して我らが出陣すれば、木ノ芽峠の先で朝倉軍が待ち受け、後方を浅井軍に断たれかねません」

「戯《ざ》れ言《ごと》を申すでない」

床を蹴立てて立ち上がったのは、松永久秀であった。

「我らの信長様がうまうまと敵の謀《はかりごと》に落ちたと申す気か」

「昨日の手筒山、それにこの金ヶ崎と、残された兵糧が少なすぎます。どうせ明け渡す城であるから
こそ、あらかじめ運び出しておいたとしか思えませぬ」

「それしきのことで……。朝倉はふいを突かれたにすぎぬ。信長様の策が見事であった証ぞ」

久秀一人を相手にしても始まらなかった。光秀は居並ぶ諸将を見回しつつ、静かに告げていった。

「この敦賀は、信長様が討伐を決められた武藤の領地と接する地にございます。ただでさえ朝倉は兵
糧を送れと申しつけられておりました。間近の若狭で戦が起こるとわかっていながら、わざわざ兵糧
を少なくする武将がいずこにおるものでございましょうか」

「いかにも解せぬ動きであるな」

家康が重々しく頷《うなず》きを返すと、久秀が苛立たしげに髻《もとどり》を揺すり、その場に腰を落とした。

「では、そなたは、いかにせよと――」

柴田勝家が短く問い、見つめてきた。信長は眉ひとつ動かそうともしない。

光秀はその場の眼差しを受け止めた。

「このまま兵を送り出せば、挟み撃ちにされましょう……」

「では、ここまで来て逃げろと申すのか」

またも松永がいきり立って拳《こぶし》を振った。公家衆は声もなく、ただ信長を見つめている。

「もし加勢の兵を寝返りと見誤って逃げようものなら、御屋形様は末代まで世の笑いものとなろう
な」

勝家が胸に巣くう不安を言葉に変えた。武将は何より名を落とすことを恐れ、恥じる。臆病者との

世評が湧けば、信長に与《くみ》しようという者はいなくなる。

「探りを入れてみるのが筋でしょうな。我らが動けば、浅井方も急ぐはず。動きを見れば、真意は自ずとつかめましょう」

家康が言って信長に目を転じた。まさに格好の助け船であった。

信長が、家康の落ち着き払ったふくれ面を見返すや、すっくと腰を上げた。

「評定どおりに兵を進める。先鋒は家康殿に務めてもらおう」

もし浅井方に後ろを突かれようものなら、先鋒は逃げ遅れるかもしれない。が、家康は動じることなく、信長の勘気《かんき》を受け止め、頷いた。

「承知申した。ただし、峠の前まで、ですな」

「そこで、しばし成り行きを見る。良いな、者ども」

翌朝、一乗谷へ向けて出立した。兵には様子見を兼ねているとは伝えていない。

浅井朝倉方は、金ヶ崎の近くにまで斥候を送っているに違いなかった。もし徒どもが及び腰に歩を進めようものなら、こちらの意図を読まれ、すぐにでも討って出てくるであろう。

「良いか。一気に一乗谷を攻め落とすのだ。我らが先陣を仰せつかった。これ以上の誉れはない。者どもしかと心得よ」

家康は高らかに言い放ち、兵を送り出した。

光秀も少ない麾下をともない、先鋒の徳川軍に同道した。敦賀の悠揚たる海を左手に見下ろしながら、若葉の彩りに囲まれた山懐へと進んでいった。

「かたじけない、明智殿」

織田家の重臣と違ってわずかな兵しか持たない光秀だが、家康は幕臣の一翼を担う者として礼を尽くしてくれた。雑魚《ざこ》扱いして面罵した松永久秀とは大違いである。

「いいえ、火中の栗を拾うがごとく、先鋒をお引き受けなされた家康殿の心意気に、我らも応えたいと考えたまでにございます」

「なに、それがしどもは城外にて休んでおったため、評定の詳しい沙汰が兵に伝わるおそれも低いであろうと踏んだまで。噂が広まりでもすれば、嫌でも足取りが覚束《おぼつか》なくなりましょうからな」

「では、そのために自ら先鋒を――」

光秀は声を呑み、家康の丸顔を見つめ返した。あの慌ただしい軍評定のさなか、そこまで先を読んでいたとは……。

信長を諫めつつ、その勘気をあえて浴び、さらに全軍の先行きを確かなものとするため、剣呑《けんのん》ならざるを得ない先鋒を自ら引き受けたのだ。

なまなかな肝の据わり方ではない。光秀は徳川家康という男の底知れない器の深さに瞠目した。

家康はこれまで、尾張と駿府《すんぷ》で久しく人質の身に甘んじてきた。その間、十三年の長きにわたる。堪えて忍ぶ日々であったことは察せられる。

光秀は己を恥じて肩をすぼめた。美濃を追われて流浪の十年を無為に費やしてきたと思っていたが、目の前にはもっと長い屈辱を強いられ、おのが心を鍛え続けてきた男がいた。

争乱の世は、人に過酷な定めを与える。その辛苦《しんく》を砥石《といし》として己を磨《みが》いた者のみが、きっと生き残っていける。

「者ども、しばし足を休めよ」

萌《も》え渡る木々に囲われた谷間の峠道に差しかかると、家康は人馬の動きを止めた。これより先へ進んだのでは、後戻りが難しくなる。朝倉軍がどこまで迫っているか探らせるため、直ちに斥候の兵が送り出された。

「さあて、敵はどう出ますかな」

家康の物言いは落ち着いていたが、最後に深い吐息《といき》が口から洩れた。思いがけない休息に、徒らが訝しそうに供回りを見やっていた。

光秀は家康とともに一旦、馬廻衆が囲む信長のもとへ退いた。

街道脇の畑を踏み散らかし、信長を前に諸将が早くも集まっていた。信長は床几《しょうぎ》にどっかと腰を据えていたが、公家衆と松永は気もそぞろに身を揺らす有様であった。これでは、急の事態があったのかと家臣らに気づかれてしまう。

四半刻もすると、斥候の早馬が追いかけてきた。それを見て、信長が床几から腰を上げた。

「申し上げます。浅井長政殿、謀反《むほん》にございます。兵を率いて小谷城を出ました」

家康が光秀を見据えるなり、馬へ歩んだ。

松永が信長の前へ進み出るや、肩を怒らせて言った。

「信長様。かくなる上は兵を固めて、浅井を討ちましょうぞ」

「金ヶ崎に籠もれば、あやつらと互角に戦えまする」

勝家までが声を尖らせ、退くのを拒むような言い方をした。重臣の物言いに引きずられたのか、丹羽長秀までが頷きをくり返した。

信長は黙したままであった。こめかみが大きくうねり、珍しくも迷いが生じている、と見えた。武勇こそ男の誉れ。裏切りという手酷《てひど》い仕打ちを前に、ただ逃げるのでは名がすたる、と誰もが思う。それこそが、もののふの性《さが》でもある。

光秀が口を開こうとした矢先、早くも手綱を手にした家康が、ずいとその身を戻して言った。

「我らは上意を受けて討伐に出た軍にござる。おめおめと引き下がったのでは、まさしく末代までの恥。しかしながら、一時の怒りに任せて末代までの悔《く》いを残すほうが、恥というものではありませぬか」

「畏れながら申し上げます」

光秀も家康の横に進み、信長の火矢を思わせる眼差しを受け止めて言った。

「たとえ浅井朝倉を跳ね返せたとしても、我らの苦しき戦いぶりは京に広まりましょう。しかれども、敵の卑怯な騙し討ちを読んですみやかに退くのは、知略のうちと評されるはずにございます」

「逃げるのではなく、知略の退きか。まさに十兵衛らしい屁理屈よの」

信長が眼光鋭く光秀の前へ歩を寄せた。

「ならば、見せてもらおうか。殿軍《でんぐん》を任せるぞ、十兵衛。おまえの言う知略をもって、敵を食い止めてみせよ」

覚悟はしていた。この軍勢の中、光秀は久秀や勝正と並ぶ新参である。そのうえに大層な口をたたいたとあらば、難事を背負わされても致し方なし。光秀は腹を決めてひざまずいた。

「御意にございます。すべての馬印、幟、旗指物を我らにお預けくだされ。信長様はもちろん、総兵打ち揃って迎え撃つものと思わせます」

「それがおまえの知略であるか」

信長が微笑み、やおら諸将を見回した。

「勝正。おまえも残れ。光秀の兵のみでは頼りなさすぎる」

名を呼ばれた池田勝正が、ぶるんとひとつ身を震わせた。

「我らも御屋形様のために残ります」

思いもしない声に、一同が顔を振った。

木下秀吉が毛を逆立てるような勇みきった顔で進み出て、信長の前で膝を折った。

最前から秀吉の眼差しには気づいていた。このまま新参の明智と池田に手柄を独り占めにされるのか。心中は察せられたが、犠牲をともなう殿軍を自ら願い出る者がいるとは思わなかった。

「よく言ったぞ、猿。十兵衛、勝正と力を合わせて戦い抜け。骨は拾ってやる」

「有り難き幸せにございます」

決然と言い放って立ち上がった秀吉が、振り向きざま光秀を見据えてきた。我も負けはしない。小さな躰に覇気を漲らせ、ぎらつく目が雄弁に決意のほどを語っていた。

自ら窮地に立とうとは、異な男である。その覚悟に応えるべく、光秀は微笑みを返した。

直ちに退却の号令が下された。

信長を守る馬廻衆を先頭に、すべての兵が慌ただしく西へ駆けだした。退く人馬の群れは怒濤となって街道を埋めた。松永や勝家らの重臣に公家衆もあとに続いた。

が、家康は自らの兵が戻るのを待ち、金ヶ崎城にとどまろうとした。それを知った三河の家臣が諫め、ようやく家康も出立にかかった。

家康は馬上で光秀らを振り返るや、軽く瞑目してから馬の腹を蹴った。

「敵が攻め寄せます。おおよそ三千が峠越えにかかっております」

土煙の中、斥候の馬が駆け戻ってきた。光秀は秀吉と目を見交わした。それから、後ろの弥平次に告げた。

「鉄砲衆と同じ数の馬を集めよ。敵を迎え撃ったなら、すぐさま逃げる。――秀吉殿の兵も同じように支度を願います」

その呼びかけで、光秀の意図が読めたらしい。秀吉も家臣を振り返って叫んだ。

「彦右衛門、我らも鉄砲の者に馬を授けよ。光秀殿と二段の構えを取るのじゃ」

「いいや、三段の構えですぞ。村重《むらしげ》、良いな」

勝正が馬を進めつつ、配下の荒木村重に告げるのが見えた。

「者ども、無駄な戦いはさけよ。今は一目散に城へ逃げ込め。秀吉殿と勝正殿は先に城へ」

光秀に言われて、しばし秀吉は迷う素振りを見せた。

「旗指物で城とその周辺を埋め、信長様がまだ金ヶ崎にあると見せかけるのです」

「あいや、わかった。小一郎《こいちろう》、おまえは半兵衛《はんべえ》とともに十兵衛殿に手をお貸しせよ」

秀吉と勝正は供回りを率いて城へ走った。

峠道の先に土煙が立ち、森の木々が燻《くすぶ》って見えた。朝倉軍が峠を越え、攻め寄せてきた。

光秀は弥平次ら鉄砲衆を引き連れ、退却する群れの流れに逆らって進んだ。

道は狭く、蛇の身のようにうねっていた。姿を隠す場所には困らない。自ら鉄砲を構え、木陰にひそんで敵の攻めを待ち受けた。

織田軍の兵が残らず街道から退いていくと、地鳴りと叫び声が辺りの木立を揺らした。敵はもう峠道を雪崩《なだれ》となって下りだしている。沸き立つ土煙は、もう眼前へと迫っていた。

「まだ撃つな。敵が見えるまで、堪えよ」

恐れをなして一人が火蓋を切れば、次々と続く者が出て抑えが利かなくなる。ふい打ちを食らわしてこその待ち伏せなのだ。

敵兵の起こす地響きが足下を揺らした。人より馬が恐れをなして、いなないた。葛折《つづらお》りとなった木立の先に、幟を背負った敵兵の姿がどっと押し寄せた。

「撃てぃ」

火蓋が切られ、一斉に鉄砲が撃たれた。走り来る朝倉兵が血潮を飛ばして地に転がった。

「直ちに退け。退くのじゃ」

鉄砲を握ったまま馬に飛び乗り、その腹を蹴った。遅れる者がないか、弥平次と見届けてから退却にかかる。次の曲がり道には、蜂須賀《はちすか》彦右衛門率いる木下方の鉄砲衆が控えていた。

さらに後方には、荒木村重率いる池田の兵が待ち受ける。その後ろに陣取るや、光秀らは次の玉を込めにかかった。

幅のない峠道でこそできる待ち伏せである。敦賀口から先は、城まで平坦な道が続く。そこからは決死の覚悟で馬を駆るしかなかった。

敵は自軍の屍を乗り越え、迫ってきた。逃げるより、正面から追うほうに分があるのは道理。朝倉軍も鉄砲衆の助けを借りつつ、槍足軽が一気に駆けてきた。

迎え撃つや、すぐさま逃げる。敵の玉を受けて、幾人もの兵が倒れた。足を撃ち抜かれた者を馬の背に引き上げ、あとはひたすら手綱を絞り上げた。屍となった者は打ち捨てておくしかない。このまま城まで保《も》つかどうか……。

二度の待ち伏せを仕掛けると、にわかに敵の矛先が鈍った。ここが先途と退却を命じた。

敦賀口から城までの道には、信長軍の旗指物があふれ、さながら本陣の精鋭が待ち受けているかのようであった。さすが秀吉の指図に抜かりはない。幟を突き立てた大手門と柵《さく》が次々と開き、秀吉自らが出迎えに来た。

「あいや、よくぞお戻りになられた。さあ、早く城内に」

城門に駆け込むと、思いのほかに多くの兵が居残っていた。光秀は弥平次と顔を見合わせた。

「秀吉殿、この兵の数は……」

光秀の問いに、秀吉がなぜか目頭を赤く染めて言った。

「三河のつわものどもにござる」

葵紋を染め抜いた幟を手に、一人の武将が息を詰めたような面持ちで勇み出た。

「主君家康の代わりに、我らがお助けいたします。秀吉様の義勇に打たれ、御自《おんみずか》ら居残るとまで申しておりましたが、信長様をお守りする務めが殿にはございます。よって、我ら三千がここに残り、皆々様にお力添えをいたす所存。どうぞ手足としてお使いくだされ」

「何とまあ、家康殿は素晴らしい家臣を持たれたことか。この秀吉、もはや何も怖いものはござらん。そうですよな、十兵衛殿、勝正殿」

光秀は胸を熱く炙られた。秀吉といい、この者らといい、主君のために自ら苦難の道を歩こうとする男がいる。

「そなたらの志、この光秀もしかと受け止めさせていただきましたぞ」

横に控えた弥平次も目を赤くしていた。窮地に立った時こそ、人の器が露わとなる。

三段構えの待ち伏せと、城を埋め尽くす旗指物が功を奏したらしく、朝倉軍は峠にとどまる様を見せた。総勢三万が籠城するものと見て、浅井方の後詰めを待つつもりと見えた。

「これで御屋形様は追われずにすむ」

呟いた秀吉に、勝正が峠の方角を望みながら頷いた。

「あとは我らがいつ退くか、ですな」

「そろそろ支度が調うころでしょう」

光秀が言って頷くと、秀吉が大袖を揺するほどの勢いで目を寄せた。

「支度ですと……」

「さあ、我らも退却にかかりましょう」

六

海へと身を乗り出したような高台の城が、燃え盛る篝火に赤く照らし出されていた。

よくぞ短い間にこれほどの薪《まき》を集めたものだ、と感心する。が、篝火の数が乏しくては、三万の兵が籠もる城とは見えず、内実を悟られたなら、数倍もの敵兵が雪崩を打って押し寄せる。

小平太は夕闇の迫る木立にひそみ、時を待った。夜になれば、城近くに敵の斥候が足を伸ばしてくる。おそらくは海からも船を駆って城を取り巻く手に出るだろう。

見つめる櫓の上で、松明の炎が火の粉を散らして右左に揺れた。

退却を始めるとの知らせだった。

大手門が開き、炎に照らされた郭から、蜘蛛《くも》の子を散らすかのごとく、わらわらと兵が駆け出していった。声を発する者は一人としていない。千を超える兵と馬がひたすら口を閉ざし、若州道《じゃくしゅうどう》の西を目指して駆けていく。

小平太は腰を上げ、闇の底を這うように走った。退却が始まれば、朝倉軍は逃してなるかと、すぐさま怒濤となって迫るはずだった。はからずも峠道から、夜を揺らす鬨《とき》の声が駆け下りてきた。

いよいよ朝倉軍が動きだした。

尾根を駆け上がり、持ち場に急いだ。崖の上にたどり着くと、すでに大悟が待ち受けていた。

「遅いぞ」

忍び言葉で呼びかけてくる。

「敵の斥候はいたか」

小平太は首を振り、崖上から身を乗り出した。

若州道へと入ってしまえば、狭い山道が続く。敵も列をなすしかなかった。そこが狙い目だった。

峠道の山間に、かなりの兵がひそんでいたらしい。早くも敦賀口から敵兵が押し寄せた。揺れる松明の火が、鬼火のように峠の山肌を照らし出す。

退却にかかった織田方の兵から、果敢に立ち向かおうとする者どもがいた。明智の鉄砲衆だ。迫る朝倉軍を赤い火花が出迎えた。

またも撃っては退き、別の鉄砲衆が加勢に走る。それでも、最後の一人が城から出るまでに、敵の先陣が襲い来るのはさけられなかった。鉄砲衆は敵味方が入り乱れてしまえば、役に立たなくなる。長槍を構えた足軽衆が、分厚い壁となって門の前を固めにかかった。徳川家康という三河の殿様が残していった兵だった。

七郎兵衛と惣八が若州道のとば口を固めている。それもこれも光秀を守るためだ。が、あの大将のことだ。傷を負った家臣を見捨てられず、最後に城を離れようとする気がしてならない。

退却する兵の先頭が、崖下を駆け抜けていった。やはり光秀の兜はどこにも見えない。大手門の前では、早くも朝倉軍の弓足軽が、逃げる織田方に矢を射かけ始めていた。

と、後ろで茂みがかすかに揺れた。人間どもの醜き争いの騒々しさに驚いた獣が、崖上へ逃げてきたのならまだ良かった。小平太は指笛を吹き、大悟に知らせた。

またも茂みがわさわさと揺れ動いた。一匹ではない。

懐の手裏剣をつかんだ。鳥の奇声が暗夜に響き渡った。鳥でないとすれば、敵の合図……。闇を縁取るかのような茂みが割れ、どっと黒い影が躍り出た。

敵の斥候か。五人、六人……まだいる。わずかな星明かりに浮かんだ影は、忍び装束ではない。侍だ。長刀を引き抜いた男が、後ろに続く供に告げた。

「ただの侍ではないぞ。気を抜くな」

大悟が地を蹴り、手裏剣を放った。小平太も遅れて横に飛んだ。

手裏剣は夜目にこそ力を見せる。が、胸と腹に受けても、敵は倒れなかった。

鎖帷子《くさりかたびら》で身を固めている。あるいは越後の上杉が使う〝軒猿《のきざる》〟とかいう修験者あがりの兵を借りたか。ならば、手強い者どもだった。

小平太は狙いを足へと変えた。迫る男の動きを封じて、とどめを刺そうと千鳥鉄《ちどりがね》を手にして飛んだ。そこに、十字手裏剣が来た。すんでのところでかわして、さらに横へと飛ぶ。

やはり軒猿だ。忍び言葉で大悟に叫び、地をまろび逃げた。分銅を投げて男の足を引っかける。身を起こそうともがく男の喉元に、手裏剣を突き立てた。

やっと一人。そこにまた手裏剣が襲ってきた。後ろを崖にさえぎられているため、横へ動くしかない。大悟が素早く飛び立ち、軒猿どもの左手へ回った。つられて顔を振った男の前へ飛び、千鳥鉄の竿に仕込んだ刃先で首のつけ根を斬りつけた。これで二人。

大悟を囲もうとした男の一人が、手裏剣を首に受けて倒れた。が、その仕留められた味方を盾にして、大悟に迫るつわものがいた。端から身内の屍を使う気でいたと見える。さすがの大悟も、屍の陰から突き出される刀をかわしきれなかった。

小平太はすぐさま分銅を投じた。が、男の首を捉えた時には、刃先が大悟の脇腹に埋まっていた。

慌てて鎖をたぐり、男を引き倒す。

大悟の身が案じられたが、右手から刀が迫った。このままでは崖っぷちへと追い詰められる。刀を振り上げた男のうなじに、後ろから棒手裏剣が突き立った。

「急げ。殿は間近ぞ」

七郎兵衛の声だった。見ると、軒猿どもの後ろに、音もなく降り立つふたつの影があった。惣八と左吉《さきち》だった。忍び刀を握りしめて、風のごとく突き進む。小平太も敵の横合いへ飛んだ。逃げようとした一人の前に、七郎兵衛が立ちはだかる。

小平太は敵の背へと回り込んで、うなじを突いた。血しぶきをさけようとしたが、いつのまにか敵の手裏剣がかすめたらしく、足の痛みに身を縮めていた。七郎兵衛と惣八らの動きは速い。またたくまに二人を倒し、大悟のもとへ走った。

倒れた大悟を囲むや、七郎兵衛が胸に手を当て鼓動を確かめた。すぐに首が振られた。同朋の死を悼む間もなく、七郎兵衛が崖へと駆ける。

「来るぞ。仕掛けに急げ」

小平太も痛みを堪え、惣八に続いて崖の縁へ走った。見ると、朝倉軍に追われた織田方の殿《しんがり》が、若州道への山間に差しかかっていた。

追い討ちの朝倉軍めがけて、七郎兵衛が焙烙《ほうろく》玉を投げつけた。地に落ちるや炎を吹き上げ、敵兵を呑み込んでいく。

その隙に、明智と徳川の幟を背負った兵が崖下を駆け抜けていった。

小平太は仕掛けの紐を引いた。当て板が外れ、大岩が雪崩となって崖下へと転がっていく。なおも追いすがろうと走る朝倉軍の頭上を襲った。

そこへ惣八が次なる焙烙玉を投げつけた。崖下に炎が渦巻き、敵兵の叫びが谷を埋めていく。

「我らも行くぞ」

仕上げを見ていた七郎兵衛が忍び言葉で告げた。今ごろは先に逃げた鉄砲衆が崖上へと移り、敵を待ち受けている。小平太らもまた、さらに西の崖へと走らねばならなかった。

七郎兵衛が大悟の亡骸《なきがら》に火を放った。手を合わせる間もなく、駆けだした。小平太も惣八と頷き合い、あとを追った。傷を負ったくるぶしが痛み、わずかに遅れを取った。

「どうした、小平太。初仕事に足が震えたか」

「かすり傷だ」

命を落としたのは大悟一人ではなかった。金ヶ崎城から若州道まで、多くの兵の屍が今も取り残されている。彼らはこのまま朽ち果て、やがては土へと返る。そしてまた、この屈辱を晴らすために信長が越前へと兵をくり出し、新たな屍が置き去りにされていく。

死を恐ろしいとは思わなかった。ただひとつ、大悟は死の間際に何を思ったろうか、それがずっと気がかりだった。


信長は甲冑《かっちゅう》まで脱ぎ捨て、走りに走ったという。朽木峠を越えて京に戻るや、本能寺に宿を取った。朝倉と浅井の追い討ちはなく、光秀らの殿軍も、一日遅れで西近江の外れへと逃げ延びた。

木下秀吉と池田勝正の軍勢は京への帰路についたが、光秀にはまだ仕事が残されていた。丹羽長秀と若狭へ出向いたのである。

そもそもの出陣の口実は、武藤友益の討伐だった。信長軍に恐れをなした武藤は、すでに人質を出すと誓約していた。その母親を受け取り、城を打ち壊させたのである。

光秀が京へ戻れたのは、信長から遅れること七日目、五月六日のことだった。

小平太と惣八は、そのまま明智の京屋敷に残された。先に戻り着いた忍びは、すでにまた近江への斥候に出ていた。甲賀へ逃げたはずの六角承禎までが機に乗じて挙兵したため、岐阜への帰路が途絶えかけていたのである。

夜になって小平太は、光秀に呼ばれた。奥書院へ急ぎ、庭先に降り立つと、光秀は一人文机《ふづくえ》に向かって書をしたためていた。

「こたびの戦、そなたらの働きがなければ、どうなっていたかわからなかった。御屋形様もいたく喜んでおられたぞ」

信長がいくら喜ぼうと、その陰で幾人の男が命を落としたことか。

「大悟といったな」

ふいに名を出され、小平太は虚を突かれて返事が遅れた。上忍でもない忍びの名を、光秀が知っているとは思いもしなかった。

「はい……風花の大悟。そう我らは呼んでおりました」

光秀は筆を止めて、丸く切り取られた下地窓《したじまど》のほうへ目を向け、小さく頷きを見せた。

「良い名だ。親族はおるのか」

「隠れ里で育った者から、親兄弟の話を聞いたことはありません」

皆、身内を亡くし、生きる術を失ったあげく、忍びの道を行くしかなかった者ばかりだった。

「大悟というのは、生まれつきの名か。それとも与えられたものか」

「本当の名を知ってどうするのでしょうか」

訳がわからず、聞き返した。

光秀がやっと、縁先にかがむ小平太を振り返った。

「……供養のために名を知りたい。こたびの戦でわしは三十一人もの家臣を亡くした。その者らのおかげで、今の我らがある。それを忘れぬため、名を記して供養するのじゃ」

小平太は光秀の手元へ目をやった。経でも写しているのかと思ったが、そうではなかったらしい。

「お尋ねします。供養して何になるのでしょうか。浄土などあるとは思えません」

胸に湧いた懐疑の念を、そのまま口にしていた。

「ないかもしれぬな」

「では、なぜ供養など、と」

「信じることで、わし自身が救われたいのかもしれん」

言い終えると光秀はまた筆を執り、死んだ家臣の名を書き連ねていった。

白い巻紙の上に、風花の大悟、と新たな名が墨で記されていく。まさしく風花のように大悟は散った。我らが忘れてしまえば、大悟と呼ばれた忍びがこの世に生を享け、天下布武の言葉を信じて戦い散ったことなど、誰も知らずに終わる。

「――早く傷を治せよ」

言われて光秀を見つめ返した。わずかな足さばきから、傷のことを見抜かれていた。

小平太は深く一礼すると、足首の痛みに耐えて庭を離れた。

死の痛みを思ったからでもないだろうが、傷がまた疼《うず》いた。回廊横の庭にうずくまり、そっと息を堪えた。

と、そこに母屋から足音と衣擦れが近づいた。

女とおぼしき足音だった。庭先の闇にうずくまっていたのでは、叫ばれるかもしれない。立ち去ろうと身を起こした。

「お待ちください」

回廊の先で、鈴のように軽やかな、それでいて芯のある声が放たれた。気配を悟られたらしい。ただの端者《はしたもの》ではなく、奥を守るために剣術の心得を持つ女だろうか。

小平太は振り返り、一礼して立ち去りかけた。が、回廊の先に立つ人影を見て、息を呑んだ。

まだ童にしか見えなかった。せいぜい九つか十。薄桃色の汗衫《かざみ》に、濃い紅の細長《ほそなが》を羽織っていた。

皿と椀《わん》の載った盆を支え持ち、じっと闇夜の烏《からす》を見据えるような目を向けてくる。

「足をお痛めになっておられますね」

立ち去ろうにも、その足が動かなかった。まさかこんな小娘にまで見抜かれるとは……。よほど心得のある端女か。

「そこに」

言うなり娘が回廊から庭の暗がりへと下り立った。思い詰めたような顔で歩み寄ってくる。

「ちょうど父に塗り薬をお持ちするところでした」

小平太は耳を疑い、わずかにあとずさった。この先の書院には、光秀しか——いない。

「お気持ちは確かに」

言って立ち去ろうとしたが、走り寄る娘に一喝《いっかつ》された。

「なりません」

その強い響きに、またも小平太の足が止まった。

「家臣は武将の宝。父がいつも申しております。さあ、傷をお見せください」

娘は盆を置いて懐紙を襟元から取り出すと、器に入った薬をすくい取った。そのまま小平太の足元にかがんだ。

されるがままになっていた。傷口に触れられて疼きが増したというのに、声すら出せなかった。

月明かりを受けて朧《おぼろ》に浮かぶ娘の顔が、死んだ妹を思わせた。生きていれば、この娘よりもう少し大きくなっていただろうか。

また新たな衣擦れが近づいた。

「玉子《たまこ》様、いかがなされましたか」

娘は立ち上がるなり、蜆《しじみ》のように小さな口を引き結んでから一礼した。小平太はできそこねの木像のようにただ立っていた。

「傷が痛むようなら、また薬をお持ち致します。遠慮なさらずお伝えください。では」

話には聞いていた。殿には玉子という名の娘がおり、雛《ひいな》のように愛らしく、才に長けている、と。

咎め立てする侍女の声が耳に届いた。

「玉子様がなされるようなことでは……」

「かまいません。さあ、参りましょう」

回廊を二人のおなごの影が去っていった。

その後ろ姿が柱の陰に消えても、小平太は庭先の小暗がりから動けなかった。

幕間の一

これはこれは――かなり趣《おもむき》に富むお話でございますな。

いえいえ、笑うなどはもってのほか。お武家様の慧眼《けいがん》に、拙僧《せっそう》、痛く感じ入っておるところにございます。

はい……。『甲陽軍鑑《こうようぐんかん》』という軍書の名は存じ上げております。何でも、武田信玄《しんげん》公が重臣に三十人の透波《すっぱ》を配し、そののち〝三《み》つ者《もの》〟という忍びの群れを調えた、と記されているとか……。上杉謙信公も〝軒猿〟と呼ばれる忍びの衆を配下に抱えられていたと記す書があったように思います。

そうでございますか。出雲《いずも》の尼子《あまこ》経久《つねひさ》が〝鉢屋《はちや》衆〟という透波を抱え、毛利家に受け継がれたのでありますか。それは初耳にございます。

ほう……。薩摩《さつま》の島津家には、〝山潜《やまもぐ》り〟という忍びがおった、と。ほかに拙僧が小耳に挟んだのは、伊達《だて》政宗《まさむね》公の〝黒脛巾組《くろはばきぐみ》〟と、北条家の〝風魔〟ぐらいのものでしょうか。根来《ねごろ》の僧兵も忍びと変わらぬ役割を務めていた、と聞きかじったこともございます。

そうそう……。徳川家康公にも、〝槍の半蔵《はんぞう》〟として名高き服部《はっとり》半蔵殿が仕えておられましたが、そもそも伊賀の出で、多くの忍びを束ねられていた、とか。本能寺にて信長様が討たれた折に、家康公が京から決死の伊賀越えにて三河へ戻ることができたのも、半蔵殿と配下の忍びがあったからと噂されたものでした。

お武家様が仰せられるように、名を知られた大名家では、必ずと言って良いほど、配下に忍びを抱えていたとの逸話が残されております。

ところが――、織田信長様に限って、なぜか忍びの逸話を耳に挟んだことがございません。太田《おおた》牛一《ぎゅういち》殿の手による『信長記《しんちょうき》』にも、それらしき話はひとつとして残されてはいないと聞き及びます。

天下を一度は掌握なされた名将が、配下に忍びをしたがえていなかったとは、確かに少々考えにくいところがございます。実はいたのだ、と言われたほうが、なるほど、遥かに納得がいきましょう。

しかしながらそうなると、忍びを使っていたにもかかわらず、なぜ『信長記』はもちろん、ほかの軍記物にもそういった逸話が出てこないのか。信長様の家臣すべてが口を噤み、あえて黙したままでいようとした大いなる訳でもあるのか、と疑いたくなって参ります。

その訳を、明智光秀殿にこそある、とご推察なされるとは、まさに慧眼の極み。

光秀殿が忍びを束ねておられたのなら、その手柄を口にするのは憚《はばか》られたように思えます。主君信長様を討たれた光秀殿は逆臣の最たるものであり、その手柄はあまねく覚え書きの類から消されたに違いないのでございますから。

その証が『信長記』であるとは、納得至極。先の太閤様と並ぶ重臣であったにもかかわらず、『信長記』に書かれた明智光秀殿の行跡《こうせき》は驚くほどに少なく、あえて手控えられたのでは、との思いを抱きたくなるほどにございます。

中でも金ヶ崎殿軍の逸話などは、若き太閤様の名を記すのみで、光秀殿はおろか、早くに亡くなられた池田勝正殿のお名までが見当たらなくなっておる始末です。これなどは、太閤様の奮戦振りを物語る『天正記』に遠慮でもなされ、やはりお筆を控えられたとしか考えられません。

また、信長様がいくら家柄を重んじる方でなかったにせよ、譜代の家臣でもない光秀殿が、織田家の中で先の太閤様と肩を並べるほどの重臣として取り立てられていった訳も、忍びによる多くの語れぬ手柄があったとなれば、なるほど得心できる気もいたします。

しかも、甲賀の出である和田惟政殿が信長様の勘気を被ると、その機をとらえたかのように、ちょうど光秀殿が幕臣の身をお捨てになって織田家へと移られてもおります。

まさにお武家様の見込んだとおりに思えまする。

ただ……。

拙僧はかすかな訝しみを抱いてしまうのです。

真に光秀殿が忍びを束ねていたとするならば、たとえ書物に残されずとも、もう少し世の語り草になっても良いように思えるのです。

なるほど光秀殿は主君の寝首を掻いた憎むべき逆臣であり、その手柄を声高に語るのは憚られたでしょう。が、人の口に戸は立てられぬはず。京童でなくとも、世情を面白おかしく語りたがるのは、民草《たみぐさ》の習性《ならい》と言えます。光秀殿が小栗栖で死んでいなかったとの逸話も、その習性から生まれたものに違いありません。であるなら、なぜ忍びを束ねていた事実が語られずにきたのでありましょうか。

拙僧は、そこに太閤様の影が落ちているように思えてしまうのです。

はい……。お武家様ならご存じでしょうが、太閤様に仕えられていた蜂須賀正勝殿は、そもそも尾張の河畔を根城とした川並衆《かわなみ》の頭領であったと聞き及びます。地侍と言うより、透波まがいの男らが多かったとか……。

この噂がもし真実であったのなら、先の太閤様も忍びまがいの者を使っていたことになりましょう。『信長記』や『天正記』にはもちろん、そのような逸話はしたためられておりません。これも、雅やかであるべき太閤様を慮り、お筆を控えられたものと思われるのです。

そうでございますか。お武家様も同じように考えられますか。これは差し出がましい口を挟みまして、失礼をば致しました。

はい……。信長様の重臣で、忍びを束ねておられた筆頭が明智光秀殿であり、先の太閤様であった。そのおひと方が主君を葬る道を選び、残るおひと方が忠臣として仇を討って天下人となられた。それゆえに、信長様が忍びを使っていたと記す書物はなくなり、武家や民草までもが太閤様の目を恐れて口を噤み、もはや今ではほとんど語られることもなくなった……。

もともと武将は己の武勇と才覚を誇りたがるものにございます。忍びとは、その名のとおりに、人の目を忍んで陰を歩くべきもの。卑しくも小賢しい策のひとつ、と見られていたと思われます。

それにしても、お武家様のように若やかなお方が、何ゆえ戦国の忍びなどを気にされておいでなのでしょうか。

さようで――。お探しの小平太というお人が、かつて忍びであったと仰せですか。

長らく生きておりますと、忍びの噂を聞くこともありましたが、この目にて確かめたことは一度も……。お武家様もそうでありましょうな。拙僧も話の種に、その小平太殿というお方にお目にかかってみたいものでございます。

しかしながらまた、なぜこんな死に損ないの愚僧を、その小平太殿とお取り違えになられたのか……。

そうですか、まだ話の先が――。はい、聞かせていただきとうございます。近頃これほど趣に富む話はとんと耳にしておりません。

ささ、もっと火のそばにお寄りください。

夜はまだ更け始めたばかりにございます。

第五章　災いは本能寺にあり

一

頭上を覆う夜陰が朝の陽に押されて開けゆくと、姉川《あねがわ》の先に浅井と朝倉の幟が立ち並んでいた。横山城攻めにかかった信長軍の背後を突こうと、いよいよ全軍にて小谷城を出てきた。まさに狙いどおりの動きであった。

光秀は直ちに信長のもとへ馬を走らせた。すでに斥候からの知らせを届けてあったため、本陣に驚き慌てる様は見られなかった。城攻めにかかっていた兵が早くも戻り始めており、川向こうへと陣の構えを変える動きに出ていた。

信長の決断はいつも早い。その意を汲んだ諸将の動きからも、この戦に懸ける気構えがひしと感じられた。

「十兵衛。公方の兵はまだ来ぬか」

信長は近づく光秀を目に留めるや、昨夜に続いて同じ問いをぶつけてきた。

近江坂田郡の堀秀村が内応に傾いたと知るや、信長は自ら兵を率いて浅井長政の討伐に打って出た。その際、将軍家からも兵の助勢あるべし、との書を送りつけていた。

「しかるのちに細川藤孝殿をはじめ、三淵藤英《みつぶちふじひで》殿、一色藤長《いっしきふじなが》殿の軍勢が到着するはずにございます。

そう知らせがすでに届いております」

「兵を出したと言うか。それにしては動きが遅すぎるとは思わんか」

その口ぶりで、信長がまだ義昭を疑っていることが知れた。

妹を嫁がせた浅井長政が、いくら朝倉との縁が深かったにせよ、己一人で寝返りを決められるはずはない、と見ているのだ。今こそ信長を討つ絶好の機、と唆《そそのか》す者がいたのではないか。

越前への討伐軍は、若狭の武藤を討つために集められた。家康をはじめとする諸将にも、朝倉を討つとは伝えられていなかった。

が、ただ一人、信長の真意を知る者が京の地にいた。信長から五条にわたる戒《いまし》めの書を突きつけられた将軍義昭、その人である。

義昭はその文面から朝倉征伐を見越して、信長を追い詰めるべく、朝倉方に密書を送ったのではなかったか。そうであれば、敦賀を明け渡しておいたうえで、信長軍を木ノ芽峠で挟み打ちにするという妙手にも納得ができる。

「すでに藤孝殿らは京を発たれたものと――」

執り成しの言葉を継いだが、信長は冷ややかな笑みを送り返してきた。

「十兵衛。おぬしはまだ幕臣であったな」

「――はい。わずかですが、幕府の御料所から、禄を得ております」

「ならば、遅すぎる幕府の兵の分も、とくと働くのだな」

力なき将軍家にいつまでこだわっておる。早く腹を固めよ。信長の見据える目が強く誘いかけていた。

「我ら明智、心してこの一戦に臨む所存にございます」

口なら何とでも言えるわい。そう返す代わりに、信長はぷいと横を向いた。脇に控える重臣らの眼差しが、痛いほどにそそがれてくる。もし将軍が、浅井の寝返りの裏で動いていたのなら、目に物見せてくれよう。一目散に京へ逃げ帰った恥辱を、多くの家臣が今なお胸に抱えているのがわかる。

「弥平次、徒の者を今一度引きしめよ。我らは幕臣としての働きをも見せねばならぬぞ」

軍評定を終えて男どもの前に走り戻るや、義弟に耳打ちした。

「それがしが尻をたたかずとも、明智の兵どもは働きまする」

何を言われるのか、と目で問い返された。戦を前にした高ぶりを、弥平次が正面からぶつけてきた。

「おう。よくぞ言った。兄を笑い、叱り飛ばしてくれるか、弥平次。わしは明智の兵を見くびるところであった。兵を信じられぬ大将では、勝てる戦も落としかねぬ。わしの横面を張り飛ばせ」

「御免」

軽く辞儀を返すなり、弥平次は大袖を揺すって平手をくり出してきた。まったく遠慮のない打ち据え方であった。が、痛みは感じなかった。命懸けの戦を前に、はたかれたぐらいの痛みなどは、血滾《たぎ》りの中へ紛れてしまう。

「これで目が覚めたわい。礼を言うぞ」

「――者ども。殿はこの一戦に懸けておられる。ゆえに頬を張らせて、自ら気合いを入れられたのじゃ」

実に上手いことを言う男だ。兵を鼓舞しに歩む義弟の逞しい顔を見つめ、光秀は笑った。戦を前にして笑える己の幸福を感じずにはいられなかった。

横山城攻めに集められた信長軍は一万五千。浅井は六千強。越前から駆けつけた加勢が八千に近い。となれば、敵は一万四千。勝負になると見込んで討って出たのであろう。が、横山城を攻める間に、家康軍五千が三河から駆けつけていた。今や信長軍は総勢二万を超える。

「金ヶ崎での恨みを晴らしてくれる」

巳《み》の刻ころ——。徳川軍の先鋒酒井忠次《ただつぐ》軍が姉川の流れを越えて朝倉軍に挑みかかった。それを見た浅井軍が兵を押し進めた。

「来るぞ。鉄砲衆、前へ」

伝令の兵が声を嗄らして陣中を駆け巡る。

光秀は急ぎ張り巡らせた柵の前に鉄砲衆を置き、敵の渡河《とか》を待ち受けた。

姉川の水面《みなも》がなだれ込む人馬によって、驟雨《しゅうう》を浴びたごとく波立った。照り渡る夏の陽を跳ね返して、飛沫《しぶき》が虹《にじ》を描いて光り輝く。その帳《とばり》を突き破って、敵の槍足軽が迫った。織田軍の先駆けとして、美濃衆の坂井政尚《まさひさ》が迎え出る。

敵は織田家の持つ鉄砲の力を充分に承知していた。一旦退く構えを見せてから、右と左の二つに別れた。迫る敵につり出された形の坂井軍が、流れの中で立ち往生する。両軍入り乱れてしまえば、鉄砲での迎え打ちは難しくなる。

「兄上。これでは敵を撃てませぬぞ」

弥平次が迷いを見せて低く呻いた。

ここが攻め時と見て、浅井の兵が陸続と川を渡りだした。

「押し返すのじゃ。十兵衛、行くぞ」

柴田勝家が馬を駆って叫んだ。遅れてならじと、光秀も麾下に号令を発した。

敵にもまれる坂井軍を案じて、同じ美濃衆の安藤、氏家軍が川上から攻め入った。秀吉の軍も続いている。

数では確かに勝っていた。が、そういった思い上がりを抱いたのでは、寝首を掻かれかねない。浅井は内室の兄を裏切るという蛮勇を奮い、挑んでいた。その決意は徒の者らにも通じている。

光秀も河原を攻め寄せ、馬上から槍を突いた。たちまちにして川面が血の色に染まっていく。

頭上からふいに矢が雨となって落ちてきた。出鼻をくじかれたところへ、敵がこぞって押し寄せた。崩れた陣形を建て直そうと人馬を集めにかかれば、また別の方角から敵が突き進んでくる。

一点を貫くと見せかけて、波のように次々と兵を進ませて押し破ろうという策であった。勝家軍と後ろから陣を支えに走るが、敵は嘲笑《あざわら》うように攻め所を自在に変えていく。

川上から大きく迂回した安藤と氏家の軍勢が、川向こうに陣取った敵の弓足軽を蹴散らすと、ようやく敵の攻めが鈍った。

これで勝機が見えた。

「者ども、我に続け。押しまくるのじゃ」

自ら槍を振るい、光秀は皆を叱咤した。

あとはもう数の差がものを言った。越前からの加勢八千を、徳川軍が抑えきったことも大きかった。やがて浅井軍がずるずると退却を始めた。

それを見た信長が馬廻りの赤母衣《あかほろ》衆を前に押し進めた。

「追い詰めよ。敵を踏み散らして、長政の首を取ってこい」

巻き返した織田軍は深紅に染まった川を越えて挑みかかった。逃げようとする敵を切り崩し、首を刎ねながらの追い打ちとなった。

浅井と朝倉の軍勢は散り散りとなり、多くが小谷城へと逃げ落ちていった。いつものように信長は手始めに城下を焼き払わせた。血気に逸る顔の秀吉が、このまま城を囲むべしと進み出たが、信長は全軍を横山城へと退かせた。

「いやいや、十兵衛殿、御屋形様は何をお考えなのであろうか」

横山城を囲む手筈を調えるさなか、本陣に寄った光秀のもとへ秀吉が鼻息荒く近づいてきた。

「小谷城は要害の地。一気に落とすのは難しいでしょう。その間に事が起こっては困る。そうは思われませぬかな」

「あいや——その兆しあり、と申すのか」

忍びからの知らせか、と秀吉が黒目がちの小さな目をむいた。

「お忘れですか、秀吉殿。金ヶ崎でも敵を追い詰めようとした矢先、浅井の裏切りにあったのですぞ」

もし信長が怪しんでいるように、浅井朝倉を唆した者がいるならば、また同じような策に打って出てくることも考えられた。

この五月には、信長が岐阜へ戻る際、千草《ちぐさ》の峠道で、六角方の手の者に襲われるという事態も起こっていた。しかも、鉄砲の玉が身をかすめるという危うさであった。浅井朝倉のみでなく、信長を討とうという者が、疑いなく今また動き始めている。

「御屋形様は多くをこの北近江に率いてこられた。その分、今は京の備えが手薄になっております」

「では……本国寺を襲われた時のように、またぞろ三好勢が京へ進みくるかもしれぬ、と——」

「備えあれば患《うれ》い無し、と申すではありませんか」

「十兵衛殿。そなた幕臣の身でありながら、なぜそのように落ち着いていられる。もし将軍が手引きしているとなれば、そなたは織田家中の鼠と思われますぞ」

声をひそめつつも、秀吉は嚙みつかんばかりの形相を近づけてきた。

「それがしの役所《やくどころ》は、わきまえております」

秀吉に言われるまでもなかった。義昭とその近臣の動きを見るため、すでに武家御所を忍びに見張らせていた。

もし明智の忍びが将軍を追い回していると奉公衆に知られれば、進退どころか、身の上さえ怪しくなる。が、いくら信長に首の根を押さえられたからと言って、自らの不徳を顧みずに叛意《はんい》の爪を磨こうとするのでは、将軍職を忘れて、多くの民の願いを足蹴にする勝手極まりない振る舞いと言えた。

将軍とは、天下静謐のために尽力する役所である。自らを担ぎ上げてくれた信長に意趣返しをするため、相伴衆《しょうばん》にある大名を手引きして戦を仕掛けるなど、あってはならなかった。

小谷城に睨みを利かせるため、横山城を落とした信長は、浅井への備えに秀吉を城番として残し、一旦京へ立ち寄った。浅井と朝倉を姉川にて打ち破ったことを、武家御所の義昭に自ら知らせるためである。

おまえが裏で動いていたのか。見ろ、返り討ちにしてやった。飾りの人形らしくおとなしく座していなくば、おまえも二の舞ぞ。そう告げるために京へ入ったのである。

「大儀であった」

信長を待たせたうえで謁見の間に現れた義昭は、ことさら面《おもて》を変えずに、さらりと告げた。

下座にいた光秀の目からも、無理をして取り繕った顔に見えた。が、そもそも将軍の思惑を蔑ろにして動く信長に、義昭が機嫌を損ねているのはもとより明らかであり、陰で手を引いていたかどうか、その様を見て決めつけることはできなかった。

信長はひとまず岐阜への帰路についた。またもすぐ京を空けたのは、義昭の次なる動きを見るためである。

「そこまで疑っていますかな、信長殿は」

武家御所に参殿した藤孝に真顔で問われ、光秀はしかと頷き返した。

「京へ入ったのは、御所の出入りを見張らせる手筈を調えるためもあります」

「まことか」

「はい。藤孝殿にはお話ししますが、すでに明智の忍びも――」

多くを語らず、目で訴えかけると、藤孝は回廊の端を慌てて見回してから、ずいと光秀に身をすり寄せた。

「そなたまで……」

「藤孝殿も、それとなく公方様の周りにどうぞ目をお配りください。愚かなささやきをくり返す輩がおるかもしれませぬからな」

「確かに、いなくもない。天下を見ずに、公方様と己の座しか守ろうとせぬ者が、な」

藤孝も額に手を当てて先を案じた。

もし信長が窮地に陥ったなら、民や多くの大名は必ずや将軍の威信を頼ろうとする――そういう甘い夢を、義昭なら安易に抱きそうであった。また武家御所の中には、義昭に取り入り、側近の座に上り詰めようと狙う者が増えている。が、今の将軍家に武将を束ねる力など、あるはずもなかった。

京屋敷へ戻ると、中奥の庭に七郎兵衛が待ち受けていた。

「信長様の家臣が門を固めておりますゆえ、それらしき雲水の出入りはありません。が、油座や宮大工など神人《じにん》の出入りが増えたとの話があります」

国境を越えて荷を動かす商人らは、神社の名と威信を借りて関所を越えようと、神人となる者が少なくなかった。当然ながら、武家御所に出入りする商人は多い。また、神人には僧兵の流れを汲む者らもいた。密書を預けるには格好である。

「出入りする神人らのあとをたどれ。できれば、早急に、だ」

「浅井朝倉の動きも見張らねばなりませんが」

「そちらは横山城の秀吉殿も手がけておる。念のために話を通しておこう」

光秀はすぐに横山城へ使者を走らせた。秀吉の下にも、〝川並衆〟という忍びまがいの者らがいた。ところが、神人らの動きを確かめるより早く、思いもしなかった知らせが届いた。摂津高槻城の和田惟政より、火急の使者が駆けつけたのである。阿波に逃げ落ちていた三好軍が、またも海を渡り、摂津の野田と福島の地に砦を築き始めたという。

その時の義昭の動きが早かった。信長に知らせを送るや、畿内の守護職に三好討伐の命を下した。

「兄上。まるで公方様は、三好の襲来を喜び勇んでおるかのように見えますな」

出陣の支度を調えるさなか、弥平次が訝しみを秘めた眴《めくばせ》を寄越した。

「いらぬ愚痴はたたくな。三好は公方様の兄上を手にかけた者らぞ」

ひとまず弥平次を窘《たしな》めはしたが、光秀の胸にも懸念は湧いた。

兄を殺した三好に、義昭が通じているとは考えにくい。が、信長が浅井朝倉との戦いを終えていない今こそ、京を取り戻す機ではないか。そういう唆しを、浅井朝倉の名を騙って仕掛けた、との見方はできた。

信長も同じように考えたと見える。岐阜を発って本能寺に陣を置くや、信長は武家御所に使者を送った。畿内の守護に号令を発したのなら、公方様御自ら出陣すべきではないか、と――。

おまえが手引きしていないのなら、ともに戦えるはず。嫌とは言わせぬぞ。そう告げるための使者であった。

もし裏で手引きしていようと、義昭がともに出陣するのならば、敵もさらなる策には出られまい。そう信長は見込んだのだ。

面と向かって詰め寄られた義昭は、いかにも渋々と腰を上げた。

信長と義昭は摂津へ進み、三好の砦に近い海老江《えびえ》に陣を張った。光秀も麾下をともない同道した。先に出陣した和田惟政や松永久秀らの奉公衆と守護勢が、中島《なかじま》の地の東から南を固めて三好軍の砦を囲んだ。信長と義昭の軍は四万近い数になった。

九月十二日、鉄砲の撃ちかけによって、砦攻めが始められた。

三好軍一万強は、砦に籠もるしかなく、早々に和睦を申し入れてきた。

「公方様。ここで本国寺を囲んだ狼藉の恨み、討ち晴らしましょうぞ。力攻めにて三好を滅ぼす絶好の機ですからな」

軍評定の席で信長に射すくめられた義昭は、上辺《うわべ》を繕《つくろ》ったような顔で首を縦に振った。

四万という軍勢は、信長の恐れが集めさせた数であった。まだ何かあるのではないか。和睦などは敵の策のうちかもしれない。

光秀にも先はまったく読めなかった。ひとまず和睦を呑めば、自軍に犠牲は出ない。数で勝っているとはいえ、ふたつの砦を破るのには時も要する。その隙を突いて、また浅井朝倉が動きだすかもしれなかった。

その夜——。明日に備えて静まる本陣に、一頭の早馬が走り寄せた。

「お知らせいたします。楼岸《ろうのきし》の砦が襲われております。本願寺《ほんがんじ》から一揆勢が押し寄せ、その数一万……今なお増えています」

すでに甲冑の紐を解いていた光秀は、すぐさま信長のもとへ駆けつけた。

本願寺から一揆勢が打って出てきた……。これが次の計略ではないのか。

石山本願寺は、八日に信長軍が陣を張った天満森《てんまがもり》の向こう岸にあった。襲われた楼岸砦の東、ほぼ半里の地である。いつのまに多くの門徒衆を集めていたのか……。

「たわけが。なぜ気づかなかった」

汗衫《かざみ》姿で起き出した信長は、乱れた髪をさらに振り乱して誰彼かまわず当たり散らした。

「しかしながら、伊勢長島《ながしま》を攻めた際に、願証寺《がんじようじ》の門徒衆とはすでに和睦をしております……」

佐久間信盛が深々と頭を下げて言った。

あの時は、戦の前に門徒衆の動きをつかみ、わざわざ京から名僧を招いて執り成しに当たらせた末の和睦であった。が、この信長軍の狙いは三好の討伐にこそある。そう石山本願寺もわかっていよう。将軍義昭までが参陣しているのだ。その上意軍に公然と襲いかかってくるとは、まさに不意の事態であった。

「うぬ……公方などは魔除けの護符にもならぬわい」

信長は持ってこさせた床几を蹴りつけ、わめき散らした。

「畏れながら申し上げます」

光秀が後ろから進み出ると、怒りの眼差しが待っていた。公方の手の者。信長のみならず、重臣らの目が痛いほどに刺さってくる。

「今こそ公方様にお力を見せていただく時かと存じまする。本願寺はそもそも帝より寺号《じごう》を賜っており、勅願寺《ちよくがんじ》のひとつでもございます。帝の命には逆らえないはずです」

「おお、よく言ったぞ、十兵衛」

胸をはだけるほどに取り乱しかけた信長が、はたと手を打つほどの喜色へと変わった。

おまえが手引きしたのでなければ、己の力で帝へ働きかけてみせよ。将軍ならば、それくらいの力はあろう。

信長は直ちに義昭のもとへ使者を送り、有無を言わせず重任を押しつけた。義昭の腰が重いと見るや、自ら陣所へ赴くという念の入れようであった。

「十兵衛。浅井朝倉の動きは見ているであろうな」

信長は本陣に光秀一人を呼び出すと、人を介さずに自らの口で確かめた。

「秀吉殿からの知らせはまだ来ておりません」

「あやつらは必ず動くぞ。その気配ありと見たなら、直ちに勝家と京に駆け戻れ。今より支度を調えておくのじゃ。藤孝だけでは心許ないでな」

「御屋形様はいかがなされますか」

「うつけが。わしが動いてどうする」

怒りを露わにするほどの問いかけではなかった。が、信長は肩をそびやかして睨みつけてきた。

その取り乱しように、光秀は悟った。あくまで信長は義昭の側に留まる気なのだ。護符としての役にも立たぬ、と腐《くさ》しておきながら、万一の際には義昭を盾《たて》とする腹づもりでいる。

この抜け目なさがあるから、尾張守護代の家臣という身上から、天下をうかがうまでの武将に上れたのだ。が、もとより光秀も、義昭とともにあるべし、と進言するつもりであった。

臆する様を見せない光秀に気づき、信長はなおも睨みを利かせた。

「さっさと支度をせんか。勝家に兵をまとめよと言い置くのじゃぞ」

信長も人の子。威厳を取り繕って語気強く光秀に言い渡した。

「御意にございまする」

光秀はすぐさま手筈を調え、軍勢をまとめ直した。門徒衆はなおも川を越え、天満森の砦へと押し寄せている。

信長軍は三好への攻め手を退かせて、取り急ぎ二万近くの兵を送り込んだ。その慌てぶりを見届けたらしく、今度は三好軍が砦から攻め出してきた。しかもそこに、秀吉の手の者が火急の知らせを届けに来た。

「やはり浅井は動いたか」

「はい。琵琶湖の西を南下しているとのことです。その数、三万強」

使者の慌ただしい口上に、甲冑を身につけていた信長は仁王のごとく目を見開いた。

「たわけを申すな。浅井と朝倉に三万もの兵を出す力があるものか」

「近江の一揆勢が加わっておるとのことにございます」

またも一向宗門徒の仕業であった。明らかに、信長が摂津に出張ると見越したうえで、すべての支度を調えていたとしか思えなかった。

やはり手引きした者が、いる。

「権六、十兵衛。直ちに京へ駆け戻れ」

信長は、大鎧の総角《あげまき》を結びにかかった小姓を振り飛ばすほどに叫んだ。

まさか近江へ三万もの兵が押し寄せるとは……。

北近江と京をつなぐ要所の宇佐山《うさやま》城には、森可成《よしなり》ら三千の兵しか置いていなかった。

「弥平次。先に忍びを放て。信長軍が京へ戻ると告げて回らせよ。京の町衆を慌てさせてはならぬ。できるなら、敵方にも知らせを届けよ。我らが戻ると知れば、あやつらも迂闊に京へは押し入れまい」

光秀は柴田勝家につきしたがって京へ駆け戻った。

金ヶ崎の殿軍に匹敵する走りで上洛すると、京屋敷へ立ち寄る暇もなく、武家御所の警固に詰めた。内裏へも兵を回さねばならなかった。

そこへ、森可成討ち死にの一報が入った。門徒衆の加勢を得た浅井朝倉軍は、宇佐山城を破って京の鼻先へと迫りつつある。

「浅井朝倉軍、山科《やましな》へ火を放ちました」

斥候からの知らせが続々と入る。山科は武家御所から東に二里もなかった。

「勝家殿。ここは我らが守りまする。御屋形様に早くお戻りくださるよう、お伝えください」

このまま浅井朝倉軍が京に攻め入ろうものなら、本国寺を囲まれた時よりも分が悪くなる。今は三好と石山本願寺にかかずらっている時ではなかった。何より京の地を守らねば、今日までの信長の威光は消え、またぞろ多くの輩が好き勝手に動き出す流れとなる。

「頼むぞ、十兵衛。それがしは御屋形様をすぐにお連れする」

勝家は兵の多くを残してくれた。いずれ藤孝からも加勢が駆けつける。

「兄上。またも損な役回りを買って出るとは、本当に人が良すぎますぞ」

「聞きあきたぞ、弥平次。今は篝火を焚け。京に明智光秀ありと民に知らしめるのじゃ。こたびこそ明智の桔梗紋を堂々と掲げよ」

「すでに次右衛門が取りかかっております」

どうりで先刻から次右衛門や伝五の姿が見えなかったわけである。つくづく目端の利く義弟に恵まれたものだ。

光秀は御所の裏へ回ると、七郎兵衛を呼び寄せた。小平太と惣八を連れた七郎兵衛が音もなく庭先に降り立った。

「すでに京童は殿のお帰りを知っております。それと、馴染みの商人を使い、公方様も直ちに戻ると触れ回っているところにございます」

「醍醐《だいご》の山から焙烙玉を見舞わせてやれ。早くも御屋形様の軍勢が駆け戻ったと、敵に思わせるのじゃ。急げ」

「承知」

ひざまずいていた三人の姿が、早くも消えた。軍勢が到着するまで、少しでも敵の攻め寄せが鈍ってくれれば幸い。たとえ囲まれたとしても、踏ん張るまでであった。

「兄上」

弥平次が走り寄り、低く呼びかけてきた。斥候からの知らせを上げるにしては、声に戸惑いの響きがあった。

「京屋敷から使いが来ました。尾張から急の使者が参った、と――」

このような時にわざわざ尾張から……。

目で問い返すと、弥平次の声がさらなる淀みを増した。

「それが……堯照《ぎょうしょう》上人にございます」

「お久しゅうございます」

わずかな供に守られて武家御所を訪れた堯照の面輪は、敵が迫っていると知りながら、茶の湯をたしなみに来た客人のような涼やかさを保っていた。

「お取り込み中とは存じましたが、早馬にて駆けつけて参りました。いや、馬を駆るなど、十代のころ以来。骨身に応えましたな」

近くまで来たから寄ったまで、と言いたそうな口ぶりに、光秀はかえって挙措《きょそ》を正さずにはいられなかった。

「わざわざ小牧からお見えになるとは、よほど火急の事態が——」

「そのとおり。難儀になると見えておったから、一刻も早く京へ上らねばと急ぎ参った次第にございます。しかしながら、ちと遅すぎたようですな」

「お待ちくだされ。では……堯照上人には今のこの大事が見えていた、と……」

光秀の気負いを逸らすかのように、堯照は手の数珠を軽く撫で回して、ふくよかな顎を引いた。

「いかにも。信長様が今、陥っておられる難事は、この堯照が引き起こしたようなものなのです。とうに見えていたというのに、お知らせするのが遅すぎました」

信長とて、浅井と朝倉の動きには目を光らせていた。が、ここへ来ての門徒衆の蜂起《ほうき》までは、光秀も読み切れていなかった。

堯照は悟りきった顔で嘆くように言ってみせた。

「災いのはじめは、すべて本能寺にあるのです」

本能寺——。

深意がつかめず、光秀は口の中で独りごちた。本能寺は本国寺と並ぶ京の法華宗《ほっけしゅう》大本山で、近ごろは信長が良く宿所とする寺であった。

「信長様は金ヶ崎から戻られるや、即刻本能寺に逃げ込まれました。その意が光秀殿にはおわかりであったでしょうか」

確かに逃げ込むような早さで信長は京に駆け戻った。が、本能寺を宿所としたのに、格別の訳があるとは思えなかった。強いて言うならば、本能寺は土塁に劣らぬ分厚い塀に囲まれており、守りやすい地であるということか……。

「信長様は二年前に上洛した際、初めは東寺《とうじ》に、さらに畿内平定後は清水寺に陣を張っておいででした。実はこれ、拙僧の忠言を守られたからであったのです」

「ほう。そうでありましたか」

「光秀殿なら、おわかりでしょうな。すべては人心をつかむためにございます」

「東寺は教学の根本道場と言える寺であり、これまでに足利将軍家が朝敵を征伐する際、必ず宿所とした地。清水も京で最も民に慕われ、国家鎮護の寺として名高い」

光秀が答えらしきものを口にすると、堯照はあっさりと首を横に振った。

「今はまず、先の本能寺に話を戻しましょう。信長様は金ヶ崎から急ぎ戻り着くや、なぜ本能寺に逃げ込まれたのか」

「逃げ込まれたというのは少し言葉がすぎるように思いますが、織田家はそもそも法華宗のお家柄と聞きます。まさしく釈迦《しゃか》に説法となりますが、本能寺を宿所とするのは至極当然かと……」

「そのとおり。公方様の御所をお造りする際も、信長様は法華宗の妙覚寺《みょうかくじ》を宿所とされました」

日々の題目を欠かさぬほどの熱心な信者とは聞いていなかったが、信長は若かりしころ、法華宗の津島牛頭天王坊《ごずてんのうぼう》で教えを受けた。その住持である堯照を前にしているのであるから、童でも容易く答えを出せる問いかけに思える。

「しかしながら、信長様はよほど金ヶ崎で我をお失いになられたのでありましょうな。拙僧の戒めを忘れてしまい、常から親しみを抱いておられた法華宗本山のひとつ本能寺を、ついつい頼りとしてしまわれたのです」

妹を嫁がせた縁戚に裏切られ、敵の卑怯な知略に落ちた信長の胸中には、おそらく多くの思いが渦巻いていたろう。頼りとする兵を失いかねない恐怖。まんまとしてやられたという悔恨の念。もしや京童の笑いものになっているのでは、との恥辱さえ味わっていたかもしれない。

堯照は物憂げに一度瞼を閉じ、あらためて光秀を見つめ直した。

「同じ法華宗大本山でも、本能寺と妙覚寺では大いなる違いがあります。おわかりでしょうな」

光秀は即座にふたつの巨刹の様を思い浮かべて、あ、と声を洩らした。

「そう。妙覚寺は塀もなく、町屋と並んで伽藍《がらん》が鎮座しております。が、本能寺は、本国寺に負けじと土塁《どるい》が囲んでおるのです」

その見事な土塀があったからこそ、藤孝は当初、義昭を本国寺に入れて守ろうとしたのである。

「まだお若い光秀様がお聞き及びなくとも致し方はないでしょうな。今日《こんにち》の京では本国寺や本能寺の繁栄ぶりを見てもわかるように、ようやく法華宗も立ち直り、信者が寄り集まれるようになってきております。が、つい四十年ほど前には、京で禁教とされていたのでした」

光秀は畳に手をつき、腰を浮かせかけた。

そういえば……どこかで聞いたような覚えがある。

四十年前、光秀はまだ美濃の片田舎に暮らす童であった。法華宗にそのような苦境の時があったとは、浅学にして詳しい成り行きまでは知らなかった。

「拙僧ら法華宗の信徒は、即身成仏《そくしんじようぶつ》を説くこともあり、己を磨き、自身に厳しくあろうとしております。そこが他力宗とは相容れず、よその宗門と多くの諍《いさか》いを重ねてきました。よって、我らにも落ち度はあると承知はしております。しかしながら、その荒ぶる魂につけ込む者どもがいて、我ら法華宗を唆したあげく、京に多くの災いをもたらす騒ぎがあったのでした」

「それで禁教にまで……」

「はい。天文元年《てんぶん》には、一向宗討伐のため、管領細川晴元が法華一揆の力を借りて、山科本願寺を焼失させております」

本願寺の名を出されて、光秀は喉からあふれそうになった声を呑んだ。

すぐさま堯照が応じて目を光らせた。

「そうなのです。本願寺門徒衆はいまだ総本山を焼かれた昔を根に持ち、我ら法華宗を忌み嫌っております。それだけではありません。その四年後には、法華宗と多くの諍いをくり返してきた天台山門《てんだいさんもん》衆《しゅう》六万が蜂起し、京の法華二十一寺をことごとく焼き払うという騒ぎに相成ったのでした。京は応仁の乱を思わせるほどの乱れようであったと聞き及びます。そのために、再興された法華宗の寺の多くが、砦のような構えをしており、武将の宿所に打ってつけであったのです」

「本願寺のみでなく、天台宗延暦寺《えんりゃくじ》とも諍いを重ねていたのですか……」

さらなる難事が目の前に降りてくるように思えて、光秀は細く息を継いだ。

「まったくもってお恥ずかしい話。京の公家や町衆には、いまだ法華宗を騒乱の元と見なす者らがおります。ですから、信長様に京では法華びいきを決して見せてはなりますまいぞ、と申し上げておいたのでした。新たに武家御所をお建てになる折には、普請の場に近く、土塁も持たぬ寺であるため、妙覚寺を宿所としても穿った見方をする者はなかったのでありましょう。しかしながら、本能寺を頼りとされたのは、いささか勇み足がすぎました」

信長はまだ三十七歳。天文元年には生を享けてもおらず、京での騒乱など知る由もなかったろう。

「さらに言うならば――」

まだあるのですか、と光秀は目眩《めまい》を覚えながら、堯照の良く動く目を見返した。

「細川晴元のほかにも、法華宗びいきの者が京を牛耳り、その際にも多くの騒動がくり返されております。光秀殿も良くご存じのお方ですぞ」

今になって気づかされるのでは、恥ずかしかった。

「――松永久秀殿」

いかにも、と堯照が無念を物語るように口元を引き結んで頷いた。

久秀は三好三人衆と謀《はか》って将軍義輝を暗殺。その三好勢と袂を分かつなり、山科と大和で戦をくり広げたあげく、奈良東大寺の大仏殿を焼き払うという神罰の下りかねない所行に出ている。が、宗派が違えば、いくら世に名高い御霊代《みたましろ》であろうと、ただの大きな人形《ひとがた》にすぎなかった。

将軍を奉じて新たに京を治める武将が、法華宗を信じる者であったと広まれば、確かに昔の法華一揆や久秀の乱行を知る京の町衆は大いに恐れるであろう。その話を堯照から聞かされていたため、信長は当初わざわざ真言や天台の寺を選んで陣を張ったのである。

が、金ヶ崎で敵の計略に落ちた信長は、身を守るために、ついつい慣れ親しんだ法華宗の本山のひとつ――本能寺に逃げ込んだ。

そこにつけ入ろうと企てた者がいるのである。

かつての細川晴元のように、宗徒を使いこなせば、たとえ兵が少なくとも、天下人織田信長に戦を挑める――。

信長は隠しているが、実は熱心な法華宗信者なのだ。いずれ本願寺に牙をむくのは明白。それ見よ、摂津中島に兵を率いてきたではないか。三好軍を葬った暁には、必ずや石山本願寺を、かつての法華宗徒のように焼き払うはず。ここは我らと手を組み、信長を倒すに限るとは思いませぬかな。

そういう密書を、本願寺法主《ほっす》の顕如《けんにょ》に送りつけた者がいる。その者こそが、この戦の絵図を描いているのだ。

光秀は膝の上に置いた拳を固く握りしめた。その者はかつて僧門にあったからこそ、織田家の信奉する宗派を巧みに見抜き、他宗を巻き込むという策を弄《ろう》せたのではなかったか。

「遠からず、伊勢長島でも一向宗門徒が蜂起するに違いありませぬ。光秀殿。これは大いなる争乱の、ほんの序幕にすぎませぬぞ」

光秀は深く息を吸った。血の滾りが身を炙り、汗が滴《したた》り落ちてくる。

浅井朝倉軍は琵琶湖の西岸を下ってきた。近江の門徒衆も加わっている。が、琵琶湖のすぐ西の坂《さか》本《もと》は、天台宗総本山延暦寺のお膝元《ひざもと》の町であった。

「では……上人様は、延暦寺までが御屋形様に背いて蜂起する——と」

「信長様を倒すため、本願寺を動かした者であれば、とうに延暦寺とも結んでおるでしょう。天文のころに起きた諸宗を巻き込んでの戦が、再び始まるのは必然にございます」

光秀の背筋を悪寒がぞろりと這い上がっていった。

二

急ぎ帰り着いた京の町は、黒ばむ不穏な雲気に覆われていた。

小平太は惣八とともに、光秀の詰める武家御所へ走った。

「申し上げます。坂本の港に米を積んだ船が次々と入っております。延暦寺へ運び入れるためと思われます」

「堅田《かたた》にまで門徒衆が出入りし、多くの船を調達しております。このままでは浅井方のほしいままになってしまいかねませぬ」

小平太はまた口がすぎたかと光秀の顔をうかがった。珍しく膝を揺すり続けていたが、咎め立ての眼差しを送る気配はなかった。

それほどまでに織田軍は追い詰められているのだった。少なくとも光秀は、そう受け止めている。

「弥平次。おまえは堺へ走れ。堺の町衆なら、堅田の商人を動かせるであろう。金子《きんす》がなければ、御所から米を持ち出しても良い」

「兄上。独断でそのようなことをすれば……」

「貞勝殿から承諾は得る。まずは堅田の船と商人を少しでも繋《つな》ぎ止める手立てを打っておくのじゃ。兵糧米はあとで美濃から取り寄せれば、それで済む」

「承知」

「七郎兵衛、惣八らを率いて先に堅田へ入れ。浅井方になびいたとおぼしき町衆を探っておけ。さすれば、先の話も進みやすくなる」

「御意にございます」

「小平太は次右衛門について堯照上人を明智屋敷までお守りしろ。良いな」

なぜ自分が太った坊主を守る役目なのか。不服が顔に表れていたのかもしれない。七郎兵衛が返事をせよと言いたげな目を送ってきた。

「堯照上人は御屋形様の知恵袋でもあるお方ぞ。もしものことあれば、先々の戦いにまで響くは必定。命に代えてもお守りせよ」

光秀が諭すような声を作った。そうまで言われれば、頷かないわけにはいかない。

直ちに七郎兵衛と惣八らは商人の装束を抱えて京を発った。小平太は雲水姿の旅支度を解き、草摺を取った胴丸《どうまる》を着込むや、五人の徒の者を預けられた。そのうち二人が、隠れ里から来たばかりの忍びだった。

光秀はなぜ堯照という坊主を、自らの屋敷で守ろうというのか。そもそも、織田家の知恵袋が敵の迫る京にわざわざ足を運ぶ訳もわからなかった。

明智次右衛門に導かれて、堯照上人の控える奥座敷へ急いだ。

「ほう。三人が忍びか」

堯照は小平太らの身形を目にすると、たちまちにして忍びであると見極めた。しかも、小平太に身を寄せるや、次右衛門の耳を気にしたような小声でささやきかけた。

「小僧。殺生《せっしょう》を生き甲斐にしてどうする。おまえの殺気には波乱の棘が出ているぞ」

いつだったか弦蔵にも似たようなことを言われた。

なぜそう思われるのです。目で問い返したが、目つきの悪い布袋を思わせる僧侶は妖しく微笑み返すばかりだった。

武家御所から本国寺に近い下京《しもぎょう》の屋敷までは、ほぼ半里の道。すでに摂津から帰り着いた織田軍の兵がそこかしこの道筋を固めていた。浅井朝倉軍が迫っているとはいえ、一人の僧侶を送り届けるなど楽な仕事だった。

明智屋敷では堯照を迎える支度が進められていた。次右衛門はすぐに御所へ戻ったが、小平太らはそのまま屋敷での警固についた。

それとなく気になっていたのは確かだった。小平太は庭を見回るついでに、光秀の書院へと足を伸ばした。

誰もいないと思われた奥座敷に、人の気配があった。

なぜ心の臓が大きく脈打ち始めたのか。卑しき者が入り込める場ではなかった。小平太は足音を忍ばせて庭先から回廊へと歩んだ。障子の陰に、鮮やかな朱の細長が垣間見えた。

足音を聞かれたはずはないのに、人影がにわかに振り返った。父のいない間に書物を読んでいたのだとわかる。

「これは小平太様」

跳ねるように膝立ちとなった玉子が向き直り、揺れ動く瞳を小平太に据えた。

「どうして、それがしの名を……」

それがし、などと初めて口にしていた。珍しく胴丸を身につけていたせいかもしれない。

「父上からお話を聞きました。小平太様のご朋友がお亡くなりになり、父上も大層お気を落としの様子でした」

玉子は我が身を裂かれでもしたような顔になって手の書を文机に置き、胸の前でぎゅうと両手を握り合わせた。目に惻隠《そくいん》の情を込めて見つめてくる。

「殿は武家御所の警固に当たっておいでです。おそらくは、このままたご出陣か、と」

「小平太様もご一緒なさるのですか」

どうなのだろう。同じ軍場に立つとしても、武将と忍びでは働きようがあまりに違った。

口を噤んだ小平太を見て、玉子が眉根に憂いを漂わせた。

「殿の御身は、我らが命に代えてもお守りいたします」

「ここでお待ちを」

言うなり玉子は、蝶が飛び立つ軽やかさで腰を上げると、書院の廊下を旋風《つむじかぜ》のような勢いで駆け去った。

すぐに足音が舞い戻った。見ると玉子の手には、小さな紙の袋が握られていた。

「母上が吉田神社から取り寄せた薬にございます。傷にとてもよく効くと京で評判だと聞きました。どうぞこれをお持ちください」

薬の効能に託すしか、父を案じる術を持てないのだろう。一途な眼差しをそそがれて、小平太はうつむきながら袋を受け取った。

「足りなくなったならば、どうぞ玉子にお言いつけください」

「……はい」

「今もわずかに……血の臭いがいたします」

父に渡してくれ。そう言われるのだとばかり思っていた。小平太は玉子の眼差しを受け止めきれず、回廊をあとずさって告げた。

「どうかお気になさらず。この胴丸についておった血にございましょう」

小平太はただ持ち寄られた装束を身につけたにすぎなかった。が、考えてみれば、敵が迫っているさなか、鎧を手放す者がいようか。傷つき倒れた兵から引きはがしてきたものに違いなかった。

そう思い至って初めて、血のほかにも濁りきった臭いが身に染みついている、と気づかされた。胴丸が吸い込んでいた汗もあったろうが、まるで自分の腐りかけた躰から芬々《ふんぷん》たる悪臭が放たれているような空恥《そらは》ずかしさに襲われた。

この臭いでは足音を聞かれずとも、気づかれるわけだった。小平太は我が身を恥じて退いた。

「必ずや殿にお届けいたします。ご免」

玉子の顔を見ずに駆けだした。血に染まった身で若いおなごの前に出たのでは、いたずらに身構えさせてしまうばかりだった。

「ほう……。摩訶《まか》不思議なこともあるわい」

声に気づいて目を向けると、網代垣《あじろがき》の奥に見慣れた小太りの坊主が一人で立っていた。小平太の足音に気づいて、中奥の座敷から顔をのぞかせたらしい。

堯照はまたも妖しげに微笑んでから、庭の高木を見上げて言った。

「小僧、何があった。先刻までの殺気が跡形もなく消えておるではないか。見かけどおりのうら若き男に初めて見えたぞ」

ふくみ笑いを洩らす堯照の横顔を、小平太は睨み返した。

「ほれほれ。すぐまた殺気を放つとは、騒々しい小僧だわな」

殺気を返したつもりはなかった。この坊主は何者なのだ、と訝ったにすぎない。

「小僧。それほど死に急ぎたいか」

堯照が涼しげな顔で、仏へ向かうかのように両手を合わせてみせた。

「なるほど。死ねば、この世の苦しみからすべて解き放たれる。忍びの姑息で苦しい務めも果たさずとも良い。手を汚さずにすむぶん、楽であろうな。しかしながら、おまえは今殺気とは無縁の境地にあった。少しは死にたくないとの思いが湧いたのではなかったかのう」

「死を恐れたことなどありません」

本心を語った。が、堯照は片眉を吊り上げるや、醒《さ》めた笑いを投げかけた。

「侍には戦を喜ぶ軽はずみ者がおる。己の力を見せる時が来た。必ずや武功を挙げてみせる。勇猛果敢と無謀の境目を知らぬ愚か者よ。まことの侍とは、心に恐れを抱いておるものじゃぞ。何への恐れか、おまえにはわかるまい」

「恥辱への恐れ、でしょうか」

かつて光秀に恵まれた銭のことを思い返して、告げた。

「阿呆が。恥辱への恐れなどは、体面に縛られたさもしき心の表れにすぎぬ」

「では……」

「おぬしの頭は何のためについておる。次に会う時まで、ようく考えておけ。次に会うことがあれば、の話だがな」

それまでおまえの命があるかな。勝手に殺気を放ち、勝手に死を招き寄せるが良い。そう言われた気がした。

坊主とは面倒なものだ。次に会うことなど、こっちのほうからご免被《こうむ》りたい。まだしたり顔を見せる太った坊主に背を向けて、小平太は門前の詰所へ走った。

三

琵琶の海を渡る風は気忙しくも寒気をはらんでいた。

摂津から戻った信長軍が、京で休む間もなく近江へ兵を押し上げると、浅井朝倉軍は比叡山へと登り詰め、その峰々に陣を敷いた。すべて読めたことであった。

来るなら来てみよ。叡山《えいざん》の坂を登り、攻め寄せるが良い。朽ち葉の代わりにと森を埋める旗指物が、手出しできずに陣取る信長軍を嘲笑って風に翻った。

ただでさえ延暦寺は多くの僧兵を擁していた。浅井朝倉の兵に本願寺の門徒衆。そこに僧兵までが加わったのである。その数は四万に近い。

信長は比叡の山並みを睨《ね》め上げつつ、獲物を失って苛立つ猪《しし》のごとく、鼻息を抑えもせずに陣中を歩き回った。

「延暦寺の坊主どもを呼び出せぃ。浅井らを追い出せば、叡山領は戻してやっても良い。このままあやつらに手を貸すなら、全山あまねく焼き払ってくれる」

信長が法華信徒であると叡山僧が信じる限り、脅しは逆に叛意《はんい》を煽《あお》ることとなる。が、信長の命に背くわけにもいかず、光秀は麓の坂本へ走り、僧坊を訪ねた。

端《はな》から答えは見えていた。幕府は自らの米櫃《こめびつ》を補うため、諸国に散らばる叡山領を次々と召し上げていた。すべては法華信徒である信長が命じたこと。そう延暦寺側は信じ込んでいた。

無論、そう思わせた者が——いる。

「やはり——義昭めが動いておるか」

叡山僧の素気ない返答を伝えるなり、信長は怒りのあまりに顔を白ませ、光秀の前に立った。

「ほかにおるか。いるなら、言うてみい、十兵衛。己の命で叡山領を召し上げておけば、すべてをわしのせいにできようが。あやつの外に、図れる者がどこにおるか」

光秀はただ黙して頭を下げた。いまだ幕臣の身である者としては、我もそう思いまする、とは言えなかった。

「わしも目端《めはし》が利かなかったの。いくら国家鎮護の聖なる寺とはいえ、坊主が荘園を多く持ちすぎておるのは事実。ゆえに僧兵などという、いらぬ騒ぎの元を抱えたがる。少しぐらい召し上げたところで当然と思っておった……」

「ここはまたも公方様にご出陣願うのが筋か、と……」

勝家が信長の顔色をうかがいつつ、切り出した。もし義昭が裏で手引きしているのなら、その本人を抱き込むことで、敵の勢いをそぐことができる。

「黙れ、権六。あやつの手など借りるものか。浅井らを山から引きずり下ろしてくれる」

いきり立つ信長は、比叡山の麓を囲ませ、火をかけさせようとした。が、そのたびに浅井と朝倉の軍勢が山を駆け下り、攻め立ててきた。尾根の上から石礫《いしつぶて》や矢を放たれて、ろくに進むことすらできなかった。織田軍が兵を引けば、深追いはせずにまた山へ籠もってしまう。

光秀はその間に、坂本のすぐ近くまで兵を進め、穴太《あのう》の地に砦を築いた。

そのうちに、堅田での調略が功を奏し、国人の多くが織田軍に味方すると伝えてきた。信長はすぐさま堅田へ兵を送った。

ところが、またも狙いすましたかのように、浅井朝倉軍が山を下って攻め寄せた。堅田の中に、もしや叡山と通じる者がいたのではなかったか。

打つ手がなく、山を見上げるしかなかった。そこにやっと、待ち望んでいた知らせが飛び込んできた。

三河から駆けつけた徳川家康の軍勢が、美濃を抜けて東近江へと入り、横山城を守る秀吉軍とともに琵琶湖の西岸を抜けて敵を破り、馳せ参じたのである。

これには陣中が沸き返った。が、その翌日に、今度は尾張から凶伝《きょうでん》が届けられた。

信長が近江から動けないと見た本願寺が、伊勢長島で蜂起したのだ。一揆軍は小木江《こきえ》城を攻め破り、信長の弟信興《のぶおき》を討ち果たしたのである。

尾張へ駆けつけようにも、道筋に当たる佐和山城には浅井の兵が籠もっていた。卑怯にも、機を見て六角軍も出没する。摂津では三好軍がさらに兵を押し上げ、藤孝らが食い止めるべく戦っていた。しかも、浅井朝倉軍は比叡山を越えて西の八瀬《やせ》の近くへと兵を送り、京をうかがう様を見せた。

すぐさま織田軍も兵を送った。秀吉と稲葉良通《よしみち》が急ぎ京へ駆け入り、警固についた。光秀も比叡の麓を回って慈照寺《じしょうじ》に近い勝軍《しょうぐん》城に入り、幕府の奉公衆とともに敵の動きを待ち受けた。

が、信長とその精鋭は宇佐山の砦から動けずにいた。山に籠もる敵を前に、攻め寄せる手立てはなく、かといって退こうものなら、敵はここぞとばかりに山を駆け下りてくる。そうなれば、金ヶ崎の二の舞であった。

動くに動けず、攻めればただ兵を失っていく。まさに八方ふさがりとはこのことであった。

「御屋形様。敵はこうして我らを少しずつ痛めつけていくのが狙いと見ます。いたずらに時と兵を失えば、長島の一揆勢もますます勢いづきましょう。ここは和睦の道を探るのも手か、と……」

軍評定の席で、勝家が家臣の意を表わすため、言い出しにくいことを恐るおそる切り出した。

信長は手にした扇で、自らの膝頭を忌々しげにたたき続け、勝家を見ようともしなかった。が、信長とて手がないのはわかっている。

「畏れながら申し上げます」

光秀は末席から声を発し、深々と頭を下げた。

「御屋形様が動けずにいることは、もはや京にも伝わっております。公家衆はいつまた京の地が騒乱に巻き込まれるかと気を揉《も》んでおるに違いありません。このままでは京に浅井朝倉軍が押し寄せかねない。そう知れば、必ずや帝にお取り次ぎくださるのではないかと考えます」

「和睦の勅命を仰ぐのか……」

信長が扇を持つ手を止め、下顎を左右に忙しなく動かしてから、呟いた。暗天の中、一点の晴れ間を見るかのような目を光秀へと向けた。

「狙いは朝倉でございます。伊達者気取りの義景は、帝よりお言葉を賜れば、無下《むげ》には断れないはずと見ます。必ずや、浅井を説き伏せるに違いないもの、と……」

京の武家御所には義昭がいた。もし本当に浅井朝倉軍を手引きしているのであれば、義昭のいる京を騒乱に巻き込むつもりは端からないとも考えられた。

その証に、やつらは比叡山を越えて八瀬の辺りに出没しておきながら、秀吉らの軍が駆け戻る前から、京へ兵を進めようとはしていなかった。

無論、義昭が京から出れば、その限りではない。が、公家らは義昭が陰で動いているなどとは考えてもおらず、今はひたすら京の無事を祈っているはずであった。

「朝倉は勅命を賜れば必ずやしたがうと見ます。三年余を仕えたこの光秀には見えております。また、帝が動かれると知れば、公方様も必ずや和睦の話に乗ってこられるでしょう」

勅命による和睦を結ばれたのでは、義昭の真なる狙いは果たされずに終わってしまう。ここは信長を追い詰め、その力を失わせねばならぬ、と念じているに違いなかった。

が、帝というもうひとつの威光が働いたとなれば、事態は変わってしまう。義昭としては、せめて自らが和睦に関わり、信長に恩を売っておくしかない、と考え直すはずである。

そうなれば、この和睦は必ずや成立する。

すなわち、黒幕の正体を見極めることにもなる。

「十兵衛、すぐさま京へ走れ。藤吉郎と公家の尻をたたくのじゃ。急げ」

「御意にございます」

秀吉と急ぎ京へ走るや、何事かと公家衆のほうから様子見に来る有様であった。このままでは敵が押し寄せる。光秀の大袈裟《おおげさ》な知らせに驚いた公家らは、直ちに参内して天皇に和睦の勅命を、と訴え出た。

すると、天皇への上奏を聞きつけた義昭が、自ら腰を上げて和睦の仲立《なかだち》を務めよう、と言い出したのである。

睨んだとおりの動きに、光秀は暗然となった。

「やはり、あの坊主上がりの公方が手引きしておったか……」

秀吉は小顔に朱《しゅ》をそそいで歯ぎしりし、武家御所まで兵を出すと言い出す始末で、家臣が慌てて光秀の京屋敷へ知らせに来るほどであった。

「秀吉殿。武家御所から発せられた密書を押さえたのでも、浅井が認めたわけでもないのですぞ。義昭様はいまだ将軍。多くの奉公衆が守っておられる。我らで成敗できるものでもなし。また、信長様の家臣が狼藉を働いたとなれば、ますます人心は離れ、我らは苦境に立たされるでしょうな」

「わかっておるわい。しかしながら、あやつのために、幾百の兵が命を散らしたと思う」

無念のあまりか、秀吉は涙を滂沱《ぼうだ》とあふれさせた。

それを見た秀吉の家臣までが、目に涙を溜めていた。主君が死んだ者のために泣いてくれている。その姿を見せられて、心奮わせない者はいなかった。秀吉の麾下が、調略のみでなく、戦にも強い所以《ゆえん》を知る思いがした。

ところが、光秀が秀吉の京屋敷から退こうとすると、当の秀吉が涙などなかったような晴れやかさで、見送りに出てきた。

「いやいや、わざわざお出でいただき、お恥ずかしいところをお見せいたしました。ひと泣きして、気が晴れましたわい」

口では恥じたようなことを言いながら、秀吉は呵々と笑ってみせた。

「兄上。木下殿は、あの涙を家臣に見せるため、わざわざ兄上を呼び寄せたのでは……」

屋敷へ帰る道すがら、弥平次が訝しみを込めて問うてきた。

「であれば、何だと言う」

「いえ――それがしは、兄上の実直さを頼もしく思っております」

「ならば、言うな。人にはその人なりの生き方がある。兵をまとめ直したなら、直ちに御屋形様のもとへ戻る。行くぞ」


義昭は自ら琵琶湖の南の三井寺《みいでら》まで足を運ぶや、関白の二条晴良《はれよし》を仲人《ちゅうにん》に立て、両者の陣所に和議を執り成す書状を送った。

信長はその書状に目を通すなり、光秀の面前に投げつけた。

「見てみい、十兵衛。これがあやつの真の狙いよ」

たたきつけられた書状を拾い、勝家ら重臣とともに目を通していった。

「これは……」

誰もが声を失った。幕臣の身でもある光秀に、すぐさま咎め立ての目が集まった。

その書状には、信長を蔑ろにする一条が記されていた。

――公家門跡方の政道の件、貴国より御沙汰に及ぶべきの条、相違これあるまじき事。

要するに、朝廷や寺社の政は朝倉義景にすべて任せる。信長は手を引く。それが和睦の条件だというのである。

無論、朝倉義景が越前からすべての沙汰をするなど難しい。あとの政はすべて将軍義昭が引き受ける。そう告げるに等しい条文であった。

三井寺まで様子見に来た義昭は、さぞや喜悦にひたっているであろう。

見たか、信長。これが将軍家の力ぞ。おまえが嫌だというなら、和議は白紙に戻し、いつまでもこの地で戦っているがいい。弟信興のように死にたくなくば、この条文に印を押して朝倉方に手渡すのだ。

この年初に、光秀と藤孝を通じて押しつけた五箇条の譴責《けんせき》書の見事な仕返しであった。

「あの阿呆の好きにさせろ」

信長は書状を再び手にすることなく、言い放った。

「御屋形様、みすみすこの和議を呑まれるというのですか」

秀吉が驚きに腰を浮かせた。光秀も信長の横顔を盗み見た。またも怒りのために、信長の顔は蒼白になっていた。

「こんな紙切れなど、燃やしてしまえばそれまでよ」

今は仕方なく和議に応じる。が、押しつけられた条文など、誰が守るものか。必ずこの借りは返してやる。

「さっさと書状を送り返せ。我らは即刻、岐阜へ戻るぞ」

四

さすがは信長だった。七郎兵衛からの知らせを受けて、小平太は腹の底から笑った。

「何がおかしい」

手裏剣を磨き上げにかかっていた惣八が手を止め、見咎めの眼差しを向けた。

「笑うに決まっておるではないか。まだひと月にもなっていないのだぞ、浅井朝倉と和議を結んでから。なのに、年が明けた途端に、これだ」

年明け早々、横山城を預かる木下秀吉が琵琶湖の東で商人の行き来を止めさせた。越前への荷を断つのが狙いであり、明らかに和議に反する振る舞いだった。

「天子様の勅命ですら、年が明ければなきものとしてしまう。信長というやつはまったく恐れを知らぬな」

「よせ。七郎兵衛様に聞かれたなら、只事《ただごと》ではすまぬぞ」

「臆すな、惣八。我らの殿は、信長ではない。光秀様じゃて」

「その光秀様にも、おまえは顔向けできんだろ」

心当たりがあるために、声が喉の奥でつかえ、返事ができなかった。

「玉子様から預かった薬を、我らで使ってしまったではないか」

「細かいことを言うな。おまえだって一緒に傷を癒した口だろうが」

あれから玉子と顔を合わす機会はなかった。もとより家臣の中で忍びは最も低い身分と見なされていた。光秀の前に出ることとさえ少ない。ましてやその身内の前になど、姿をさらせるものではなかった。

小平太と惣八は、年が明けても武家御所を出入りする商人と神人の身元をたぐる役目を任されていた。どちらも店や宿場で多くの社中と群がるため、その一人一人の立ち寄る先をたどっていくのは生半可な仕事ではなかった。

このひと月でも南は大和、西は摂津、東は美濃、北は若狭までと、商人や神人を追って走り続けた。が、一乗谷や小谷、石山本願寺へと足を伸ばす者は見つけられずにいた。いくつかの宿場町を経て、別の商人や神人によって書状が繋《つな》がれているとしか思えなかった。

「このまま神人を追い続けても無駄に終わるな」

忍び屋敷で再び惣八と顔を合わせた折に、小平太は偽らざる胸の裡を打ち明けた。

「では、どうする」

「本当に将軍が人を使っているのであれば、やつらは幕府の後ろ盾を持っているわけだ。銭に不足はないと見ていい」

「そうか。金払いの良くなったやつらからたぐっていくのか」

七郎兵衛の許しを得て、狙いを人から銭の動きへと変えた。

その途端に、怪しげな商人が浮かび上がった。琵琶湖南岸の膳所《ぜぜ》に店を構える魚卸の〝喜作屋《きさくや》〟である。鯉《こい》と鮒《ふな》の老舗《しにせ》であったが、半年前から急に銭の払いが良くなった、と地元の漁師らが口をそろえて言うのだった。

小平太は惣八と店を出入りする者を見張った。が、信長は浅井朝倉と和議を結んで岐阜へ戻っている。義昭が手引きしたとするならば、当初の狙いは果たしたこととなり、新たな密書を取り交わす時ではないかもしれない。

「案ずるな、惣八。信長がこのまま岐阜に引き籠もっておるはずがない」

「確かに。いずれ時が来れば、またぞろ動き出すであろうな。となれば、公方方も――」

信長は伊勢長島で門徒衆の征伐にかかりきりとなっていた。その成り行き次第では、本願寺側が義昭を通じて何かしらの救いを請うかもしれない。喜作屋を張っていれば、必ずや不穏な動きがあると見るべきだった。

ところが――小平太と惣八は喜作屋をさぐる任を解かれた。

光秀が、宇佐山城代を信長から命じられたからだった。

浅井の本城小谷に相対する横山城には木下秀吉が入り、佐和山城は丹羽長秀、長光寺城は柴田勝家、永原城を佐久間信盛が守り、織田家の諸将が琵琶湖の東から南を固める布陣を取っていた。

和議を結んだために比叡の麓から退いてはいたが、森可成亡きあと宇佐山城には名だたる重臣が配されてはいなかった。そこに光秀が城代として入ることになったのである。

「殿のお働きが認められた証ぞ。皆の者喜べ」

七郎兵衛は下忍を前に告げたが、その思い詰めたように見える面輪が何より真実のほどを物語っていた。

宇佐山城は比叡の麓にある。延暦寺の里坊が居並ぶ門前町坂本《さかもと》からは二里と離れていなかった。延暦寺山門衆とまた騒動になれば、真っ先に僧兵が押し寄せる城だった。

もし義昭が手引きしていたのならば、幕臣でもある光秀が守るべきであろう。まだ多少は義昭とつながりのある者を置けば、山門衆も迂闊に近づきはしまい。そう信長は考えたのである。

要するに、光秀は延暦寺と一揆勢の流れを食い止める土手代わりとして、宇佐山城代に選ばれたのだった。働きが認められたどころか、腹黒い将軍の仕掛ける計略の尻ぬぐいをせよ、と言われたに等しかった。

いつ襲われてもおかしくない地であり、光秀は身内を京屋敷に残したまま、主立った家臣を率いて宇佐山城へ入った。

森可成が討ち果たされた際の傷跡が生々しく残る大手門を見上げた光秀の顔は、ようやく城を手にした武将のものではなかった。まるで城を失おうとしている者のそれに見えた。

小平太は知った。光秀は城代になることで、将軍家から去ろうとしているのである。

細川藤孝、和田惟政らの幕臣とともに、信長という武将に白羽の矢を立て、幕府再興を目指した。

が、死力を尽くして担ぎ上げた新将軍は、天下万民を顧みるどころか、将軍家の威光のみを取り戻そうと、謀《はかりごと》に耽《ふけ》って信長を追い詰める有様だった。義昭の企てた謀略のために、本願寺門徒は蜂起し、ただ信心に篤い数万の民が戦いに駆り出されたあげく、多くの命が失われていった。

一人の男の面目を保つため、罪なき民が命を散らす事態となった。信長と本願寺の和議はなおざりにされ、今なお伊勢長島では血みどろの殺し合いが続く。

将軍を天下布武の御旗として利する信長。そのやり口は、確かに小狡《こずる》く、抜け目がなかった。が、義昭が真に黒幕であるのなら、己の手を汚しもせずに殺し合いをさせるという、人の命を塵のごとく扱う悪鬼にも劣る卑劣極まりない振る舞いだった。

小平太ら忍びには、城内に番屋が与えられ、山門衆の動きを見張る役目が与えられた。比叡の麓を駆け巡り、近江の国衆と手を結ぼうとする浅井方の動きを探った。

そのさなかに、甲斐の武田が動いた、との一報が三河より届けられた。

武田軍が遠江《とおとうみ》に兵を出し、小山と相良の地に砦を築いたというのである。

「まさか公方様が手引きしているのでは……」

七郎兵衛は光秀に知らせを上げ、再び武家御所に出入りする商人神人の調べに人を割り当てた。

「兄上が言うには、三河の家康殿が上杉と結んだことへの脅し、と見られるそうだ」

弥平次が忍びを集めて告げた。

そもそも家康は武田と結び、今川氏真《うじざね》を駿府《すんぷ》から伊豆へと追いやっていた。遠江までを治めることになった家康は、天竜川《てんりゅう》の西の地に築城し、浜松と名づけて居城を移した。

これは、清洲《きよす》から小牧へ、さらには岐阜へと居城を移した信長を真似た策と見られる。

この家康の動きに、駿河を支配下に治めた武田信玄が腹を立てた。さては武田と敵対して駿河まで狙う気なのか、と。しかも、徳川の領内となった遠江は、信濃と国境を接している。新たな主君となった家康よりも、武田になびくべし、と見る国衆もいた。

ついに家康は武田との同盟を捨て、上杉と結んだのである。

「殿が言われるように、確かに脅しの意もあるのでしょう。しかしながら、武田の動きを知れば、ほくそ笑む者がいてもおかしくはありません」

忍びの務めとして多くの地を駆けてきた七郎兵衛は、先読みの力も有している。言われて小平太も頷けた。

駿河と信濃から武田が遠江へと攻め込めば、家康は信長の求めに応じて兵を送るような余力はなくなる。そこに、三河と伊勢長島で門徒衆がさらなる蜂起を起こせば、家康、信長ともに領地から離れられなくなる。そう望む者が、武田を唆したことは充分にあり得た。

小平太は膳所へ走り、再び喜作屋を見張った。もし武田へ密書を送っているとなれば、美濃や尾張を抜けて信濃と甲斐へ入っていると見ていい。北の越前から信濃を目指すのでは、飛驒《ひだ》の山々が壁となり、回り込むにはあまりに遠すぎた。

喜作屋が東へ魚を卸している先があるかどうか。調べてみると、草津の宿まで三日ごとに荷を運ぶ人夫がいた。小平太は七郎兵衛とともに商人姿でその宿で待ち受けた。

喜作屋へ出入りする人夫が荷を届けて泊まった、その夜だった。

気配を察して小平太が目を開けると、早くも七郎兵衛が横で起き出していた。すでに子《ね》の刻が迫っている。宿外の裏辻で戸を開け閉めする音が響いた。

こんな夜半に誰が宿を出ようというのか。

七郎兵衛が裏辻を望む蔀戸《しとみど》を跳ね開けた。すぐに小平太が屋根へと飛び、辺りを見回す。

北の勝手口に、人影が動いた。わずかな星明かりに、編み笠と肩先の頭陀袋《ずだぶくろ》が見えた。

「そこの雲水。何をしておる」

音もなく屋根へ飛んだ七郎兵衛が、あえて声を放った。

墨染衣《すみぞめごろも》をまとった雲水が編み笠に手をかけ、ちらりとこちらをうかがう様を見せた。夜中に屋根の上から声をかけられて、動転しない者がいるはずもない。夜陰に身を隠すように雲水が身をかがめたかと思うや、裏辻の塀伝いに走りだした。

「追え」

言われる前に、小平太は屋根板を蹴っていた。ついに見つけた。やはり武家御所から密書が託されていたのだ。

あやつはただの雲水ではない。おそらくは武田の〝三《み》つ者《もの》〟。墨を満たしたような闇の中、迷う様子もなく獣と紛うばかりの速さで裏辻を駆け抜けていく。

敵は一人と油断していたわけではなかった。が、迫り来る手裏剣の気配に気づくのが遅れた。あやうく頬をかすめるところだった。屋根板に身を伏せ、「乾下《いぬい》」と叫んだ。手裏剣の出所を七郎兵衛へと告げる。

七郎兵衛が地へ降り立つ気配があった。屋根の棟木《むなぎ》に隠れつつ、小平太は雲水を追った。辺りの地形《じぎょう》は明るいうちに確かめてあった。西の外れの竹藪へ逃げるつもりだ。右から回り込んで酒屋の裏庭へ降り立ち、塀を飛び越える。

暗い星明かりの下、雲水の揺れる背が目に入った。すかさず手裏剣を放つ。二本、三本……。囮《おとり》の手裏剣で逃げる敵を追い詰め、四本目で背をとらえた。壁際へ詰め寄られた雲水が、もんどり打って倒れ伏した。

それでも身を起こそうともがく雲水に、とどめの手裏剣を食らわせた。

七郎兵衛はまだもう一人の敵と争っているらしい。が、今は密書を探るのが先。雲水の頭陀袋に手をかけた。その刹那、足下から玉薬の臭いが漂い、鼻先をくすぐった。

こやつは——。

慌てて大地を蹴り、後ろへ飛んだ。火花を伴う烈風が押し寄せた。耳を聾する轟音に遅れて、血と肉の雨が頭上から降りそそいだ。

「小平太、無事か」

耳鳴りの中、忍び言葉で叫ぶ七郎兵衛の声が聞こえた。

「ここに」

「人が来る。逃げるぞ」

今は立ち去るしかなかった。敵は焙烙玉を抱えて、自らの肉身《にくしん》もろとも密書を封じる手に出た。それほど大事と、上から命じられていたらしい。

闇を裂いて走りながら、小平太は自分にできるかと胸に問うた。一人でも多く敵を道連れにせよ。主を問われたなら、舌を嚙み切ってでも死ね。侍は死して名を残す。忍びは死をもって秘密を守る。そう厳しく教え込まれてきた。

侍どもは決死の覚悟で敵に挑む。忍びも変わらなかった。が、たかが紙切れ一枚を守るために、命を散らせるものか。

滴って落ちる汗が背と脇を冷やした。あるいは、頭から浴びた敵の血だったろうか。

できっこない、とやはり思えた。自分なら、息の根を止められるまで惨めに逃れようとする。

「どうした、傷を受けたか」

琵琶の湖水で顔を洗っていると、七郎兵衛が後ろに立った。

「もう一人の敵は……」

「天晴れなやつよ。やはり自ら死を選びおった」

敵に追われるような弱き者は、いずれにせよ死が待つのみ。とすれば、惨めな生き様をさらすより、死を選ぶほうが潔い、と理屈ではわかる。

「もう遅いかもしれぬが、宿の主人を問い詰めるぞ」

七郎兵衛の読みは当たった。二人して宿へ走り戻ると、表戸が二つ折りにされた煎餅のように打ち壊されていた。物取りの仕業と見せかけるためだった。

絞められた鶏を思わせる叫び声が宿を揺らすほどに響き渡った。小平太は試しに中をのぞき見た。土間に血まみれの亡骸が三体、折り重なっていた。主人に女将に番頭。おそらくは金を渡され、武田の忍びに手を貸していたのだろう。そのあげくが、この仕打ちだった。惨《むご》たらしい有様を見て、小僧と女中が廊下に座り込んで小便を洩《も》らしていた。

これが忍びの掟なのだ。一人のしくじりが、幾人もの死を招く。血まみれの亡骸を、小平太は己の目と胸に焼きつけた。

五

湖水を渡りくる風が襟元を冷やしていった。

宇佐山城の高櫓に立ち、光秀は足下に広がる湖を望み、弥平次からの知らせを胸でなぞった。

何たること……。武田にまで密書を届けていたか。

信長は岐阜に腰を据えて、伊勢長島の門徒衆征伐に明け暮れていた。そこに信濃の側からも攻め入る様を見せて、岐阜にとどめようとする策なのだ。

義昭は本気で信長を屠《ほふ》ろうと企てるに至った。武田の上洛さえ叶えば、名実ともに幕府の再興はなる。そう夢見る乙女のように心底から信じているのだ。

家康はこの先、武田との戦に追われるであろう。信長としては、家康が武田を食い止める壁となってくれている間に、次なる手を打つに違いなかった。

「弥平次。近江の国衆への呼びかけは続けておるな」

「雄琴《おごと》の和田、堅田の鵜飼野《うかいの》らは、依然話を聞く素振りを見せております」

「まずは領地の安堵《あんど》だ。あとは馴染みの国衆を説けば、さらに引き立てもすると伝えるのじゃ」

「兄上。御屋形様は浅井の征伐に取りかかるおつもりでしょうか」

一人梯子前に控えた弥平次が、訝しみの響きを込めて言った。

「言いたいことはわかる。浅井をたたこうとすれば、必ずや朝倉が動く。山門からも加勢があろう。先の戦と同じ仕儀になろうな」

「では、いかがなさるおつもりで……」

「考えよ、弥平次。何のために我らがこの宇佐山におると思う」

間近の浅井を攻めれば、多くの敵までが押し寄せかねない。そうなる前に、取り巻きとなる者を先にたたいておくのが戦の常道と言えた。

美濃と越前の間には、峠の難所があった。それに比べて、山門の麓にはこの宇佐山城が築かれているのみである。先にたたくべき相手は見えていた。

「弥平次。国衆への調略を急げ」

光秀の読みどおりに、信長は岐阜にとどまり、門徒衆の征伐に取り組んだ。長光寺城から出張った柴田勝家が手傷を負い、その戦いで殿軍を務めた氏家卜全が討ち死にしたとの知らせが届けられた。

信長苦戦の報は畿内へと一気に広まり、そこかしこに不穏な風を巻き起こした。

摂津では、光秀や秀吉と金ヶ崎で殿軍を務めた池田勝正が、弟と家臣団に背かれたあげく、家を追われた。しかも、その機に乗じようとしたのか、和田惟政が池田領をうかがって兵を出したという。

この危うい時に、惟政は何をしているのか……。

光秀は藤孝からの書状を読み、苛立ちに胸を焼かれた。

信長から疎《うと》まれたとはいえ、義昭を将軍の座に押し上げた忠臣の一人であるのに、醜い領地争いに精を出すとは……。

大和からは、もっと憂うべき知らせが舞い込んだ。あの松永久秀が、あろうことか三好勢と一緒になって近隣の国衆を攻め始めたというのだ。仇敵の三好と組む道を選んだとすれば、あからさまな信長への叛心となる。

「弥平次。七郎兵衛を直ちに大和へ走らせよ」

「承知」

大和の国衆は筒井順慶《つついじゅんけい》という若き武将の下に結束しつつある。そのまとまった動きには、久秀も長らく手を焼いていた。

もし久秀が謀反《むほん》の兆《きざ》しを見せたのならば、それを逆手にとって筒井方と通じれば、大和の国衆を一気に織田方へ引き寄せられるかもしれない。

信長は力攻めでどうにか伊勢長島の門徒衆を封じ込めると、八月になって岐阜を発った。

一万五千の兵を率いて近江へ入り、秀吉が守る横山城へ入った。越前との国境にまで進むや、火を放ったうえで南へと退いた。その仕掛けのほどから見て、やはり浅井と朝倉への脅しにすぎなかった。信長の真の狙いはほかにある。

光秀は常楽寺《じょうらくじ》まで進み、信長の着陣を待ち受けた。

その日の軍評定は、近江の門徒衆が立て籠もる金森城《かなもり》の攻略についてであった。いつものごとく信長が命を下すのみで軍評定は終わった。その後、光秀は書院の奥へと取次に誘われた。

唐絵の虎が煤《すす》けたように見える六尺屛風を前に、信長が待っていた。

「聞いたか、十兵衛。まったく笑わせてくれる。一昨日、摂津から使者が飛んで来たぞ。――惟政が死んだそうだのう」

幸便《こうびん》だとばかりに、信長は片眉を上げつつ微笑んでみせた。

「あそこまで阿呆だとは思わなかった。惟政は池田の軍を嘗《な》めてかかり、たった三百で二千の兵に向かっていったらしい。愚かにもほどがある。つまりは、それだけの男だったわけだ」

信長のほくそ笑みが、ぐらりと大きく傾いた。息を吸うのさえ忘れていたかもしれない。

あの惟政がたった三百で二千の兵に向かっていくなどあり得なかった。惟政の下には、甲賀の忍びがまだ残っている。敵の数を見誤るはずがなかった。

どこかに敵の計略があったとしか思えない。

「いくら甲賀の大将であろうと、ここが足りなくては、話にもならん」

手にした扇の先で、信長はおのが髷《まげ》をあおいでみせた。

「いつまでも古くさい頭をしておるから、足利《あしかが》などという、とうに廃《すた》れて根太《ねだ》まで腐った屋敷にしがみつこうとしたがる。そのくせ、エウロパの宗派にかぶれるあまり、人を信じすぎて敵の策に落ちるのでは、笑い話にもなりはせぬて」

死んだ者を悪《あ》し様《ざま》に誹《そし》り、笑い飛ばす。信長の目には、惟政の末路がすでに見えていたのであろう。が、憐れみを軽んじる物言いの裏には、光秀への戒めが感じられた。

いいか、十兵衛。おまえも道を誤れば、惟政の二の舞ぞ。わかっておろうな。

信長はひとしきり臑《すね》をかきむしったあと、髭を弄んでから声音を変えた。

「良いか。このまま瀬田川を越えたなら、京へ向かうと思わせて、その日のうちに坂本へ兵を押し進める。その支度をしかと調えておけ」

光秀は戸惑いから立ち直り、慌ただしく言葉を返した。

「よろしいのでしょうか。天台の本山延暦寺は、桓武《かんむ》天皇がお許しなされて以来、多くの民から聖地として崇められてきた場にございます。その座主《ざす》には代々帝の御縁者が入室なされております」

延暦寺に攻め入ろうものなら、天皇家と争議になるやもしれませぬ。その意を込めて、そっと気色を探った。

信長は膝に手を置き直して身を乗り出すと、またにっと微笑んだ。

「おまえは知らないのか。今の座主は三千院門跡《さんぜんいんもんぜき》であるぞ。ならば、叡山にはおらぬ」

座主は大原の地にいるのだから、天皇の縁戚に弓を引くわけではない。信長らしい居直りの理屈であった。

「出家の道を外れて兵を集め、その裏で色欲にふける。あげくは金銀の輝きに目を眩《くら》ませ、朝敵である浅井朝倉に荷担する。天道に背く糞坊主どもを成敗すれば、京の公家や町衆も悦び祝うというものであろうが。違うか、十兵衛」

京の公家や町衆は、喜ぶどころか震え上がるに違いなかった。信長という男は、何があろうと必ずや恨みを晴らす。たとえ国家鎮護の聖堂であろうと、逆らう者に用捨はしない。やがて本願寺も二の舞になる。そう一人でも多くの者に思い知らせようというのが、信長の狙いでもあった。

仁王に勝る眼差しが、しかと光秀を脅しつけていた。

「何のために、おまえを宇佐山の城代に据えたと思う」

わかってはいた。手も打っていた。が、聖地に弓を引いて良いものか、との迷いはあった。

「近江の国衆には、浅井に荷担する者を倒せ、とすでに命じております。まもなく多くが宇佐山に駆けつけるもの、と……」

「ほう。すでにわしの打つ手を読んでおったと申すか」

「それがしにできることは、限られております」

信長は得たりとばかりに腰を上げ、光秀を見下ろして手の扇を突きつけた。

「ならばさっさと宇佐山へ戻れ。坂本から全山すべて比叡を焼き払ってくれるわい」


信長は一万五千の大軍をすみやかに坂本まで進ませた。

軍評定の席では珍しく重臣らから異論が相次いだ。織田家一族末代まで悪逆非道の誹《そし》りを受けるのではないか、と。

無論、信長は聞く耳を持たず、あらためて僧兵の非道を並べ立てた。この信長と醜き坊主ども、どちらが天道に背く行いをしているか。そうまで言い立てられては、信長に逆らえる者はいなかった。

織田軍は坂本の町に押し入るや、僧坊から仏堂、神社までに火をつけて回った。逃げ惑う僧侶をことごとく撫《な》で斬りにした。その様を見て恐れをなした町衆が裸足《はだし》のまま慌てふためき、あろうことか日吉《ひえ》社のある八王子山へ遁走し始めた。

「天台の僧兵のみを征伐に来たのじゃ。町衆は港へ逃げよ。叡山を頼れば、僧兵の一味と思われて死を招くぞ」

光秀は火の粉を散らして燃え上がる僧坊の前で、一人声を嗄らして叫んだ。が、奸智《かんち》に長けた僧兵は町衆の肩衣を奪い、逃げ惑う群れに紛れようとした。一兵たりとも逃すなと命じられた織田方の兵は、罪もない民にまで刃を向けて襲いかかった。

「兄上、もう遅すぎます。刃向かう僧兵も多く、徒の者どもは取り乱しております」

町衆と思って見逃そうものなら、隠し持った刀で斬られかねない。恐れが疑心と怒りを煽り立て、分別なき皆殺しへと突き進んでいく。

坂本の旻天《びんてん》を黒々と渦を巻く煙が覆った。人の心までをも乱気に充ち満ちた黒雲が十重《とえ》二十重《はたえ》に取り巻いていた。

血潮の雨が飛び散る中、光秀は取り乱す馬をなだめつつ、自らの手の震えを懸命に抑えた。為す術もなく声を呑むしかなかった。

そこに弥平次が馬を走り寄せ、知らせを上げた。

「兄上。北の尾根を見張らせていた小平太が急ぎ駆けつけております」

「僧兵どもが降りてきたか」

「いいえ、使者にございます。泥だらけの女が転げ下りてきた、と。比叡の山中には、女と稚児があわせて五百余名もおるそうにございます。その者らが命乞いにきておるのです」

女と童まで手にかけねばならぬのですか。見つめる弥平次の目が一途に訴えていた。

光秀は迷いを捨て、一気に本陣へと馬を走らせた。信長は燃え上がる坂本の町を見届けたあと、京へ向かう支度に取りかかっていた。

山門を焼き尽くす炎は、京の盆地からでも見えるはず。自ら京へ赴き、叡山焼き討ちの意を将軍義昭に説くつもりなのだ。

「ほう、女を囲い、子まで作っておったか、あの生臭坊主どもは」

信長は伴天連《ばてれん》からの献上品である南蛮甲冑を身につけさせつつ、斬り捨てるように言った。

光秀は蹲踞《そんきょ》するなり、思いの丈を一息に告げた。

「肉と血を好む悪僧どもは非道この上なく、成敗してしかるべきと心得まする。しかしながら、僧に拐《かどわ》かされたおなごと子らに罪はないものと——」

「よくぞ知らせにきたぞ、十兵衛」

「ははっ」

光秀は面輪を上げて信長を見返した。が、望んでいた憐れみの色はうかがえず、足をもがれてのたうつ蝗《いなご》に見入るような目が待っていた。

「良いか。——一人残らず斬って捨てい」

髷の先を整えよと言うかのように、信長は淡々と言葉を継いだ。

「悪僧どもに手を貸す輩は、たとえ女子どもであろうと我らの敵じゃ。中でも小童らは始末に悪い。いつまでも恨みを忘れず心に刻み、やがては我らの敵として立とう」

「しかしながら、御屋形様……」

「のう、十兵衛。そろそろ腹を固めろ。わしはおまえにも城を授けてやろうかと思っておったところよ。藤孝や惟政のように、な」

信長は近習から差し出された采配をつかみ、光秀ににじり寄った。

「よおく考えてみよ。宇佐山のような、ちっぽけな砦の城代で終わるか。それとも一国一城の主になるか。どちらが明智のためになると思う」

すぐには答えを返せなかった。

信長は光秀の迷いを見透かしたかのように笑い、そっと頬を寄せてささやきかけた。

「な——皆殺しにせい」


山の炎を映した湖までが燃え盛って見えた。八王子山の頂にまで火の手は迫った。比叡の西に沈み行く夕照《ゆうてり》よりも、山を焼く炎のほうが紅かった。

待ち受ける弥平次に無言の答えを返し、光秀は火の粉と悲鳴の舞う坂本へと馬を走らせた。

気配を悟って手綱を引いた。道筋に並ぶ欅《けやき》の枝に、黒い影があった。山猿ほどの身でも、追い詰められた獅子に迫る殺気が感じられた。

あえて隠そうともしない気の強さから、わざわざ姿を見せた訳が読めた。光秀は梢の暗がりを見上げずに告げた。

「何も言うな、小平太。御屋形様の命に背けば、たとえ幕臣の端くれでも、我らはたちまち身の置き所を失うであろう」

「和田惟政様のように、でしょうか」

憤りを秘めた声が梢の上から降り寄せた。

「口がすぎるぞ」

馬を止めた弥平次が頭上に向けて声を放った。

光秀は山を這い上がる火の手を見つめたまま、小平太に告げた。

「何か甲賀の忍びから聞いておるのか」

「いえ……。斥候に長けた惟政様が、あのような道理に外れた無様《ぶざま》な戦をするはずはありません」

池田勢の策に落ちたか。それとも身内に内通する者がひそみ、ありもしない知らせを真に受けたか。小平太ら忍びも、そう怪しんでいるのだ。

「おれには見えます」

何が見える、とは問わなかった。同じものを見ている、と低めた声の響きから信じられた。

「浄土など、どこにもありはしない。けれども、地獄は目の前にある。この目には、しかと地獄が見えます……」

「言うな、小平太」

さらに声を強めた弥平次も、夕暮れの空をさらに焦がす山の炎を睨《ね》めつけていた。

光秀は地獄から目をそらして、梢の暗がりを見上げた。

「小平太。これより叡山へと入れるか」

「わけもありません」

「寺の経文、仏具をできうる限り持ち出すのじゃ。御仏の心は必ずや民を安らげよう。それくらいしか、我らに出来ることは――見つからぬ」

「兄上……」

良いのですか、と弥平次が諫《いさ》める目を振り向けた。が、小平太はもう梢の闇から消えていた。あの者らなら、仏具のみでなく、多少は女や童も救い出せる。

「弥平次。御屋形様はわしに国を授けると仰せになった」

「それは……まことですか」

「わしは御屋形様の言葉を聞き、罪もないおなごと子を斬り殺すことと、一国一城の主の座を、密かに胸の中で秤《はかり》にかけておった」

弥平次はただ馬をなだめ、言葉を返そうとはしなかった。

光秀は再び坂本まで戻り、八王子山の麓から攻め上がる美濃衆の後ろを支えた。

やがて、火の手を見守る槍足軽の群れが、急に騒がしくなった。難を逃れた僧兵が駆け下りてきたのか、と光秀は山道に馬を進めた。先を行く弥平次が声高に叫んだ。

「一兵たりとも逃がすでない。それが御屋形様の命であるぞ」

篝火が照らす中、騒ぎが静まり、集う者どもが息を呑むような顔で、光秀らに道をあけた。山道は暗く沈み、そこに敵の姿はありもしなかった。

光秀が馬を止めると、なぜか足軽どもが揃って顔を山道へと振り向けた。その眼差しを追って、石段の先を見上げた。

松明を手に徒の一人が進むと、積み重なる石段が光って見えた。炎を照り返して揺らめくものが、山の上から流れ落ちてきている。

両の目が吸い寄せられた。夥しいほどの黒い水が石段を染めながら滴り落ちてきた。

山頂から伝い落ちる血の川であった。

篝火の爆ぜる音は聞こえなかった。咳《しわぶき》も地虫のすだきも消えていった。ただ黒い川が石段を濡らしつつ、地に深く染みゆく音を、光秀は確かに聞いた気がした。

焼き討ちの首尾を見届けると、光秀は供回りと京へ上り、信長が宿所とする妙覚寺へ入った。

「見事な眺めであったぞ、十兵衛。比叡を焼く炎が夜通し京からも見えておったわい」

信長は機嫌良く肩を揺すりながら御座所に現れると、取次《とりつぎ》を介さず光秀に相対した。

「聞いておるか。あの猿めは腰が引け、町衆らに成りすました坊主を取り逃がしおったそうな。しょうもないやつよ」

戯《おど》け者と称される秀吉だから、許されるやり方であった。なまじ慈悲の心を見せて町衆を逃そうものなら、信長の勘気を浴びる。秀吉は自らを貶《おとし》めることで、罪のない者らを助け、憐れみの心を持つ主君であると、家臣に見せたのである。

それに引き替え、自分は何ができたか。忍びにすべてを託し、血の滴る川を見やるしかなかった。

信長が膝頭を掌でたたきつけて言った。

「褒美を使わす。宇佐山のみでなく、志賀《しが》郡をおぬしに与えようぞ」

「有り難き幸せにございます」

光秀は謹んで頭を下げた。織田家重臣筆頭の柴田勝家でさえ、いまだ長光寺城の城代でしかなかった。いくら幕臣の身でもあるとはいえ、城を授かるとは、まさに比類のない取り立てようであった。

光秀は平伏したまま、信長に告げた。

「畏れながら申し上げます。お許しをいただけますなら、ぜひとも坂本の地に新たな城を築きたいと考えまする」

「宇佐山では我慢ならんと申すか」

信長の笑みが吹き飛び、たちまち眉根が寄せられた。光秀は一息に言葉を継いだ。

「我ら明智のためではありません。志賀郡に住まう民のため。それと申しますのも、坂本の地はあらかた焼け野原となり、多くの者が家を失っております。叡山が滅んだ今、坂本ではさらに多くの町衆が仕事を失いましょう。そこで、その者らを雇い、新たな仕事を与えるため、城を築く手もある、と考えました」

「面白いことを言うのう……」

信長が気に入った茶器でも値踏むような目を向けた。

「家を失い、さらに仕事なき者が町にあふれたなら、諍いはもちろん、盗みや略奪までが起きましょう。築城にまつわる仕事が下されるとわかれば、民らも少しは落ち着きを取り戻すに違いありません。信長様は仏法の道を外れた僧兵を征伐なされたのみで、町衆の行く末をこれほどにも案じておられる。そういう触れにもなるはずにございます」

「民を雇い入れて、銭を与えようというのか」

「幸いにも、お与え下さる志賀郡には山門領が多くございます。叡山なき今、山門領からの収穫を築城の名目で民に分け与えるとなれば、信長様の温情は必ずや京にも届きましょう。さらに言えば、坂本に城を築けました暁には、琵琶湖の水運への大いなる睨みとなり、堅田衆への抑えとしての役を担うこともできます。まさに一石二鳥の策かと……」

志賀郡を与えられることは嬉しく、また誇りでもあった。が、多くの民から信望された叡山の地を焼き払った信長への憤りは、根深く坂本の町に残る。その地にうまうまとただ乗り込んでいったのでは、人心をつかめず、国を治めるのは容易ではない。叡山に代わる新たな国主は、民を深く案じている。そう思わせる策を手がけねばならなかった。

信長は口髭の端をつまみながら、光秀を見下ろした。

「十兵衛。山門領の上がりを用いれば、確かに城は建とう。が、それではおぬしの家臣らに与える禄が心細くなるぞ」

「わけはございません。我ら明智はこの十年、流浪に等しい身であり、薄禄には皆慣れております。それが今では城を授かる身にまで上り詰めたのですから、家臣一同諸手を挙げて喜び、御屋形様に変わらぬ忠心を抱くに決まっております」

「よく言うわい」

信長の声に期せずして潤いが増した。

「良かろう。坂本での築城を認めよう。ただし――」

何を言われるかは察せられた。光秀は静かに首を垂れた。

「築城が相成った暁《あかつき》には、あの坊主上がりの公方とは縁を切れ。良いな」

信長は光秀の答えを聞くそぶりも見せず、早々に上座敷から立ち去った。

第六章　将軍追放

一

初めて目にする信濃と甲斐《かい》は、山ばかりの国だった。四方八方どちらを見ても、必ずや屏風のように連なる雄峰が目に入る。

小平太は塩を積んだ負箱《おいばこ》を背負い直すと、山肌を吹き下ろす風に目を戻した。鍛え上げたつもりの身でも、雪を抱いた峠道を上り下りすると、息が荒れた。前を行く七郎兵衛と惣八の足さばきにも、わずかな乱れが生じている。

塩商人に扮するのが、信濃から甲斐へ忍び入るにはもっとも怪しまれずにすむ。そう弥平次に言われた訳が、今さらながら身に染みた。わざわざ重い荷を背負ってまで峠を越える忍びがいると、誰が思うだろうか。

「よく見ておけ、惣八、小平太。なぜ武田の兵が猛者《もうざ》ぞろいなのか。すべてこの山々が生み出したと言えるぞ」

峠の茶屋を出立すると、七郎兵衛が周りを囲む白い頂を見回した。

武田の兵は、常からこの山々を越えて甲斐と信濃を行き交っているのだ。人のみならず馬までも、自ずと足腰が鍛えられよう。風のごとく動き回るとの評判にも頷けるというものだった。

が、しかしながら、と思って小平太は告げた。

「尾張、美濃とは田畑の広さに違いがありすぎると見えますが」

「そのとおり。そこが武田の弱みよ」

七郎兵衛の声が低くなった。峠道の後ろに人影はないが、大きな声でできる話ではなかった。

「越前は雪が弱み。ゆえに朝倉は冬になると動けず、じっと身を寄せるばかり。武田は田畑が少ないため、兵糧に不安が出る。自ずと、遠くまで戦には出にくいわけだ」

そのために武田は、絶えず上杉の越後や北条の関東を狙い、戦を仕掛けていた。

山に囲まれた武田に比べるなら、遥かに信長は地の利に恵まれていた。尾張は平地が広く、河川も多い。水運を利して収穫を楽に運べたし、ゆえに多くの商人も集う。しかも、信濃との間には悠揚たる恵那山が陣取ってくれているため、武田の兵が高地を越えて攻め寄せる恐れは少なかった。

小平太は今さらながら、信長が家康との同盟に重きを置く訳を知った。

すべては武田への備え、なのである。

三河の地に、家康がいるから、信長は、尾張を留守にしての上洛が叶えられた。家康にとっても、また同じ。信長という後ろ盾なくしては、東の今川、北の武田とも渡り合えなかったろう。

家康はその武田と結んで今川を追いやり、遠江《とおとうみ》の地を手にした。が、さらに東隣の駿河は武田の新たな領地となっている。

家康は決して早まったのではない。宿敵今川を武田とともに攻めたところで、新たな災いを呼ぶとは読めなかったろう。信長は信玄と同盟を結んでいたのである。

が、信濃より遥かに田畑の多い駿河の地を手に入れた武田は、次なる戦に欠くべからざる新たな兵糧を手にしたのだった。

その事実に気づいた者が、信長を追い詰めようと図り、武田に誘いをかけた。越前の朝倉、北近江の浅井、摂津の三好と石山本願寺。そこに甲斐信濃の武田が加われば、信長は東西北を囲われたも同然になる。

膳所《ぜぜ》の魚卸から草津の宿をたぐったものの、その主と番頭を口封じに殺されていた。が、もはや将軍義昭と武田の謀議は疑いようがなかった。

昨年四月、信玄は二万の兵を率いて、天竜川沿いに伊那《いな》の地から三河へ攻め入る様を見せた。信長はすぐに使者を家康へと送り、浜松城から退くべき、と助言を与えた。が、家康は浜松の地から退かずに、武田軍を迎え撃った。

信玄としても、北に上杉、東に北条という手強き竜虎《りゅうこ》が控えているため、三河攻めに専念するゆとりはなかった。駿河に手を伸ばそうとする気配を見せた家康への脅しこそが狙いだったろう。しばらくして信玄は兵を引き、関東に出兵してきた上杉との戦いに追われた。無論、仕掛けてきた上杉の後ろには、信長が動いていた。

義昭が信玄と結んだのを知った信長は、武田との同盟を捨て、家康同様に上杉と手を結んだ。武田への備えとともに、越前朝倉への押さえにもなるからだった。

身内を嫁がせては同盟を結び、旗色が変わろうものなら、たちまち身内を呼び戻して昨日の敵と相結ぶ。まさに狸の化かし合いだ。

が、調略の重みと面白みを、小平太は初めて知った。

七郎兵衛がわずかに足を速め、声を低めた。

「惣八、小平太、気づいておるか」

「あるいは、と気になっていたところです」

小平太も小声で応じ、惣八と目を見交わした。先の茶店を出てからずっと、何者かの気配が背中に続いていた。

塩座の株を譲り受けた証となる興福寺の札は、あらかじめ手に入れてあった。が、商いは形ばかりで、信濃に入ってからずっとあとを追われていたなら、素性《すじよう》を疑われても当然だった。

小平太は足を止め、草鞋《わらじ》の紐《ひも》を結び直した。七郎兵衛と惣八が作り笑いを浮かべながら、それとなく道の後ろに目をやった。

「やはり――いるな」

「はい。ここで休み、出方を見るべきか、と」

惣八が背の負箱を下ろすと、腰に下げた手拭をふたつに裂いた。つい先刻、茶店で休んだばかりなので、草鞋を直す振りでもしないことには、敵にこちらの狙いを悟られてしまう。

七郎兵衛が峠道の前方を睨んだ。葛折りの曲がり角が十間ほどの先に見えている。

気配が――消えていた。

もちろん油断はできない。目で確かめ合ってから、負箱を背負い直して出発した。呑気な笑みを絶やさず、前だけを見て歩いた。

葛折りの坂へ差しかかる。と、七郎兵衛が左に見えた藪の下へと転がった。小平太は惣八に続いて右手の崖へ飛んだ。

後ろの道には気配が戻り、数人の足音が追いかけてきていた。三つ者か。それとも旅人に道を譲って先に送り、こちらの出方を見る気なのか。

岩陰にひそみ、五感をそばだてて待った。が、ふいに足音がかき消えた。やはり三つ者。惣八がさらに上の木立へと這い登っていく。

ぼろり、と岩がひとかたまり、路上へ落ちた。

惣八が木立のすぐ下で動きを止めた。と――突風に煽られでもしたように、上空をさえぎっていた枝葉が揺れた。黄みがかった木の葉が、嵐のごとく吹きつけた。

「逃げろ、惣八」

忍び言葉で呼びかけるのと、惣八が切り立つ崖から飛び退くのが一緒だった。その上空から、手裏剣らしき影が降りつけてきた。

額を崖に押しつけ、その勢いで負箱を頭上に持ち上げて盾とした。ずずずん、と続けざまに手裏剣が外板に突き刺さる。このままでは、箱の上に敵が降り立つやもしれない。

いち早く肩の節を外して、岩肌を蹴った。横に飛んだのでは、敵の的となる。いったん坂道に下りるしかない。

わずかに遅れて、黒い獣が頭上から舞い降りてきた。忍び装束ではない。黒い法衣。が、敵の姿を見極めるゆとりはなく、落ちてきた負箱をよけてから手裏剣を投げ返し、さらに後ろの藪下へ飛んだ。そこには七郎兵衛がいてくれる。

黒い影がふたつ、みっつ……。まだ、いた。雪崩《なだれ》るように頭上から襲いかかってきた。小平太が藪下へ逃げると、代わりに七郎兵衛が手裏剣で迎え出た。

敵は宙で互いの身を蹴り合うや、左右に別れて飛んだ。

恐るべき身ごなしだった。が、左右に逃げるのがやっとで、左には先に逃げた惣八が待ち受けていた。忍び刀を振りかざし、惣八が斬り込んでいく。敵は右手の甲で刃を受け止めた。かちり、と甲高い音と赤い火花が散る。籠手《こて》に鋼《はがね》を仕込んである。

とはいえ、火炎まではよけきれまい。小平太は右へ飛んだ二人めがけて焙烙玉を投げつけた。

目を疑うとは、このことだった。くるりと一人が身を翻し、背中で焙烙玉を受け止めた。轟音が耳を聾する。白煙が消え去ったあとには、法衣の背を焦がした男が玉虫のように身を丸めていた。鎖帷子《くさりかたびら》ではない。もっと織目の込んだ、胴丸に近い防具を身につけている。甲羅を背負った亀のようなやつだった。ところが、動きの速さは猿を超えている。

「首と手足だ」

七郎兵衛の声が聞こえた。が、言葉尻の上擦りからは焦りが感じられた。かつて、これほどの忍びに出会ったことはなかった。感心するより先に地を転がり、小平太は千鳥鉄《ちどりがね》の分銅を投じた。

「七つ先」

惣八に叫びつつ、力任せに鎖を引いた。初めは囮の動きで、七つ先に降り立った男へ投じたように見せかけて、鞭の要領で横の男の足元を狙った。

軽くかわされた。が、小平太の叫びから狙いを読んだ惣八が、横から棒手裏剣を食らわせた。狙いは敵の膝裏だった。鎖帷子を足に巻いていようと、膝を囲んだのでは動きが取れない。ずぶり、と棒手裏剣が突き立った。

崖を蹴って向きを変えた七郎兵衛が、敵の刀をかわしながら、倒れた男の後ろに降り立った。敵は素早く立ち直り、一度は刀で受けた。が、二の突きまではかわせなかった。

やっと一人を倒せた。これで三人と三人。わずかな安堵を覚えたのもつかの間、敵の一人が黒い固まりを崖へ投げつけた。赤と青の火花が飛び、岩が砕け散る。破片の石礫が襲った。が、よけるのに気を取られたのでは、敵の攻めを防げない。

見込みどおりに、石礫の奥から刃が迫った。敵も砕けた岩を顔に食らっている。血の涙を飛ばしながらも、目を見開いたまま、鬼の形相で襲いくる。

小平太も目は閉じずに、礫の中を突き進んだ。千鳥鉄をとっさに左へ持ち替え、右手で岩の破片を受け止めた。そのまま崖側から分銅を見舞わせる。火花をはらんだ風の勢いを借りたために、流石の敵もよけきれなかった。

首に鎖が絡まるのを見て、さらに迫る敵を睨みつけた。上空へ飛んだ惣八からの声が届く。

「後ろだ」

三人して小平太一人を襲ってきた。もっとも与しやすし、と見られたらしい。恥辱と怒りが血をたぎらせた。足を踏ん張り、振り返る。が、勢いあまって岩を踏みつけ、足が滑った。

不覚を取った。そこに次の突風が来た。今度は岩のつぶてではなく、手裏剣だった。

よけきれない。となれば、手で受けるしかない。とっさに左手で喉を守り、顔を背けた。が、目まで瞑ったのでは、受け止めることが難しい。ずん、と掌に重みが伝わり、痛みが脳天へと駆け上る。

二発目が肩をかすめた。三発目は肘《ひじ》ではじき飛ばせた。

「伏せろ」

七郎兵衛の声に押されて、そのまま横に倒れた。と、髪をかすめて忍び刀がきらめいた。みしりと肉を裂く音に続き、血しぶきが降りかかった。

「小平太、傷を見せろ」

惣八がいつのまにか頭の先に立っていた。痛む左手を引き寄せると、甲に十字手裏剣が突き立っていた。骨が折れてもいるらしく、指先がまったく動かなかった。

「敵は……」

「残る二人は逃げた。頭領が追っている。手を出せ」

惣八が手拭を取り出し、小平太の左手をつかんだ。突き立つ十字手裏剣を眺めるや、刃先に手拭を巻きつけてから、えいと迷いなく引き抜いた。

痛みに目が眩み、血潮が舞い飛ぶ。惣八が今度は手拭を傷に巻きつけてくれた。そのまま屈んで石を打ち、火を熾しにかかる。

寄せ集めた枯れ葉に火花が飛んで、煙が立ち昇った。取り出した棒手裏剣の先を焼きにかかる。充分に火が回るまでの間に、惣八は十字手裏剣を拾い上げて、その刃先を指先でそっとなぞった。

「毒らしきものは塗られてないな」

やっと命拾いした気になり、全身から力が抜けた。気が弛《ゆる》むと、傷の痛みを感じるのは人情というものか。

「袂《たもと》を噛め。焼くぞ」

惣八が焼きごてとなった棒手裏剣をかまえた。荒く息を継ぎ、右の袂をくわえて目で頷き返す。

赤く焼けた棒手裏剣が傷口に押し当てられた。肘が痺《しび》れて頭の先にまで痛みが駆け抜けた。これで出血はどうにか止まってくれる。

息を整えるうちに、七郎兵衛が走り戻った。

「加勢を呼ばれたのでは囲まれる。逃げるぞ」

崖下に負箱を捨て、森へ入った。いつから追われていたのか。あの茶店からとは思えなかった。敵は端から忍びに備えていたのだ。

「頭領。やつらはまた三河か遠江へ――」

攻め入る気ではないのか。三河へ通じる伊那口を固めていたとなれば、先は読める。

小平太を気遣うようにして、惣八が振り返った。

「ありうるな。上野《こうずけ》への攻めは、いつでも取りやめられる。というより、矛先を北条に向けた、と見せかけるための動きにも思える」

越後の上杉は関東から兵を引き、今は越中へ軍勢を向けていた。武田としては、北の兵がいなくなったわけであり、また三河と遠江へ兵を出しそうに思える。ところが一転、信玄は上野へ進みつつある。

が、その動きは囮なのだ。三つ者の跋扈《ばっこ》こそが、その証に思えた。

「今は逃げるのが先だ」

七郎兵衛らしく慎重な物言いだった。

「半日で追いつきます。どうせ小平太の傷がふさがるまで、我らもそうは動けぬはず。ならば――」

敵の動きを見に行かせてくれ。惣八が決意の眼差しを七郎兵衛に寄せた。

信長と家康が最も恐れているのが、信玄だった。延暦寺を滅ぼしてはいたが、まだ本願寺が糸を引く一揆勢に悩まされ、北には浅井と朝倉、西には三好が蠢《うごめ》く。信長の苦境は、すなわち光秀にも苦難を与え、その配下にある自分らの行く末までを狭めかねない。

「ならば、行け。我らは伊那山伝いに三河へ抜ける」

「承知。小平太、あとは任せろ」

惣八は鼓舞する頷きを見せるや、大地を蹴って姿を消した。

峠道を離れて山裾へと分け入った。臭いを断つため、冷たい川に身をひたしてから南へ走った。真深い秋を抱いた夜の山は、恐ろしいほどの静けさに満ちていた。獣らは早くも冬支度を終えたのか。それとも忍びの殺気と血の臭いをかぎ取り、早々に山から退散したのか。

大樹の陰で休んで朝を迎えると、木々に結びつけた印を見極めて、惣八が早くも駆け戻った。

「武田の軍勢がこちらに向かっております。その数おおよそ二万五千」

「やはり上野への出陣は囮であったか」

七郎兵衛がまだ星を溜めた空を睨みつけて腰を上げた。わざわざ上野へ向かうという囮の動きを見せたからには、今度こそ力攻めにかかってくるものと思われる。

「惣八は坂本へ急げ」

「承知」

「わしは殿の使いと称して岐阜へ走る」

家康としては、駿河に近い高天神《たかてんじん》や掛川《かけがわ》の城から兵を呼び寄せることはできない。ふたつの城を明け渡すようなものである。となれば、浜松より西から兵を集め、防戦するしかなかった。どれほどの兵を集められるものか。せいぜい一万というところだろう。

当然、家康は同盟者である信長に加勢を願い出る。

「頭領、おれは遠江へ走ります」

「できるか、小平太。徳川には我らの名を知る者はいないぞ」

「木こりにでも扮して、武田が攻め寄せると広めます。おそらく徳川とて、国境には忍びを放っておるはず」

「ほかに手はあるまいな。慎重に事を運べよ。良いな」

「承知」

傷の痛みは吹き飛んでいた。あの武田の騎馬武者が、いよいよ上洛を目指して動きだした。もし徳川という頼みの盾が破られようものなら、信長は東から喉笛に刃を突き立てられてしまう。

寝ずに山を駆け抜けた。焼いた傷口から、また血がにじみ出した。固く縛りつけて痛みに耐え、ひたすら遠江へ急いだ。

天竜川からやや離れた山間から国境を越えると、犬居《いぬい》城の近くまで出て、村人に傷を見せて回った。

「見てくれや、この傷を。武田の侍にやられたんじゃ。じきに大軍が押し寄せるぞ」

麓の村人の名を騙《かた》って、大袈裟に触れ回った。いずれ侍の耳にも入るはずだ。

成り行きを見届けるために、小平太は遠江領内にとどまった。できるならば、評判高き武田の兵がどのような戦をするか、目にしておきたかった。

二日後に、近くの村々から兵が集まりだした。武田が迫っていると知り、やっと徳川も動き出したのである。

十月に入るとともに、武田軍は峠を一気に越えて、遠江へ押し寄せた。ところが、犬居の小城など見向きもせずに東へと進み、そこから南下を始めた。東の掛川、高天神の両城を孤立させる策に出たのだ。

徳川軍は諸城から出ず、防戦の構えを取った。それを見るや、武田軍は怒濤の攻め寄せを見せて、二俣《ふたまた》城へと襲いかかった。二万五千の兵に囲まれたのでは、もはや蛇《へび》の群れに睨《にら》まれた一匹の蛙《かえる》だった。たちまち城は落ち、多くの兵が首を刎ねられた。

武田軍は堰を切ったように西へと向かった。家康のいる浜松城を狙いにかかったと見える。

この軍勢の早さは、そのまま信玄という武将の踏ん切りの良さと決断の強さを表していた。二万を超える兵が一匹のとてつもない獣のような様を見せて、乱れもなく動いていく。

これが噂に名高き武田の兵か……。

浜松城には信長から三千の加勢が駆けつけた、と町衆の噂に聞いた。が、たった三千である。信長も一揆勢に手こずっているとはいえ、二万五千の軍勢を迎え撃つための助けとしては、あまりにも少なすぎた。

信長はすでに一度、家康に忠告を与えていた。武田の機嫌を損ねず、浜松から兵を引くべし、と。その意に逆らってまで、浜松の地に固執したからには、己の力で防いでみよ、ということらしい。

新たに治めた遠江の国人に、我こそが領主である、と家康は認めさせたかったに違いない。すでに武田は駿河を手にしている。遠江まで明け渡してしまえば、武田の力は弥増《いやま》すばかりとなる。

家康は追い詰められた。遠江の国衆は、新たな主君がどう出るか、と見守っている。もし弱気を見せれば、尾を振り乱して武田にすり寄るだろう。

さあ、どう出るのか。小平太は息を呑んで家康の出方を見守った。

国衆の目がある限り、家康はただ守ってばかりもいられない。が、二万五千と一万強。数の差は見えていた。

武田軍は、月を隠しにかかる黒雲のごとく、ひたひたと浜松城へ迫った。ところが、急に北へと向きを変えた。

これはいかなることか。

小平太は浮き足立つ浜松の町衆に混ざって、高台を探して武田軍の動きを追った。

守りを固めた浜松城を落とすのは容易でない。ここは先に掛川と高天神城を落とし、東遠江を奪っておくに限る、と考え直したのか。とすれば、敵の本城を前に決意を新たにしていた兵らは、いったん息を抜きつつ狙いを変えたことになる。

家康も同じ見方をしたのかもしれない。武田軍の動きを見るや、たちまち城を出て追いかけていった。敵の後ろを突くのは、戦の常道だった。

が、小平太は武田軍の速やかなる動きに目を奪われた。三方原《みかたがはら》の台地で、すぐさま迎え撃つ形を取ったのである。敵に正面から挑もうという魚鱗《ぎょりん》の陣形だった。

信玄は城攻めをあきらめると見せかけて、徳川軍を誘い出す策に出たのである。

あるいは家康も、もしやと思っていたかもしれない。けれども、向きを変えて離れゆく敵をみすみす見逃したのでは、国衆に侮られると見て、討って出る腹を固めたのではなかったろうか。

徳川軍は鶴翼《かくよく》の陣形を取った。かつて姉川の地で、数に勝る朝倉軍を横合いから攻め立てた戦を再び狙ったものと見える。

これは見物だった。武将と武将、その意地と知恵が、これほど真正面からぶつかり合う戦を目にするのは初めてだった。

小平太は見つけた巨木によじ登り、三方原の台地を望んだ。数千の兵士がひとつの生き物となって、敵に突き進んでいく。

今、風林火山の真の意を悟った。まさに武田の兵は風のごとく軍場を駆けた。信玄は、姉川での徳川軍が演じてみせた戦をあらかじめ調べていたとしか思えなかった。魚鱗の最も後ろについた一団が、群れから離れるや、横合いから攻めにかかる徳川軍の、さらに横合いへと疾風のごとく動いた。端から決まっていた策略だった。

武田軍の先陣は、横合いから攻め立てられようと、山のごとく動かず、敵を受け止めた。やがて自軍がその後方へ回ると信じていたからこそだった。急ぎ回り込んだ一団が、炎となって徳川軍に襲いかかる。

小平太は肌の粟立ちを抑えられなかった。すべてが信玄の狙いどおりに運んでいく。山間の地によって足腰を鍛えられた武田軍の、これが本当の力なのだ。信長でなくとも、恐れを抱きたくなる。

すでに結果は見えていた。もはや家康は浜松へ兵を引くしかないだろう。

小平太は巨木から降り立つや、大地を蹴った。今は一刻も早く坂本に帰り、武田を迎え撃つ秘策を皆で考えねばならなかった。

二

青白い月明かりの下、山科《やましな》の街道は凍てついていた。危うく馬が転げそうになる。

光秀は馬と己の吐く白い息に包まれて懸命に手綱を取った。あとを追う弥平次らを引き離してなお馬を走らせた。

幕臣筆頭であるべき細川藤孝が、またも将軍義昭から蟄居《ちっきょ》を命じられた。しかも、京の屋敷を捨て、身内もろとも長岡の勝龍寺城へ籠もったと聞けば、只事ではなかった。

三方原で信玄が家康軍を破って以来、山科でも国衆が不穏な動きを見せていた。このさなかに勝龍寺城へ向かうのでは何が待ち受けているかわからない。弥平次はそう言って諫めたが、ここは直《じか》に藤孝と話をしておかねばならなかった。

「明智十兵衛光秀にございまする」

まるで戦を控えたかのように、多くの篝火が城を囲み、大手門は固く閉ざされていた。

馴染みの家臣が驚き顔で潜《くぐ》り戸から現れ、光秀らを迎え出た。

「これはこれは光秀様。良からぬ評判がそこかしこで立っておりますゆえ、失礼のほど、どうかお許しください。わざわざこのような時にお出でくださるとは、殿もお喜びになりましょう。ささ、どうぞ」

藤孝は奥の書院で一人書に向かっているという。弥平次らを控えの間に残して、光秀は回廊から襖を開けて中へ入った。

灯火に照らされて、振り返った藤孝の面輪は、ある種の悟りを感じさせた。

「ほう。もう坂本まで噂は伝わりましたか。実はそなたに文を送ろうかと思っておったところ」

「この城の有様からして、やはりただの蟄居ではござらぬのですな」

ふと藤孝の頬に笑みが差した。

「そう恐い顔はしないでくださらぬかな。三淵殿や上野が、兵部《ひょうぶ》討つべしと兵を集めておるそうだ」

「――御辺《ごへん》、何をなさった」

「さあて。それがしは何をしたのであろうな」

藤孝は遠い目とともに、また笑ってみせた。

「光秀殿。教えてくださらぬか――。我らは真に稀代の悪鬼を京に招いてしまったのか。しかれども、人に頼らねば公方様は将軍の座に就くことも、三淵殿と上野も今の屋敷を得ることすら叶わなかったはず。そうとしか思えんのだが……」

すべては幕府再興のため。乱世を鎮めて天下を安らげるには、将軍を京の地に戻すのが最も近道。そう藤孝は信じて信長の力を借り、義昭を将軍の座に押し上げた。

が、肝心の義昭は政道を顧みず、ただ将軍の威信にこだわるあまりに信長を疎んじ、その失脚を狙って策謀に明け暮れる始末であった。

「公方様は、三方原で信玄が大勝したと知るや、自らが仲を取り持ってやろう、と信長殿の家臣に伝えおったらしい。まっこと猿芝居よ。その裏では、上野らが信長殿を屠る謀議を企てておったのであるからな」

信長を屠る――。和睦の仲立に乗り出したと見せかけて、刺客を送ろうというのか。

ついにそこまでの動きを見せるに至ったとは……。光秀は進んで藤孝の前に座り込んだ。

「それがしは信じております。我らの道は誤ってなどいなかった、と」

「そのあげくが、この有様よ」

「いいえ。公方様さえ政道に邁進してくだされば、信長様も将軍を軽んじられるはずがなかったのです。評判高き将軍を蔑《ないがし》ろにすれば、万民は信長様を誹り、信玄のみならず、多くの大名も早くから背いたに違いありません」

信長につけ入る隙を与えたのは、義昭自身なのである。昨年九月にも、信長は義昭に、失政を咎める十七箇条の書を送りつけた。信長の正義を多くの者に知らしめるためであったが、そのすべてを嘘と決めつけることはできなかった。

「藤孝殿。今の我があるのは、すべて御辺という賢人と出会えたおかげにございます。それがしは御辺の初志を、我の信念として今なお胸に刻んでおりますぞ」

心を込めて言ったが、藤孝は力なく首を振り、また弱々しい笑みを返した。

「何を申すか。信長殿を頼るべしと説き伏せてくれたのは、そなたであろう。それがしは、人の器を見抜く目もなく、ただ古いしきたりにしがみつくしか能がなかった男よ……」

「おやめなさい。まだ己を腐すというなら、斬り捨てますぞ」

刀に手をかけ、光秀は腰を浮かせた。

「面白い。いつかそなたと刀を交えたいと思っておったわい」

藤孝が鼻息荒く腰を上げるや、壁の槍へと歩んだ。

「藤孝殿。御辺は我ら明智に、失いかけていた夢を取り戻させてくれたのです。その自身を腐すとあらば、すなわち御辺の決意に心動かされ、今日まで命を懸けてきた我らの同朋を腐すも同じ」

「愚かな夢を見ていた者同士、ここで斬り合って果てるも良いであろうな」

藤孝は嘆きを放ち、備えの槍に手をかけた。

「殿……」

嗄れ声が襖を揺らし、次の間に控えていた近習二人が飛び込んできた。その後ろには、思い詰めた顔の弥平次までが控えていた。

「真に受けるやつがあるか。戻れ。さっさと引かぬか」

藤孝が振り上げた手を握って吐き散らすと、二人の家臣はその場にひざまずいて頭を下げた。そのまま後ずさって襖の陰へと退散した。

「わしが動くほどに、どいつもこいつも騒ぎ立てよる。なぜこの思いが伝わらんのじゃ」

義昭や奉公衆は、藤孝を信長の手先と見なし、聞く耳すら持たないのだ。家臣も主君の苦境を悟り、将軍家に執着する藤孝を持て余している。

嘆く藤孝の前へと、光秀は膝を寄せた。

「思いが伝わるまで、我らの夢を語り続けるのみですぞ。決して愚かな夢であるはずはなし。そもそも御辺が、しきたりに縛られた古くさい男では、雄々しき夢を抱くのも無理というもの」

「夢か……」

藤孝が小さくこぼして、文机に置いた書を振り返った。

光秀も目を向けた。和歌がいくつも記されていた。初秋に藤孝と京で顔を合わせた折、望んでいた古今伝授《こきんでんじゅ》を権大納言《ごんだいなごん》であった三条西実澄《さんじょうにしさねずみ》から授かる算段がようやく調った、と嬉しそうに語っていた。

古今集の奥深さを受け継ぎ、和歌に込められた先人の思いを広く伝えていく。藤孝の夢のひとつでもあった。

「世が安らかでこそ、歌を詠めるというものですぞ。御辺が城に籠もり萎《しな》びていたのでは、万民が歌に興じられる日々などますます遠のくばかりでしょうな」

「しかれども、公方様はもうそれがしの言葉になど耳を傾けぬ……」

「藤孝殿。御辺の志は、幕府再興より、世の平穏にこそあったはずではありませぬかな」

「いかにも……」

「ならば、世を乱すしかない公方様を守ることに、いかほどの値打ちがありましょうか」

藤孝とてわかってはいるのだ。が、彼にとって義昭は、血を分けた兄弟でもある。

「それがしは誓えまするぞ。たとえ可愛い息子であろうと、もし多くの民を苦しめ、悪政に興じて私欲を満たそうとするならば、親の務めとして用捨なく斬ってみせる覚悟がある、と」

光秀の訴えかけに、藤孝の唇がわずかにわないた。が、声は喉から出てこなかった。

「すべては天下万民のため。我らもののふは、己を捨ててでも守らねばならぬものがあるはず。違うと言われますかな、藤孝殿」

見返す目が、すっと畳の上へと落ちていった。

「政道に背く者を見逃しておいて、和歌に興じる夢を語るなどもってのほか、か……」

「あえて、そのとおり、と申させていただきましょう」

「厳しいお方だな、光秀殿は」

やおら藤孝が面《おもて》を上げ、見返してきた。睨むと言っていい、目の力であった。

「そなた、信長殿にお味方しろ、と言われるのであるな」

「少なくとも、世の末を見越しておられるのは、公方様ではありません。無論、武田が東から攻め寄せ、信長様とて油断召されぬ事態と言えましょう。しかしながら、そこに藤孝殿という徳望篤《あつ》きお方が、愚かな公方様と袂を分かたれ、天下のために立たれたと広まれば、畿内にもかなりの落ち着きが戻りましょうぞ」

「信長殿は政道に背くような器の方ではない、と言われるのだな」

光秀は己の胸に確かめ、しかと頷き返した。

「それがしは信じまする。が、もし天下と政道を顧《かえり》みず私欲に走ろうものなら、それがしが信長様を斬ってみせましょうぞ」

その言葉に嘘はなかった。光秀は正面から藤孝を見つめ返して胸を張った。

「そうか。そこまで言われるか」

「はい。その信念をそれがしに植えつけてくださったのは、細川兵部大輔藤孝殿にございます。なればこそ、この明智光秀、藤孝殿と同じ道を歩みたいと念じておるのです」

藤孝が目に力を込めるや、裾を払って座り込んだ。

「たれか。酒を持てぃ」

直ちに、と控えの間から声が応じた。藤孝が顔を上気させて光秀の目の奥をのぞき見た。

「これで何度目の固めの杯になりましょうかな」

光秀は笑顔で応じた。最初は越前の安養寺《あんようじ》で。今はなき和田惟政と立政寺でも。義昭が将軍宣下《せんげ》を受けた席でも、藤孝をはじめとする奉公衆と酒を酌み交わした。そのたびごとに先を見据え、互いの夢を語り、果たすべき役目を確かめ合ってきた。

「それがしには飲めぬ酒でも、そなたと一緒ならば、心ゆくまで夢に酔えるというもの」

「光秀殿。それがしはそなたを兄と思うて生きていきまするぞ」

「もったいないお言葉。そのまま藤孝殿にお返しいたします」

もっと藤孝と語り、夢に酔っていたかったが、光秀はその夜のうちに坂本へ戻ることを決めた。足下の志賀や山科では、信長に与《くみ》すると誓いを立てたはずの国衆が、武田の動きを聞き及んだためか、光秀の呼びかけに応じなくなっていた。

別れ際に藤孝は、摂津の国衆をまとめにかかる、と請け合った。和田惟長《これなが》は、惟政亡きあと、藤孝を父の名代と慕っていた。が、辺りの国衆はそれとなく機を見て、おのが領地を守る気配しか見せてはいない。

「遅れを取れば、公方様の手が及びかねん。そうなれば、この勝龍寺も危うくなる」

「あり得ますな。上野辺りの唆しに義昭様がうまうまと乗り、御辺をさらに追い詰めようと図るやもしれぬ。今すぐ呼びかけをすべきでしょうな。任せましたぞ」

誓いを新たにしてから、光秀は馬に乗って勝龍寺城を出た。

普請中の坂本城へ戻ると、待っていたのは地元国衆の相次ぐ寝返りであった。

「弥平次。囲い船の仕上げを急げ。堅田の地を奪われては、琵琶湖の水運を握られてしまう」

坂本に城を築いたところで、堅田の国衆に浅井と結ばれたのでは大事となる。そこで、敵の鉄砲と火矢を防ごうと、周りに板塀を巡らせた戦船《いくさぶね》を造らせていた。

「小平太は戻ったか」

「いえ、まだです」

年の暮れになって一度坂本に帰り着いた小平太は、手の傷が癒《い》えぬうちに自ら願い出て、再び惣八と武田を探りに向かっていた。

その武田は、家康の籠もる浜松城には目もくれず、西へ軍勢を押し進めた。今は三河に入り、野田城を囲んでいる。家康は仕方なく浜松城を出て、武田への睨みのために吉田城へと移ったという。もし野田城が破られれば、武田はますます勢いづく。義昭はこの機に乗じて畿内の勢力をまとめ上げにかかるであろう。

そこへ早くも藤孝からの使者が駆けつけた。

「摂津の伊丹親興《ちかおき》、池田知正《ともまさ》。ともに公方方へついたとのことにございます」

その訳を、光秀は一日遅れで知った。惣八が三河から戻ったのである。

「野田城陥落。武田軍はさらに西へ進む構えを見せております」

「ついに上洛を目指す気か……」

光秀は自らの頬を張り、畿内の絵図に目を落とした。このまま徳川軍が総崩れになれば、尾張へ迫るのは必定である。

光秀は領内に号令を発し、直ちに兵を集めにかかった。そのさなかに、信長の動きが伝わってきた。村井貞勝が義昭のもとへ使者として赴いたのである。

あとになって、光秀のもとにもその用向きが知らされた。信長は息子を人質として差し出すと告げ、和睦を願い出たのだ。

無論、時を稼ぐための小細工にすぎなかった。もとより和睦を願っていたのなら、ともに人質を差し出すのが筋であったからだ。

口先だけの狡《こす》い和睦の願い出に、義昭は怒りを露《あら》わにしたと聞く。

その証《あかし》に、近江瀬田《せた》の光浄院《こうじょういん》と志賀の堅田で、門徒衆と国衆が将軍の旗を掲げて挙兵した。

急遽坂本へ駆けつけた勝家とともに、光秀は囲い船を出して湖上から堅田に迫った。

が、浅井の後巻《うしろま》きがあるかもしれず、七郎兵衛らの忍びを斥候に出した。堅田へ攻め寄せる手勢のほか、港にも兵を残しておかねばならなかった。

「七郎兵衛が戻りました」

勝家との軍評定に入った光秀のもとに、弥平次が駆けつけて耳打ちした。

「浅井は動く気配を見せてはおりません。それというのも、武田の動きが三河の野田で止まったからにございます。陣中の兵らも戸惑っているとの知らせです」

「まことか……」

光秀は得心がいかず、遥か東の空を振り仰いだ。

武田が迫っているからこそ、義昭は地侍をなびかせ、門徒衆と蜂起をさせたのだ。信玄が義昭と相通じたと聞けば、浅井朝倉も遅れてならじと兵を出す。

が、肝心の武田が動きを止めた。徳川軍が怒濤の攻めを食い止める楯となっているのか。

「勝家殿。ここは一気にたたきましょうぞ」

「言われるまでもない。捻りつぶしてくれる」

浅井軍の後巻きがないとなれば、堅田に築かれた砦などは雑作もなかった。

光秀は光浄院を攻める丹羽長秀にも七郎兵衛を使いに出した。これで義昭の企てた挙兵は、ひとまず封じ込められる。

それでも信長は、人質とともに塙直政《ばんなおまさ》を使者として上洛させた。まだ武田の動きが読めず、和睦の道も残しておくためである。

ところが、義昭は信長が差し出そうとした人質を受け入れずに、突き返した。動きを止めた武田と浅井朝倉に、おのが決意を知らしめようというらしい。

そこで信長は、和睦の道を捨てて、威喝《いかつ》の手に出た。叛意を捨てねば京の町を焼き払う、と脅しをかけたのだ。

無論、武家御所に居座る義昭は動じなかった。しかも、その決意に応じるかのごとく、東美濃へ入っていた武田軍に、野田城からも加勢の一団が北上した、との一報が届いた。

東美濃は昔、明智の所領であった。光秀はすぐさま信長の許しを得て、次右衛門と麾下《きか》五千を美濃へ送った。信長も嫡男信忠を総大将とする軍勢で迎え撃つ構えを見せた。

武田が東美濃まで脅かし、浅井朝倉は変わらず北に陣取り、摂津では三好と本願寺が組み、そこに伊丹と池田がなびいた。大和では、松永久秀が河内の三好義継と結んで好き勝手な振る舞いに動いている。

義昭の謀《はかりごと》は、ここに成就を見たのかもしれない。唸るほど見事に信長を囲む陣形が調っていた。あの男にここまで鮮やかな絵図が描けるとは思ってもいなかった。これも尊氏公から二百余年も連綿と続く将軍家の血筋のなせる業か。

信長は岐阜を動けずにいた。和睦を一蹴《いっしゅう》されたとなれば、あとはもう天皇の勅命を仰ぐほかに手はなかった。今ごろはもう村井貞勝が公家衆に働きかけているであろう。

三年前の暮れ、勅命によって信長との和睦を認めるしかなかった義昭としては、その苦い思いから、勅命をも拒もうとすることは考えられた。

「兄上。小平太が戻りました」

弥平次の知らせを受けて、光秀は普請を終えたばかりの本丸御殿の回廊へと走り出た。

ほぼふた月ぶりに戻った小平太は、首に浮いた垢《あか》を落としもせず、腐臭さえ放つほどの身形であった。

「何をしておった。三つ者にしてやられたのか、と案じておったぞ」

「申し訳ございません。武田が野田城を落としたのが二月半ば。ようやく東美濃へ兵を送り出したのがこの三月頭。それまで疾風怒濤の動きを見せていた武田軍が、なぜひと月近くもとどまっていたのか。よほどの攻勢に出るべく、支度を抜かりなく調えているのか、と思うほかはありませんでした。ところが、今なお信玄は野田にて動きを止めております」

ふくみを残した小平太の物言いに、光秀は一縷の光明を見る思いで告げた。

「さては、武田に――異変が生じでもしたか」

「しかとはつかめておりません。しかしながら、あまりにも解せない動き。生憎《あいにく》と城は兵によって囲われ、忍び込むのは難しく、今も惣八が遠巻きにしております」

確かに解せなかった。東美濃へ攻め寄せる様を見せておきながら、大半の兵をいまだ野田城に留め置くのでは、理屈が通らなかった。

「もしやとは思います。東美濃へ兵を差し向けたのは、野田から動けずにいるのを悟られたくなかったため。そういう深読みもできる気がいたします」

「兄上。徳川から誘いをかければ、武田も応じざるを得ません。その動きを見ることで、異変の見通しがつくのではないでしょうか」

弥平次が傍らに進み出て一息に告げた。

「――良し。すべての忍びを三河へ向かわせるのじゃ。徳川へも使者を送れ。小平太、今すぐ七郎兵衛と走れ」

「承知」

わずかに頭を下げるや、小平太は縁先の日溜まりから姿を消した。

光秀は急ぎ書をしたためて家臣に託した。岐阜の信長と三河吉田城の家康へ早馬を送り出した。

もし武田に、先を危ぶみたくなるほどの異変が生じているとするならば――。

家臣団に深い亀裂が走りでもしたか、主君が病に伏せったか。国元での争い事ならば、重臣が急ぎ駆け戻りそうなもの。あとは何があるか。

光秀は領内の国衆に睨みを利かせつつ、三河からの知らせを待った。

武田は相も変わらず動く気配を見せてはいない。もう何かしらの異変は疑うべくもなかった。

徳川からは、信玄が傷を負ったらしい、との知らせが岐阜に届いた。

その知らせを受けて、信長がついに腰を上げた。一万の兵を率いて岐阜を発ち、武田の動きを見ながら、ゆるゆると京を目指した。

光秀は直ちに勝龍寺城の藤孝へ使者を送った。藤孝からは、池田知正の配下にあった荒木村重を誘い、信長を迎え出るつもり、との返事があった。

書面を読み進め、光秀は目を疑った。荒木村重の顔と名は見知っていた。金ヶ崎でも池田勝正の配下にいて、ともに戦った武将の一人である。が、和田惟政の首を取った男なのだ。

池田の家臣団はよほど乱れているらしい。そこに藤孝が目をつけたものと見える。

さらに書面には、義昭が多くの人足を集め、武家御所に新たな堀を作り始めた、とも記されていた。

光秀は坂本城と志賀郡の見張りを弥平次に任せると、供回りを率いて逢坂《おうさか》まで南下した。その地には、すでに藤孝と村重の一団が待ち受けていた。

二人ともに凛々しき出陣姿であった。幟までが風にはためき、今すぐにでも信長配下として戦に臨む覚悟であるとの意気込みが、率いる家臣の面構えにも表れていた。

「これは村重殿。お久しゅうございます」

光秀が馬を下りて向かうと、村重は家臣共々その場にひざまずいてみせた。金ヶ崎でともに戦った際には、才気と闘志ばかりが目につく侍大将であったが、今では物言いと振る舞いの端々に重みが増し、一角《ひとかど》のもののふへと面変《おもが》わりしていた。

「金ヶ崎では光秀様のご尽力により、我ら生かされたようなものでした。こたびは信長様との間を取り持っていただき、恐悦至極《きょうえつしごく》にございまする」

「お手を上げてくだされ、村重殿。それがしは何もしておりませぬ。すべては藤孝殿と村重殿が決意を固められ、その志に御屋形様が応えられたまでにございます」

それでも村重は右手を地につけた姿を変えなかった。

「藤孝殿共々、兄と慕わせていただきたく存じまする」

「ささ、面を上げられよ」

「言ったではないか。光秀殿とは、こういうお方よ」

藤孝が笑って村重の肩に手をかけ、破顔した。光秀も笑みで応じた。

「兄の前で、それほど畏まる弟があろうか。さあ。直《じき》に御屋形様も到着なされよう」

畿内の国衆の多くが義昭方につく動きを見せていた。が、ここに参じた二人のほかに、大和で松永久秀と相対する筒井順慶も、光秀の誘いかけに応じて今では信長方につくと誓ってきている。数はまだ少なくとも、頼りがいのある男らが集まりつつある。

半刻ほどして逢坂に辿り着いた信長は、近習を介して二人に太刀を授けた。

「その者らの志、嬉しく思うぞ。しかと働いてみせよ」

言いつけた信長の顔に、喜びの色はうかがえなかった。武田に異変が起きたらしいとはいえ、まだ二万を超える軍勢が三河に陣取っていた。敵に囲われたような危うい境地に変わりはなかった。

「良いか者ども。京の町を焼き払い、公方に目にもの見せてやるのじゃ」

信長は東山の知恩院《ちおんいん》に陣を敷くなり、全軍に号令を下し、まずは京の四方に火を放たせた。

光秀はその間に、村井貞勝と名だたる公家衆の屋敷を駆け回った。禁裏の治安を保証し、迷惑への代価として大判を献じる手筈を取ったのである。

義昭がそれでも和睦に応じないと見るや、信長は上京《かみぎょう》の町を焼き払わせた。

武家御所の置かれた上京の町衆は、日頃から将軍への帰服を示す様を見せていた。信長に逆らう者は許すまじ。京を覆う炎は、信長の強い決意を物語った。

紅蓮の炎はたちまち武家御所を包み、夜空までを赤く染め上げた。燃える家々の崩れ落ちる音を、御所の義昭は震え上がって聞いたに違いない。

「御屋形様はここまでやるのか」

光秀とともに粟田口《あわたぐち》を固めた藤孝は、炎に取り巻かれた町を前に声音をわずかに震わせた。村重はずっと声もなく、火を見て逸る馬をただなだめていた。

光秀は二人を見てから静かに告げた。

「さればこそ、藤孝殿のいとこである吉田兼和《かねかず》殿が呼ばれたのでしょう」

藤孝のいとこ吉田兼和は、吉田神社の神主を務め、神祇大副《じんぎのたいふ》の位にあった。

信長は兼和を知恩院に呼び寄せると、将軍義昭の京での評判を確かめたうえで、上京の焼き払いを決めた。朝廷の神官を呼ぶことで、帝と公家に断りを入れたのだ、と京の町衆に伝えるためであった。

「御屋形様ご自身、さすがに躊躇《ためら》いもあったと見えます。が、万民を顧みず謀略に明け暮れる公方様を黙らせ、さらには愚かな将軍を支えようとする者らを京から追い払うには、これほどの手立てを取るほかにない。そう覚悟を決められたのでしょう」

藤孝は深く息を吐くばかりで応えなかった。理屈ではわかっていながらも、焼け落ちていく京の町を目の前にしていると、納得を拒みたがる心情が湧き起こってくる。

「延暦寺焼き討ちの際には、それがしも後ろめたさを抱きました。しかしながら、浅井朝倉が今後も延暦寺と本願寺というふたつの巨刹と与する限り、いつかは成敗にかかるしかなかったでしょう。今も同じこと」

藤孝は小さく、力のない頷きを見せた。

「そもそもこの災いの火蓋を切ったのは、公方様であったな……」

「いかにも。ここで公方様を黙らせねば、もっと多くの罪なき兵や町衆が無益な戦に苛《さいな》まれていくのです」

光秀が応じると、藤孝はおのが胸に諭すような頷きを一人でくり返していた。

武家御所を囲まれた義昭は、密かに使者を内裏へ走らせて天皇に取りすがった。

信長としても先年のことがあるために、和睦の勅命は拒めなかった。また、武田の動きも、依然気になるところである。

ひとまず和睦は成った。が、このまま義昭が黙っているとは、光秀も思えずにいた。

三

信玄、病に伏す――。その噂は瞬く間に畿内の津々浦々へと広まった。

小平太は三河で武田軍が信濃へ退いていくのを見届けると、急ぎ坂本へ帰り着いた。

噂はもう疑いようがなかった。いくら義昭が勅命を受けて信長と和睦を結んだからといって、信玄までが三河の地を捨てる理屈はなかった。

「まことであるか」

日頃から沈着な光秀にしては、声を裏返すほどの喜びようだった。

もし本当に信玄が倒れたとなれば、あの謀略好きの将軍も少しは考えをあらためるだろう。武田の家中が収まるまでは、そうそう迂闊な動きは取れなくなる。その間に、浅井と朝倉を討つ策に、信長は討って出るはずだった。

「これで幾らか畿内も休まりましょう」

「油断は禁物ぞ、弥平次。久秀の押さえは順慶に任せるとしても、本願寺や三好の動きにはまだ目を光らせるのじゃ」

そうは言いつつも光秀は、肩の荷を下ろすかのように息をつき、回廊の先にのぞく高櫓を見上げた。堅田をたたいたことで領内の国衆も静まり、再び坂本城の普請《ふしん》が始められていた。

中庭から退いて忍び屋敷へ戻ると、先に三河から戻っていた惣八が半裸で式台に座り込んでいた。裏のせせらぎで水を浴びてきたものと見える。

「驚いたろうが、小平太」

惣八が手拭を肩に渡し、目を輝かせるようにして言った。何のことかは、すぐにわかった。小平太も坂本に戻り、城の雄々しき姿に目を奪われていた。

「まさか、あれほどの高櫓を備えているとは、な」

「大きな声では言えんが、岐阜の城とは比べものにもならん。弦蔵様が言っておられたとおり、光秀様はまっこと素晴らしき武将じゃぞ」

三河からの知らせを届けるため、小平太も幾度か坂本に戻っていた。が、本丸御殿の上に築かれた高櫓を見上げて、首のつけ根が痛むほどだった。御殿と高櫓がここまで一体となった城を目にしたことはない。

金ヶ崎のような高台にある城なら、ありきたりな櫓でも遠く湖水を見渡せた。が、この坂本の畔《ほとり》に手頃な山や台地はなかった。

ただ壮麗さを誇るために目も眩む高櫓を築くのでは、あの新しもの好きの信長が羨み、機嫌を損ねたろう。光秀のことだ。あらかじめ城の雛形を作り、信長の許しを得ていたものと思える。

櫓の高さを出すには、必然として確たる土台が要る。本丸の御殿をそのまま礎として使えば、広さは充分に取れ、より高い櫓を築くことができる。まこと理に適《かな》った造りだった。

さらには城周りを見事な石垣が取り巻いていた。もともと穴太《あのう》には腕の立つ石工が多い。かつて光秀は穴太に砦を築いており、彼らの業を見知っていた。穴太積みと呼ばれるその見事な石組みで、城を囲わせたのである。

「これほどの城で働けるとは思いもしなかった。頭領も城下に屋敷を与えられたことでもあるし、我らも続こうではないか。のう、小平太」

惣八の感じ入ったような物言いには、小平太も頷けた。

そもそも光秀は、叡山焼き討ちの巻き添えを食らった町衆に普請の仕事を与えるためもあって、城造りを始めた。それゆえ、せっかく志賀郡を与えられながら、明智の家臣は相も変わらぬ薄禄にある。が、壮麗な城を見上げていると、禄を得るのとはまた違った誇らしさが、胸に込み上げてくる。

おそらく町衆も同じ思いではないだろうか。これほどの城を築ける武将の下に我らはある。明智の殿や家臣は着飾ることなく、懸命に志賀郡を治めようと努めている。光秀の意は、充分に伝わっていると見ていい。きっと光秀はそこまで見越して、この城を築いたのだ。

「小平太。聞いたか。伴天連の国には、天に近づこうとするほどの高櫓を備えた城が、たくさんあるらしいぞ」

切支丹については聞いたことがある。彼らの信じる神様は天の極みにいて、我らの行いを見ているのだという。

「神様に近づき、領民を見守る。まさに天下を支えるお方に似合いの城ではないか」

惣八までが誇らしげな顔を見せていた。小平太も悪い気はしなかった。が、立派な住まいに恥じない仕事をしなければ、光秀は織田家中の譜代から妬みの目を向けられることにもなりそうだった。


六月末に、坂本城新築の連歌会が開かれることとなった。それに合わせて光秀の身内も京屋敷から城へ移ってきた。

小平太は理屈をつけては城内へ通った。忍びはその名のとおりに、人目を忍ばねばならず、遠侍《とおさぶらい》や表御殿へはみだりに近づけなかった。土塀に囲われた中奥の庭へ出入りするようにと決められていた。

御殿と中奥の庭は土塀一枚で隔てられていた。木戸をくぐりさえすれば、築山《つきやま》で遊ぶ光秀の身内と顔を合わすことができる。が、その一枚の土塀と木戸が、小平太には厚き岩の壁に思えた。書院へも足を運べた京屋敷のようなわけにはいかなかった。

「小平太。狙い目は連歌会の時だな。多くの客人が来る。そのお守りに我ら忍びも駆り出されよう。上手い具合に殿の身内も出迎えるらしいぞ」

忍び屋敷の寝床で衾《ふすま》をはねのけた惣八が、腹ばいのまま頬を寄せてきた。

「何の話だ」

「素知らぬ振りをするな。おまえだって城に通いたがっているだろ。玉子様のお顔を一目みたいと思っておろうが」

小平太は壁板に寝返りを打って横を向いた。

「お会いさえできれば、玉子様のこと……必ずまた我らに薬をくださるだろうて。忍びにまで目をかけてくださるお方は、玉子様のほかにはおらぬからな」

「おまえのような薄汚い男が近づいたのでは、玉子様も驚かれる」

「言われたかねえや。聞いたぞ、頭領から。おまえも夜発《やほっ》を買いにいったそうじゃないか」

とても惣八には言えなかった。あのお方の顔がちらつき、昔のように夜の女を抱けなくなったなどとは。

「早く寝ろ。次にいつまたこうやって屋敷で寝られるか、わからんのだぞ」

「言えるな」

思いのほか素直な顔になると、惣八が身を横たえた。北には浅井と朝倉が兵を構え、摂津では相も変わらず三好が跋扈している。連歌会が滞りなく終わったならば、忍びはまた斥候と調略に駆け回る日々が待つ。

畿内にはまだ不穏な動きもあるため、連歌会は慎ましやかに執り行われた。連衆《れんじゅ》は昌叱《しょうしつ》をはじめとする連歌師が数名に、藤孝のいとこでもある吉田兼和が朝廷からの名代として名を連ねたのみだった。

御殿の中庭に設けられた席には、光秀の内室に二人の娘も顔を見せた。が、長女と次女のみであり、そこに玉子の姿はなかった。

ただ、不思議なことに、二人の娘の横には、なぜか弥平次と次右衛門が座っていた。殿の縁戚と知ってはいたが、まるで二人の娘と夫婦《めおと》になるかのようにも見えた。

小平太はあとになって知った。実は広間の回廊からも、奥女中につきそわれて、玉子に長男の十五郎までが会を眺めていたのだ、と。

が、小平太は連衆の着座を見届けると、すぐに二の丸へ移った。客人の従者と馬を守る役目になっていたため、玉子の後ろ姿さえ見ることは叶わなかった。

翌日、まだ陽も昇らぬ早朝に、小平太は一人御殿中庭の片辺《かたほとり》に立った。華氈《かせん》の敷かれていた池の前からは、玉子らが座っていたという大広間の縁先が間近に見えた。今は薄闇の中、明障子《あかりしょうじ》が並んでいる。

小平太は己を笑い、回廊に背を向けた。長局《ながつぼね》ではもう女中らが朝の支度に起き出していよう。いつまで庭に立っていても始まらなかった。

立ち去りかけた時、池向こうに植えられた木立に、人の気配が揺れ動いた。こんな朝まだきの薄闇に何者が徘徊《はいかい》しているのか。

足音を忍ばせて池を回り込んだ。

鮮やかな朱の細長が、木陰に見え隠れした。きりりと心の臓が疼いた。恐るおそる近づいていく。

――と、木立の奥から弾むようにして小柄な人影が躍り出た。

「これは小平太様でしたか……」

名を呼ばれて息が止まった。きっと阿呆のように突っ立っていただろう。

「安堵いたしました。一人で寝所《しんじょ》を抜けて参りましたので、心細く思っていたところです」

「なぜ玉子様が――」

やっと声を押し出せた。玉子は白魚を思わせる細い指で、両手にそれぞれ短冊と筆を握りしめていた。

「お笑いください。父を真似て玉子も歌を詠みたくて参りました。あまりにこの庭の眺めが素晴らしく見えたものですから」

「お一人で……」

「はい。侍女が側にいたのでは、落ち着いて歌が詠めません。小平太様は……」

花がほころぶように笑みが広がり、玉子が眼差しを寄せてきた。答えに窮するあげく、つい後ずさっていた。玉子様の面影を偲ぶため、などと真実はとても口にできなかった。

「……昨日の後始末にございます」

「苦労をおかけいたします。父に代わって御礼を」

玉子は血潮が透けて見えるようなほどに白い頰をにわかに引きしめ、深々と辞儀をした。

「あ——そのお傷は」

再び顔を上げた玉子の目と口が真ん丸になった。

小平太は左手を腰の後ろに隠した。すかさず玉子が歩を詰めた。若葉ではない香りが匂い立って、小平太を仄《ほの》かに包み込んだ。

「どうして言ってくださらないのです」

眉が一文字に狭められた。くるくると良くもまあ面を変える娘だった。

「もう少し前ならば、京の南蛮寺院より取り寄せた塗り薬がございましたのに。大きな声では言えませんが、吉田神社のものより良く効くと父も申しておりました」

「もう治りました。お心遣いいただき恐縮です」

「なぜ殿方とは、そうやって要らぬ我慢をなさるのでしょう。弥平次様も強がりを口にしてばかりで困る、と姉も常々嘆いておいでした」

その一言で頷けた。やはり夫婦になる話が進んでいるらしい。

弥平次はすでに三十路を越えた。倫子《ともこ》も十八になり、とうに嫁入りしていい歳だった。宇佐山の城を預けられてからの光秀は、戦と領内の政に追われていた。城の落成を機に、家内の結束をさらに固めようということなのだろう。

「三日もあれば、取り寄せられるはずです」

「何がでしょうか……」

「南蛮のお薬にございます」

玉子が眉をつり上げて小平太を睨むように見た。

その目は、すぐに庭先へと移ろっていった。

「伴天連にはほんに驚かされます。鉄砲、遠眼鏡、こんふぇいと……。玉子はいつか伴天連の国をこの目で見とうございます」

大層な夢を軽々しく語るものだ。小平太の目に気づいたのか、玉子がまた睨むような目になった。

「おなごには無理でございましょうか」

「いえ。玉子様なら必ず」

いかにも満足そうな頷きが返された。

「では、四日後のこの時刻、ここでお渡しいたします」

一人でまた頷きを見せた玉子を前に、小平太は言葉が出てこなかった。

「お勤めがあってここへ来られるのは、難しいのでしょうか」

「いいえ――必ず参ります」

その一言は、さして苦もなく口をついて出ていた。

徳川軍が駿河へ攻め入っても、武田は動かなかった。信玄の病はよほど重いか、すでに病死したとしか思えない成り行きだった。

ところが同じころ、武家御所で兵糧を集めにかかっているとの知らせが、京を見張る細川藤孝より届けられた。

信玄の病死が確かとなれば、義昭に手を貸そうという武将らの腰も重くなる。噂が畿内に広まりゆくより早く、兵を集める気なのだろう。

新たに割り振られた隼《はやぶさ》組の者と、小平太は急ぎ京へ飛んだ。気がかりは唯一、玉子との約束だった。が、命に背くことは許されない。

武家御所を見張ると、奉公衆のほかに、公家の出入りまでが多くなっていた。抱き込んだ公家の縁戚である武将への誘いかけを目論んでいるのか。となれば、再びの挙兵はもう疑いないところまで進んでいる、と見えた。

小平太は七郎兵衛を説き伏せて、坂本城へ知らせに走る役目を仰せつかった。その夜のうちに城まで戻り、弥平次の住まう屋敷に上がって子細を伝えた。

「ついに焦《あせ》って動きだしたか。武家御所のほかにも、挙兵を企てておるのかもしれんな」

今年二月、本願寺と組んだ義昭は、志賀郡内の砦に兵を集めて、蜂起させた。またぞろ同じ振る舞いに出ることは、大いに考えられた。

「御所に出入りする奉公衆と公家を、すべて追えるか」

光秀配下の忍びは二十二名に増えていた。が、そのうち鷹《たか》組六名は浅井に目を光らせ、鳶《とび》組五名が領内の国衆の動きを追っている。残る隼組と梟《ふくろう》組を使うにしても、手数は足りなかった。

「鳶組を呼び戻せ。殿にはわしから知らせおく。良いな」

堅田へ走って神田神宮の社に縄を結びつけて、急ぎ帰れとの印を残したあと、またも走りに走った。湖上の空が紫に染まり、朝が間近に迫っていた。

小平太は息も絶え絶えに坂本城へたどり着くと、本丸御殿の中庭へ急いだ。

「早かったな、小平太」

声に驚き、我を失った。まさか男の声が待ち受けているとは思わなかった。

振り返ると、池にかかる丸橋の先から、下襲《したがさね》を羽織った光秀が現れた。

小平太はすべてを察してひざまずいた。光秀の手には薬の袋が握られていた。

主君の顔を見られず、ただ朝露に湿る地に目を落とした。首を刎ねられても仕方がない、と覚悟を決めた時、光秀の足が目の前で動きを止めた。

「これを玉子から預かった」

それでも顔は上げられなかった。

「ここへ置くぞ」

光秀は静かに言い、小平太の見つめる地にそっと袋を置いた。

「薬が入り用なら、弥平次に伝えよ。そなたらが壮健であってこそ、我らは心おきなく戦に挑める。この先も頼むぞ」

光秀の声は、まるで歌でも詠むかのように落ち着き払って聞こえた。が、最も卑しい身の上の、家臣とも呼べぬ忍びの野良犬が、密かに娘と会っていたのだ。胸にはいかばかりの怒りが沸いていたろうか。

これほど壮麗な城を築き上げた武将の娘が、そうそう奥を抜け出せるはずはなかった。女中に見咎められて、内室から殿へと知らされたのだろう。

光秀の足音が遠離《とおざか》っていった。

朝明けが雲を引きずるように訪れて、薄陽が天主の奥から射した。地にひれ伏す己の影が目の前に映り込んでいった。玉子がわざわざ取り寄せてくれた薬の袋をつかみ取った。その手が、自分でも気づかぬうちに震えていた。

懐にしまい、肩衣《かたぎぬ》の上からそっと押さえた。それから、玉子がいるであろう御殿を振り返らずに、歩きだした。

四

武家御所での不穏な動きは、すでに岐阜へも伝わっていた。が、信長は一切手を打とうとしなかった。

光秀は知った。信玄が死んだとなれば、もう義昭の謀略など恐れるに足りず。たとえ挙兵に出たところで応じる武将の数は知れている。もし叛意を見せたなら、堂々と将軍をたたいて京から追いやってやる。そう信長は腹を固めたのであろう。

夢見がちで現《うつつ》から目を背けるばかりの将軍は、信長の読みどおりに、またも挙兵した。武家御所を三淵藤英に任せるや、自らは宇治《うじ》の真木島《まきのしま》城に急ぎ移った。巨椋《おぐら》池の野地《やち》に築かれた水城で、武家御所より堅固な砦であるのは疑いなかった。

が、信長は大軍を率いて京へ駆け上るや、手始めに武家御所を囲んでみせた。その軍勢は軽く五万を超えた。京の民に信長の武力を今一度示す。さらには、将軍の衰えぶりを知らしめようというのであった。

光秀も供回りを率いて駆けつけた。藤孝に使者を送ったが、勝龍寺城から動こうとはしなかった。いよいよ将軍義昭の追い落としにかかるのであり、武家御所を守る藤英は、血の繋りはないとはいえ、三淵家で育った藤孝にとっては兄に当たる。手出しはせずに済ませたかったのであろう。

そうは言っても、信長による再三の呼び出しに、藤孝もついに重い腰を上げるほかはなくなった。かつての奉公衆筆頭である藤孝の出陣を得るや、信長軍は一気に武家御所を攻め立てた。

二日後にあっけなくも落ちると、信長は京の町に地子銭《じしせん》免除の触れを発した。

「迷惑千万な将軍のせいで苦しんだ町衆への施しぞ。口うるさい京童も、諸手を挙げて喜ぶに違いあるまいて」

京の人心に抜かりなく気を配ってから、信長は意気揚々と宇治へ出陣した。

今年はとりわけ宇治川の流れが早く、城の築かれた中洲を囲む川面は、逆巻くほどの急流に変わっていた。牙をむく流れを前にした諸将がたじろぐ様を見せると、信長は軍勢を前に言い切った。

「尻込みする者は、さっさと国元へ帰って寝てしまえ。おまえらが臆するなら、この信長自らが先陣を切ってくれるわい。馬を持てい。川を渡るぞ」

かつて田楽狭間《でんがくはざま》に今川義元を迎え撃った時も、迫る大軍を前に怯《ひる》みかけた家臣を奮わすため、信長は自ら先陣を切って馬を駆った。これまで武家御所を囲みはしても、将軍の籠もる城を攻め立てたことは一度としてなく、多くの家臣の胸には武家を束ねる惣領へ弓を引くことへの躊躇いがあった。信長はその気後《きおく》れを見て取り、ここで愚かな将軍を屠る覚悟ぞ、と宣言してみせたのであった。

「御屋形様の手を煩わせるでない。我こそ先陣を受け申す」

藤孝の気合いに満ちた声が陣中に轟き渡った。

幕臣筆頭であった藤孝でさえ、将軍を屠る腹を固めた。何を躊躇うことがあろうか。かつての側近に背かれるほどの愚かな将軍なのだ。藤孝の一言は、諸将の迷いを吹き飛ばすに充分な重みを帯びていた。

さすがは藤孝。その機転に光秀は舌を巻いた。

信長が流れの逆巻く宇治川へ向けて軍配を振った。

「川上、川下から一挙に攻めよ。かかれぃ」

鬨《とき》の声が沸き返り、平等院の門前から次々と兵が流れに飛び込んでいった。光秀は勝家や藤孝とともに川下から中洲を目指した。あちこちで馬が臆して立ち往生する。

「怯むな。進め、進むのじゃ」

声を嗄らして麾下を叱咤《しった》し、流れを裂いて馬を進めた。怒濤の川を渡りきると、待ち兼ねていたかのように真木島城から兵が討って出てきた。

「来るぞ。槍を構えよ。一気に踏みつぶせ」

渡河によって兵は疲れていたが、もとより数で圧倒していた。城に籠もる兵は多くて五千。槍衾《やりぶすま》で迎え撃ち、川の上下から追い詰めていった。退き始めた敵を見るや、信長は四方から城を囲ませた。

「火を熾せ。古びた城など火矢で焼き払ってしまえ」

信長の下知が川を渡ってもたらされる。

数万の矢が火の雨となって次々と城内に射かけられた。これほどの火矢を浴びたのでは、消しにかかるそばから次々と新たな火の粉が降りそそぐ。

城のそこかしこがたちまち炎に包まれた。外構えを破った信長軍が城内に乱れ入り、あっけなくも城は落ちた。

将軍義昭は、縄をかけられずに引っ立てられた。血と汗と涙にまみれて屍をさらす兵の中、義昭一人が綺麗な顔のままであった。髷は乱れもせず、肌どころか鎧にも土汚れひとつない。ただ目が血走り、青ざめたこめかみが屈辱の怒りに震えていた。

「実に憐れなものよの。己の器を見誤るから、落ちぶれるのだぞ」

中洲へたどり着いた信長は、馬から下りようともせずに将軍義昭を見下ろした。

永禄十一年、上洛軍を率いて岐阜を発った信長は、立政寺にて義昭を迎え、その面前で平伏してみせた。あれから五年。望んでいた将軍の座に上り詰めたはずの義昭は、今や濡れ鼠となって信長の足下にひれ伏していた。

下克上の世は極まり、足利将軍家はここに見窄《みすぼ》らしき落ち武者と成り果てた。

その無惨な風采を目の当たりにしながら、光秀はふと気づいた。この場に藤孝の姿がないことに。真っ先に川を渡って攻め寄せたにもかかわらず、やはり義昭の憐れな姿を面前にするのは忍びなかったと見える。

「どうじゃ、将軍様よ。生き恥とはこのことであろう」

信長のせせら笑いに、義昭は火の眼差しを寄せたが、口を突いて出た声はあまりにも弱々しく聞こえた。

「この外道めが。必ずや地獄に堕ちようぞ」

「泣くがいい。わめくがいい。おぬしの浅知恵で、多くの者が命を落とした。地獄が似合いは、おまえのほうぞ」

「殺せ。生き恥をさらしたくはない」

「それほどに死にたいのなら、己で腹を割《さ》けば良いではないか。自ら死にもできぬ輩ほど、家臣の命を粗末にするものよ。首を刎ねるのは容易いが、恨みには恩で報いてやろう。この落ちぶれた姿をさらして生きるのもまた格別であろうな」

信長は義昭の幼い息子を人質として取ると、どこへ行くと好きにせよ、と告げた。

「猿。憐れな将軍をお見送りせよ」

木下から羽柴へと名を変えた秀吉が呼ばれ、京を出て行くまで見張る役目が与えられた。

義昭は恨み言を口の中で呟きつつ、側近の肩を借りてふらふらと歩きだした。城に呼び寄せていた内室に側室、その従者が泣き崩れながら後ろに続いた。

落ち武者の群れが惨めに歩き去っていく。光秀は馬から下りて、義昭一行を見送った。

その後ろ姿が小さくなると、再び馬に乗って藤孝の姿を探しに出た。

宇治川の岸辺に藤孝は一人立ち、対岸に見える平等院を眺めていた。平安の貴族が望んだという極楽浄土をこの地に描き出した寺の構えを、目に焼きつけておきたかったようには見えなかった。

「やはり命までは取らなかったか」

振り返りもせずに、藤孝が声を押しやった。

光秀は馬を下り、藤孝の横に並んだ。

「いくら京の民に嫌われていようと、将軍の首を刎ねたのでは逆臣と見なされてしまう。それはわかっていたことではありませんかな」

「光秀殿。わしは名を変えるぞ」

踏ん切りをつけるためであろう。かつての幕臣筆頭でありながら、細川藤孝は小賢しくも機を見て将軍から信長へと身を移した。そうささやく者もいずれは出てくる。人とは余人を羨んだあげく蔑みの言葉を吐き、浮かばれぬ己を慰めたがる。

「そもそも細川は、養子として入った家。さほど愛着はござらぬ」

真実のはずがなかった。生まれ落ちた時からこの日まで、藤孝は将軍を支える家に生き、その務めを果たすため邁進《まいしん》してきた。細川の名を捨てるとは、今日まで歩いてきた道を捨てるに等しかった。

「御屋形様からは、勝龍寺城をはじめとする長岡近在の一職《いっしき》支配を許された」

まるで信長から与えられた褒美を悔やむかのように、藤孝はうなだれた。

その横顔に、光秀はかつての己を重ねた。延暦寺焼き討ちの折に信長は、光秀に一国を与えると言い渡した。

「長岡――藤孝。これからは長岡の地に骨を埋める覚悟で働くつもりよ。どうかの、この名は」

翳りを宿した横顔を見つめ、光秀は大きく頷き返した。

「長岡藤孝殿。良い名にございますな」

が、本当に良い名になるかどうかは、藤孝の働き次第となる。そう自身も悟っていたから、光秀のありふれた励ましに応じ返す素振りもしなかった。

見つめる平等院の空を染めて、血を思わせるほどの赤い夕陽が沈もうとしていた。

信玄の病死が疑いなく、将軍という昔日《せきじつ》の威光も失せた。信長を囲む敵の人垣は崩れかけていた。その機を逃さずに、信長は動いた。

浅井長政の家臣、阿閉貞征《あつじさだゆき》が自ら織田方に通じてきた。武田の加勢が望めないとなれば、浅井朝倉に明日はない、と踏んだのである。

「信玄坊主という梁《はり》が折れてしまえば、我先にと屋根の下から逃げる輩が出てくるわい」

信長はそう嘯《うそぶ》いて号令を下すや、すぐさま岐阜を発って浅井の小谷城に迫った。越前から朝倉軍が後詰めの兵を送ってきたが、信長軍に恐れを抱いた北近江の国衆は、守っていた砦を次々と明け渡した。

「見ろ。腹の据わらぬ輩は、まだまだ出るぞ。逃げぬ不届き者は、すべて斬って捨てぃ」

折からの大雨をついて信長軍は討って出るや、朝倉軍の守る大嶽《おおずく》砦を攻め落とした。五百の兵が軍門に降《くだ》ったが、信長は首を刎ねずに朝倉の本陣へと送り返した。彼らに信長軍の数と勇猛さを語らせ、敵の気勢をそいだうえで一気に攻めかかれば、弱腰の朝倉義景のこと、必ず兵を引くはず、と見たのである。

信長は敵兵を逃せと命じたあと、陣中に参じた光秀の目を、どうだ、とばかりに見つめてきた。

わしの目に狂いはないであろう。三年前の冬、延暦寺の助けを借りながら、比叡山から下りてこずに越前へ退くしかなかった腰抜けなら、必ずまた国元へ逃げ帰るはず。違うか、光秀。

信長に目で鋭く問われて、光秀は静かに面を伏せた。上様の仰せのとおり――と。

将軍義昭を京から追い払うと、勝家をはじめとする家臣は皆、信長を〝上様〟と呼ぶようになった。京に将軍なき今、武家を束ねるべき惣領は、信長のほかにない。

信長も、自ら将軍の代わりを務める気であるのを隠さず、その意を広く表すため、公家衆へ改元を内奏《ないそう》せよ、と迫った。

改元と暦の制定は天皇の務めであったが、過去に足利義満が改元を迫り、認められていた。その例に倣ったのだ。しかも、天正《てんしょう》、の号まで命名して――。

すみやかに改元は認められた。信長は今や名実ともに、将軍と肩を並べる力と座を手に入れたのである。

朝倉軍は信長の読みどおりに、惨めな敗走を始めた。逃げる敵兵の首が、次々と本陣に届けられた。そのさなかに、柴田勝家が光秀の傍らに歩み寄った。

「これで戦の先は見えたな」

光秀が静かに目を地に落とすと、勝家がさらに続けた。

「いいや、そなたには、とうに見えていたのかもしれぬな。心苦しく思うであろうが、この愚かしい戦を終わらせるためには致し方ない」

かつて越前で禄を得ていた光秀を慮っての言葉であった。

「つてはまだ残っているであろう。ならば、越前本国に知らせる手もある。違うかな」

越前を離れて六年が経つとはいえ、朝倉には見知った顔は多かった。その者らを頼り、調略する手もある。早く戦が終われば、その分朝倉方の犠牲は少なくなる。

「今こそ越前への恩を返す時ぞ」

勝家に礼を告げて本陣を離れた。忍びを越前に走らせよ、と弥平次に告げた。信長軍はこのまま敦賀を攻めて、一乗谷へと迫る。今から身の振り方を考えてはくれまいか。切なる祈りを込めて書状をしたため、七郎兵衛に託した。

雪崩を打って敗走する朝倉軍を追い、信長軍は敦賀へ押し入った。辺りの国衆が人質を差し出しての拝謁に訪れて列をなし、陣中はごった返した。

ついに信長軍は木ノ芽峠を越えた。

浅井長政の裏切りを知り、一心不乱に退くしかなかった峠道である。光秀は殿軍の際に命を散らした者らの冥福を祈りながら、馬を進めた。

信長軍が龍門寺《りゆうもんじ》に陣を据えると、一乗谷の上空が炎に赤く照らし出された。光秀の書状が功を奏したのかどうかはわからなかった。が、一族の朝倉景鏡《かげあきら》が主君を裏切り、朝倉館に火を放ったのである。そこには、かつて浅井とともに結んだ延暦寺に属する平泉寺《へいせんじ》の僧兵も加わっていて、直ちに信長へと通じてきた。

八月二十二日。ついに景鏡が義景の首を信長の本陣に届け出た。その後ろには、つい昨日まで朝倉に与していた多くの国衆が打ち揃っていた。人は我が身を守るために平然と寝返り、新たな主君に平伏してみせる。

五代にわたって越前を治めた朝倉家は、ここに滅んだのである。

信長は義景の首をあらためてから京に送らせると、すぐさま北近江に兵を戻した。残るは浅井長政一人であった。

孤立した小谷城を囲ませると、信長は長政の父久政《ひさまさ》を先に攻めて切腹に追い込んだ。そうしてから小谷城に籠もる長政のもとに使者を送った。義兄に忠誠を誓え、ならば許しを与えよう、と。長政に嫁いだ妹お市の身を案じてのことである。

が、長政は城から出るや、最後の一戦を仕掛けてきた。それが信長への答えであった。

「兄を信じられぬのだから、憐れなやつよ」

信長は冷たく言い放ち、城攻めの号令を下した。が、比叡山を焼き払い、朝倉を滅ぼしておきながら、長政一人を許すと考えるほうがどうかしていた。

やがて、長政はお市と三人の娘を信長のもとへ送り返したうえで、本丸御殿の奥座敷で腹を斬って果てた。嫡男万福丸《まんぷくまる》の姿は城内になく、直ちに追っ手の兵が放たれた。

天下を平らげる。耳に聞こえは良いが、一人の覇王《はおう》の前に敗者がひれ伏し、多くの命が奪われていく戦いでもある。

もし越前で細川藤孝という男の信念に触れていなければ……。朝倉家に不満を抱きながらも、踏ん切りをつけられずにいたかもしれない。

己一人の力では、どうにもできない出会いというものがある。死にゆく者らを前に、人の道の不思議をあらためて思い、光秀は手を合わせた。

第七章　苦悶の日々

一

岐阜城の門前が馬と人であふれかえった。酒樽が荷車で次々と運び込まれていく。

新年一日の織田屋敷は、参賀に集う武将の列が遥か城下にまで連なった。馬を下りた光秀は、その光景を振り返って頷いた。

「まさに、在りし日の武家御所を思わせる眺めであるな」

「いかにも。時の移ろいとは、恐ろしいものよ」

横で藤孝が感慨深げな吐息をついた。

幕府が栄華を誇ったころは、こうして各地の守護大名が参賀に駆けつけた。今やこの岐阜城が、新たな武家御所であると思わせるほどの人の列が続いている。

上洛を目指した信玄は病に倒れ、宿敵であった浅井と朝倉は討ち取った。まだ畿内に三好の一党が蠢いていたが、近年にない静かな正月であった。そこで、かつての室町御所を真似て、多くの家臣を集めて祝うべきとの声が湧いた。

「順慶殿、さあ、こちらに」

居並ぶ重臣を前に気圧《けお》されたのか、筒井順慶が頬と身を固くすぼめているのに気づき、光秀は手招きした。

まだ二十六歳という若さでは無理もなかった。筒井家は興福寺の僧兵である官符衆徒《かんぷしゅと》の棟梁を代々務めてきた。若くして家督を継いだ順慶は、家柄を頼みに大和の国衆から担がれたと言ってよかった。そのためもあって、いまだ大人の顔色をうかがう小姓のような優柔さが垣間見えた。

昨年末、河内の若江城に籠もっていた三好義継が織田軍に囲まれて切腹に追い込まれると、松永久秀はあっさりと兜を脱いで再び信長の前にひれ伏した。

驚いたことに、信長はまたも久秀を許したのである。久秀の建てた多聞山城《たもんやま》は、贅《ぜい》を尽くした壮麗さで名を轟かせており、京を牛耳《ぎゅうじ》っていたころから集めていたと言われる茶器や彫刻、襖絵《ふすまえ》にあふれていた。名物に目がない信長にすべての宝物を差し出すことで、久秀はまたも命乞いをして許されたのであった。

さしもの久秀も今は大和で蟄居の身にあり、岐阜には顔を出せずにいた。その代わりに、大和の国衆の名代として駆けつけよ、と光秀が順慶を呼び寄せたのだ。

順慶はからくり仕掛けの人形よりもぎこちない動きで、光秀の後ろにつきしたがった。

摂津の国衆は藤孝がまとめつつある。久秀の降伏により大和の平定も近づいた。唯一の気がかりは、足利義昭の消息であった。

「何か耳に入っておられますか、藤孝殿」

織田御殿の回廊で前を行く藤孝にそっと尋ねた。

「ひとまず紀州に落ち延び、今は毛利の招きを待っておいでだとか……」

義昭はまだ将軍の地位を奪われてはいなかった。将軍職は帝の宣下によって与えられるものであり、その座から下ろすにも同じ手筈が求められる。が、京から追いやったために、いまだ将軍職にあると諸国に吹聴しているという。

もし毛利が将軍の名になびけば、いずれ義昭の口車に乗せられて、上洛を目指そうとするかもしれない。その時には西の雄である毛利が、信長の前に立ちはだかる。しばらくはまだ義昭の動きに目を光らせておくべきであった。

柴田、佐久間、丹羽、羽柴ら譜代《ふだい》の尾張衆が信長の面前に陣取り、光秀は藤孝と並んで下座に着いた。順慶は大和の名代として信長に平伏し、早々に謁見の間を出ていった。

朝廷からも多くの公卿《くぎょう》が駆けつけた。そのもったいぶって長々とした口上に、信長は飽き飽きした様を見せ、手で近習を呼び寄せた。

「酒を持てぃ。浮ついた祝いの言葉など聞きたくもない」

まだ公家衆の参賀が終わっていなかったが、信長の機嫌を損ねてはならじと、直ちに宴席の支度が調えられた。

酒と肴の最後に、三つの膳が小姓衆によって恭《うやうや》しく運ばれてきた。居残っていた公家衆の口から、呻きのような声が洩れた。光秀は眉をひそめて、そっと目をそらした。

膳の上に載せられていたのは、金箔《きんぱく》で覆われた三つの髑髏《どくろ》であった。信長の面前に三つの首が静々と差し出された。

「これぞ新年の祝いに似合いの肴よ」

信長は涼しげに目元を弛め、得々とした顔つきで告げた。

驚きに身を震わす公卿を前に、勝家がすかさず頭を下げた。

「まことまこと。憎き浅井親子と朝倉の首。言祝《ことほ》ぎの酒もまた格別にございましょう」

敵の首を挙げるは、武将の誉れ。憎き輩の首を長く人目にさらすのは、戦世の決まりでもあった。

が、その髑髏を薄濃《はくだみ》にして宴席に出すとは聞いたことがなかった。

やおら腰を上げた信長が、首のひとつへ手を伸ばした。髑髏の頂が切り取られており、それをつかむや、杯代《さかずき》わりにと公卿らの鼻先へ突き出した。

「ほれ。これにて一献《いっこん》」

戯れにすぎなかったのであろう。が、取り乱した公家衆が膳を倒して退いた。

「たれぞ、飲む者はないのか」

信長が居並ぶ男どもを見回すと、正月には似つかわしくない重苦しさが大広間を埋めた。いくら憎き敵の首であろうと、その髑髏の杯で酒を飲みたいと思う者がいるわけはない。

横で藤孝が低く声を呑むのがわかった。新たに麾下へ参じた者は、先陣を任され、その忠心を試される。譜代ばかりの座の中、光秀と藤孝のみが外様と言えた。

信長の悪ふざけに満ちた目が、家臣の面を撫で回していった。その目が止まった。

「藤吉郎。どうじゃ」

名を呼ばれた秀吉の背が大きく揺れた。

「金ヶ崎で殿軍を進んで受けたほどの男であろう。見事、飲み干してみい」

「……ははっ。有り難き幸せにございます」

秀吉の声が正直なまでに震えていた。応え返したものの、肩から腕が震えるばかりで、秀吉は腰を上げようともしなかった。

「飲めぬと申す気か」

信長がなぶるように言い、秀吉の前へと歩を詰めた。

それでも動けずにいる秀吉を見て、信長の眉が跳ね、頬が朱に染まった。髑髏の杯を持つ手が、頭上へと振り上げられた。

「それがしも、いただきまする」

とっさに声が出ていた。信長の動きが止まり、秀吉が面を上げて目を向けてきた。横からそそがれる藤孝の眼差しを痛いほどに感じ取れた。

が、口にしてしまったとあれば、致し方はない。光秀は腹を固めて畳に手をつき、立ち上がった。

「よく言ったぞ、十兵衛。ここに参れ」

「ははっ」

そろそろと歩み出ながら、秀吉を見て軽く頷きを返した。金ヶ崎で我も残ると告げたそなたの覚悟に比べるならば、実に容易《たやす》きこと。さあ、ともに進みましょう。

目で告げると、秀吉もやっと動いた。その所作に、つい先ほどまでの気後れは見事なまでに消えていた。腹を据えるしかないと決したらしく、派手に威勢をつけて腰を上げると、信長の面前へ進み出た。

二人して頭を下げ、差し出された髑髏の杯を恭しく受けた。信長の手によって酒がそそがれた。

この髑髏は義景のものか、久政のものであるか。恐れは感じたが、光秀は目を閉じると、飲めない酒を一気に喉へ流した。

秀吉も横で髑髏の杯を飲み干した。

「どうだ、うまかろうが」

うまいとは思えなかった。が、光秀は主君への礼儀として告げた。

「まこと素晴らしき酒にございます」

「五臓六腑に染み渡り、心地良さに涙が出まする」

秀吉が大袈裟な物言いをして、身振り大きく涙をぬぐう真似をしてみせた。が、真実にじみ出したものを隠したかったのかもしれない。

「ここはひとつ、下手な舞でも踊りましょうぞ」

なおも秀吉は戯れて言い、髑髏の杯を扇に見立てて翻すと、ぽん、とその場で跳ねてみせた。が、勢いあまったその足が、髑髏を載せた膳を蹴飛ばしていた。その拍子に髑髏のひとつが皿の上から転がり落ちた。ころころと辿り着いた先は、折しも信長の足元であった。

その場にいたすべての者が息を呑んだのではなかったか。まるで浅井長政の髑髏が蘇《よみがえ》って自ら転がり、信長の足に食らいついたかのようであった。

信長の顔から血の気が失せた。秀吉が退きざま、身を縮ませて畳に額を押しつけた。

「お許しを……。申し訳ございません」

「この禿鼠《はげねずみ》が」

信長が髑髏を蹴り飛ばして秀吉に迫った。

「どうか、平にご容赦を――」

小兎のように身を震わせる秀吉の肩を、信長がまともに蹴りつけた。後ろへ飛ばされてもなお、秀吉は跳ね起きてひれ伏し続けた。

さらに秀吉へ向かおうとした信長を見て、光秀はわずかに膝を進めて頭を下げた。

「畏れながら、この光秀からもお頼み申し上げます。秀吉殿は少々浮かれすぎたまでにございます。それも上様と新年を言祝げると喜ぶあまりのこと。どうかここはご用捨くださいませ」

「お許しください……」

信長は仁王立ちのまま、なおも秀吉を睨みつけた。それから身を翻して上座に戻ると、声高に近習へと告げた。

「酒だ。皆も心ゆくまで呑むが良い」

作り笑いの中で、寒々とした宴が続けられた。酒を飲めない光秀は、酔いを堪えながら形ばかりに杯へ口をつけた。藤孝が小さく、見事、と声をかけてくれた。

折を見て中座し、庭に通じる回廊へ酔い覚ましに出た。すると、渡廊《わたりろう》のとば口に、庭を見もせずに一人悄然と立つ男の背があった。

先に席を立っていたらしい。光秀は声をかけられず、かといってそばにも近づけず、その場で足を止めた。

気配を悟った秀吉が、虚を突かれたように振り向いてから、急に胸を張る姿へと変わった。

「笑うなら笑うがいい」

「秀吉殿。笑うなどはもってのほか……」

「わしはそなたのような名のある血筋の者とは違う。今日まで一族皆、泥をすすって生きてきた。これしきのこと、まさに朝飯前よ」

張りぼてのように虚ろな高笑いが響き渡った。

「わしは、な……上様のためならば、幾万もの敵の首だろうと刎ねてみせるつもりよ」

「無論、天下万民を安らげるためであれば、それがしも同じ……」

信長様のため、とは言わない気なのか。秀吉の揺れる瞳が告げていた。

「上様こそが、乱れきった天下を安らげられる真の武将。それがしは、そう固く信じております」

「言われるまでもないことよ」

秀吉はまた大きく肩を揺すると、回廊を歩きだした。

「厠《かわや》じゃ、厠。少々呑みすぎたわい」

照れ隠しのようにつけ足してから、秀吉は足早に渡廊へと消えていった。


白地に銀の帯をあしらった襖《ふすま》を開くと、茶湯座敷に信長一人が待ち受けていた。

光秀は深々と首を垂れ、藤孝に続いて客畳《きゃくだたみ》へと進んだ。

「名物の茶器が手に入ったゆえ、一服進ぜよう」

すでに茶釜に湯が沸き、真冬の座敷がほんのりと温《ぬく》まっていた。お披露目《ひろめ》の名物とは、松永久秀から召し上げたという茶器なのかもしれない。

多くの名物は、東山殿御物《ひがしやまどのごもつ》と呼ばれ、そもそも将軍足利義政が集めたものとして知られている。信長は足利義昭を京から追いやり、将軍家に取って代わる者となった。その証として、さらに多くの名物を手に入れて当然、と考えているように見える。

「見事な茶入れにございます。もしや〝初花《はつはな》〟ではございませぬか」

「わかるか、藤孝。わざわざ唐から取り寄せたもので、見事な色艶であろう」

光秀も茶の湯には心が引かれていた。近ごろは堺の商人らから茶会の誘いを受けると、何を置いても駆けつけたい気にさせられる。

心を静めて茶の香りに包まれていると、己という男がここにいるのだという当たり前のことが、岩に染み入るがごとく、しみじみとおのが胸に確かめられた。それほどに、我を忘れて軍場を駆ける日々が多くなっていた。

信長も同じなのだ、と思える。おのが一声で幾千もの敵が首を刎《は》ねられ、数百の家臣が尊い命を落としていく。戦の手立てを読み違えようものなら、己の身までが危うくなる。信長ほど今日まで軍場で我を保ち、果敢な攻めに挑んできた武将はいなかった。

信長が〝初花〟の蓋《ふた》を開き、折撓《おりた》めで挽茶《ひきちゃ》をすくった。光秀は深く息を吐いた。茶の芳しさが鼻の奥から胸にまで染み通っていく。

「二人とも、このわしにうまく取り入ったものよの」

信長の声に棘《とげ》や蔑《さげす》みの響きが込められていたようには聞こえなかった。が、光秀は背筋を伸ばし、釜から立ち昇る湯気を見つめた。藤孝も同じだったと見え、気色をうかがう顔になっていた。

「おぬしらが足利の小坊主との仲を取り持ってきたから、上洛の道が開けたようなものよの。そうであろうが」

「上様の名が広く越前まで轟いていたからこそ、藤孝殿も迷いなく望みを託せた、そう常々それがしに言っておられました」

信長の深意はつかめなかった。が、自らの手柄と認めるようなことは口にできない。

「いやいや、美濃におられた光秀殿のお知恵があったればこそ……」

「幕府再興に入れ上げておったおぬしらが、あの小坊主を追い払う手先に変わるのだから、人の世とはままならぬものよ」

「光秀殿にとくと諭されました。まこと天下を治めるにふさわしき御方はどなたであるのかを」

「面を上げよ。おぬしらをからこうておるのではない。わしに何年仕えようと、うつけになど用はない。おぬしらはできる男。権六や禿鼠と違うて、学もある。よって手厚く招いたまでよ」

「身に余るお言葉にございます」

信長の胸中がまだ読めなかった。義昭を奉じての上洛から早六年。その苦労話をしたくて二人を呼んだものとは思えない。

信長が茶筅《ちゃせん》を置き、手を伸ばして光秀のほうへと茶器を勧めた。

光秀はしばし目をさまよわせた。歳は確かに光秀のほうが上であった。兄と慕う、と藤孝も言ってくれている。が、茶の湯や詩歌の腕と教えにかけては、遥かに藤孝が勝り、光秀の師とも言えるほど腕前に開きがあった。今も光秀は、藤孝に上座を譲っていた。

ところが、その下座についた光秀の前に、信長はまず茶を差し向けたのである。

どうした、と信長が目で訴えてきた。横で藤孝が小さく頷くのを見て、光秀は礼を返してから手を差し出した。

「十兵衛には、藤孝の息子と同じ歳の娘がおったな」

「はい……」

思いもしない呼びかけに、茶器へと添えた手が動かなくなった。

「いずれ夫婦になるが良い。ならば、おぬしらは晴れて身内となる」

戸惑いのあまり、つい藤孝と目を見交わしていた。

「のう、藤孝。十兵衛の娘なら、嫡男の嫁として不足はなかろう」

「もちろんのこと……。しかしながら、手前どもの与一郎は、それがしが公方様に振り回されていたため、さほど手もかけられず、いささか放埒《ほうらつ》の気が強うございます。とても光秀殿の息女とは釣り合いが取れず、上様のお心遣いを踏みにじることになるやもしれません」

「うつけと呼ばれたわしほどではあるまい」

信長は両の眉を持ち上げ、高らかに笑ってみせた。

「元服した折には、わしと十兵衛でしかと武将の気構えを教え込もう。なれば釣り合わぬということもなくなろうよ。のう、十兵衛」

「ははあ……」

戸惑いがまだ尾を引いていた。が、茶器を置いて頭を下げた。

「良いな、藤孝」

「――はい」

藤孝も畏まって畳に手をついた。

「十兵衛の与力として、今後も尽力せい」

またも思いがけない言葉に、光秀の喉から声があふれ出た。

「畏れながら、しばしお待ちくださいませ……」

信長の、見ている者を不安にさせる小さな黒目がにわかに動き、光秀に据えられた。

「藤孝殿の御嫡男と我が娘の縁談は、まさに願ってもないことにございます。しかしながら、与力を務めるとなれば、それがしのほうこそが藤孝殿を支えていくに相応しい者であるかと――」

「十兵衛。あまりに謙《へりくだ》りすぎれば、それは相手を愚弄するも同じぞ」

「いえ、そのようなつもりは……」

「良いか。すでにおぬしは志賀郡を治め、五千の兵をまとめ上げておる。それに比べて藤孝の麾下はいかほどか、知っておろうが」

まだ千に満たなかったと思う。が、それは藤孝が義昭との縁から幕府を見限れずにいたためにすぎなかった。一職支配を許された長岡の地も、光秀の治める志賀より遥かに狭い。

信長ほど古いしきたりを忌み嫌う者はいなかった。かつて光秀が奉公衆にあり、藤孝の遥か下に仕えていた者であることを百も承知で言っているのだ。

織田家で武功を築き上げた者のみが、引き立てられていく。譜代ではない光秀や、草履持ちにすぎなかった秀吉が、多くの家臣を押しのけて一国一城を授けられた。生まれ落ちた家の格式とは無縁に出世できるから、織田家の家臣は血眼となって働く。

もし藤孝という男の家格が幅を利かせようものなら、織田家の結束は根元から揺らぎかねない。

武功こそが侍の値打ちを計る物差しとなる。それを家中に知らしめるためにも、藤孝という幕臣筆頭であった男が、奉公衆の末席にすぎなかった光秀の与力となる意味が出てくる。

武将は誇りを重んずる。かつて奉公衆の端くれにしかすぎなかった男の下に与力としてつくのは、口惜しく恨めしいことであるのは疑いない。その藤孝を麾下に置くとなれば、光秀のみならず、明智の家臣らにも気遣いを与える。光秀も恥ずかしくない働きを見せねばならぬと、より一層気を引きしめざるを得なかった。

信長の家臣を束ねる術と決意に弛みはなかった。

「十兵衛。縁組みは藤孝とのみではないぞ」

さらなる信長の沙汰《さた》に、光秀は狼狽《うろた》えるほかはなかった。口にした茶の味が、喉の奥ではないどこかへと消えていった。

「まだ娘が三人いたはず。荒木村重の嫡男村次《むらつぐ》に長女を嫁がせよ。我が織田家の信澄《のぶずみ》にも嫁をもらいたい。あやつはまだ若いから、四女が良いであろうな。次男は筒井順慶の養子とせよ。多聞山城をしばらくはおぬしに任せるつもりだ」

矢継ぎ早の指図を受け止めきれず、幾度も瞬《また》きをくり返した。閉じた瞼の裏に、連歌会で睦まじく笑顔を見交わせていた弥平次と倫子《ともこ》の顔が浮かんだ。

「良いな。おぬしらの働きぶり、楽しみにしておるぞ」

茶室を出ても気はそぞろで、足取りも雲を踏むような頼りなさであった。多くの名だたる武将と縁戚になる。いずれも縁組み先として申し分のない家と言える。が、一度に娘三人と息子を奪われていくような切なさに襲われた。

「忙しくなりますな」

後ろから藤孝に声をかけられて、我に返った。心あらずの顔をしたのでは、娘を嫁がせたくないのかと訝しがられる。光秀は頰を引き締めて頭を下げた。

「どうぞ玉子をよろしくお願い仕《つかまつ》る」

「上様もお戯れがすぎる。そう思いはしたが、よく考えてみれば、理に叶った縁組みにござるな」

藤孝の面輪はまだ張り詰めていた。まこと理に叶いすぎていて、戯れどころか、周到な思惑が感じられた。

光秀も藤孝も、そして村重と順慶も、織田家譜代の武将ではない。さらに織田信澄は、織田一門衆でありながら、かつて信長に殺された弟信勝の息子であった。それらの武将を光秀にまとめさせるための縁組みなのだ。

与力とは、寄親《よりおや》である武将の下に置かれた目付《めつけ》の役目を果たす。多くの武将をまとめながらも、主君信長の意に背く振る舞いを見せようものなら、寄子である武将が信長のもとへ知らせを上げる。しかも、縁組みをした娘や息子は、与力武将のもとへ人質を出したも同じこととなる。

また、与力の武将が寄親に背く気配を見せようものなら、縁組みによって家中に入った身内とその従者が、すぐさま寄親である光秀のもとへ注進できる。

互いに目を光らせつつ、主君信長のために働かせる。どこから見ても理に叶った仕組みであった。

そもそも信長は美濃から帰蝶という正室を迎えた。織田家では、隣国から送り込まれた内通者でもある、と帰蝶を見ていたのであろう。武将の縁組みには、同盟のほころびを見極める役目もあった。つまり信長は、義昭方にいた光秀や藤孝らを、まだすべては信じ切っていない、と告げたのである。

いや、信長に心から信じて頼みとする家臣などはいないのかもしれない。将軍でさえ重臣に背かれて、命を奪われる世なのだ。荒木村重の仕えていた池田家中では、主君勝正が弟と家臣によって家を追われてもいた。世継ぎ争いから家中が真っ二つに割れて争いが生じることは珍しくもなかった。

「我ら、もう後戻りはできませぬな」

藤孝が真冬の枯れた庭に目を走らせて低く言った。

多くの武将と縁組みを結ぶことで、光秀は織田家中にしかとからめ捕られたのである。また藤孝も同じ。いくら義昭と縁戚であろうと、もう手を差し伸べることはできない。あとは織田家のために、身を粉にして働いてみせよ。そう下命されたに等しかった。

「今の我があるのは、藤孝殿のおかげ。決して謙りなどではなく、嘘偽りのない思いですぞ。この光秀、初心を忘れず働く所存ゆえ、どうぞお力添えを願いまする」

今一度居住まいを正して、深く首を垂れた。幕臣筆頭であった藤孝を配下の者として見下ろすことは、何があってもできなかった。

「我も同じ」

藤孝も応じて深く頭を下げてきた。が、光秀を見返す目に力はなく、すぐまた庭先へ向けられた。名もなき足軽衆であった男の麾下に、名門細川家の惣領《そうりよう》が組み置かれる。胸に波立つものがあって当然。悩ましく思わないほうが、どうかしていた。

藤孝は門前で待つ供回りのもとへ並んで歩きながらも、じっと黙したままであった。

岐阜から急ぎ坂本へ帰り着くと、真っ先に弥平次を中奥の座敷へ呼び出した。

「このとおりだ、相済まぬ。上様の命とあらば、受けるしかなかった。すべてはこの愚かで心情《こころなさけ》にうとい兄のせいであるぞ」

もっと早く二人を添わせておくのであった。悔いが胸を埋めたが、口にしたところで始まらなかった。今はただ頭を下げるのみである。

「なぜ兄上が手をつかれるのです。まこと良き縁組み、倫子様に相応しきお相手に疑いありません」

「言うな、弥平次。おまえが強がるほどに、わしは己の不甲斐なさを呪いたくなる」

「兄上こそ、どうぞお喜びくだされ。親に喜ばれぬ縁組みでは、和子《わこ》様らがお可哀相にございます」

あくまで心根を隠そうとする弥平次の強さに、光秀は心を打たれて背筋が伸びた。美濃一国のために泣いてくれ。そう光秀に懇願した際の、末枯《うらが》れたような道三の姿が胸をよぎった。

「そうであるな……。よくぞ諭してくれた。礼を言うぞ」

直ちに家臣を集めて婚儀の手配に当たらせた。話を聞いた次右衛門が膝立ちになって顔つきを変え、二人の義兄を眺め回した。

「お待ちください。上様の仰せとあっては、明智を挙げてこたびの縁組みを喜びたいと考えまする。しかしながら、兄上が常々仰せであったように、我が明智の家中をも固めねばならぬはずです」

「落ち着け、次右衛門」

「お願いでございます。ここは倫子様と弥平次兄との婚儀を進めるべきか、と。でなければ、綾子《あやこ》様との婚儀はそれがしでなく――」

「次右衛門」

弥平次が静かに声を放ち、言うなとばかりに首を振った。

「すでに綾子様はおぬしと添い遂げる気ぞ。そのお心を踏みにじるつもりか」

「しかしながら……」

「よく考えてみよ。兄上は嫁ぐ者の心を、何より考えられるお人ぞ。さればこそ、一度は明智の門をくぐられたお方を送り返されたのじゃ」

遥か昔のことであった。熙子は一族の妻木範熙《つまきのりひろ》の長女で、その縁組みは養父光安《みつやす》の肝煎《きもい》りによって進められた。

ところが、熙子は嫁ぐ前に疱瘡《ほうそう》を患い、一命は取りとめたが、左の頬にあばたが残ってしまった。そこで藤右衛門は主家を思うあまりに、次女を熙子と偽って明智家へ送り出した。

が、光秀は一目で妻となる人ではないとわかり、輿入れしてきた次女を妻木家へ送り返し、当初の約束どおりに熙子と夫婦になった。

「次右衛門。それがしもおぬしも、たとえ外から嫁を取ろうと、明智家への忠心にいささかの揺るぎも出るものではないであろう。ならば、ここはまず綾子様のお心を大切にするのが道理であるぞ」

弥平次にとくと諭されては、次右衛門も口を噤まざるを得なかった。

家臣は皆、光秀の胸中を案じる様を見せたが、多くの名だたる武将を寄子にすると聞かされ、誇らしさに顔を上気させた。これで明智は織田家中で盤石《ばんじやく》となろう。お家の名誉を喜ばぬ家臣があろうはずもなかった。

すべての手配をつけてから、奥御殿に下がって事の子細を熙子に告げた。娘を案じる母の顔はすぐに消えた。熙子は膝に両手をそろえて言った。

「倫子も武将の娘。妹二人も他家へ嫁ぐと知れば、承知いたしましょう。それに……すでにあの子は、殿のご様子を見て何か気づいているようでした」

城へ帰り着くなり、子らの顔を見ることもなく、家臣と密議をくり返していたのだ。戦の支度をする気配がないとなれば、身内にかかわる大事と、少々聡《さと》い者ならすぐにでも察せられた。

襖を開けて二親に面を上げてみせた倫子は、紛れもなく侍を親に持つ娘のそれになっていた。が、両の目はわずかに潤んで見えた。

「どう言葉を尽くして倫子に詫びて良いのか、父はわからぬ。ましてやそなたの望む縁組みをと考えておった矢先のこと。しかしながら、上様たっての願いであり、我が明智家にとっても誇らしき縁組となれば、少なくない家臣を率いる武将の端くれとして、引き受けるほかはなかった」

娘の目を見ていられず、畳に目を落とした。その眼差しの先で、白く細い指が重ねられた。

「倫子は明智を率いる惣領の娘にございます。かつて父上の師である斎藤道三殿が姫君様を織田信長様へ嫁がされたからこそ、今の明智や多くの美濃衆が心おきなく織田家中で働けるのであると、母上様から絶えず聞かされて参りました」

震え声ながらも、倫子は凛と指先から背筋までを伸ばした姿で父を見返した。

光秀はつい熙子に目を向けていた。遠い昔の噂話を、妻に吹き込んだ者がいたのか。熙子は姿勢を崩さず、ただ愛娘を見やっていた。

「明日をも知れぬ軍場を命懸けで走り続け、今日まで倫子を育ててくださったご恩に、ようやく報いることができるのです。明智の一人として、立派にお勤めを果たして参ります」

気丈なまでに言い終えると、あふれた涙を隠すかのように、倫子は深く頭を下げた。

よくぞここまで惣領の娘としての心構えを教え込んでくれた。娘の健気《けなげ》さはもちろん、妻にも深く感謝せずにはいられなかった。

「荒木村次殿は、父村重殿に負けぬもののふであるぞ。必ずやこの先も、我ら明智を助けてくれよう。存分に尽くし、お支えするのじゃ。頼むぞ」

倫子はなかなか顔を上げなかった。光秀は畳に落ちた涙から目を背《そむ》けて妻に頷き、一人先に奥座敷から立ち去った。


三日後、光秀は信長の命にしたがって大和の多聞山城に入った。

櫓と櫓の間には、塀の代わりに長屋を渡し、壁をすべて白漆喰《しろしっくい》にて仕上げてあった。本丸には四層建ての一際高い櫓が突き出している。ひとたび御殿へ足を踏み入れると、金をあしらった豪奢《ごうしゃ》な襖絵と透かし彫りの欄間《らんま》に目が奪われた。

この上に数多《あまた》の名物を蓄えていたというから、これまで久秀がいかに領民を顧みずに京と大和を治め、驕《おご》ってきたのかが手に取れた。

「よくぞおいで下さいました」

筒井順慶を筆頭に、大和の国衆がずらりと頭《かしら》を揃えていた。多くの武将に傅《かしず》かれれば、誇らしさは一入《ひとしお》となる。が、信長という主君があるからこそ、大和の国衆も光秀に帰服を示していたにすぎなかった。

「良いな。いらぬ考え違いをするでないぞ」

光秀は次右衛門ら大和に連れてきた明智の家臣に告げた。

「大和には順慶ら国衆のやり方があろう。まずは彼らの声に耳を傾け、良く吟味してから意を伝えよ。忘れるでないぞ」

次男の自然丸《じねんまる》はまだ二歳になっておらず、大和へ連れてきてはいなかった。物心もつかないうちから養子に出すのは忍びなかったが、それでは筒井家も承伏しないであろう。あとのことは光秀が出るのではなく、次右衛門らに任せるべきと思えた。

奈良には東大寺や興福寺などの寺社領が入り乱れていた。寺社に睨みを利かせつつ、まずは国衆の扶持《ふち》を広げていかねば、大和の抑えは効かなかった。

そこで、京と坂本で寺社領の差出《さしだし》に采配を振るった光秀が、大和の治めまでを見ることになったのである。信長の命は、まこと隅々まで理に叶っていた。

二月に入って、美濃から急の知らせが多聞山城に届けられた。信玄の息子勝頼《かつより》が、東美濃の明智城に攻め寄せたという。

信長の許しを得て、光秀は自ら美濃へ乗り込む腹を固めた。今は縁戚の遠山氏が治めていたが、かつての居城をこの手で守りたいと明智の誰もが考えていた。

多聞山城の城番には、勝龍寺城から藤孝を呼び寄せよとの命であった。

「心おきなくご出陣くだされ。かつての居城が囲まれたとなれば、もののふたる者、何を置いても駆けつけるべき。この藤孝も、勝龍寺城を攻める際には勇んで馬を走らせました」

「かたじけない」

「時に――」

藤孝がふいに声を落として額を寄せた。

「上様は参議に昇進なさる、とか」

光秀も京の守護代である村井貞勝から耳にしていた。これまで信長が朝廷の官位を拒んできたのは、将軍からの奏上という手続きがある限り、義昭の足元に服するにも等しい、と考えていたからであった。

信長は自らの出自を平氏と称している。ところが朝廷では、かつて平氏に征夷大将軍を授けた例が一度もないことから、信長の扱いように苦慮する様を見せた。

古いしきたりなど、信長は見向きもしない。先に例がなければ、自らがなせばいい。足利義昭は紀伊の由良《ゆら》に逃れていたが、新たな将軍宣下を受けさえすれば、何の障りがあろうか。そう考えていた。

が、しきたりによって縛られた朝廷は頑として動く気配を見せなかった。

「ならば、正倉院から蘭奢待《らんじゃたい》を切り取らせよ。そう申し入れをなさったそうであるな」

蘭奢待とは、唐から聖武天皇に献上された香木である。東大寺の正倉院に収められ、門外不出の品とされている。

近年、正倉院の勅封を破り、この蘭奢待を切り取った者は、足利三代将軍義満、六代義教《よしのり》、八代義政の三人しかいなかった。つまり、信長は足利将軍家と同じ地位に上り詰めたとの証を、朝廷と天皇から手に入れようとしたのである。

が、甲斐には武田勝頼、安芸には毛利、越後には上杉と、いまだ難敵は多い。将軍の座に就いたも同じと驕るには、少し早すぎる気がした。

「こういう時こそ、難事が押し寄せるというものですぞ」

その兆しが武田の新たな動きでなければ良いのだが、と光秀は思った。

「蘭奢待を切り取るとなれば、上様自ら大和へお出でになろう。その南下を、河内《かわち》や石山を攻める兆しと見て、また本願寺や三好が動き出すこともあり得ましょう。念には念を入れ、忍びに見張らせる手立ては取ってあります」

「さすがは光秀殿。あとはこの藤孝にお任せあれ」

やはり静かなる時はそう長く続くものではないのかもしれない。

二

縁組みの噂は、鳶《とび》が空を滑るがごとく速やかに、城下の隅々へと知れ渡った。

「聞いたか、小平太。玉子様の嫁ぎ先も決まったというぞ」

話を聞きつけた惣八が、忍び屋敷に戻るなり、足音を蹴立てて近づき、まくし立てた。

小平太は一人、庭先で棒手裏剣を磨き込んでいた。何かをしていなければ、配下の下忍に当たり散らしそうなほど、胸に暴れるものがあった。

「我らが騒いでどうする。こういう時こそ、家内に油断が生まれるものだぞ」

七郎兵衛の受け売りを、そっくりそのまま惣八に告げた。

「せめてもの救いは、長岡殿の御嫡男であることだろうな」

何が救いだというのか、わからなかった。武将の娘とは、もとより家と家を結ぶ役目を担わされている。おのが意志より、家のために尽くすのが当然。さらに世継ぎを産んでこそ、家の結びも強固となる。

長岡与一郎は、まだ歳若く、元服も迎えていないため、輿入れは数年先と言われていた。もしかしたらまだ玉子にも、相手が誰なのかすら伝えられていないことも考えられた。

「何がおかしい」

惣八に問われて、小平太は砥石《といし》を水桶に戻してから、見返した。

「そうではないか。己を捨てて、家命にしたがう。同道する従者とともに、嫁ぎ先の動きに目を光らせる。まるで忍びの務めではないか」

惣八がふいに背中をたたかれたような顔になった。その目が床へ落ちていったのは自然の成り行きだったろう。

「ならば、玉子様も我らの同朋か」

「そうとしか、おれには思えん」

我らの同朋――。そう考えることで、少しは玉子の胸中を分かち合える気がする。

「倫子様も荒木へ嫁がれると聞いた……」

小平太はまた砥石を手にして手裏剣の先を磨いた。

忍びにだけ厳しい掟があるのではない。そう悟れたところで、気休めにもならなかった。

多聞山城から坂本に戻った光秀は、急いで兵一千をまとめて、また東美濃へと出陣していった。

小平太は隼組を率い、先に明智の里へ飛んだ。信長の嫡男信忠が五千の兵を率いて御嵩《みたけ》に陣を張ったが、時すでに遅く、武田軍は明智城を落としていた。

小平太は夜陰に乗じて敵陣深くへ分け入った。信玄亡きあと武田をまとめ上げた勝頼軍は、さらに西へ迫る構えを見せていた。

明け方、陣に駆け戻ると、小平太は七郎兵衛に告げて、また直ちに斥候へ出ようとした。

「どうした。なぜ自ら殿に知らせを上げない。おまえらしくないぞ」

七郎兵衛に目を見据えられ、小平太はわずかに返事が遅れた。

「武田の動きがなお気になります」

そう言って陣から逃げるように走り出た。

あとになって小平太は知った。光秀は七郎兵衛から知らせを受けると、目を赤くしながら出遅れを悔やんだという。武田はついに、東美濃までを治めるに至ったのである。

遅れて陣に入った信長は、武田への備えに、高野《こうの》と小里《おり》、ふたつの砦の普請を命じて、それぞれに河尻秀隆《かわじりひでたか》と池田恒興《つねおき》を残すことに決めた。

光秀は両城の普請がなるまで小里の陣に残っていた。が、先に岐阜へ戻った信長が、蘭奢待の切り取りに大和へ入るとともに、惣八の率いる鳶組から急の知らせが届いた。

またも石山本願寺から討って出た門徒衆が、中之島と岸和田の砦に襲いかかったのである。

「殿の恐れておられたとおりぞ。大和へ入った上様の動きを攻め寄せと信じたあげく、先手を打ってきたと見える」

七郎兵衛が陣の裏山の小暗がりに忍びを集めて告げた。

「下手をすれば、三好までが動き出そう。小平太、隼組と摂津へ入って惣八を助けよ」

「承知」

東美濃から摂津まで、二日をかけて走り通した。

蘭奢待とかいう香木を東大寺の倉から出すため、呆れたことに信長は、柴田勝家、佐久間信盛、丹羽長秀、蜂屋頼隆、塙直政、さらには荒木村重といった多くの武将を率いて大和に入った。これでは、どこかへ攻め入ると思われるに決まっていた。

「おい。蘭奢待とは、それほどまでに大事なものか」

惣八とその配下は、高屋《たかや》城に籠もる三好康長軍の動きを見るため、近くの高台にひそんでいた。小平太の問いかけに、惣八は低く鼻を鳴らして言った。

「知るか。……どうも信長は、東大寺でその香木のかけらを手に入れたあと、お供をぞろぞろ引き連れて多聞山城へ入ったというぞ」

ぞろぞろと供回りを連れて城へ入れば、大和から西へ進むものと受け取られても致し方なかった。まったく信長という男は、呑気なものだ。

「物見遊山《ものみゆさん》の末に、寝ていた虎の尾を踏みつけるとは……呆れてものが言えぬわい」

「噂に聞こえた名城を、おのが目で眺めておきたかったらしい。案外、どこぞに新たな城を築く気なのかもしれん」

大和へ来たついでに、名物の城を見物と決め込んだのだ。浅井と朝倉を倒したあととあって、明らかに信長は周りへの心配りを欠いていた。まさに油断と言える。

将軍と同じ地位に上り詰めた証ほしさに、蘭奢待とかいう、たかが良い香りのする木片をほしがり、その身上に相応しい城を築きたいと考える。その慢心が敵を呼び寄せたのだった。

小平太は信長という男の器を初めて見た気がした。

まだ難敵は多い。ところが、早くも将軍気取りで家臣を引き連れて物見遊山に興じようという。信長とはこれしきの男だったか……。

光秀はどう見ているのか。それを小平太は知りたかった。

長年の宿敵を倒した途端、のぼせ上がって敵への備えを忘れるような男の命によって、娘と息子を手放したあげく、その男の配下に根深く繋がれることになる。この先光秀には、信長の尻ぬぐいのために駆け回る日々が待っているのではないか。

坂本に帰り着いた光秀は、直ちに藤孝と筒井順慶に高屋城を、荒木村重とその配下の高山重友《たかやましげとも》に中之島を攻めさせた。光秀自身も遅れて坂本を発ち、藤孝の陣に加わった。

そのさなかに信長は、京の賀茂《かも》祭りに自らの馬を飾って走らせるという呑気さだった。

光秀軍が高屋城に籠もる遊佐信教《ゆさのぶのり》を討ち取ると、門徒衆も兵を引き上げさせた。が、和睦がなったとは言えず、本願寺を囲む砦に兵を隈無く置き直してから、光秀はひとまず坂本へ帰り着いた。

小平太ら忍びも、ふた月ぶりに城へ戻ることができた。

「上様は、まさに公方様となられたのですね」

忍び屋敷に帰り着いて装束《しようぞく》を脱ぎつつ七郎兵衛に問うと、重苦しい吐息が返された。

「言うな、小平太」

「先の公方様も京に居座って、ただ下知を与えてばかりでした」

「我らは殿のために尽くすのみぞ」

七郎兵衛の胸にもわだかまるものが芽生えている。そうとわかる物言いだった。

将軍とは武家を束ね、それらを手足のように使って戦を収めるのが務めなのだろう。その意において信長は、先の将軍義昭と瓜二つの男に成り果てたように見えた。

やがて武田勝頼が遠江に兵を出し、高天神城《たかてんじん》に迫っている、との知らせが徳川軍から届いた。

信長は家康から加勢を求められて岐阜を発った。が、その途中で高天神城が落ちたと聞くや、直ちに軍を返したのである。

落ちた城を取り戻そうという構えすら見せなかったことに、家康はさぞ気落ちしたに違いない。

信長も少しは引け目を感じたのか、兵糧の足しにと幾らかの銭を家康のもとへ送った。城と多くの兵を失った代わりに金子《きんす》を与えられた家康の心中は、さぞや波立っていたことだろう。

が、それが信長という男の性根なのだ。

光秀に会って直《じか》に問いたかった。無論できっこない、とわかっていた。

河内から戻った光秀は、わずかな手勢を引き連れて京屋敷へ向かった。また信長から、朝廷を脅して蘭奢待のような名品を得よ、との命がくだされたらしい。

京には村井貞勝という織田家の家臣が所司代として務めていたが、いまだに光秀や長岡藤孝にお呼びがかかる。織田家の譜代は、ただ戦うばかりが能で、京の礼儀を知らないのだと聞く。

そこにも信長という男の人品《じんぴん》が表れている気がした。

小平太はまた摂津へ走って、本願寺の動きをつぶさに見てきた。先の高屋城攻めの際、近在の田畑を焼き払っていたが、南の紀伊から新たな兵糧を運び入れていた。となれば、またぞろ兵を起こす時が近いのかもしれない。

七郎兵衛と弥平次に知らせを上げて城を離れようとした。いつものように中奥から裏手へ抜け、城壁へ足をかけたところで、目を奪われた。

枯山水《かれさんすい》をかたどった庭に、立ちつくす小さな影があった。

遠目からでも、小平太にはそれが誰かわかった。なぜ侍女もつけずに姫一人が庭を歩いているのか。しかも、手には薬を入れた袋のようなものまでが握られていた。

小平太はその姿から目をそらして城壁を越えた。今になって、玉子が庭で誰を待ち受けるというのか。

翌朝、小平太は未明に一人、城へ走った。

期するところがあったのではない。もし明け方にも玉子の姿が庭にあれば、誰を待っているのかは確かに思えてならない。

小平太は城壁の屋根に立ち、おのが目を疑った。目を幾度擦《こす》り上げても、その姿は薄闇を抱いた庭から消えなかった。

玉子が一人で――いた。

矢も楯もたまらず、屋根板を蹴った。庭石へと飛び、そこから玉子の後ろへ降り立った。

「このような朝早くから、なぜお一人で――」

振り返った玉子の顔が、雲間から手を伸ばした薄陽を浴びて輝いた。やはり、いつかのように手には薬の入った袋を携えていた。

「また京で評判の薬が手に入りました」

「そのために、わざわざここで……」

「はい。ここに立てば、必ず小平太様が見つけてくれると思いました」

一歩踏み出そうとした玉子の前で、小平太はわずかに退き、身を正して告げた。

「我ら忍びに目をかけてくださり、ありがとうございます」

光秀に窘められたからではなかった。人に言われずとも、互いの間に高く大きな壁があると承知していた。

「実は、お願いがあって、ここでお待ちしておりました」

その思い詰めたような面輪と目に、小平太は密かに息を呑んだ。

「――玉子は今日まで、一人で屋敷や城から出たことがございません。小平太様なら、玉子の願いを叶えてくれるのではないか、と……」

小平太は痛々しく見返しつつ、即座に首を振った。姫様が一人で城外へ出るなど、忍びが黙って頭領の下から逃れるにも等しい、許されざることだった。

「お願いでございます。玉子はこの目で城の外を見ておきたいのです。お願いできるのは、小平太様しか思い当たりません」

「心中お察しいたします。しかしながら、姫を黙って城から連れ出したとなれば、おれは殿に首を刎ねられます」

「まさか、そのようなことは……」

「いいえ。それが侍と忍びの間に横たわる厳しい掟にございます」

若葉が青枯れていくように、玉子の目から精気が消えた。武将の娘に生まれた定めに抗《あらが》おうと、懸命に己を支えていた心棒が折れでもしたらしく、目が虚《うつ》ろとなり、肩が落ちていった。

「そうは言いましても、この小平太にできぬことはございません」

驚きに玉子の眼差しが跳ね上がった。

「御免」

言うなり小平太は、玉子の身を抱いて地面を蹴った。

幸いにも朝まだきで、櫓と番屋のほかに兵の姿は見えなかった。

小平太は搦手口《からめてぐち》に近い厩《うまや》へ走った。そこで一頭の駿馬《しゅんめ》を選び出すと、ほかの馬の尻をたたいて門へと放った。

たちまちにして二十頭近くの馬が門前へ走り寄せた。

寝ずの番を務めていた小者が慌てふためき、駆けつけた。その混乱に紛れて、小平太は搦手の閂《かんぬき》を外し、門扉を押した。あとは玉子を抱きかかえたまま、馬の腹に身を隠して走り抜けた。門番らの目には、裸馬が次々と逃げ出していった、と見えたはずだ。

城を出るとともに、小平太は脇に抱えた玉子を馬の背へと担ぎ上げた。弾むような叫び声を上げて、玉子が馬の首にしがみついた。

「飛ばしますぞ」

「はい」

右手で手綱を握り、左手で玉子の腹をしかと抱えつつ馬の腹を蹴った。合図を得て、馬が前がかりに走りだした。

また小さく玉子が叫んだが、すぐに笑い声へと変わっていった。朝明けの寒気を裂くように湖畔の道を飛ばした。

抱きとめた小平太の手に、玉子の肌の温もりが伝わってくる。このまま地の果てまで駆けていけたなら……。つかの間、できもしない願いが胸中を駆けた。

そう。できはしない。忍びの技や掟を知るどころか、刀を握ったことすらない玉子を連れて、逃げ延びられるわけがなかった。三日も経たずに七郎兵衛や惣八に追われたあげく、命を奪われる。

その三日のためになら、この命などくれてやってもいい。そう考えもするが、玉子に同じ思いの強さがあるはずもない。

坂本城と湖が見渡せる高台に、小平太は馬を駈け上らせた。海のように広がる湖水と雲居の狭間《はざま》から、金糸を鏤《ちりば》めたような朝の光がのぞいた。輝きが湖と空を染め、二人して天から射す光に包まれているように感じられた。

「これほど美しき眺めを目にしたことはありません……」

玉子の声が震えて聞こえた。小平太の腕に、そっと手が添えられた。熱く柔らかな手だった。

「今日お持ちしたのが、最後の薬になります」

たおやかだった声が張り詰めたものへと移ろい、背から肩にかけて強《こわ》ばりが走り抜けた。小平太は深意を察して馬の背から降り立った。

「玉子は――嫁に参ります。長岡藤孝殿の御嫡男、与一郎様が玉子のお殿様だそうです。どんなお方なのでしょうか」

気丈に朝明けを見やる玉子の目が潤み、頬へと光の玉が落ちていった。その顔を見ていられずに、小平太はひざまずいた。

「おめでとうございます。どうぞ、お幸せに」

「玉子の願いを聞き入れていただき、有り難うございました。今日のこの眺めを、玉子は生涯決して忘れはいたしません」

我も同じにございます。生涯決して――。

その言葉を胸に呑み、小平太も湖と空の輝きを目に焼きつけた。

三

居並ぶ旗指物が夏初月《なつはづき》の風に煽られて、川をさかのぼる遊魚のごとく身を揺らしていた。あらかじめ使者を受けていたとはいえ、いざ目にすると、その数に圧倒される。

河内高屋《たかや》城を囲む本陣には、次々と駆けつけた武将が信長への拝謁に訪れていた。尾張や美濃に近江はもとより、北は若狭に南は伊勢まで。武田に備えて三河を動けずにいる家康をのぞけば、信長配下の将兵がもれなく足を運んでいた。

荒木村重ら摂津の国衆も、石山本願寺を囲むために動いている。都合十万に近い数かもしれない。

勝龍寺城から馳せ参じた藤孝が、感に堪えないというように四方を包む兵を見回した。

「この数を武田の手の者が知れば、すぐにでも三河領へと攻め入りましょうな」

「いや、尾張にはまだ多くの兵が残されていると聞いておりますぞ」

光秀が大袖《おおそで》の肩紐を締め直して答えると、藤孝は一度固く目を閉じ、告げた。

「備えに抜かりはなしか……」

信長がこれほどの兵を集めたのは、昨年九月のこと以来であった。

元亀元年に本願寺が信長討伐の命を発してからというもの、お膝元とも言える長島の地を根城に、一向宗門徒の執拗《しつよう》な蜂起がくり返されていた。弟信興や氏家卜全ら多くの武将が討ち死にし、まさに怨敵《おんてき》と言える門徒衆をたたくため、信長は七万の兵を集めて伊勢長島へ向かったのである。

越前で禄を得ていた折に、光秀も一揆勢との虚しくも背筋の震える戦を味わっていた。普段は慎み深い村人が、前触れもなく刀を手にして襲いかかる。深追いしようものなら、勝手知ったる山や谷に身を潜めて不意打ちを食らわせてくる。

しかも門徒衆は、死を恐れなかった。尊き戦で命を落とせば、必ずや極楽浄土が待つ、と信じる。いくら斬り捨てようとも、田畑を覆い尽くす蝗の群れのごとく、まさに次から次へと人が湧いて出てくるのだ。

「何のために人を斬っておるのか、かつては我らも空恐ろしさに襲われたほど……」

「信心とは、まこと恐ろしきものですな。人の目を覆い、心を奪ってしまう」

藤孝の呟きに、光秀は苦い思いを飲み干して告げた。

「斬っても斬っても、人の群れが押し寄せる。屍が起き上がってくるかのようにも思えました……。が、我らが斬っていたのは、亡霊ではなく、紛うことなき人。そのうち、人を斬るのに耐えられなくなる者が出てきます。ゆえに、我らは鉄砲に頼るほかはなかった……」

「天下に名を馳せた明智の鉄砲衆には、そのような惨たらしい逸話が隠されていたのであるか」

武装したあげく勝手な振る舞いに驕る僧兵を、もとより信長は忌み嫌っていた。彼らは寺社の近くに多くの山門領を囲い、下手な地侍より力と栄華を誇っていた。僧兵を討伐せねば、天下布武はならない。その手始めとして、浅井朝倉と結んだ延暦寺を焼き払った。

本願寺はすでに加賀一国を手に入れている。大坂石山の地も、門徒衆が治めているも同じで、その力は伊勢長島や紀伊雑賀《さいか》へも広がっていた。一度つかんだ領地を手放す者があるはずもなく、もとより戦はさけられなかった。

信長は水軍を擁して、まず七万の兵で伊勢長島を囲んだ。

辺りの田畑を焼き尽くし、三万もの老若男女を砦へ追い詰めて兵糧攻めにした。あげくは、命を助けようと約束しておきながら、砦を明け渡して出てきた門徒衆を鉄砲で迎え撃った。

騙し討ちに憤怒した一揆勢は、衣をすべて捨てて信長軍に攻めかかった。信長軍を打ち破って川伝いに逃げる腹づもりもあったらしい。が、失うものは何ひとつない、その覚悟の表れでもあった。この命を惜しむものか、と身ひとつで仏敵信長に挑みかかったのである。

まさに身を捨てた最後の攻め寄せに、信長の叔父信次《のぶつぐ》、弟秀成《ひでなり》をはじめ、多くの馬廻衆《うままわりしゅう》が討ち取られた。怒り狂った信長は、再び一揆勢を砦に追い詰めると、四方から火を放ち、すべての民を焼き殺した。その煙と人を焼く臭いは、遥か尾張まで漂《ただよ》ったという。

「光秀殿。教えてくださらぬか。門徒衆を倒すには、根切りするほかはないのであろうか」

ささやくような声音でも、光秀には悲痛な叫びに聞こえた。和歌をこよなく愛する文人藤孝からすれば、数に頼った皆殺しなどはもののふたる者の戦ではない、と思えるのであろう。

「上様でなくとも、信心厚き民の心を弄ぶ僧どもは許し難い……」

信長の伴天連《ばてれん》びいきには、僧門のすぎたる勝手ぶりが大きく影を落としていた。光秀の目から見ても、切支丹の慎ましやかさは際立っていた。しかも、鉄砲や遠眼鏡《とおめがね》といった細工物の知恵を有してもいる。

それに引き替え、仏僧の多くが私欲に走り、仏の加護を笠に着た破落戸《ならずもの》にも見えてしまう。寺には、その教えを犯されず、不入の権が認められていた。つまり、逃げてきた門徒を匿い、守る務めがあるのだ。が、今はどこから見ても、僧侶の有する様々な利を守るために門徒衆がある、としか思えなかった。

「長島の民をあまねく焼き殺したところで、本願寺を率いる法主《ほっす》ある限り、またぞろ新たな門徒衆が湧いて出ましょう」

「ゆえに上様は、これほど多くの兵を集められた、か」

いかにも、と言いたかった。が、本願寺を擁する大坂石山とこの河内の領内に住まう民の数は十万では収まらなかった。その多くが一向宗門徒であり、そこに三好勢や近在の地侍、さらには雑賀や根来《ねごろ》寺からも加勢の者が加わっていた。

光秀は藤孝とともに兵を進め、まずは高屋城を取り囲ませた。その間に、勝家や長秀らの兵が辺りに散り、あらゆる田畑を焼き払っていった。

信長自らは多くの将兵をともなって天王寺《てんのうじ》へ進み、本願寺の南を焼いて支城のひとつである新堀《しんぼり》城に攻め寄せた。数では遥かに勝っていた。信長軍は堀に草を投げ込んで埋め、城に攻め入るや、たちどころに敵を打ち倒した。

新堀城が落ちると、高屋城に籠もっていた三好康長が城を明け渡すと伝えてきた。

このまま一気に本願寺へ迫る、と思えた。が、信長は康長を許して高屋城や新堀城の打ち壊しを命じると、京へ向かうと言い出した。

「勢いに任せて、ただ敵をつぶせば良いものではないぞ。もっと目を大きく見開け」

軍評定の席で、信長はそう言い放つと、早々に帰り支度を告げた。

「わからん。これほどの兵を集めておきながら、なぜもう退くと言うのか」

藤孝の嘆きは、多くの武将の心の声でもあったろう。

が、陣を払う支度に取りかかると、光秀のもとへ七郎兵衛が坂本から駆けつけた。

「お知らせいたします。武田が三河に攻め入りました。その数一万五千。長篠城に迫っております」

やはり武田は黙って見てはいなかった。おそらくは三つ者を送り、多くの織田軍が摂津と河内に陣取っている今こそ狙い時、と読んだに違いない。

先年、信玄が上洛を目指した折に、遠江領内の二俣城を攻め落とした武田軍は、辺りの支城をも奪っていった。その中で唯一、長篠城のみを家康軍が取り戻していた。

武田の動きをつぶさに見張らせていた家康から、信長に知らせがあり、それで軍を返すことを決めたのであった。

「ならば、岐阜へ帰るのならまだしも、京へ向かうとは……」

知らせを終えた七郎兵衛が、光秀に問いかけの目を寄越した。

「知れたこと。上様は武田を一刀両断にすると決められたのだ」

京へ入るのは、鉄砲や玉薬をさらに仕入れるためである。すぐに三河へ向かったのでは、武田が兵を引くかも知れない。相手の動きを見るのと、鉄砲を備えるための入京なのだ。

光秀は堺と草津にも使者を走らせ、鉄砲を仕入れる算段をつけた。

が、すべての手配を終えて光秀が京に戻っても、信長は宿としていた相国寺《しょうこくじ》から腰を上げようとしなかった。

「慌てるな、十兵衛」

気が気ではなく、信長のもとへ駆けつけた。

信長は公卿との宴席に出る支度のため、奥座敷で小姓衆に取り巻かれていた。光秀は回廊にひざまずくと、目を向けようともしない信長に告げた。

「家康殿から加勢を請う使者が岐阜にも駆けつけております」

「おまえに言われるまでもない。矢の催促がほぼ毎日、来よるわい」

まとった直衣《のうし》の袖を軽く払って光秀に向き直り、信長は目を細めて言った。

「よく考えてみぃ。わしが勇んで討って出ようものなら、姑息《こそく》な武田は兵を引きよるに違いない。やつには腰を据えて三河攻めを進めてもらわねば困る。小さな城のひとつやふたつ、くれてやっても良いぐらいよ」

光秀はちらと信長の涼しげな顔を見つめた。そのくれてやっても良いという城には、主君家康の命を受けて五百余名の兵が守っていた。

十万の兵を自在に動かせる信長にとって、五百の兵など取るに足りない数と言えた。しかも、徳川家の家臣にすぎず、織田家の兵力に差し障りはない。が、その五百の将兵にも多くの身内がいて、今も父や夫子《ふうし》や息子の身を案じているのだ。

ふと気づいて光秀は目を戻した。信長が薄く笑っていたからである。

「死んだ家臣の名をしたため、寺に奉納するおぬしのことだ。五百の兵を見殺しにするのか、と心痛めておるのであろうな」

心中を見抜かれていた。が、光秀は頷き返すこともできず、ただ目を据えた。

「十兵衛。わしがなぜ田楽狭間で今川義元を討てたか、わかるか」

「はい。義元が田楽狭間にて休んでいる、と簗田《やなだ》政綱《まさつな》殿が知らせを上げ、一点に狙いを定められたから。そう聞いております」

「わかっておらぬな」

信長は鼻先で笑い飛ばした。が、あの戦で一番の褒美を得たのは政綱だと聞いていた。

「確かにあやつの知らせがなければ、我らは田楽狭間へ兵を進められはしなかったろう。しかしながら、敵は数倍の兵ぞ。我らが疾風怒濤のごとく迫るのを見ていながら、今川の先陣はろくに動けずにいた。なぜかわかるか」

見下ろす信長の目が笑っていた。まだ織田家中になかった光秀には、推し量る手がかりもなく、口を噤むほかはなかった。

「良いか。今川の先陣が動けずにいたのは、丸根《まるね》と鷲津《わしづ》、ふたつの城に籠もっていた尾張の兵が、死ぬまで戦ってくれたおかげぞ。敵の先陣は疲れ果てて動きが鈍くなっておった。ゆえに、わしは義元の首を取れた。良いか、十兵衛。こたびも同じ理屈よ。武田をのさばらせておけば、先々もっと多くの三河者が命を落とすであろう。我ら武人は、涙を呑んで家臣の命を敵にさらし、明日のさらなる無事を手にせねばならんのよ」

信長は長篠城を捨て石にして、武田の勢いをそぐつもりなのである。

理屈は腑に落ちた。が、心根のどこかで頷けずにいる自分がいた。

「十兵衛。おぬしは三河に来なくとも良い」

「ぜひ我らもお供に……」

「代わりに、もっと多くの鉄砲を集め、三河に届けよ。それと――近いうちに、京のすぐ西の地、丹波を平定せねばならぬと考えておる。それをおぬしに任せよう」

「有り難き幸せにございます」

「おぬしも聞いたことがあろう。黒井城の荻野は、自ら悪右衛門《あくえもん》と称する破落戸の輩ぞ。おぬしの才覚で、丹波の地を切り取ってみせい」

己の力のみで敵の城を落とすとなれば、今のわしの言葉にも頷けるようになろう。自ら手を汚した時にこそ、真の武人の覚悟が悟れるはずよ。

信長の意を感じ取り、光秀は床についた拳で身を支えつつ頭を下げた。

「必ずや上様の意に添えるよう、尽力いたしまする」

武田勝頼の腰は重かった。信玄の代から仕えてきた重臣らが慎重に戦を進めるべき、と忠言したのかもしれない。

長篠城を囲んでおきながら、さらに南の牛久保《うしくぼ》と二連木《にれんぎ》の両城を先に攻めた。そこで徳川軍の動きを見たうえで、手堅く長篠城を落とす、との策であった。

五月十三日、光秀がさらに六百丁の鉄砲を送り届けると、信長はようやく岐阜を発った。

光秀は、信長への帰服を示すために九州から出てきた島津家久を、連歌師の紹巴とともに坂本城で饗応《きようおう》し、連歌会を開いた。歌を詠みながらも、長篠での戦が気がかりでならなかった。

知らせは二十二日の夜、惣八によって届けられた。

「設楽原《したらがはら》にて織田徳川軍、大勝利にございます」

武田軍は設楽原を望む丘の上に陣取るや、次々と坂を下って攻め寄せた。織田徳川軍はあらかじめ柵を築いて騎馬による攻めを防ぎ、その奥から一斉に鉄砲で迎え撃った。

信長が用意させた鉄砲は二千丁に近い。敵が一万五千の兵を擁しようと、一度に攻めかかってこられるものではない。二千もの鉄砲で矢継ぎ早に撃ち返すなら、かなりの将兵を一度に倒せたはずである。

武田の大軍に囲まれた長篠城は落とされずに済み、さらには一万近い敵兵を討ち取るという大勝利を、信長は収めてみせたのである。

四

丹波領内の城をあまねく絵図に写し取って坂本へ帰ると、城下が妙に騒がしかった。搦手口を固める城兵までが頰に笑みを浮かべ、浮き足立つ様を見せていた。

「殿のお名が変わられたのじゃ」

弥平次に絵図を差し出すと、誇らしげな頷きが返された。

小平太にはまったく解せなかった。なぜ侍とはいくつもの名を用いるのか。

「これとう、でございますか」

「そうよ、惟任日向守《これとうひゅうがのかみ》。上様がご推挙くださり、天子様から与えられたのじゃ。聞けば、惟任とは九州の由緒ある名だというではないか」

帝から名をいただくのが、家臣まで皆誇りに思うほど有り難いものなのかどうか、小平太にはその理屈が呑み込めなかった。信長による推挙というのだから、褒美の代わりなのだろう。が、領地や銭を授けられるのではない。古い名をいただこうと、ちっとも腹はふくれなかった。

信長はそもそも茶器に入れ上げ、大枚をはたいて多くの名物を集めていた。今では光秀までが京の商人に茶器を手配しているとの話がある。

朝廷に奏上して家臣に名と官位を与えてやる。それも、かつての将軍を真似たものであり、名物のお下がりを家臣に与えるのとさして変わらない気がした。

忍び屋敷に戻ると、惣八ら鳶組の姿が見えなかった。

「先に越前へ向かったところだ」

七郎兵衛に言われて小平太は密かに胸を吐息で満たした。

「今宵だけ身を休めたなら、我らも走るぞ」

「丹波へ出陣なされるのではないのですか」

「上様からのお達しだ」

越前の噂は、小平太も七郎兵衛から聞かされていた。

朝倉を滅ぼしたあと、守護を任されていた前波吉継《まえばよしつぐ》が一揆勢と結んだ家臣に命を奪われた。その隙に本願寺が命を下して、一揆持ちの隣国加賀から兵が押し寄せた。朝倉の旧臣も滅ぼされて、今では越前までが一揆勢に牛耳られていた。

今日まで信長が手をこまねいていたのは、再び武田が東で動く様を見せていたからだった。その武田は設楽原にて打ち負かしている。すでに収穫の秋は近い。越前の一揆勢が兵糧を備える前に、討伐を図るつもりなのだ。

小平太は一人で笑った。帝からいただいた名というのも、越前で光秀を使うための餌らしい。家臣までが喜び勇んでいるのだから、信長の餌も安くついたものだ。

その証に、出陣の支度を終えた光秀を見かけたが、誇らしさとは無縁の渋面だった。相手が一揆勢となれば、節操なき無惨な皆殺しになるのは目に見えていた。

小平太は七郎兵衛について、すぐさま越前へ飛んだ。一揆勢は忍びを国境に置くほどの備えはなく、楽に木ノ芽峠を越えて敵の内懐まで踏み入れた。

惣八ら鳶組は龍門寺城の斥候から戻り、街道筋を見下ろす山中で小平太らを待ち受けていた。

「憐れなものよ」

惣八は七郎兵衛に絵図を渡したあと、森の薄暗がりを見つめて投げ出すように告げた。小平太が目で問うと、配下の角之助《かくのすけ》が引き取って言った。

「せっかく一揆持ちの国となりながら、やつらは仲違《なかたが》いを起こしております」

「まことか」

七郎兵衛が笑みを隠さずに問い返した。惣八の口元にも薄笑いがあった。

「命懸けで国を手にしたというのに、のさばるのは本願寺から送られた高僧ばかり。ならばと、地元の坊主と国衆は、領民をますます締め上げて蓄えを増やそうとする始末。これでは何のための戦だったのか」

「惣八、おまえ――」

小平太が言いかけると、すぐさま首が振られた。

「一揆勢に肩入れする気など、ない。けれども、あまりの憐れさに呆れて二の句が継げなくなるわい」

惣八も、小平太と同じく貧しい村の出だった。命を懸けて戦い、ついには侍を追いやった。死んだ者も多かったろう。が、信じる仏の僕《しもべ》であるはずの坊主どもが仲違いを起こしたあげくに、せっかくの実りを奪っていこうとする。それでも彼らは侍に虐げられるより、まだましと考えているのだろうか。

「頭領、教えてください。世の坊主とは、なぜこれほど欲深きものなのでしょう。あの延暦寺さえ、多くの女と銭を囲い込んでおりました。本来なら、仏に仕えて精進するのが務めのはずです」

惣八の静かなる問いかけの裏には、越前の民の胸に巣くう不平が表されていた。

木暗《このくれ》から目を寄せる忍びを前に、七郎兵衛が進み、皆を見回した。

「坊主が欲深いのではない。人は人の上に立つと、自らの力を驕り、見誤るのじゃ。そうわしは弦蔵様から教えられた。思い出してみよ。先の公方様が同じであったろう。将軍を殺した三好や松永らも同じ。人とは、力を手に入れると、欲に溺《おぼ》れやすくなる」

「わかりません。今なおなぜ門徒衆は、その腐った坊主にすがろうというのか」

さらに惣八がしみじみとした声音で問いを重ねた。

「坊主にでは、ない。仏の加護にすがるしか術《すべ》を知らぬのだ」

小平太は思う。侍と坊主。どちらも民を虐げる者であっても、彼らはまだしも仏に仕える坊主のほうが人の情けを酌み取るもの、と見ているのだ。仏に尽くしていれば、たとえ死を迎えても報われるはず、と信じたがっている。

欲深い坊主がいる限り、侍との戦に多くの領民が駆り出されて、また虫けらのように命を奪われていく。信長のことだ。延暦寺を滅ぼし、長島で門徒衆を焼き尽くしたように、この越前でも一向宗の根切りにかかってくる。

七郎兵衛が若き忍びを今一度、見回した。

「良いか、皆の者。坊主らの不和を広く越前の民に知らしめよ。さすれば門徒衆の結束にも弛みが出よう」

「承知」

惣八一人が声を発しなかった。狙いどおりに門徒衆の結束が弛んでいけば、なおさら民はただ殺されゆく定めが待つ。

小平太は惣八の後ろへ進み、ささやいた。

「我らは神でも仏でもない。人に手を差し伸べようなど、出すぎた真似よ」

「わかっておるわい」

「ならば、もう言うな」

光秀のもとに仕えて六年。敵を斬り、斥候に明け暮れてきた。惣八はただ疲れているのだ。

ふと小平太は信長を思った。家督を譲り受けてから今日まで、ずっと戦続きの日々だったろう。実の弟を殺し、妹を嫁がせた義弟をも葬り、家臣の多くを失いもした。小平太や惣八よりもっと長く殺し合いの日々に身をひたしてきている。

信長が茶を好む訳が初めて頷けた。せめて茶の香りを楽しみ、名物を愛ででもせねば、心休まる時が持てない。いつも家康への加勢が少ないのも、おそらく我が身を守りたいという恐れに根ざしている。

信長という男、剛毅《ごうき》に見えて、実は小心ではないのか。その小心さが、用捨ない攻めに通じ、ここまでの武功をなすに至った。

朝倉義景のように小心すぎたのでは、勝機を逸して自らを追い詰めてしまう。つまり、人とは誰でも小心なのだ。弱い己に目を瞑り、義と勇に心奮わせて戦に挑む。やはり侍とは面倒なものだ。

八月の半ばになって、信長は大軍を率いて敦賀に入った。兵の総数は五万を超えていた。その先陣を務めるのは、光秀と羽柴秀吉だった。

小平太は密かに笑った。光秀が惟任日向守の名を頂戴するのと同じく、秀吉も筑前守《ちくぜんのかみ》の官位を、やはり信長の推挙により賜っていた。ほかにも官位を授けられた者がいたと聞くが、そのうちの二人が先陣を務めているのである。

信長が門徒衆の根切りにかかるのは、先の長島での征伐から見て疑いはなかった。越前に攻め入り、さらには石山本願寺も同じ目にあわせてくれる。よって、新たな官位に恥じない働きをせよ——

つまりは門徒宗の皆殺しに精を出せ、というのだ。さぞや光秀と秀吉は喜んでいることだろう。

小平太らは修験者の形《なり》をして、越前深くに散らばった。村人を見かけるごとに、信長軍が迫っている、と触れ回った。さらには、加賀からの後詰めは望めず、本願寺から来た僧侶は早くも逃げ支度を始めた、とつけ足した。これで地元の国衆と加賀から来た坊主の亀裂はなお深まるだろう。

光秀と秀吉の先陣は、府中の龍門寺城まで一気に迫った。

「小平太、仕上げにかかるぞ」

七郎兵衛の命によって、鳶組と隼組の下忍七名が、門徒衆に扮してすでに龍門寺城の中にまで忍び入っていた。小平太は高台で火を熾して、合図の狼煙《のろし》を上げた。

たちまち城内に火の手が上がった。下忍の仕掛けた焙烙玉が一斉に火を噴いたのである。

そこを先途と見て、光秀と秀吉の軍勢が城に襲いかかった。内と外からの火の手に門徒衆は浮き足立った。さらには、僧兵と国衆の抑えが効かなくなり、城から討って出る者が相次いだ。そこを明智の鉄砲衆が迎え撃った。たじろぐ門徒衆を撫で斬りにして、秀吉軍が瞬く間に城内へとなだれ込んだ。それで終わりだった。

やがて、城にもぐり込んでいた下忍が戻った。一人、惣八の鳶組にいた喜助《きすけ》が、駆けつけた門徒衆に斬られたという。仕掛けた焙烙玉が破裂せず、それを見届けに足を運んだところを、見咎められたのだという。

「放っておけば良かったものを」

惣八が地を踏みにじり、炎を吹き上げる城を睨みつけた。仕事にしくじりがあってはならぬ、と任に篤い者が、それゆえに命を落としていく。忍びの定めとはいえ、口惜しすぎる死だった。

「喜助の志を、必ずや我らが受け継ぎまする」

今年になって里から来たばかりの伊兵衛《いへえ》が進み、惣八の前でひざまずいた。

「わかったような口をたたくな。しくじったなら、すぐに逃げてくればいい。無駄に命を散らすな。あやつ一人が命を落としたところで、この戦の末はとうに見えていた。もっと先を見通す目を持て。喜助の拙《つたな》い志など受け継ぐやつがあるか」

惣八の悲痛な叫びに、若い下忍が雁首そろえてうなだれた。


信長軍は木ノ芽峠を越えて府中へと進み、逃げゆく一揆勢を追い詰めた。四方八方、辺りの山々へ踏み入り、手当たり次第に門徒衆の首を刎ねて回った。

府中の本陣には、持ち寄られた生首がまさに山を造り、夥《おびただ》しい腐臭が立ちこめた。

多くの首を挙げた者が褒美を受ける。血眼の兵が競って村々を巡り、百姓の首を求めて奔走した。一日に千、二千と血の滴る首が届けられた。引っ立てられた門徒衆は、信長の馬廻りが総出で首を刎ね、刃こぼれした刀の山さえできる始末だった。

柿の実をもぐよりあっさりと、人の首が断たれていく。その様を見て、きっと信長は高笑いをしているのだろう。

さらされた生首の中には、一向宗門徒ではない者もいた。仏の意味さえ知りようもない幼子の首までが交じって見えた。その有様を目にしたくなかったらしく、惣八は加賀へ逃れた国衆を、配下の下忍とともに追っていった。

小平太は七郎兵衛に呼ばれて、明智の宿である僧坊へ立ち寄った。すでに門徒衆は領内に散り散りとなり、忍びによる新たな役目は見当たらなくなっていた。先に坂本へ帰れ、との命を受けた。

「承知」

腐臭渦巻く地獄絵図の中に立っていたところで、得るものは何もなかった。すぐさま裏手の土塀を越えにかかった。と、中庭から風を斬りつける音が聞こえ、小平太は足を止めた。

篝火も焚かれぬ頻闇《しきやみ》の中、ぶん、と風を裂く音が響いた。目を凝らすと、一人の侍が闇を払わんばかりに刀を振り続けていた。

明日の討伐に備える者か。その影形に見覚えがあるように思え、小平太は足音を忍ばせて土塀を下り、暗がりへ足を寄せた。

侍の動きが止まり、荒い息遣いが静寂《しじま》に響き渡った。

「何用か。小平太であるな」

声の荒《すさ》みに胸を打たれて、立ちつくした。

「おぬしらには坂本へ帰れと命じたはずであるぞ」

「殿のお顔を見てから、と思いました」

闇の中にひざまずくや、とっさに言い訳の言葉を返した。

「鬼の顔を見たいと思うたか」

「いいえ。巷は鬼ばかりにございます。せめて人の顔を見てからでなければ、寝覚めが悪くなりそうでした」

「も少し近くにおったなら、首を刎ねていたぞ」

顔は見えずとも、光秀の声には手の刃からこぼれ落ちそうなほどの怒りが込められていた。

「嘘ではございません。殿が鬼なら、おれはとうに池の畔《ほとり》で首を刎ねられていました」

過ぎし日の朝を思い出して告げると、光秀の握りしめた刀の先が大きく揺れ動いた。

「おぬしはこの越前で何人を殺した」

「二人にございます」

門徒衆の備えた兵糧を焼き払いに出向いた際、逆らう僧兵二人を斬り殺していた。

「羨ましい限りよ。わしは二万だ。わしの一言で、二万の門徒衆が首を刎ねられた。いや、もっと多いかもしれぬ。まだまだ増えるであろう」

「殿ではなく、上様の命かと思われます」

「何が違う。命にしたがうとは、得心したから……。欲深き坊主を葬るには、自ら盾となる信者を倒していくほか、無念ながら手立てが見つからん」

「それがしが石山本願寺に忍びます」

「無駄だ。すでに多くの忍びが放たれたが、一人として帰ってきた者はおらぬ。法主は信者という人の垣根に十重二十重と囲まれ、近づくことすらできんのだ」

そうとなれば、もっと多くの民を殺していくしか道はない。

わかってはいるのだ。それでも人を斬り殺す手応えの重みは、次々と胸奥に濡《ぬ》れ雪のごとく降り積もり、身を縛っていく。

小平太は根深い闇を見据えて光秀に頭を下げた。それから、血をたっぷりと吸った越前の土を蹴った。

背後でまた闇を斬り裂く音が聞こえだした。


（下巻に続く）